A obra

FUNDAÇÃO EDITORA DA UNESP

Presidente do Conselho Curador
Mário Sérgio Vasconcelos

Diretor-Presidente / Publisher
Jézio Hernani Bomfim Gutierre

Superintendente Administrativo e Financeiro
William de Souza Agostinho

Conselho Editorial Acadêmico
Divino José da Silva
Luís Antônio Francisco de Souza
Marcelo dos Santos Pereira
Patricia Porchat Pereira da Silva Knudsen
Paulo Celso Moura
Ricardo D'Elia Matheus
Sandra Aparecida Ferreira
Tatiana Noronha de Souza
Trajano Sardenberg
Valéria dos Santos Guimarães

Editores-Adjuntos
Anderson Nobara
Leandro Rodrigues

A coleção CLÁSSICOS DA LITERATURA UNESP constitui uma porta de entrada para o cânon da literatura universal. Não se pretende disponibilizar edições críticas, mas simplesmente volumes que permitam a leitura prazerosa de clássicos. Nesse espírito, cada volume se abre com um breve texto de apresentação, cujo objetivo é apenas fornecer alguns elementos preliminares sobre o autor e sua obra. A seleção de títulos, por sua vez, é conscientemente multifacetada e não sistemática, permitindo, afinal, o livre passeio do leitor.

ÉMILE ZOLA
A obra

TRADUÇÃO E NOTAS JORGE COLI

© 2022 EDITORA UNESP

Título original: *L'Œuvre*

Direitos de publicação reservados à:
Fundação Editora da Unesp (FEU)
Praça da Sé, 108
01001-900 – São Paulo – SP
Tel.: (0xx11) 3242-7171
Fax: (0xx11) 3242-7172
www.editoraunesp.com.br
www.livrariaunesp.com.br
atendimento.editora@unesp.br

DADOS INTERNACIONAIS DE CATALOGAÇÃO NA PUBLICAÇÃO (CIP)
DE ACORDO COM ISBD
Elaborado por Vagner Rodolfo da Silva – CRB-8/9410

Z860   Zola, Émile

        A obra / Émile Zola ; traduzido por Jorge Coli. – São Paulo:
    Editora Unesp, 2022.

        Tradução de: *L'Œuvre*
    Inclui bibliografia.
    ISBN: 978-65-5711-128-4

        1. Literatura francesa. 2. Romance. I. Coli, Jorge. III. Título.

                                                  CDD: 843.7
2022-2136   CDU: 821.133.1-31

Editora afiliada:

SUMÁRIO

Apresentação
7

A obra
11

I
13

II
37

III
65

IV
99

V
127

VI
155

VII
185

VIII
221

IX
251

X
293

XI
337

XII
373

APRESENTAÇÃO

Foi em fins do século XIX que a palavra "intelectual" ganhou nova dimensão, passando a denominar o pensador que articula suas ideias no sentido de transformar a realidade em função de uma causa. E a semente disso talvez remonte ao famoso julgamento na França que condenou um capitão (Richard Dreyfus) e absolveu outro (Ferdinand Esterhazy) pelo crime de traição à pátria – mais especificamente, pelo compartilhamento de segredos militares franceses com a Alemanha. Na ocasião, o já celebrado escritor Émile Zola acreditava na inocência do condenado, o que o motivou a redigir uma carta em defesa de Dreyfus, publicada em jornal, dirigida ao então presidente francês, Félix Faure. Essa manifestação pública por parte de alguém que já era tido como uma das mais reconhecidas cabeças pensantes da França não passou impune. Condenado à prisão pela impertinência, Zola teve de fugir para a Inglaterra. Mas sua atitude entrou para a história e deu outra dimensão ao papel daqueles que passariam a ser compreendidos como intelectuais. Corrigir injustiças, marcar posição, ajustar desequilíbrios: não por acaso, essas premissas sempre reverberariam na literatura engajada de Émile Zola, vistas em livros como *O paraíso das damas* (1883), e também neste *A obra* (1886), que talvez um tanto inesperadamente costuma desfrutar de menos visibilidade quando se evoca a bibliografia zolaniana, lacuna que este novo volume da Coleção Clássicos da Literatura Unesp pretende mitigar no Brasil.

Parisiense de nascimento, Zola era filho do casal François Zola e Émilie Aubert. A perda precoce do pai, quando o menino tinha só 7 anos, comprometeu a estrutura financeira da família, fazendo com que Émile, na juventude, tivesse de aceitar uma série de empregos burocráticos modestos. Mas um deles seria a sua porta de entrada para o mundo da literatura: uma vaga no departamento de vendas de uma editora, a Hachette, em 1862. Com suas inclinações literárias, em poucos anos ele já se dedicava totalmente aos livros. Aos poucos, Zola foi cristalizando o que viria a se tornar sua marca literária: o esforço de objetividade na tentativa de recriar a realidade na ficção. Ele absorvia influências do positivismo e do cientificismo, partindo do pressuposto de que a conduta humana seria determinada por herança genética, pelo ambiente e pelas paixões. São essas as características que vão forjar o naturalismo francês, movimento do qual Zola viria a ser um dos representantes máximos, em especial com a repercussão de seu *Thérèse Raquin* (1867).

A partir de 1871, Zola entra numa fase bastante produtiva, dedicando-se a uma série de vinte romances que consagrarão o naturalismo como importante vanguarda de seu tempo. Decerto influenciado por *A comédia humana*, do compatriota Honoré de Balzac, Zola intitula sua série de *Os Rougon-Macquart*, apresentando, já nos primeiros volumes, entre os quais *Nana* (1880), seu olhar pessimista sobre a degeneração da sociedade. Mas será em uma das obras que finalizam a série, *Germinal*, de 1885, retrato crudelíssimo da lógica patronal do capitalismo industrial em uma comunidade de mineiros, que Zola levaria sua ideologia naturalista ao apogeu criativo. Para o autor, a opressão social é a causa da moral corrompida que macula a sociedade. É, portanto, ainda sob as reverberações de *Germinal* que Zola traz a público, já no ano seguinte, este *A obra*.

A OBRA

O livro é ambientado na Paris do final do século XIX, em toda a efervescência cultural que sempre caracterizou a Cidade das Luzes, tempo em que brilhavam figuras como Édouard Manet e seus traços impressionistas. Acompanhamos aqui uma confraria de amigos, todos ligados ao universo artístico. São pintores, escritores, literatos em geral, arquitetos – idealistas determinados a operar um refrigério de valores e conceitos em relação a padrões há muito estabelecidos nas artes. Ou seja: eles têm como objetivo o protagonismo na instauração de um novo movimento estético para sacudir o anacronismo e a estagnação geral do *establishment* francês. O retrato do artista quando jovem é personificado no protagonista, Claude, pintor em busca incessante e obsessiva pelo modelo ideal: não importa se ele tiver de cruzar Paris de ponta a ponta em busca da paisagem inspiradora; ou de passar um dia todo sem comer, concentrado em acertar o traço mais preciso.

Ocorre que a ambição de Claude, assim como a dos colegas, é produzir um trabalho que seja suficientemente bom para ser selecionado para o Salão de Paris, a vitrine de maior visibilidade a um artista da época. Eis a deixa para Zola voltar seu olhar ferino para questões morais, um dos temas centrais do naturalismo. Existe ali toda uma engrenagem pela qual não necessariamente os melhores trabalhos são os escolhidos. Jogos de cartas marcadas, apadrinhamentos, favorecimentos: a arte mais inventiva ou original pode muito bem acabar preterida por esses expedientes nebulosos, para ser desovada no pouco glorioso Salão dos Recusados. Logo passa a haver uma mobilização para que a população, e não um júri de critérios pouco claros, seja a responsável por esse processo seletivo. Mas a percepção nem sempre será favorável aos artistas...

Frente a esse cenário, Claude, como leremos, encarna a determinação inegociável dos intelectuais combativos e, par a par com ele, o leitor do presente poderá testemunhar dramas e desacordos que, se perturbavam o meio intelectual do século XIX, talvez não causem menos ruído nos dias que correm.

Os editores

ÉMILE ZOLA
(PARIS, 1840 – PARIS, 1902)

ÉMILE ZOLA, C.1875. PUBLICADO POR CROWELL, NY, 1899

ÉMILE ZOLA
———

A obra

I

CLAUDE PASSAVA EM FRENTE À PREFEITURA, e duas da manhã soavam no relógio quando a tempestade rebentou. Ele esquecera de si, rondando nas Halles, naquela noite quente de julho, artista flanador, amoroso da Paris noturna. Bruscamente as gotas caíram tão grandes, tão espessas, que ele correu, galopou desengonçado, desnorteado, ao longo do Quai de la Grève. Mas, na Pont Louis-Philippe, uma raiva por estar ofegando o deteve: achava imbecil esse medo da água; e, nas trevas espessas, sob o açoite do aguaceiro que afogava os bicos de gás, atravessou lentamente a ponte, com as mãos balançando.

De resto, Claude tinha apenas mais alguns passos a dar. Quando virava para o Quai de Bourbon, na ilha Saint-Louis, um vivo relâmpago iluminou a linha reta e achatada das velhas mansões dispostas diante do Sena, na beira da passagem estreita. A reverberação acendeu as vidraças das janelas altas sem venezianas, via-se o grande ar triste das antigas fachadas, com detalhes muito nítidos, um balcão de pedra, um parapeito de terraço, a guirlanda esculpida de um frontão. Era ali que o pintor tinha o seu ateliê, sob o telhado da antiga mansão du Martoy, na esquina da Rue de la Femme-sans-Tête. O cais vislumbrado logo voltou às trevas, e um formidável trovão abalou o bairro adormecido.

Chegando diante de sua porta, uma velha porta recurvada e baixa, reforçada com ferro, Claude, cego pela chuva, tateou para acionar o botão da campainha; e sua surpresa foi extrema, levou um susto ao encontrar no canto, colado à madeira, um corpo vivo. Depois, com o brusco clarão de um segundo relâmpago, viu uma grande jovem, vestida de preto e já encharcada, que tremia de medo. Quando o trovão sacudiu os dois, ele exclamou:

– Ah, então! Se eu esperasse!... Quem é? O que quer?

Ele não podia mais vê-la, só podia ouvi-la soluçar e gaguejar:

– Oh! Meu senhor, não me machuque... Foi o cocheiro que eu peguei na estação e que me abandonou perto desta porta, me maltratando... Sim, um trem descarrilou, do lado de Nevers. Tivemos quatro horas de atraso, não encontrei a pessoa que devia me esperar... Meu Deus! É a primeira vez que venho a Paris, meu senhor, não sei onde estou...

Um relâmpago ofuscante cortou a sua frase; e seus olhos dilatados percorreram com ansiedade esse canto de cidade desconhecida, a aparência violácea de uma cidade fantástica. A chuva havia parado. Do outro lado do Sena, o Quai des Ormes alinhava suas casinhas cinzentas, coloridas na parte de baixo pelo enquadramento das lojas, recortando no alto seus telhados irregulares; enquanto o horizonte alargado iluminava, à esquerda, as ardósias azuis do telhado da Prefeitura, à direita até à cúpula de chumbo de Saint-Paul. Mas o que a assustava, sobretudo, era a depressão do rio, a vala profunda por onde o Sena corria nesse lugar, negra, desde os pesados pilares da Pont Marie aos leves arcos da nova Pont Louis-Philippe. Estranhas massas povoavam a água, uma flotilha adormecida de canoas e ioles, um barco-lavadouro e uma draga, atracados no cais; depois, ali, contra a outra margem, barcaças carregadas de carvão, de pedra, dominadas pelo braço gigantesco de um guindaste de ferro. Tudo desapareceu.

– Bom! Uma safada, pensou Claude, alguma vadia que foi posta na rua e que procura um homem.

Ele desconfiava das mulheres: essa história de acidente, de trem atrasado, de cocheiro brutal lhe parecia uma invenção ridícula. A jovem, com o estrondo do trovão, tinha se enfiado no canto da porta, aterrorizada.

– Mas não pode dormir aí, retomou ele com voz forte.

Ela chorava mais alto, balbuciou:

– Senhor, peço-lhe, leve-me a Passy!... É para Passy que eu vou.

Ele deu de ombros: ela o tomava por um idiota? Maquinalmente, voltou-se para o Quai des Célestins, onde havia uma estação de fiacres. Nem um só brilho de lanterna.

– Para Passy, minha cara, por que não Versalhes?... Onde diabos quer que eu vá pescar um carro a esta hora e com este tempo?

Mas ela soltou um grito, um novo raio a cegara; e, dessa vez, revia a cidade trágica em um borrão sangrento. Era uma vala enorme, os dois extremos do rio afundando a perder de vista, em meio às brasas vermelhas de um incêndio. Os detalhes mais finos apareceram, distinguiam-se as pequenas venezianas fechadas do Quai des Ormes, as duas fendas na Rue de la Masure e na Rue du Paon-Blanc, cortando a linha das fachadas; perto da Pont Marie, seria possível contar as folhas dos grandes plátanos, que inserem ali um conjunto de soberba folhagem; enquanto, do outro lado, sob a Pont Louis-Philippe, no passeio, os barcos alinhados em quatro fileiras incendiaram-se, com os montes de maçãs amarelas que os sobrecarregavam. E se via ainda a ondulação da água, a alta chaminé do barco-lavadouro, a corrente imóvel da draga, montes de areia no porto, do outro lado, uma complicação extraordinária de coisas, um mundo inteiro preenchendo aquele fosso enorme, vala cavada de um horizonte ao outro. O céu se extinguiu, as águas corriam escuras, no estrondo do relâmpago.

– Oh! meu Deus! Acabou... Oh! meu Deus! Que vai ser de mim?

A chuva, agora, recomeçava, tão dura, impelida por um tal vento, que ela varria o cais, com a violência de uma comporta escancarada.

– Vamos, deixe-me entrar, disse Claude, isso não é mais possível.

Ambos se encharcavam. À luz vaga do lampião de gás instalado na esquina da Rue de la Femme-sans-Tête, ele a via, gotejante, com o vestido colado à pele, no dilúvio que batia à porta. Uma piedade o invadiu: numa noite de tempestade ele bem que tinha pegado um cachorro numa calçada! Mas ficar comovido o aborrecia, ele nunca levava mulher em sua casa, ele as tratava a todas como um rapaz que as ignorava, com uma timidez dolorosa que ele escondia sob uma fanfarronice de brutalidade; e esta, francamente, o considerava burro demais, tentando fisgá-lo assim, com sua aventura de *vaudeville*. No entanto, terminou dizendo:

– Bem, basta, vamos subir... Dormirá em minha casa.

Ela se assustou mais ainda, ela se debatia.

– Na sua casa, oh! Meu Deus! Não, não, é impossível... eu lhe imploro, me leve para Passy, eu lhe imploro de mãos juntas.

Então ele se zangou. Por que essas maneiras, uma vez que ele a estava acolhendo? Ele, por duas vezes já, havia acionado a campainha. Enfim, a porta cedeu e ele empurrou a desconhecida.

– Não, não, meu senhor, estou lhe dizendo que não...

Mas um relâmpago a cegou mais uma vez, e quando o trovão detonou, ela entrou, num salto, apavorada. A pesada porta havia se fechado, ela se encontrava sob um vasto pórtico, numa escuridão completa.

– Madame Joseph, sou eu!, gritou Claude para a zeladora.

E, em voz baixa, acrescentou:

– Dê-me sua mão, temos que atravessar o pátio.

Ela lhe deu a mão, não resistia mais, atordoada, arrasada. De novo, passaram pela chuva torrencial, correndo lado a lado, violentamente. Era um pátio senhorial, enorme, com arcadas de pedra, confusas nas sombras. Então, avançaram para um vestíbulo, apertado, sem porta; e ele soltou a mão dela; ela o ouviu riscar fósforos, xingando. Todos estavam molhados; tinham que subir tateando.

– Tome o corrimão, e cuidado, os degraus são altos.

A escada, muito estreita, uma antiga escada de serviço, tinha três andares desmedidos, que ela subiu aos tropeções, com as pernas cansadas e desajeitadas. Então ele a avisou que deveriam seguir um longo corredor; e ela entrou atrás dele, com as duas mãos apoiando-se nas paredes, indo naquela passagem sem fim, que retornava para a fachada, sobre o cais. Em seguida, de novo, uma escada, mas desta vez sob o telhado, todo um andar de degraus de madeira que rangiam, sem corrimão, vacilantes e rígidos como as tábuas toscas de uma escada de moleiro. No alto, o patamar era tão pequeno que ela esbarrou no jovem, que procurava sua chave. Enfim, ele abriu.

– Não entre, espere. Caso contrário, iria bater de novo.

E ela não se mexeu mais. Retomava a respiração, com seu coração batendo, seus ouvidos zumbindo, exausta por aquela escalada no escuro. Parecia-lhe que já fazia horas que estava subindo, no meio de tal labirinto, entre tamanha complicação de andares e desvios, que nunca mais conseguiria descer. No ateliê, passos pesados caminhavam, mãos roçavam, coisas derrubadas, acompanhadas de uma exclamação abafada. A porta se iluminou.

– Entre, chegamos.

Ela entrou, olhou sem ver. A única vela empalidecia naquele sótão, alto de cinco metros, cheio de uma confusão de objetos, cujas grandes sombras se recortavam bizarramente contra as paredes pintadas de cinza. Ela não reconheceu nada, levantou os olhos para a claraboia, na qual a chuva batia com um rufar ensurdecedor. Mas, nesse exato momento, um relâmpago incendiou o céu, e o trovão veio tão em seguida que o telhado pareceu se partir. Muda, toda branca, ela se deixou cair em uma cadeira.

– Diacho!, murmurou Claude, um pouco pálido também, este foi um que não caiu longe... Já estava na hora, a gente está melhor aqui do que na rua, hein?

E ele voltou para a porta, que trancou ruidosamente, com duas voltas, enquanto ela o observava fazer isso, com seu ar estupefato.

– Aí! Estamos em casa.

Aliás, era o fim, não houve mais do que estrondos distantes, logo o dilúvio cessou. Ele, tomado por um constrangimento agora, a examinara com um olhar de soslaio. Ela não devia ser feia, e jovem com certeza, vinte anos no máximo. Isso terminou por levá-lo à suspeita, apesar de uma dúvida inconsciente que o tomava, uma sensação vaga de que ela talvez não estivesse mentindo inteiramente. Em todo caso, por mais malandra que fosse, enganava-se se acreditava tê-lo agarrado. Exagerou sua atitude emburrada e disse com uma voz grossa:

– Hein? Vamos nos deitar, isso nos secará.

Uma angústia a fez se levantar. Ela também o examinava, sem olhá-lo no rosto, e esse rapaz magro, com as juntas nodosas, a forte cabeça barbada, redobrou seu medo, como se ele tivesse saído de uma história de salteadores, com seu chapéu de feltro preto e seu velho casaco marrom que as chuvas deixaram esverdeado. Ela murmurou:

– Obrigada, estou bem, vou dormir vestida.

– Como, vestida, com essas roupas que escorrem!... Não seja assim boba, tire a roupa já.

E ele empurrava cadeiras, afastava um biombo meio quebrado. Por detrás, ela viu uma penteadeira e uma minúscula cama de ferro, da qual ele começou a tirar a colcha.

– Não, não, senhor, não precisa, eu juro que fico aqui.

Com isso, ele se irritou, gesticulando, batendo com os punhos. – Vamos acabar com isso, me deixe em paz! Já que estou lhe dando minha cama, por que está reclamando?... E não se finja de assustada, é inútil. Eu vou dormir no divã.

Tinha-se voltado para ela com ar de ameaça. Apreensiva, acreditando que ele queria bater nela, tirou seu chapéu, tremendo. No chão, suas saias pingavam.

Ele continuava a resmungar. No entanto, um escrúpulo parecia tomá-lo; e finalmente soltou, como uma concessão:

– Sabe, se tem nojo de mim, posso trocar os lençóis.

Ele já os arrancava, jogando-os no divã, do outro lado do ateliê. Então, tirou um par de um armário e ele mesmo refez a cama, com a destreza de rapaz acostumado com essa tarefa. Com mão cuidadosa, enfiava o cobertor do lado da parede, batia no travesseiro, abria os lençóis.

– Pronto, agora vá nanar!

E, como ela não dizia nada, sempre imóvel, passando os dedos perdidos pela blusa, sem se decidir a desabotoá-la, ele a empurrou para trás do biombo. Meu Deus! Quanto pudor! Vivamente, ele se deitou: os lençóis estendidos no divã, as roupas penduradas em um velho cavalete, e ele imediatamente deitado de costas. Mas, no momento de soprar a vela, pensou que ela não veria mais com clareza; esperou. A princípio, ele não a tinha ouvido se mover: sem dúvida ela permanecera ereta no mesmo lugar, contra a cama de ferro. Então, agora, ele percebia um barulhinho de tecido, movimentos lentos e abafados, como se ela recomeçasse dez vezes, ouvindo, ela também, inquieta com essa luz que não se apagava. Enfim, após longos minutos, a cama gemeu fracamente; houve um grande silêncio.

– Está bem, senhorita?, perguntou Claude com uma voz muito suavizada.

Ela respondeu com uma respiração quase imperceptível, ainda trêmula de emoção.

– Sim, senhor, muito bem.
– Então, boa noite.
– Boa noite.

Ele soprou a vela, o silêncio recaiu, mais profundo. Apesar de sua lassidão, suas pálpebras logo se abriram, uma insônia o deixou olhando para o ar, para a claraboia. O céu tinha voltado a ficar muito puro, ele via as estrelas cintilarem na ardente noite de julho; e, apesar da tempestade, o calor permanecia tão forte que Claude abrasava, com os braços nus, fora do lençol. Pensava naquela moça, um mudo debate zumbia dentro dele, o desprezo que ele estava contente em demonstrar, o receio de que ela viesse atrapalhar sua existência, se ele cedesse, o medo de parecer ridículo, não aproveitando a oportunidade; mas o desprezo terminou por prevalecer, ele se julgava muito forte, imaginava um romance contra sua tranquilidade, zombando satisfeito por ter desarmado a tentação. Sentia se sufocar mais e pôs suas pernas para fora, enquanto, com a cabeça pesada, na alucinação do meio sono, seguia, nas profundezas da lucilação das estrelas, nudezas amorosas de mulheres, toda a carne viva da mulher, que ele adorava.

Depois, suas ideias se embrulharam mais. O que ela estaria fazendo? Por muito tempo, acreditou que dormia, pois nem parecia respirar; e agora ele a ouvia se virar, como ele, com infinitas precauções, que a sufocavam. Em sua pouca experiência com as mulheres, tentava raciocinar sobre a história que ela lhe contara, espantado, naquele momento, por alguns detalhes, ficou perplexo; mas toda a sua lógica fugia, de que adiantava quebrar a cabeça inutilmente? Quer ela tivesse dito a verdade, quer tivesse mentido, pelo que queria fazer com ela, pouco lhe importava. No dia seguinte, ela tomaria a porta da rua: bom dia, boa noite, e estaria acabado, nunca mais se veriam. Somente com a chegada do dia, quando as estrelas empalideciam, ele conseguiu dormir. Atrás do biombo, ela, apesar do cansaço pesado da viagem, continuava a se agitar, atormentada pelo ar pesado, sob o zinco aquecido do teto; e ficava menos constrangida, deu uma brusca sacudidela de impaciência nervosa, um suspiro irritado de virgem, no mal-estar por causa daquele homem que dormia ali perto dela.

De manhã, Claude, abrindo os olhos, piscou. Era muito tarde, uma larga área de sol caía da claraboia. Uma de suas teorias era de que os jovens pintores do ar livre deviam alugar ateliês que os pintores acadêmicos não queriam, aqueles que o sol visitava com a chama viva de seus raios. Mas uma primeira perplexidade o fez sentar, com as pernas nuas. Por que diabos estava deitado em seu divã? e passeava seus olhos, ainda com sono, quando viu, meio escondido pelo biombo, um monte de saias. Ah! sim, aquela garota, ele se lembrava! Prestou atenção, ouviu uma respiração longa e regular, como o do bem-estar de uma criança. Bom! ela continuava dormindo, e tão calma, que seria pena acordá-la. Ele permanecia atordoado, coçava as pernas, incomodado com essa aventura em que recaía e que iria estragar a sua manhã de trabalho. Seu coração terno o indignava, o melhor seria sacudi-la, para que desse o fora imediatamente. Entretanto, vestiu as calças com delicadeza, calçou chinelos, andou na ponta dos pés.

O cuco tocou nove horas e Claude fez um gesto inquieto. Nada havia se mexido, a pequena respiração continuou. Então pensou que seria melhor voltar ao seu grande quadro: ele faria o café da manhã mais tarde, quando pudesse se mexer. Mas não se decidia. Ele, que vivia ali, em uma desordem abominável, estava constrangido pelo monte de saias, que escorregara no chão. Água havia escorrido, as roupas ainda estavam encharcadas. E, enquanto abafava resmungos, terminou catando as peças, uma por uma, e espalhando nas cadeiras, sob o sol forte. Se pudesse jogar tudo de qualquer jeito! Nunca aquilo ficaria seco, ela nunca iria embora! Virava e revirava, desajeitado, aqueles panos de mulher, se atrapalhava com a blusa de lã preta, procurava de quatro patas as meias que haviam caído atrás de uma velha tela. Eram longas e finas meias em fio de Escócia, de um cinza esbranquiçado, que ele examinou, antes de pendurá-las. A barra do vestido também as havia molhado; e ele as espichou, passou-as entre suas mãos quentes, para mandá-la embora o mais rápido.

Desde que se levantara, Claude tinha vontade de afastar o biombo e ver. Essa curiosidade, que ele considerava boba, redobrava seu mau humor. Enfim, com seu dar de ombros habitual, agarrou seus pincéis, quando houve palavras balbuciadas, no meio de um grande farfalhar de panos; e a respiração suave recomeçou, e ele cedeu dessa vez, largando os pincéis, enfiando a cabeça. Mas o que viu o imobilizou, grave, extasiado, murmurando:

– Ah! Diacho!... Ah! Diacho!...

A jovem, no calor de estufa que caía das janelas, acabara de afastar o lençol; e, abatida pela prostração das noites sem sono, ela dormia, banhada pela luz, tão inconsciente que nem uma onda passava sobre sua nudez pura. Durante sua febre de insônia, os botões nos ombros de sua camisa deviam ter se soltado, toda a manga esquerda escorregara, revelando o seio. Era uma carne dourada, com uma finura de seda, a primavera da carne, dois pequenos seios rígidos, inflados pela seiva, onde brotavam duas rosas pálidas. Ela havia passado o braço direito sob a nuca, sua cabeça adormecida caía para trás, seu peito confiante se oferecia, em uma adorável linha de abandono; enquanto seus cabelos negros, soltos, a vestiam ainda como de um manto sombrio.

– Ah! Caramba! Ela é bem-feita à beça!

Era essa, exatamente essa, a figura que ele havia inutilmente procurado para seu quadro, e quase na pose. Um pouco esguia, um pouco magra por ser ainda meio menina, mas tão flexível, de uma juventude tão fresca! E, com isso, seios já maduros. Onde diabos ela escondera aqueles seios no dia anterior, que ele não havia adivinhado? Um verdadeiro achado!

Suavemente, Claude correu para pegar sua caixa de pastel e uma grande folha de papel. Então, acocorado na beira de uma cadeira baixa, pôs sobre os joelhos uma grande pasta, começou a desenhar, com um ar profundamente feliz. Toda sua perturbação, sua curiosidade carnal, seu desejo combatido, resultavam nesse maravilhamento de artista, nesse entusiasmo pelos belos tons e pelos músculos bem ajustados. Ele já havia esquecido a jovem, estava no encantamento da neve nos seios, iluminando o âmbar delicado dos ombros. Um pudor inquieto o diminuía diante da natureza, apertava seus cotovelos, voltava a ser um menino, muito bem-comportado, atencioso e respeitoso. Aquilo durou quase quinze minutos, ele parava às vezes, piscando os olhos. Mas tinha medo de que ela se mexesse, e voltava rapidamente à tarefa, prendendo a respiração, com receio de acordá-la.

No entanto, vagos raciocínios recomeçavam a ressoar dentro dele, em sua aplicação ao trabalho. Quem ela poderia ser? Certamente, não uma vadia, como ele pensara, porque tinha muito frescor. Mas por que lhe tinha contado uma história tão inacreditável? E ele imaginava outras histórias: uma estreante, caída em Paris com um amante que a havia abandonado; ou então uma pequena burguesa depravada por uma amiga que não ousava voltar para a casa de seus pais; ou mesmo um drama mais complicado, perversões ingênuas e extraordinárias, coisas terríveis que ele nunca saberia. Essas hipóteses aumentavam sua incerteza, ele passou para o esboço do rosto, estudando-o com atenção. O alto era de grande bondade, de grande suavidade, a testa límpida, unida como um espelho claro, o nariz pequeno, com finas aletas nervosas; e sentia-se o sorriso dos olhos sob as pálpebras, um sorriso que devia iluminar toda a face. Apenas, a parte de baixo estragava essa irradiação de ternura, o maxilar avançava, os lábios fortes demais como que sangravam, exibindo dentes sólidos e brancos. Era como um lampejo de paixão, a puberdade inconsciente que ameaçava, nesses traços suaves, de uma delicadeza infantil.

De repente, um arrepio correu, como um *moiré* no cetim de sua pele. Talvez ela, enfim, tivesse sentido aquele olhar de homem que a examinava. Ela escancarou as pálpebras e soltou um grito.

– Ah! Meu Deus!

E um estupor a paralisou, aquele lugar desconhecido, aquele rapaz em mangas de camisa, acocorado diante dela, devorando-a com os olhos. Então, num impulso frenético, ela puxou a colcha, apertou-a com os dois braços sobre o busto, com o sangue estimulado por uma angústia tão pudica, que a vermelhidão ardente de suas faces fluiu até a ponta de seus seios, num fluxo cor-de-rosa.

– E então! O que há?, exclamou Claude, descontente, com o lápis no ar, o que está fazendo?

Ela não falava mais, não se mexia mais, com o lençol apertado em volta do pescoço, encolhida, dobrada sobre si mesma, mal ondulando a cama.

– Acha que eu vou devorá-la, talvez... Vamos lá, seja boazinha, tome a posição que tinha antes.

Um novo fluxo de sangue fez corar suas orelhas. Ela acabou gaguejando:

– Oh! Não, oh! Não, senhor!

Mas ele se zangava pouco a pouco, numa dessas bruscas explosões de cólera que o tomavam de costume. Essa obstinação lhe parecia estúpida.

– Diga, o que tem isso para você? Parece uma grande desgraça, eu saber como você é feita!... Vi outras.

Então ela soluçou, e ele se enfureceu completamente, desesperado diante de seu desenho, fora de si só de pensar que não o terminaria, que o acanhamento dessa moça o impediria de ter um bom estudo para seu quadro.

– Não quer, hein? Mas é imbecil! Por quem me toma?... Eu toquei em você, por acaso? Se eu tivesse pensado em bobagens, teria tido a ocasião perfeita esta noite... Ah! Não me importo nada com essas coisas, minha cara! Pode mostrar tudo... E, além disso, ouça, não é muito simpático me recusar esse serviço, porque, afinal, eu a acolhi, eu lhe dei minha cama para dormir.

Ela chorava mais alto, com a cabeça escondida no fundo do travesseiro.

– Eu juro que tenho necessidade disso, se não precisasse, não a atormentaria.

Tantas lágrimas o surpreendiam, teve vergonha de sua rudeza; e calou-se, embaraçado, deixou que ela se acalmasse um pouco; depois, recomeçou, com uma voz muito suave:

– Bem, já que isso a contraria, não falemos mais... Somente, se soubesse! Tenho lá uma figura de meu quadro que não avança nada, e a senhora era a nota justa para ela! Eu, quando se trata desta maldita pintura, degolaria pai e mãe. Não é? Desculpe. E, veja! Se fosse gentil, me daria ainda alguns minutos. Não, não, fique tranquila! Não o busto, não estou pedindo o busto! A cabeça, só a cabeça! Se eu pudesse terminar a cabeça, pelo menos!... Por favor, seja gentil, ponha o braço como estava, e eu ficarei grato, entende, oh! Grato por toda a minha vida!

Naquele momento, ele implorava, agitava lamentavelmente o lápis, na emoção do seu grande desejo de artista. De resto, não se mexera, ainda acocorado na cadeira baixa, longe dela. Então ela arriscou, descobriu seu rosto tranquilizado. O que ela podia fazer? Estava à mercê dele, e ele tinha um jeito tão infeliz! No entanto, teve uma hesitação, um último constrangimento. E, lentamente, sem dizer uma palavra, ela tirou fora o braço nu, escorregou-o de novo sob a cabeça, tomando muito cuidado para segurar, com a outra mão, que permanecera escondida, a coberta apertada em volta de seu pescoço.

– Ah! como a senhora é boa!... Vou me apressar, estará livre logo.

Tinha se curvado sobre seu desenho, só lhe dava aqueles claros olhares de pintor, para quem a mulher desapareceu e que só vê o modelo. A princípio, ela havia voltado a ficar rosada, a sensação de seu braço nu, daquele pouco de si mesma que ela teria mostrado ingenuamente em um baile, ali, a enchia de embaraço. Mas depois, aquele rapaz lhe pareceu tão razoável que ela se tranquilizou, com as faces esfriadas, a boca relaxada em um vago sorriso de confiança. E, entre as pálpebras semicerradas ela o estudava, por sua vez. Como ele a apavorara desde a véspera, com sua forte barba, sua cabeça grande, seus gestos impulsivos! Não era feio, entretanto; ela descobria no fundo de seus olhos castanhos uma profunda ternura, enquanto seu nariz a surpreendia, ele também, nariz delicado de mulher, perdido nos pelos eriçados dos lábios. Um pequeno tremor de inquietação nervosa o sacudia, uma contínua paixão que parecia dar vida ao lápis na ponta de seus dedos finos, e que a comoviam profundamente, sem saber por quê. Ele não podia ser uma pessoa má, só que devia ter a brutalidade dos tímidos. Tudo isso ela não analisava muito bem, mas sentia, e punha-se à vontade, como na casa de um amigo.

O ateliê, é verdade, continuava a assustá-la um pouco. Ela lançava olhares prudentes, estupefata com tal desordem e tal abandono. Diante do fogão, as cinzas do último inverno ainda se amontoavam. Além da cama, da pequena penteadeira e do divã, não havia outros móveis, a não ser um velho armário de carvalho desconjuntado e uma grande mesa de pinho, atulhada de pincéis, tintas, pratos sujos, de uma espiriteira, sobre a qual ficara uma panela, com restos de macarrão. Cadeiras desemparelhadas se dispersavam entre cavaletes capengas. Perto do divã, a vela do dia anterior estava jogada no chão, num canto do assoalho, que deviam varrer uma vez por mês; e havia apenas o cuco, um cuco enorme, ornado de flores vermelhas, que parecia alegre e limpo, com seu tique-taque sonoro. Mas o que mais a assustava eram os esboços pendurados nas paredes, sem molduras, uma grossa torrente de esboços que chegava até o chão, onde se amontoava em uma degringolada de telas jogadas de qualquer jeito. Nunca tinha visto uma tão terrível pintura, áspera, brilhante, de uma violência de tons que a feria como um palavrão de carroceiro ouvido à porta de um albergue. Ela baixava os olhos, atraída, entretanto, por um quadro reverso, o grande quadro em que o pintor trabalhava, e que ele voltava todas as noites contra a parede, para julgá-lo melhor no dia seguinte, no frescor do primeiro olhar. O que poderia esconder, para que nem ousasse mostrá-lo? E, através da vasta sala, a área de sol escaldante, caindo da claraboia, viajava, sem ser temperada pelo menor toldo, fluindo como ouro líquido sobre todos aqueles restos de móveis, dos quais acentuava a despreocupada miséria.

Claude terminou por achar o silêncio pesado. Quis dizer uma palavra, qualquer coisa, com a ideia de ser educado e, sobretudo, para distraí-la da pose. Mas, por mais que procurasse, só imaginou esta pergunta:

– Qual é o seu nome?

Ela abriu os olhos que havia fechado, como se retomada pelo sono.

– Christine.

Então ele se espantou. Ele tampouco dissera seu nome. Desde a véspera, estavam ali, lado a lado, sem se conhecerem.

– Eu me chamo Claude.

E, tendo olhado para ela naquele momento, viu-a explodindo em um lindo riso. Foi o instante divertido da moça que ainda era uma garotinha. Ela achava engraçada a troca tardia de seus nomes. Depois, outra ideia a divertiu.

– Veja! Claude, Christine, começam com a mesma letra.

O silêncio voltou. Ele apertava as pálpebras, absorvido em si mesmo, sentia-se sem imaginação. Mas pensou ter notado nela um desconforto de impaciência, e no terror de que ela se mexesse, continuou ao acaso, para interessá-la:

– Está fazendo um pouco de calor.

Desta vez, ela sufocou o riso, com aquela alegria nativa que renascia e partia fora de seu controle, desde que ela havia se tranquilizado. O calor tornava-se tão forte, que ela estava na cama como num banho, com a pele úmida e pálida, a palidez leitosa das camélias.

– Sim, um pouco quente, respondeu ela seriamente, enquanto seus olhos se divertiam.

Claude, então, concluiu com seu jeito bonachão:

– É o sol que entra. Mas, bah! Faz bem, uma boa tostada de sol na pele... Diga, esta noite, nós estávamos precisando disso, debaixo da porta.

Ambos gargalharam, e ele, encantado por finalmente ter descoberto um assunto de conversa, questionou-a sobre sua aventura, sem curiosidade, pouco se importando em saber a verdade verdadeira, apenas desejoso de prolongar a sessão de pose.

Christine, simplesmente, em poucas palavras, contou as coisas. Tinha sido na véspera pela manhã que ela havia deixado Clermont para vir a Paris, onde iria entrar como leitora na casa da viúva de um general, madame Vanzade, uma velha senhora muito rica que morava em Passy. O trem estava previsto para chegar às nove e dez, e todas as precauções foram tomadas, uma camareira devia esperá-la, tinham até combinado, por cartas, um sinal de reconhecimento, uma pena cinza no chapéu preto. Mas então seu trem havia topado, um pouco acima de Nevers, com um trem de carga cujos vagões descarrilados e quebrados obstruíam os trilhos. Então começara uma série de contratempos e atrasos, primeiro uma pausa interminável nos vagões, imóveis; depois o abandono forçado desses vagões, as bagagens deixadas lá, para trás, os viajantes obrigados a caminhar três quilômetros para chegar a uma estação, onde foi decidido formar um trem de resgate. Perderam duas horas, e mais duas foram perdidas, na confusão que o acidente causou, de uma ponta à outra da linha; de modo que entraram na estação com quatro horas de atraso, só à uma da manhã.

– Que azar!, interrompeu Claude, sempre incrédulo, mas meio desarmado, surpreso com a maneira fácil como as complicações dessa história se arranjavam. E, claro, ninguém esperava mais pela senhora?

Com efeito, Christine não havia encontrado a governanta de madame Vanzade, que provavelmente se cansara de esperar. E ela contava sua perturbação na Gare de Lyon, aquele grande hangar desconhecido, escuro, vazio, logo deserto, naquela hora avançada da noite. A princípio, ela não tinha ousado pegar um carro, andando de um lado para o outro com sua malinha, esperando que alguém viesse. Depois se decidiu, mas tarde demais, pois só restara um cocheiro muito sujo, fedendo a vinho, que rondava ao seu redor, oferecendo-se com ar de troça.

– Sim, um safado, retomou Claude, interessado agora, como se assistindo à concretização de um conto de fadas. E subiu no carro dele?

Com os olhos no teto, Christine continuou, sem abandonar a pose:

– Foi ele quem me forçou. Ele me chamava de sua pequena, me dava medo... Quando soube que eu ia para Passy, ficou bravo, chicoteou seu cavalo com tanta força que tive que me agarrar nas portas. Aí, me tranquilizei um pouco, o fiacre rodava suavemente nas ruas iluminadas, eu via gente nas calçadas. Enfim, reconheci o Sena. Nunca estive em Paris, mas tinha olhado um mapa... E pensava que ele ia avançar ao longo dos cais, quando voltei a ter medo, ao perceber que estávamos passando sobre uma ponte. A chuva começava, o fiacre, que havia virado em um lugar muito escuro, parou de repente. Era o cocheiro que descia de seu assento e que queria entrar no carro comigo... Disse que estava chovendo demais...

Claude começou a rir. Ele não duvidava mais, ela não poderia ter inventado aquele cocheiro. Como ela estava em silêncio, embaraçada:

– Bom! Bom! O farsante estava se divertindo.

– Imediatamente, eu pulei para a calçada, pela outra porta. Então ele xingou, disse que tínhamos chegado e que ia arrancar meu chapéu se eu não pagasse... A chuva era uma torrente, o cais estava absolutamente deserto. Eu perdia a cabeça, tirei uma moeda de cinco francos, e ele chicoteou seu cavalo, e foi embora levando minha bolsa, onde felizmente só havia dois lenços, meio brioche e a chave de minha mala, que ficou no caminho.

– Mas vamos pegar o número do carro!, exclamou o pintor, indignado.

Agora se lembrava que um fiacre passara por ele de raspão, fugindo desenfreado, quando atravessava a Pont Louis-Philippe, no fluxo da tempestade. E ele se maravilhava com a inverossimilhança, muitas vezes, da verdade. O que ele havia imaginado, porque era simples e lógico, era simplesmente estúpido, em comparação com esse curso natural das infinitas combinações da vida.

– Pode imaginar como eu estava feliz, debaixo daquela porta!, concluiu Christine. Eu sabia muito bem que não estava em Passy, ia então dormir ali naquela noite, nessa Paris terrível. E esses trovões e esses relâmpagos, oh! Aqueles relâmpagos azuis, vermelhos, que me mostravam coisas de estremecer!

Suas pálpebras estavam fechadas de novo, um calafrio empalideceu seu rosto, ela revia a cidade trágica, aquela vala dos cais mergulhando em avermelhados de fornalha, aquele fosso profundo do rio fluindo com águas de cor de chumbo, cheio de grandes corpos negros, barcaças parecidas com baleias mortas, eriçadas de guindastes imóveis, que espichavam seus braços de forca. Então era isso receber boas-vindas?

Houve um silêncio. Claude tinha retomado seu desenho. Mas ela se mexeu, com seu braço que entorpecia.

– Com o cotovelo um pouco dobrado, por favor. Então, com ar de interesse, para se desculpar:

– São seus pais que devem estar desconsolados, se souberam da catástrofe.

– Não tenho pais.
– Como? Nem pai nem mãe... É sozinha?
– Sim, sozinha.

Tinha dezoito anos e nascera em Estrasburgo, por acaso, entre duas mudanças de guarnição do pai, o capitão Hallegrain. Quando ela estava entrando nos seus doze anos, este último, um gascão de Montauban, morrera em Clermont, onde uma paralisia das pernas o tinha obrigado a se aposentar. Durante quase cinco anos, sua mãe, que era parisiense, morava lá, na província, poupando sua magra pensão, trabalhando, pintando leques, para terminar de criar sua filha como uma senhorita; e, há quinze meses, ela morrera por sua vez, deixando-a sozinha no mundo, sem um tostão, só com a amizade de uma freira, a superiora das Irmãs da Visitação, que a mantivera em seu internato. Ela chegava diretamente do convento, a superiora tendo terminado por encontrar esse lugar de leitora para ela, junto à sua velha amiga, madame Vanzade, que estava quase cega.

Claude emudeceu, ao ouvir esses novos detalhes. Este convento, essa órfã bem-educada, essa aventura que estava ficando romanesca, o devolviam a seu embaraço, ao seu desajeitamento de gestos e palavras. Ele não trabalhava mais, com os olhos abaixados para seu esboço.

– É bonito, Clermont?, ele perguntou enfim.
– Não muito, uma cidade negra... Depois, nem sei direito, mal saía.

Apoiava-se nos cotovelos, continuava baixinho, como se falasse consigo mesma, com a voz ainda quebrada pelos soluços de seu luto:

– Mamãe, que não era forte, se matava no trabalho... Ela me mimava, nada era bom demais para mim, tive professores de tudo; e aproveitava tão pouco, primeiro fiquei doente, além disso não escutava, sempre rindo, cabeça avoada... A música me entediava, cãibras torciam meus braços no piano. Era ainda a pintura que dava mais certo...

Ele ergueu a cabeça, interrompendo-a com uma exclamação.

– A senhora sabe pintar!

– Oh! não, não sei nada, nada de nada... Mamãe, que tinha muito talento, fazia com que eu pintasse um pouco com aquarela, e às vezes eu a ajudava com os fundos de seus leques... Ela pintava tão lindos!

Ela deu, contra sua vontade, um olhar ao redor do estúdio, aos esboços aterrorizantes, que incendiavam as paredes; e, em seus olhos claros, uma perturbação reapareceu, o espanto inquieto dessa pintura brutal. De longe, ela via, de ponta-cabeça, o estudo que o pintor havia esboçado a partir dela, tão consternada com os tons violentos, com os grandes traços em pastel navalhando as sombras, que ela não ousava pedir para olhar de perto. Além disso, pouco à vontade naquela cama quente demais, agitava-se, atormentada pela ideia de ir-se embora, de terminar com aquelas coisas que lhe pareciam um sonho desde a véspera.

Sem dúvida, Claude teve consciência desse nervosismo. Uma repentina vergonha o encheu de pesar. Abandonou o desenho inacabado e disse muito rapidamente:

– Muito obrigado pela sua compreensão, senhorita... Perdoe--me, abusei, de fato... Levante-se, levante-se, por favor. É hora de cuidar de suas coisas.

E, sem compreender por que ela não se decidia, corando, escondendo, ao contrário, seu braço nu, na medida em que ele se apressava em sua frente, repetindo-lhe que se levantasse. Depois, teve um gesto de louco, recolocou o biombo e foi para a outra ponta do ateliê, entregando-se a um exagero de pudor, que o fez guardar ruidosamente seus pratos, para que ela pudesse sair da cama e se vestir, sem medo de ser ouvida.

Em meio ao alvoroço que estava fazendo, não ouvia uma voz hesitante.

– Senhor, senhor... – Finalmente, ele prestou ouvidos.

– Senhor, por bondade... Não acho minhas meias.

Ele se precipitou. Onde estava com a cabeça? O que queria que ela fizesse, só com sua camisa, por trás daquela tela, sem as meias e saias que ele tinha estendido ao sol? As meias estavam secas, ele se certificou esfregando-as suavemente; depois, passou-as por cima do fino anteparo e viu pela última vez o braço nu, fresco e redondo, de um encanto infantil. Em seguida, jogou a saia ao pé da cama, empurrou as botinas, deixou apenas o chapéu pendurado no cavalete. Ela tinha dito obrigada, não falava mais, ele mal conseguia distinguir o roçar dos panos, os ruídos discretos da água a mexer. Mas ele continuava a cuidar dela.

– O sabão está em um pires, em cima da mesa... Abra a gaveta, certo? E pegue uma toalha limpa... Quer mais água? Vou lhe passar o jarro.

A ideia de que estava recaindo em seu desajeitamento o exasperou de repente.

– Então, aí, estou incomodando de novo! Faça como se estivesse em sua casa.

Ele voltou à sua limpeza. Uma dúvida o agitava. Deveria lhe oferecer o café da manhã? Era difícil deixá-la partir assim. Por outro lado, aquilo não terminaria nunca, ele iria perder definitivamente a manhã de trabalho. Sem decidir nada, depois de acender sua espiriteira, lavou a caçarola e começou a fazer chocolate, que considerou mais distinto, envergonhado de seu macarrão, uma mistura em que cortava pão e que banhava no azeite à maneira do Sul. Mas ele ainda estava esfarelando o chocolate na caçarola, quando exclamou:

– Como? Já!

Era Christine empurrando o biombo para trás e aparecendo, limpa e correta em suas roupas pretas, atada, abotoada, ajustada em um piscar de olhos. Seu rosto rosado nem mesmo conservava a umidade da água; seu pesado coque se torcia em sua nuca, sem que uma só mecha ficasse fora de lugar. E Claude permanecia boquiaberto com esse milagre de prontidão, com a vivacidade dessa pequena dona de casa em se vestir rápido e bem.

– Ah! Diacho, se a senhora faz tudo assim!

Ele a achava mais alta e mais bonita do que ele pensava. O que o impressionava sobretudo era seu ar de tranquila decisão. Ela não o temia mais, é claro. Parecia que, ao sair dessa cama desarrumada, onde se sentia indefesa, tinha posto de novo sua armadura, com suas botinas e o seu vestido. Ela sorria, olhava-o diretamente nos olhos. E ele disse o que hesitava ainda em dizer:

– Toma o café da manhã comigo, não é?

Mas ela recusou.

– Não, obrigada... Vou correr para a estação, onde minha mala certamente chegou, e então me farei levar para Passy.

Em vão, ele repetiu que ela devia estar com fome, que não era muito razoável sair assim sem comer.

– Então eu desço para lhe procurar um fiacre.

– Não, por favor, não se incomode.

– Veja, não pode fazer uma viagem dessas a pé. Permita-me, pelo menos, que eu a acompanhe até a estação de carros, já que não conhece nada de Paris.

– Não, não, não tenho necessidade do senhor... Se quiser ser gentil, deixe-me ir sozinha.

Era uma decisão tomada. Sem dúvida ela se revoltava à ideia de ser encontrada com um homem, mesmo por desconhecidos: ela não diria nada sobre sua noite, mentiria e guardaria para si a lembrança da aventura. Ele, com um gesto de cólera, quis mostrar que a mandava ao diabo. Passar bem! Era melhor para ele não descer. E permanecia ferido no fundo, achava-a ingrata.

– Como quiser, afinal. Não vou usar a força.

Com essa frase, o sorriso vago de Christine aumentou, baixou finamente os cantos delicados de seus lábios. Ela não disse nada; pegou seu chapéu, olhou ao redor em busca de um espelho; então, não encontrando nenhum, decidiu amarrar as fitas ao acaso dos dedos. Com os cotovelos levantados, ela enrolava, puxava as fitas sem pressa, com o rosto no reflexo dourado do sol. Surpreso, Claude já não reconhecia os traços de uma suavidade infantil que ele acabara de desenhar: o alto parecia recuar, a testa límpida, os olhos ternos; agora era o baixo que avançava, o maxilar apaixonado, a boca rubra de sangue, com belos dentes. E sempre aquele sorriso enigmático das jovens, que zombava talvez.

– Em todo caso, retomou, irritado, penso que não tem nenhuma censura a me fazer.

Ela então não conseguiu conter seu riso, um riso leve e nervoso.

– Não, não, senhor, nem a mínima.

Ele continuava a observá-la, vencido no combate contra sua timidez e suas ignorâncias, temendo ter sido ridículo. O que ela então sabia, essa grande senhorita? Sem dúvida o que as moças sabem no internato, tudo e nada. É o insondável, o obscuro desabrochar da carne e do coração, onde ninguém desce. Nesse meio livre de artista, aquela pudica sensual, com sua curiosidade e seu medo confuso do homem, acabara de despertar seus sentidos? Agora, que não tremia mais, tivera a surpresa um pouco desdenhosa de que tremera por nada? O quê! Nem um galanteio, nem mesmo um beijo na ponta dos dedos! A indiferença emburrada daquele rapaz, que ela havia sentido, devia irritar, dentro dela, a mulher que ela não era ainda, e ia embora assim, mudada, irritada, bancando a valente em seu despeito, levando o desgosto inconsciente das coisas desconhecidas e terríveis que não haviam acontecido.

– O senhor disse, retomou ela, voltando a permanecer séria, que o estacionamento fica no final da ponte, no outro cais?

– Sim, onde há algumas árvores.

Ela havia terminado de amarrar as fitas do chapéu, estava pronta, enluvada, com as mãos soltas, e não ia embora, olhando para frente. Seus olhos encontraram a grande tela virada para a parede, ela quis pedir para vê-la, mas não ousou. Nada a detinha mais, no entanto tinha o ar de procurar ainda, como se tivesse a sensação de deixar alguma coisa ali, coisa que não poderia nomear. Finalmente, dirigiu-se para a porta.

Claude a abriu e um pãozinho, colocado em pé, caiu no ateliê.
— Sabe, disse ele, deveria ter tomado o café da manhã comigo. É a minha zeladora que me sobe isso todas as manhãs.

Ela recusou de novo com um aceno de cabeça. No patamar, voltou-se e se manteve imóvel por um momento. Seu alegre sorriso havia retornado, ela estendeu a mão primeiro.

— Obrigada, muito obrigada.

Ele havia tomado a mãozinha enluvada em sua mão grande, manchada de pastel. Ambas permaneceram assim por alguns segundos, apertadas com força, sacudidas em boa amizade. A jovem ainda lhe sorria, ele tinha uma pergunta nos lábios: "Quando vou vê-la de novo?". Mas uma vergonha o impediu de falar. Então, depois de ter esperado, ela soltou sua mão.

— Adeus, senhor.
— Adeus, senhorita.

Christine, sem levantar a cabeça, já descia a escada de moleiro, cujos degraus rangiam; e Claude, brutalmente, voltou para dentro, batendo a porta, dizendo muito alto:

— Ah! Essas malditas mulheres!

Estava furioso, com raiva de si mesmo, com raiva dos outros. Enquanto dava topadas nos móveis, continuava a desafogar, em voz alta. Como tinha razão em nunca deixar ninguém subir! Essas sem-vergonhas só serviam para deixar a gente doido. Então, quem garantia que aquela, com seu ar inocente, não tinha abominavelmente troçado dele? E ele teve a tolice de acreditar em contos da carochinha: todas as suas dúvidas voltavam, ele nunca engoliria a viúva do general, nem o acidente de trem nem, principalmente, o cocheiro. Coisas assim lá podiam acontecer? Além disso, aquela boca revelava muito sobre ela, seu ar era estranho na hora de dar o fora. E ainda, se ele tivesse compreendido por que ela mentia! Mas não, mentiras sem sentido, inexplicáveis, arte pela arte! Ah! Ela devia estar rindo bastante a esta hora!

Violentamente, dobrou o biombo e o atirou em um canto. Ela devia ter deixado uma desordem! E, quando constatou que tudo estava arrumado, muito limpo, a bacia, a toalha, o sabão, irritou-se porque ela não tinha feito a cama. Começou a fazê-la, com um esforço exagerado, agarrou o colchão ainda morno com os dois braços, bateu no travesseiro perfumado com os dois punhos, sufocado por aquele calor, por aquele cheiro puro de juventude que subia dos lençóis. Depois lavou-se com muita água, para refrescar as têmporas; e na toalha úmida encontrou a mesma sufocação, aquele hálito de virgem cuja suavidade esparsa, vagando pelo ateliê, o oprimia. Foi xingando que tomou o chocolate na caçarola, tão febril, tão ansioso para pintar, que engoliu apressadamente grandes bocados de pão.

– Mas a gente morre aqui!, ele gritou bruscamente. É o calor que me deixa doente.

O sol tinha se ido, fazia menos calor.

E Claude, abrindo uma pequena janela, na beira do telhado, aspirou com ar de profundo alívio a rajada de vento abrasador que entrava. Ele havia pegado seu desenho, a cabeça de Christine, e esqueceu-se de si mesmo, olhando-a por longo tempo.

II

MEIO-DIA TINHA SOADO, Claude trabalhava em seu quadro quando uma mão familiar bateu rudemente na porta. Com um movimento instintivo, e que não dominou, o pintor enfiou numa pasta a cabeça de Christine, a partir da qual retocava sua grande figura de mulher. Então, se decidiu a abrir.

– Pierre!, exclamou. Você, já?

Pierre Sandoz, amigo de infância, era um rapaz de vinte e dois anos, muito moreno, com a cabeça redonda e voluntariosa, nariz quadrado, olhos suaves, numa máscara enérgica, emoldurada por uma fina tira de barba nascente.

– Tomei o café da manhã mais cedo, respondeu, quis que você tivesse uma longa sessão de pose... Ah! Diabo! Isso está avançando bem!

Ele havia se plantado diante do quadro, e acrescentou imediatamente:

– Veja só! Você está mudando o tipo da mulher?

Um longo silêncio se fez, ambos observavam, imóveis. Era uma tela de cinco metros por três, inteiramente coberta, mas da qual apenas algumas partes se destacavam do esboço. Esse esboço, feito de uma vez só, tinha uma violência soberba, uma ardente vida de cores. Em uma abertura de floresta, com espessas barreiras de vegetação, caía um jorro de sol; só, à esquerda, uma alameda sombria mergulhava, com uma mancha de luz, muito longe. Ali, na relva, no meio das vegetações de junho, uma mulher nua estava deitada, com um braço sob a cabeça, inflando os seios; e ela sorria, sem olhar, com as pálpebras fechadas, na chuva de ouro que a banhava. Ao fundo, duas outras mulheres, pequenas, uma morena, outra loira, também nuas, lutavam, rindo, fazendo destacar, entre o verde das folhas, dois adoráveis tons de pele. E, como no primeiro plano, o pintor precisava de uma oposição negra, ele simplesmente se satisfizera em sentar um cavalheiro ali, vestido com uma simples jaqueta de veludo. Esse senhor dava as costas, tudo o que se via dele era a mão esquerda, na qual ele se apoiava, sobre a relva.

– Bela promessa, a mulher!, retomou enfim Sandoz. Mas, caramba! Você tem ainda um bom trabalho por fazer, com tudo isso!

Claude, com os olhos brilhando sobre sua obra, teve um gesto de confiança.

– Bah! Tenho tempo daqui até o *Salon*. Em seis meses, dá para avançar bastante o trabalho! Desta vez, talvez, eu conseguirei provar a mim mesmo que não sou uma besta.

E começou a assobiar alto, encantado, sem dizer, com o esboço que fizera da cabeça de Christine, animado por um daqueles grandes lampejos de esperança, de onde recaía mais brutalmente em suas angústias de artista, que a paixão pela natureza devorava.

– Vamos, chega de vadiar!, exclamou. Já que você está aqui, vamos começar.

Sandoz, por amizade e para evitar-lhe os custos de um modelo, tinha se oferecido para posar como o homem do primeiro plano. Em quatro ou cinco domingos, o único dia em que ele estava livre, a figura estaria definida. Ele já vestia a jaqueta de veludo, quando fez uma brusca reflexão.

– Mas diga, você não tomou um verdadeiro café da manhã, já que estava trabalhando... Desça e coma uma costeleta, eu espero aqui.

A ideia de perder tempo indignou Claude:

– Mas não, eu comi, veja a panela!... E, além disso, você vê que sobrou um pedaço de pão. Eu vou comê-lo. Vamos, vamos, para a pose, preguiçoso!

Vivamente, retomava sua paleta, pegava seus pincéis, acrescentando!

– Dubuche vem nos buscar esta noite, não é?

– Sim, lá pelas cinco horas.

– Pois bem, é perfeito, descemos para jantar logo depois... Você está pronto, enfim? A mão mais para a esquerda, a cabeça mais inclinada.

Depois de arrumar as almofadas, Sandoz tinha se instalado no divã, mantendo a pose. Dava as costas, mas nem por isso a conversa deixou de continuar por mais algum tempo, pois ele havia recebido uma carta naquela mesma manhã de Plassans, pequena cidade provençal onde ele e o pintor se conheceram, na oitava série, desde as primeiras calças curtas dos dois, que se gastaram nos bancos do colégio. Depois os dois se calaram. Um trabalhava, fora do mundo, o outro se amortecia, na fatiga sonolenta das longas imobilidades.

Fora aos nove anos que Claude teve a feliz sorte de poder deixar Paris, para voltar naquele canto da Provença, onde havia nascido. Sua mãe, uma valente lavadeira que o pai preguiçoso havia largado na rua, acabara de se casar com um bom operário, loucamente apaixonado por sua linda pele loira. Mas, apesar de sua coragem, eles não conseguiam pagar as contas. Então, aceitaram de todo coração quando se apresentou um velho senhor de lá pedindo-lhes Claude, que ele queria pôr no colégio, junto dele: o capricho generoso de um original, amador de quadros, a quem os bonecos outrora rabiscados pelo guri haviam impressionado. E, até sua classe de retórica, durante sete anos, Claude, portanto, ficara no Sul, primeiro como interno, depois externo, morando com seu protetor. Certa manhã, encontraram este último morto, atravessado em sua cama, fulminado. Deixou por testamento uma renda de mil francos ao jovem, com possibilidade de dispor do capital quando chegasse aos vinte e cinco anos. Este, que o amor à pintura já arrebatava, abandonou imediatamente o colégio, sem sequer tentar passar o *baccalauréat,* e correu para Paris, onde seu amigo Sandoz o havia precedido.

No colégio de Plassans, desde a oitava série, existiram os três inseparáveis, como eram chamados, Claude Lantier, Pierre Sandoz e Louis Dubuche. Vindos de três mundos diferentes, opostos por suas naturezas, apenas nascidos no mesmo ano, com poucos meses de diferença, ligaram-se de uma vez e para sempre, levados por afinidades secretas, pelo tormento ainda vago de uma ambição comum, o despertar de uma inteligência superior, no meio da bagunça brutal dos abomináveis cretinos que os espancavam. O pai de Sandoz, um espanhol que se refugiara na França em consequência de uma briga política, havia instalado uma papelaria perto de Plassans, onde operavam novas máquinas de sua invenção; depois, ele morrera, embebido de amargura, perseguido pela mesquinhez local, deixando à sua viúva uma situação tão complicada, com toda uma série de processos tão obscuros, que sua fortuna inteira havia naufragado no desastre; e a mãe, uma borgonhesa, cedendo ao seu rancor contra os provençais, sofrendo de uma paralisia lenta, de que os acusava de serem também a causa, refugiara-se em Paris com seu filho, que agora a sustentava com um trabalho miserável, tendo o cérebro obcecado pela glória literária. Quanto a Dubuche, o filho mais velho de uma padeira de Plassans, impelido por ela, muito cúpida, muito ambiciosa, veio juntar-se aos amigos, mais tarde, e seguia os cursos da Escola como aluno arquiteto, vivendo com parcimônia dos últimos tostões que seus pais investiam nele, com uma obstinação de judeus que esperavam um retorno, no futuro, de três por cento.

– Caramba!, murmurou Sandoz no grande silêncio, não é cômoda a sua pose! Ela está quebrando meu pulso... Posso me mexer, hein?

Claude o deixou se esticar, sem responder. Ele atacava com largas pinceladas a jaqueta de veludo. Então, recuando, apertando os olhos, deu uma risada enorme, animado por uma lembrança repentina.

– Diga, você se lembra, na sexta série, do dia em que Pouillaud acendeu as velas no guarda-roupa daquele idiota do Lalubie?

Oh! O terror de Lalubie, antes de ir para sua cátedra, quando abriu o armário para pegar seus livros, e descobriu aquela capela ardente!... Quinhentos versos a copiar, para toda a classe!

Sandoz, tomado por esse acesso de alegria, jogou-se no divã. Retomou a pose, dizendo:

– Ah! aquele animal do Pouillaud!... Você sabe que, justamente, em sua carta desta manhã, me informou sobre o casamento de Lalubie. Aquele velho pangaré de professor casa-se com moça bonita. Mas você a conhece, a filha de Galissard, o dono do armarinho, a loirinha a quem íamos fazer serenatas!

As lembranças estavam soltas, Claude e Sandoz não pararam mais, um fustigado e pintando com febre crescente, o outro sempre virado para a parede, falando de costas, com os ombros sacudidos de paixão.

Foi primeiro o colégio, o antigo convento embolorado que se estendia até as muralhas, os dois pátios plantados com enormes plátanos, o tanque lamacento, verde de musgo, onde tinham aprendido a nadar, e as salas de baixo nas quais o gesso pingava, e o refeitório empesteado pelo fedor engordurado, contínuo, da água da louça, e o dormitório dos pequenos, famoso por seus horrores, e a lavanderia, e a enfermaria, povoada por delicadas irmãs, freiras em hábito preto, tão suaves sob suas toucas brancas! Que história quando a irmã Angèle, aquela cujo rosto virgem convulsionava o pátio dos grandes, desaparecera numa bela manhã com Hermeline, um gordo da classe de retórica, que, por amor, fazia entalhes nas mãos com um canivete, para subir e para que ela colocasse tiras de gaze inglesa nele!

Depois, o pessoal todo desfilou, uma lamentável cavalgada, grotesca e terrível, perfis de maldade de sofrimento: o diretor que se arruinava em recepções para casar suas filhas, duas grandes e belas moças, elegantes, que desenhos e inscrições abomináveis insultavam em todas as paredes; o orientador, Narigão, cujo nariz famoso emboscava atrás das portas, como um mosquetão, denunciando sua presença a distância; a legião de professores, cada qual maculado com o insulto de um apelido, o severo Radamante, que nunca havia rido; o Cascão, que tingia as cátedras de preto com o contínuo esfregar de sua cabeça; o Você-me-enganou-Adèle, o mestre de física, um corno lendário, a quem dez gerações de moleques atiravam o nome de sua esposa, outrora surpreendida, dizia--se, nos braços de um fuzileiro; outros, outros ainda, Spontini, o vigilante feroz, com sua faca corsa que ele mostrava, enferrujada com o sangue de três primos; o pequeno Chantecaille, tão bonzinho, que deixava fumar no passeio; até o ajudante de cozinha e a lavadora de pratos, dois monstros, que haviam sido apelidados de Paraboulomenos e Paralleluca, e que eram acusados de terem um idílio entre as cascas.

Depois vinham as farsas, as repentinas evocações de boas peças pregadas, que faziam morrer de rir anos depois. Oh! A manhã em que tinham queimado no fogão os sapatos de Mimi-a-Morte, também conhecido como Esqueleto-Externo, um menino magro que trazia rapé de contrabando para toda a classe! E a noite de inverno em que tinham roubado fósforos na capela, perto da lamparina, para fumar folhas secas de castanheiro em cachimbos de junco! Sandoz, autor do golpe, confessava agora seu pavor, seu suor frio, ao degringolar da capela-mor, na escuridão. E o dia em que Claude, ao fundo da sua carteira, teve a bela ideia de grelhar besouros, para ver se eram bons de se comer, como se dizia! Um fedor tão azedo, uma fumaça tão espessa escapava da carteira, que o vigilante agarrou o jarro, acreditando que fosse um incêndio. E a ladroíce, a pilhagem dos campos de cebola durante os passeios; as pedras atiradas nas vidraças, quando o grande truque era obter, com os cacos, mapas conhecidos da geografia; as lições de grego escritas de antemão, em letras graúdas, no quadro-negro, para que todos os malandros pudessem ler fluentemente, sem que o professor percebesse; os bancos do pátio serrados, depois transportados em volta do tanque como cadáveres de motins, em longa procissão, com cantos fúnebres. Ah! Sim, fantástica, essa! Dubuche, que representava o padre, tinha se atirado no fundo do tanque, querendo pegar um pouco de água em seu boné para fazer uma pia de água benta. E a mais engraçada, a melhor, a noite em que Pouillaud tinha amarrado todos os penicos do dormitório na mesma corda que passava por baixo das camas, e depois, de manhã, uma manhã de férias de verão, se pôs a puxar, em fuga pelo corredor e pelos três andares da escada, com aquela assustadora cauda de louça, que pulava e voava em pedaços atrás dele!

Claude ficou com um pincel no ar, sua boca escancarada de hilaridade, exclamando:

– Aquele animal do Pouillaud!... E ele escreveu para você? O que ele anda fazendo agora, o Pouillaud?

– Mas nada de nada, meu velho!, respondeu Sandoz, erguendo-se nas almofadas. A carta dele é de uma burrice!... Terminou seu direito, então retomará o escritório de advocacia do pai. E se você visse o tom que ele já tomou, todo o pus imbecil de um burguês que se instala!

Houve um novo silêncio. E ele acrescentou:

– Ah! Nós, veja, meu velho, nós fomos protegidos.

Então, outras lembranças lhes vieram, aquelas que lhes faziam bater forte o coração, os belos dias ao ar livre e cheios de sol que viveram ali, fora do colégio. Desde pequenos, desde a sexta série, os três inseparáveis adquiriram uma paixão por longas caminhadas. Aproveitavam os menores feriados, andavam por léguas, ousando cada vez mais, à medida que cresciam, terminando por percorrer a localidade inteira, viagens que muitas vezes duravam vários dias. E dormiam ao acaso da estrada, no fundo de um buraco de pedra, em cima de terreiros ladrilhados, ainda tórridos, onde a palha do trigo batido lhes constituía um colchão macio, ou em alguma choupana deserta, nas quais cobriam o chão de tomilho e de lavanda. Eram fugas longe do mundo, uma absorção instintiva no seio da boa natureza, uma adoração irracional de garotos pelas árvores, águas, montanhas, por aquela alegria sem limites de estarem sós e de serem livres.

Dubuche, que era interno, só se juntava aos outros dois nos dias de férias. Além disso, tinha as pernas pesadas, os músculos adormecidos do bom aluno aplicado. Mas Claude e Sandoz não se cansavam, iam, todo domingo, acordar às quatro da manhã, jogando pedrinhas em suas venezianas. No verão, sobretudo, sonhavam com o Viorne, o ribeirão cuja fina torrente rega os prados baixos de Plassans. Nem tinham 12 anos ainda e já sabiam nadar; e era uma fúria de chapinhar no fundo dos buracos, onde a água se ajuntava, passando dias inteiros lá, completamente nus, secando na areia quente para mergulhar de novo, vivendo no rio, de costas, de bruços, fuçando nos matos das margens, afundando até as orelhas e vigiando por horas os esconderijos das enguias. Essa corrente de água pura que os molhava ao sol forte prolongava a infância deles, dava-lhes risos frescos de malandrinhos fugitivos quando, já rapazes, voltavam à cidade, sob os ardores desconcertantes das noites de julho. Mais tarde, a caça os tomara, mas a caça como se pratica naquela região sem caça, seis léguas de caminhada para matar meia dúzia de sanhaços, expedições formidáveis de onde muitas vezes voltavam com os embornais vazios, com um morcego imprudente, abatido na entrada do subúrbio, e descarregando as armas. Os olhos deles se umedeciam com a lembrança dessas caminhadas sem fim: reviam as estradas brancas, até o infinito, cobertas de uma camada de poeira, como se fosse uma espessa nevada; eles as seguiam sempre, sempre, felizes ao ouvir estalarem seus grandes sapatos, depois cortavam pelos campos, em terras vermelhas, carregadas de ferro, onde galopavam ainda, e ainda; e um céu de chumbo, sem uma sombra, nada além de oliveiras anãs, amendoeiras com folhas franzinas; e, a cada retorno, um delicioso torpor de cansaço, a fanfarronada triunfante por terem caminhado mais do que da última vez, o prazer de não sentirem mais que andavam, de avançar apenas pela força adquirida, estimulando-se com alguma obscena canção de tropa, que os embalava como no fundo de um sonho.

Já então Claude, entre o frasco de pólvora e a caixa de cartuchos, trazia um álbum no qual desenhava pedaços do horizonte; enquanto Sandoz sempre tinha um livro de poeta no bolso. Era um frenesi romântico, estrofes aladas alternadas com indecências de quartel, odes lançadas ao grande arrepio luminoso do ar que queimava; e, quando descobriram uma nascente, quatro salgueiros manchando de cinza a terra deslumbrante, ali se esqueciam até as estrelas, ali representavam os dramas que sabiam de cor, com voz inflada para os heróis, fininha e reduzida a um pífaro para as ingênuas e as rainhas. Nesses dias, deixavam os pardais tranquilos. Nessa remota província, em meio à estupidez sonolenta das pequenas cidades, viveram assim, desde os quatorze anos, isolados, entusiasmados, devastados pela febre da literatura e da arte. O cenário enorme de Hugo, as imaginações gigantes que ali vagueiam entre a eterna batalha das antíteses, primeiro os encantaram, em plena epopeia, gesticulando, indo ver o sol se pôr atrás das ruínas, vendo a vida passar sob uma falsa e soberba iluminação de quinto ato. Depois, Musset veio para abalá-los com sua paixão e suas lágrimas, ouviam nele seus próprios corações batendo, um mundo se abria, mais humano, que os conquistava pela piedade, pelo eterno grito de miséria que, de agora em diante, deviam ouvir saindo de todas as coisas. De resto, não eram muito exigentes, mostravam uma bela gulodice de juventude, um furioso apetite de leitura, onde se engolfavam o excelente e o pior, tão ávidos de admirar, que muitas vezes obras execráveis os atiravam na exaltação das puras obras-primas.

E, como Sandoz dizia agora, era o amor das grandes caminhadas, era esse apetite de leitura que os tinham protegido do entorpecimento invencível do ambiente. Nunca entravam num café, professavam o horror pelas ruas, até faziam a pose de dizer que iriam desfalecer como águias engaioladas se fossem lá, quando seus camaradas já esfregavam suas mangas de colegiais nas mesinhas de mármore, jogando no baralho as contas dos pedidos. Essa vida provinciana que tomava as crianças muito jovens nas engrenagens de seu carrossel, o hábito dos grupinhos, o jornal soletrado até os anúncios, a partida de dominó recomeçada sem parar, o mesmo passeio, na mesma hora, na mesma avenida, o embrutecimento final sob aquela mó que esmaga os cérebros os indignava, os lançava em protestos, escalando as colinas vizinhas para descobrir ali solidões ignoradas, declamando versos sob chuvas torrenciais, sem buscar abrigo, por ódio às cidades. Planejavam acampar nas margens do Viorne, viver ali como selvagens, na alegria de um banho contínuo, com cinco ou seis livros, não mais, que seriam suficientes para suas necessidades. A mulher, ela própria, fora banida, eles tinham timidez, desajeitamento, que transfiguraram em austeridade de garotos superiores. Claude, durante dois anos, se consumira de amor por uma aprendiz de chapeleira que todas as noites ele acompanhava de longe; e nunca tivera a ousadia de falar com ela. Sandoz nutria sonhos, damas encontradas em uma viagem, moças muito belas que surgiriam em um bosque desconhecido, que se entregariam durante um dia inteiro, depois se dissipariam como sombras, ao entardecer. Sua única aventura galante os divertia ainda, tanto ela lhes parecia tola; serenatas dadas a duas mocinhas, na época em que faziam parte da orquestra do colégio; noites passadas debaixo de uma janela, tocando clarinete e pistão; das cacofonias horríveis que assustavam os burgueses do bairro, até a noite memorável em que os pais revoltados haviam despejado neles todos os potes de água da família.

Ah! Tempo feliz, e que riso enternecido à menor lembrança! As paredes do ateliê estavam justamente cobertas por uma série de esboços feitos lá, pelo pintor, durante uma viagem recente. Era como se tivessem, em volta deles, os antigos horizontes, o ardente céu azul sobre o campo ruivo. Ali, uma planície se estendia, com a ondulação de pequenas oliveiras acinzentadas, até os recortes rosados das colinas distantes. Aqui, entre encostas queimadas, cor de ferrugem, a água esgotada do Viorne secava sob o arco de uma velha ponte, polvilhada de poeira, sem outro verde além de arbustos mortos de sede. Mais adiante, o desfiladeiro dos Infernets abria seu rasgo escancarado, no meio de seus desmoronamentos de rochas fulminadas, um imenso caos, um deserto selvagem, rolando ao infinito suas vagas de pedra. Depois, todos os tipos de recantos conhecidos: o vale da Repentance, tão estreito, tão sombrio, com um frescor de bosque entre os campos carbonizados; o bosque dos Trois-Bons-Dieux, cujos pinheiros, de um verde duro e envernizado, choravam sua resina sob o sol intenso; o Jas de Bouffan, com uma brancura de mesquita, no centro de suas vastas terras, semelhantes a um charco de sangue; outros, outros ainda, pedaços de estradas ofuscantes, sinuosas, ravinas onde o calor parecia provocar suor na pele cozida dos seixos, línguas de areia sedentas e bebendo gota a gota o que restava do rio, buracos de toupeira, trilhas de cabras, cumes no azul.

– Olhe só!, gritou Sandoz, virando-se para um estudo, onde fica isto?

Claude, indignado, brandiu sua paleta.

– O quê! Você não se lembra?... Quase quebramos nossos ossos lá. Você sabe, o dia em que escalamos com Dubuche, do fundo do Jaumegarde. Era liso como a palma da mão, nós nos agarrávamos com as unhas; tanto que bem no meio não dava mais nem para subir, nem para descer... Depois, no alto, na hora de assar as costeletas, quase brigamos, você e eu.

Sandoz se lembrava agora.

– Ah! Sim, ah! Sim, cada um devia assar a sua, em cima de galhinhos de alecrim, e como meus galhinhos queimavam, você me irritava, troçando da minha costeleta reduzida a carvão.

Um acesso de riso os tomou mais uma vez. O pintor voltou ao seu quadro, e concluiu gravemente:

– Tudo isso acabou, meu velho! Aqui, agora, não podemos mais flanar.

Era verdade, desde que os três inseparáveis haviam realizado o sonho de se encontrarem em Paris, para conquistá-la, a existência se tornara terrivelmente dura. Eles esforçavam-se para recomeçar os grandes passeios de outrora, saíam a pé, certos domingos, pela barreira de Fontainebleau, iam percorrer as talhadias de Verrières, avançavam até o Bièvre, atravessavam os bosques de Bellevue e Meudon; depois voltavam por Grenelle. Mas acusavam Paris de estragar as pernas deles, quase nunca mais deixavam o calçamento, inteiramente entregues às suas batalhas.

De segunda a sábado, Sandoz se irritava na Prefeitura da quinta circunscrição, num canto escuro da sala dos registros de nascimento, pregado ali unicamente por pensar em sua mãe, a quem seus cento e cinquenta francos mal alimentavam. De seu lado, Dubuche, na pressa de pagar aos pais os juros das somas investidas em sua cabeça, procurava tarefas mesquinhas com arquitetos, fora de seu trabalho da Escola de Belas Artes. Claude, ele, tinha sua liberdade, graças aos mil francos por ano; mas que fins de mês terríveis, sobretudo quando dividia o fundo de seus bolsos! Felizmente, começava a vender pequenas telas compradas por dez e doze francos pelo velho Malgras, um comerciante esperto; e, além disso, preferia morrer de fome a recorrer ao comércio, à fabricação de retratos burgueses, santinhos de pacotilha, estores de restaurantes e letreiros de parteiras. Ao retornar, tivera um ateliê muito vasto no beco dos Bourdonnais; depois, tinha vindo ao cais de Bourbon, por economia. Ele morava ali como um selvagem, com absoluto desprezo por tudo que não fosse pintura, brigado com sua família, que o enojava, tendo rompido com uma tia, açougueira em Halles, porque ela estava muito próspera, mantendo apenas no coração a ferida secreta da decadência de sua mãe, que homens arruinavam e a empurravam para a sarjeta.

De repente, gritou para Sandoz:

– Ei! Diga, faça o favor de não se refestelar!

Mas Sandoz declarou que estava ficando enrijecido e pulou do divã para desenferrujar as pernas. Houve um descanso de dez minutos. Falaram de outra coisa. Claude se mostrava bonachão. Quando seu trabalho andava, ele se acendia aos poucos, tornava-se falante, ele que pintava com os dentes cerrados, enfurecido por dentro, quando sentia que a natureza lhe escapava. Assim, mal o amigo retomou a pose, continuou com um fluxo inesgotável, sem perder uma pincelada.

– Hein? Meu velho, está dando certo! Você tomou uma fantástica expressão, aí dentro... Ah! Os cretinos, se me recusarem este, arre! Sou mais severo comigo mesmo do que eles são com eles próprios, é claro: e, quando me contento com um quadro, veja bem, é mais sério do que se tivesse passado diante de todos os júris da terra... Você sabe, meu quadro das Halles, meus dois guris sobre montes de legumes, pois bem! Eu raspei, definitivamente: não avançava direito, eu tinha me enfiado em uma empreitada danada, ainda pesada demais para meus ombros. Oh! Retomarei um dia, quando souber, e farei outros, ah! Grandes empreitadas capazes de fazer com que eles caiam no chão de espanto!

Fez um grande gesto, como varrendo uma multidão; esvaziou um tubo de azul em sua paleta, depois riu com sarcasmo perguntando que cara faria diante de sua pintura seu primeiro mestre, o velho Belloque, um antigo capitão maneta, que há um quarto de século, numa sala do Museu, ensinava os belos tracejados aos garotos de Plassans. Aliás, em Paris, Berthou, o célebre pintor de *Nero no circo*, de quem ele havia frequentado o ateliê durante seis meses, não lhe tinha repetido, vinte vezes, que ele nunca faria nada! Ah! Como se arrependia hoje, daqueles seis meses de tateamentos imbecis, de exercícios estúpidos sob a tirania de um homem cuja cachola era diferente da sua! Chegava a invectivar contra o trabalho no Louvre; preferia, dizia ele, cortar o punho, do que voltar lá para estragar seu olho com uma daquelas cópias que encrostam para sempre a visão do mundo em que vivemos. Existe outra coisa, na arte, além de dar aquilo que se tem no ventre? E tudo isso não se reduziria a plantar uma dona qualquer na sua frente e pintá-la como bem sentisse? Um maço de cenouras, sim, um maço de cenouras! Estudado diretamente, pintado ingenuamente, no tom pessoal em que o vemos, não vale as eternas porcarias da Escola, esses quadros pintados com cuspe de rapé, vergonhosamente cozinhados conforme as receitas? O dia chegaria em que uma única cenoura original estaria prenha de uma revolução. Era por isso que, agora, contentava-se em ir pintar no ateliê Boutin, um ateliê livre que um antigo modelo mantinha na Rue de la Huchette. Quando entregava seus vinte francos ao encarregado da coleta, encontrava lá tantos nus, homens, mulheres, que ele poderia pintar uma orgia em seu canto; e não largava, sem pensar em beber nem comer, lutando sem descanso com a natureza, louco de trabalho, ao lado dos bonitos filhos de família que o acusavam de preguiça ignorante, e que falavam arrogantemente de seus estudos, porque copiavam narizes e bocas sob o olho de um mestre.

– Ouça isto, meu velho, quando um desses caras conseguir fazer um torso assim, poderá vir me falar alguma coisa e conversar comigo.

Com a ponta do pincel, indicava uma academia pintada, pendurada na parede perto da porta. Era soberba, executada com a grandeza de um mestre; e, ao lado, ainda havia admiráveis estudos, pés de menina, requintados de delicada verdade, um ventre de mulher, sobretudo, com pele de cetim, vibrante, vivo com o sangue que corria sob a epiderme. Nas suas raras horas de contentamento, tinha orgulho desses poucos estudos, os únicos que o satisfaziam, aqueles que anunciavam um grande pintor, admiravelmente dotado, travado por um sentimento de impotência súbito e inexplicável.

Prosseguiu com violência, desferindo como que grandes espadadas na jaqueta de veludo, fustigando-se em sua intransigência que não respeitava ninguém:

— Todos esses borra-tintas fabricando imagens de meia-pataca, reputações usurpadas, imbecis ou malandros ajoelhados diante da burrice pública! Nenhum peitudo capaz de enfiar a mão na cara do burguês!... Veja! O velho Ingres, você sabe que ele me embrulha o estômago, aquele ali, com sua tinta pegajosa? Pois bem! Ele ainda é um baita cara, e acho que ele é muito valente, e eu tiro meu chapéu para ele, porque não se importava com nada, tinha um desenho dos diabos, que fez os idiotas, os que hoje acham que o compreendem, engolirem à força... Depois disso, está entendendo! Sobram só dois, Delacroix e Courbet. O resto é escória... Hein? O velho leão romântico, que ar soberbo! Era um decorador que fazia incendiar os tons! E que pulso! Teria coberto as paredes de Paris, se tivessem deixado: sua paleta fervia e transbordava. Eu sei perfeitamente que era só fantasmagoria; mas não importa! Isso me estimula, havia necessidade disso para incendiar a Escola... Depois, o outro veio, rude operário, o mais verdadeiramente pintor do século, e de execução absolutamente clássica, o que nenhum desses cretinos percebeu. Urraram, é claro! Gritavam que era profanação, realismo, quando esse famoso realismo só era pouca coisa mais do que nos temas; enquanto a visão permanecia a dos antigos mestres e a feitura retomava e continuava as belas obras de nossos museus... Ambos, Delacroix e Courbet, chegaram na época certa. Deram, cada um, um passo à frente. E agora, ah! Agora...

Ele calou-se, afastou-se para julgar o efeito, absorveu-se por um minuto na sensação de seu trabalho, depois recomeçou:

— Agora, é preciso de outra coisa... Ah! O quê? Eu não sei exatamente! Se soubesse e se pudesse, eu seria muito poderoso. Sim, só haveria eu... Mas o que sinto é que o grande cenário romântico de Delacroix racha e desmorona; e também que a tinta preta de Courbet já está fedendo a embolorado, a ranço do ateliê onde o sol nunca entra... Você entende, talvez seja preciso sol, seja preciso ar livre, uma pintura clara e jovem, as coisas e os seres tais como eles se comportam na verdadeira luz, bem, eu não sei dizer, eu! Qual é nossa própria pintura, a pintura que nossos olhos de hoje devem fazer e olhar.

A voz se extinguiu de novo, ele gaguejava, não conseguia formular a surda eclosão do futuro que surgia nele. Um grande silêncio caiu, enquanto terminava de esboçar a jaqueta de veludo, vibrando.

Sandoz o havia escutado, sem deixar a pose. E, de costas, como se falasse com a parede, num sonho; então disse por sua vez:

– Não, não, não sabemos, seria preciso saber... Eu, toda vez que um professor queria me impor uma verdade, tinha uma revolta de desconfiança, refletindo: "Ele se engana ou me engana". As ideias deles me exasperam, me parece que a verdade é mais larga... Ah! Como seria belo se dedicássemos toda a nossa existência a uma obra, em que tentássemos colocar as coisas, os animais, os homens, a arca imensa! E não na ordem dos manuais de filosofia, de acordo com a hierarquia imbecil com a qual se embala o nosso orgulho; mas em pleno fluxo da vida universal, um mundo onde seríamos apenas um acidente, onde o cachorro que passa, e até a pedra dos caminhos nos completariam, nos explicariam; enfim, o grande todo, sem alto nem baixo, nem sujo nem limpo, tal como funciona... Claro, é à ciência que romancistas e poetas devem se dirigir, ela é hoje a única fonte possível. Mas, está aí! O que tirar dela, como caminhar com ela? Eu logo sinto que estou me atolando... Ah! Se eu soubesse, se eu soubesse, que série de livros eu lançaria na cabeça da multidão!

Calou-se, ele também. No inverno precedente, havia publicado seu primeiro livro, uma sequência de esboços amáveis, trazidos de Plassans, entre os quais apenas algumas notas mais rudes indicavam o revoltado, o apaixonado pela verdade e pelo poder. E, depois, tateava, se interrogava, no tormento das ideias confusas ainda que batiam em seu crânio. Primeiro, apaixonado por tarefas gigantescas, tivera o projeto de uma gênese do universo, em três fases: criação, reestabelecida segundo a ciência; a história da humanidade, chegando na hora certa e desempenhando seu papel na cadeia dos seres; o futuro, os seres se sucedendo sempre, acabando de criar o mundo, através do trabalho infindável da vida. Mas esfriava diante das hipóteses demasiado arriscadas desta terceira fase; e procurava um quadro mais estreito, mais humano, onde faria caber, no entanto, sua vasta ambição.

– Ah! Tudo ver e tudo pintar!, retomou Claude, depois de um longo intervalo. Ter léguas de paredes para cobrir, decorar gares, salões, prefeituras, tudo o que se construir, quando os arquitetos não forem mais cretinos! E só serão precisos músculos e cabeça sólida, porque não são os temas que vão faltar... Hein? A vida, tal como passa nas ruas, a vida dos pobres e dos ricos, nos mercados, nos hipódromos, nos bulevares, no fundo das ruelas populosas; e todos os ofícios em ação; e todas as paixões de pé, em plena luz; e os camponeses, e os animais, e o campo!... Veremos isso, veremos isso, se eu não for uma besta! Tenho comichões nas mãos. Sim! Toda a vida moderna! Afrescos altos como o Panteão! Uma formidável sequência de telas capazes de explodir o Louvre!

Sempre que estavam juntos, o pintor e o escritor habitualmente chegavam a essa exaltação. Eles se incitavam mutuamente, enlouqueciam com a glória; e havia ali um tal voo de juventude, tal paixão pelo trabalho, que eles próprios sorriam desses grandes sonhos de orgulho, reanimados, como se ganhassem flexibilidade e força.

Claude, que agora recuara até a parede, permaneceu encostado nela, abandonando-se. Então Sandoz, alquebrado pela pose, deixou o divã e foi se colocar ao lado dele. Depois, ambos olharam de novo, mudos. O cavalheiro em jaqueta de veludo estava esboçado inteiramente; a mão, mais acabada do que o resto, dava, na relva, uma nota muito interessante, de lindo frescor no tom; e a mancha escura das costas estava saindo com tanto vigor que as pequenas silhuetas do fundo, as duas mulheres lutando ao sol, pareciam ter se afastado, no estremecimento luminoso da clareira; enquanto a grande figura, a mulher nua e reclinada, ainda mal indicada, continuava flutuando, como uma carne de sonho, uma Eva desejada nascendo da terra, com seu rosto que sorria, sem olhares, com as pálpebras fechadas.

– Bom, agora, como você chama isso?, perguntou Sandoz.

– *Ar livre*, respondeu Claude com uma voz breve.

Mas esse título pareceu muito técnico ao escritor, que, contra si mesmo, às vezes se sentia tentado a introduzir literatura na pintura.

– *Ar livre*, isso não quer dizer nada.

– Não tem necessidade de dizer nada... Mulheres e um homem descansam em uma floresta, ao sol. Isso não basta? Vá, há aí coisa suficiente para fazer uma obra-prima.

Jogou a cabeça para trás, acrescentou entre dentes:

– Caramba, ainda está escuro! Eu fico com esse Delacroix danado no meu olho. E isso, espere! Essa mão aí é Courbet... Ah! Nós nos encharcamos todos com o molho romântico. Nossa juventude se banhou demais nisso, estamos lambuzados até o queixo. Vamos precisar de uma lavagem daquelas.

Sandoz deu de ombros, desesperadamente: ele também se lamentava por ter nascido na confluência de Hugo e Balzac. Entretanto, Claude permanecia satisfeito, na excitação feliz de uma boa sessão de pintura. Se seu amigo pudesse lhe dar dois ou três domingos assim, a figura estaria lá, e pronta. Por esta vez, já era o suficiente. Os dois troçaram, porque ele costumava acabar com seus modelos, largando-os só quando desmaiavam, mortos de cansaço. Ele próprio estava para cair, as pernas escangalhadas, o estômago vazio.

E, quando soaram cinco horas no cuco, atirou-se sobre os restos de pão e devorou. Exausto, partiu-o com os dedos trêmulos, mal mastigava, voltou para diante do quadro, retomado por sua ideia, a ponto de nem saber o que estava comendo.

– Cinco horas, disse Sandoz, que se espreguiçava. Vamos jantar... Justamente, aqui está Dubuche.

Bateram, e Dubuche entrou. Era um rapaz gordo e moreno, com rosto correto e balofo, os cabelos rentes, bigodes já fortes. Deu apertos de mão, parou, confuso, diante do quadro. No fundo essa pintura desregrada o abalava, na ponderação de sua natureza, em seu respeito de bom aluno pelas fórmulas estabelecidas; e só sua velha amizade impedia, de hábito, suas críticas. Mas, desta vez, todo o seu ser se revoltava, visivelmente.

– E então! O que há? Não gosta?, perguntou Sandoz, que o espreitava.

– Sim, sim, ah! Muito bem pintado... Apenas...

– Vamos, desembuche. O que o atazana?

– Só que, é esse senhor, completamente vestido, ali, no meio dessas mulheres nuas... Nunca se viu uma coisa assim.

Com isso, os outros dois explodiram. Não havia, no Louvre, cem pinturas compostas dessa maneira? E depois, se nunca tivessem visto isso, veriam. Pouco importava o público!

Sem se perturbar com a fúria dessas respostas, Dubuche repetia tranquilamente:

– O público não vai entender... O público vai achar que é uma bandalheira... Sim, é uma bandalheira.

– Burguês imundo!, exclamou Claude exasperado. Ah! eles o cretinizam na Escola, você não era tão estúpido assim!

Era a brincadeira corrente de seus dois amigos, desde que ele seguia os cursos da Escola de Belas Artes. Ele então bateu em retirada, um pouco inquieto com a violência que a querela estava tomando; e se salvou, desancando os pintores. Nisso estavam com a razão de dizer, os pintores eram uns belos idiotas na Escola. Mas, para os arquitetos, a questão mudava. Onde queriam que ele estudasse? Ele era bem obrigado a passar por isso. Mais tarde isso não o impediria de ter suas próprias ideias. E tomou uma atitude, muito revolucionária.

– Bom!, disse Sandoz, já que você pede desculpas, vamos jantar.

Mas Claude, maquinalmente, tinha pegado de novo um pincel e tornara ao trabalho. Agora, ao lado do cavalheiro de casaco, a figura da mulher não se sustentava. Irritado, impaciente, ele a cercou com um traço vigoroso, para devolvê-la ao plano que deveria ocupar.

– Você vem?, repetiu seu amigo.

– Daqui a pouco, que diabo! Não há pressa... Deixe-me sublinhar isso, e eu estarei com vocês.

Sandoz assentiu; depois, suavemente, com medo de exasperá-lo ainda mais:

– Você está errado em se obstinar, meu velho... Sim, você está exausto, morrendo de fome e vai estragar seu quadro de novo, como no outro dia.

Com um gesto irritado, o pintor o interrompeu. Era a história de sempre: não conseguia largar a tarefa a tempo, embriagava-se de trabalho, na necessidade de ter uma certeza imediata, de provar a si mesmo que agarrara finalmente a sua obra-prima. Dúvidas acabaram de desesperá-lo, no meio de sua alegria em uma boa sessão de pintura; tinha razão em dar tanta força à jaqueta de veludo? Reencontraria o tom deslumbrante que queria para sua figura nua? E ele preferia morrer ali a não descobrir imediatamente. Tirou febrilmente a cabeça de Christine da pasta onde a havia escondido, comparando, ajudando-se com esse documento tomado a partir do modelo vivo.

– Hum!, exclamou Dubuche, onde você desenhou isso?... Quem é?

Claude, apanhado por essa pergunta, não respondeu; depois, sem raciocinar, ele, que lhes contava tudo, mentiu, cedendo a um pudor singular, ao sentimento delicado de guardar só para si a sua aventura.

– Hein! Quem é essa?, repetiu o arquiteto.

– Oh! Ninguém, um modelo.

– Ah sim, um modelo! Bem jovem, não é? Ela é ótima... Você deveria me dar o endereço, não para mim, para um escultor que está procurando uma Psique. Você tem o endereço aí?

E Dubuche voltou-se para um trecho de parede acinzentada, onde se encontravam, escritos a giz, jogados em todas as direções, endereços de modelos. As mulheres especialmente deixavam seus cartões de visita lá, em grandes caligrafias de crianças. Zoé Piédefer, Rue Campagne-Première, 7, morena grande, cujo ventre estava se estragando, cortava em dois a pequena Flore Beauchamp, Rue de Laval, 32, e Judith Vaquez, Rue du Rocher, 69, uma judia, ambas bastante frescas, mas magras demais.

– Diga, você tem o endereço?

Então Claude se empolgou.

– Ei! Me deixe em paz!... Eu lá sei?... Você é irritante, sempre incomodando quando a gente trabalha!

Sandoz não tinha dito nada, primeiro surpreso, depois sorrindo. Era mais sutil que Dubuche, fez um sinal para ele, e começaram a caçoar. Perdão! Desculpe! Já que o cavalheiro a guardava para seu uso íntimo, ninguém pedia que a emprestasse. Ah! O danado, que arranjava garotas bonitas! E onde a havia encontrado? Em um baileco de Montmartre ou em uma calçada da praça Maubert?

Cada vez mais envergonhado, o pintor se agitava.

– Como vocês são idiotas, meu Deus! Se soubessem como são idiotas!... E chega, vocês estão me magoando.

Sua voz estava tão alterada que os dois outros imediatamente se calaram; e ele, depois de ter novamente raspado a cabeça da figura nua, redesenhou-a e repintou-a, a partir da cabeça de Christine, com mão agitada, pouco segura, que se perdia. Depois atacou o busto, mal indicado no estudo. Sua excitação aumentava, era a paixão do casto pela carne da mulher, um louco amor pelas nudezas desejadas e nunca possuídas, uma impotência em se satisfazer, a criar com essa carne aquilo que sonhava abraçar, com seus dois braços desajeitados. Essas mulheres que ele expulsava de seu ateliê, ele as adorava em seus quadros, acariciava-as e violentava-as, desesperado até as lágrimas por não conseguir fazê-las belas o bastante, vivas o bastante.

– Hein! Dez minutos, certo?, repetiu. Traço os ombros para amanhã e descemos.

Sandoz e Dubuche, sabendo que não havia nada que o impedisse de se matar assim, se resignaram. O segundo acendeu um cachimbo e se refestelou no divã: só ele fumava, os outros dois nunca se tinham dado bem com o tabaco, sempre ameaçados de náusea, por causa de um charuto forte demais. Então, quando estava de costas, com os olhares perdidos nas volutas de fumaça que soprava, falou de si mesmo, longamente, em frases monótonas. Ah! Essa Paris danada, como era preciso suar sangue ali para chegar a uma posição! Ele relembrou seus quinze meses de aprendizado, com seu chefe, o famoso Dequersonnière, antigo grande prêmio, hoje arquiteto dos edifícios civis, oficial da Legião de Honra, membro do *Institut*, cuja obra-prima, a igreja de Saint--Mathieu, tinha um aspecto entre o molde de bolo e o relógio estilo Império: um bom homem, no fundo, de quem contava piadas, embora compartilhando seu respeito pelas velhas fórmulas clássicas. Sem os camaradas, aliás, ele não teria aprendido grande coisa em seu ateliê na Rue du Four, por onde o mestre passava correndo, três vezes por semana; sujeitos ferozes, os camaradas, que haviam dificultado a vida dele a princípio, mas que pelo menos o ensinaram a colar um chassi, a desenhar e a dar uma aguada num projeto. E quantos cafés da manhã feitos com uma xícara de chocolate e um pãozinho, para poder dar os vinte e cinco francos ao encarregado da coleta! E quantas folhas dificultosamente manchadas, quantas horas passadas em casa com livros, antes de ousar apresentar-se na Escola! Mesmo assim, ele quase fora reprovado, apesar de seu esforço de grande trabalhador: a imaginação lhe faltava, a prova escrita, uma cariátide e uma sala de jantar de verão, muito medíocres, tinham-no classificado em fim de lista; é verdade que havia recuperado no oral, com seu cálculo de logaritmos, suas épuras de geometria e o exame de história, porque era muito forte na parte científica. Agora que estava na Escola, como aluno de segunda classe, tinha que batalhar para obter seu diploma de primeira classe. Que miséria de vida! Aquilo nunca acabava!

Ele afastou as pernas, muito alto, sobre as almofadas, fumando mais forte, regularmente.

– Curso de perspectiva, curso de geometria descritiva, curso de estereotomia, curso de construção, história da arte. Ah! Eles fazem você cobrir o papel, tomando notas... E, todos os meses, um concurso de arquitetura, ora um simples esboço, ora um projeto. Não é possível se divertir, quando se quer passar nos exames e conseguir as menções necessárias, sobretudo quando se deve encontrar tempo, fora dessas tarefas, para ganhar a vida... Isso está me matando...

Uma almofada caiu no chão, ele a pescou com os dois pés.

– Ainda assim, tenho sorte. Há tantos camaradas que tentam abrir caminho, sem encontrar nada! Anteontem, descobri um arquiteto que trabalha para um grande empreiteiro, oh! Não, não se tem ideia de um arquiteto dessa ignorância: um verdadeiro pulha, incapaz de se virar com um decalque; e ele me dá vinte e cinco centavos por hora, eu ponho as casas dele de pé... Cai bem, minha mãe me disse que estava completamente a seco. Pobre mãe, tenho algum dinheiro para devolver a ela.

Como Dubuche obviamente falava para si mesmo, repetindo suas ideias de todos os dias, com sua preocupação contínua de uma rápida fortuna, Sandoz não se dava ao trabalho de escutá-lo. Abriu a janelinha, sentara-se rente ao teto, porque terminava sofrendo com o calor que reinava no ateliê. Mas acabou interrompendo o arquiteto.

– Diga aí, você vem jantar na quinta-feira?... Eles estarão todos lá, Fagerolles, Mahoudeau, Jory, Gagnière.

Todas as quintas-feiras reuniam-se na casa de Sandoz, um grupo, os camaradas de Plassans, outros conhecidos em Paris, todos revolucionários, animados pela mesma paixão da arte.

– Na próxima quinta-feira, acho que não, respondeu Dubuche. Tenho que ir ver uma família, onde se vai dançar.

– Você estaria esperando abiscoitar um dote lá?...

– Olhe! Isso não seria uma coisa idiota!

Bateu com o cachimbo na palma da mão esquerda para esvaziá-lo; e, com uma súbita explosão de voz!

– Estava esquecendo... Recebi uma carta de Pouillaud.

– Você também!... Hein? Ele despejou tudo, Pouillaud! Aí está um que deu errado!

– Por que isso? Ele vai suceder ao seu pai, vai comer tranquilamente seu dinheiro por lá. A carta dele é muito razoável, eu sempre disse que ele daria uma lição a todos nós, com seu ar de pândego... Ah! Esse animal do Pouillaud!

Sandoz ia replicar, furioso, quando um palavrão desesperado de Claude os interrompeu. Este último, desde que se obstinava no trabalho, não abrira a boca. Nem parecia ouvi-los.

– Que diabo! Não deu certo, de novo... Decididamente, sou uma besta, nunca farei nada.

E, num impulso, numa crise de raiva louca, quis se jogar em sua tela, rasgá-la com o punho. Seus amigos o retiveram. Veja lá, é infantil uma raiva assim! Adiantaria muito, depois, quando tivesse o arrependimento mortal de ter arrebentado sua obra. Mas ele, tremendo ainda, recaindo em seu silêncio, olhava o quadro sem responder, com um olhar ardente e fixo, em que fervia o horrível tormento de sua impotência. Nada de claro nem de vivo vinha de seus dedos, o busto da mulher se empastava com tons pesados; aquela carne adorada que ele sonhava resplandecente, ele a sujava, nem conseguia colocá-la em seu plano. O que é que ele tinha então dentro do seu crânio, para ouvi-lo assim estalar com seu esforço inútil? Era uma lesão de seus olhos que o impedia de ver com justeza? Suas mãos não lhe pertenciam, já que se recusavam a obedecê-lo? Apavorava-se mais, irritando-se com esse desconhecido hereditário, que ora lhe tornava tão feliz a criação, ora o embrutecia de esterilidade, a tal ponto que se esquecia dos primeiros elementos do desenho. E sentir o seu ser virar uma náusea de vertigem, e ficar ali, mesmo assim, com fúria de criar, quando tudo escapa, naufraga à sua volta, o orgulho do trabalho, a glória sonhada, a existência inteira!

– Ouça, meu velho, continuou Sandoz, não é para censurá-lo por isso, mas são seis e meia, e você está nos deixando morrer de fome... Seja razoável, desça conosco.

Claude limpava um canto de sua paleta com terebintina. Ali esvaziou novos tubos, e respondeu com uma única palavra, a voz trovejante:

– Não!

Durante dez minutos, ninguém falou mais, o pintor fora de si, batendo-se com sua tela, os outros dois, perturbados e entristecidos por essa crise, que não sabiam de que maneira acalmar. Então, bateram na porta; o arquiteto foi abrir.

Veja só! O velho Malgras!

O negociante de quadros era gordo, envolto numa velha sobrecasaca verde, muito suja, que lhe dava o ar de um cocheiro de fiacre desmazelado, com seus cabelos brancos cortados à escovinha e o rosto vermelho, com manchas roxas. Disse com voz roufenha de alcoólico:

– Passava por acaso no cais, em frente... Vi esse senhor à janela, e subi...

Interrompeu-se, diante do silêncio do pintor, que se voltara para a sua tela com um movimento de exasperação. De resto, ele não se perturbava, muito à vontade, solidamente plantado em suas pernas fortes, examinando, com seus olhos manchados de sangue, a imagem esboçada. Julgou-o sem constrangimento, numa frase que continha ironia e ternura.

– Isso é que é uma empreitada!

E, como ninguém ainda dizia uma palavra, passeou tranquilamente pelo estúdio, dando passinhos, olhando ao longo das paredes.

O velho Malgras, sob a espessa camada de seu cascão, era um sujeito muito arguto, que tinha o gosto e o faro para a boa pintura. Nunca se perdia entre os borra-tintas medíocres, ia direto, por instinto, aos artistas com personalidade, ainda contestados, que seu nariz rubro de bêbado sentia, de longe, o grande futuro. Com isso, tinha a barganha feroz, mostrava a esperteza de um selvagem, para levar, a baixo preço, a tela que cobiçava. Em seguida, contentava-se com o lucro de um homem correto, vinte por cento, trinta por cento no máximo, tendo baseado seu negócio na rápida renovação de seu pequeno capital, nunca comprando de manhã sem saber para qual de seus amadores venderia à tarde. Mentia, aliás, soberbamente.

Parado junto à porta, diante das academias pintadas no ateliê de Boutin, contemplou-as por alguns minutos, em silêncio, os olhos brilhando com um prazer de conhecedor, que ele abafava sob as pálpebras pesadas. Que talento, que sentimento de vida, neste grande maluco que perdia seu tempo com coisas imensas que ninguém queria! As belas pernas da mocinha, o admirável ventre da mulher, sobretudo, o encantavam. Mas aquilo não estava à venda e, aliás, ele já havia feito sua escolha, um pequeno esboço, um recanto do campo de Plassans, violento e delicado, que ele fingia não ver. Finalmente, se aproximou, dizendo com negligência:

– O que é isto aqui? Ah! Sim, uma de suas coisas do Sul... Está muito brutal, ainda não vendi as outras duas que comprei.

E continuou com frases moles, intermináveis:

– Talvez não acredite em mim, Monsieur Lantier, isso não vende nada, nada. Tenho um apartamento lotado deles, sempre tenho medo de arrebentar alguma coisa quando me viro. Não consigo continuar, palavra de honra! Vou ser obrigado a liquidar, e vou terminar no hospital... Certo? O senhor me conhece, meu coração é maior que meu bolso, só desejo ajudar jovens talentosos como o senhor. Oh! Isso, o senhor tem talento, eu não paro de gritar para eles. Mas o que quer? Eles não mordem, ah! Não, eles não mordem!

Ele jogava com a emoção; depois, com o impulso de um homem que faz uma loucura:

– Enfim, para não dizer que eu vim à toa... Quanto pede por esse esboço?

Claude, irritado, pintava com agitação nervosa. Respondeu com voz seca, sem virar a cabeça:

– Vinte francos.

– Como! Vinte francos! Está louco! Pois me vendeu os outros por dez francos cada... Hoje dou só oito francos, nem um tostão a mais!

De costume, o pintor cedia logo, envergonhado e exasperado com essas querelas miseráveis, bem contente, no fundo, por ganhar esse dinheirinho. Mas, desta vez, teimou, chegou a gritar insultos na cara do marchand, que começou a tratá-lo por você, negando todo o seu talento, enchendo-o de injúrias, chamando-o de filho ingrato. Finalmente, terminou por tirar do bolso, uma a uma, três moedas de cem tostões; e as lançou de longe sobre a mesa, como no jogo de argola, onde tilintaram entre os pratos.

– Uma, duas, três... Nem mais uma, está ouvindo! Porque já há uma a mais, e você vai me devolver, vou descontar em outra coisa, palavra de honra!... Quinze francos, isso! Ah! Meu filho, você está errado, é um golpe sujo do qual você vai se arrepender!

Exausto, Claude deixou-o desenganchar a tela. Ela desapareceu como por encanto na grande sobrecasaca verde. Teria caído no fundo de um bolso especial? Dormia sob o forro? Nenhuma saliência indicava.

Dado o golpe, o velho Malgras caminhou em direção à porta, subitamente calmo. Mas mudou de ideia e voltou para dizer, com seu jeito bonachão:

– Ouça, Lantier, eu preciso de uma lagosta... Hein? Deve isso, depois de ter me esfolado... Eu trago a lagosta; faça uma natureza morta, e fique com ela pelo esforço, para comer com os amigos... Combinado, certo?

A esta proposta, Sandoz e Dubuche, que até então tinham escutado com curiosidade, explodiram numa gargalhada tão alta, que o marchand também se divertiu. Aqueles pintores sem-vergonha não faziam nada de bom, morriam de fome. O que seria deles, esses preguiçosos sem-vergonha, se o velho Malgras, de vez em quando, não lhes trouxesse um belo pernil de cordeiro, um linguado bem fresco ou uma lagosta com seu macinho de salsa?

– Vou ter minha lagosta, não vou? Lantier... Muito obrigado.

De novo, ele permaneceu plantado em frente ao esboço da grande tela, com seu sorriso de admiração zombeteira. E foi embora, por fim, repetindo:

– Isso é que é uma empreitada.

Claude quis retomar ainda sua paleta e pincéis. Mas suas pernas dobravam, seus braços recaíram, dormentes, como presos ao seu corpo por uma força superior. No grande silêncio morno que se seguira após a explosão da disputa, ele cambaleava, cego, perdido, diante de sua obra disforme. Então, gaguejou:

– Ah! Não aguento mais, não aguento mais... Esse porco acabou comigo!

Sete horas terminavam de bater no cuco, ele havia trabalhado ali oito longas horas, sem comer outra coisa além de uma crosta de pão, sem descansar um minuto, em pé, sacudido pela febre. Agora o sol se punha, uma sombra começava a escurecer o ateliê, onde esse fim de dia adquiria uma melancolia horrível. Quando a luz se ia assim, numa crise de mau trabalho, era como se o sol nunca mais fosse reaparecer, depois de ter levado a vida, a alegria cantante das cores.

– Venha, suplicou Sandoz, com a ternura de uma piedade fraterna. Venha, meu velho.

O próprio Dubuche acrescentou:

– Amanhã você vai ver mais claro. Venha jantar.

Por um momento, Claude recusou se render. Permanecia cravado no assoalho, surdo às suas vozes amigas, rebelde em sua teimosia. O que ele queria fazer, agora que seus dedos enrijecidos largavam o pincel? Não sabia; por mais que não fosse possível, estava devastado por um desejo furioso de ainda poder criar, criar de qualquer maneira. E, se não fizesse nada, pelo menos ficaria ali, não sairia do lugar. Então ele se decidiu, um estremecimento o atravessou como um grande soluço. Pegou firmemente uma espátula muito larga; e, com um só golpe, lentamente, profundamente, raspou a cabeça e o busto da mulher. Foi um verdadeiro assassinato, um esmagamento: tudo desapareceu numa papa lamacenta. Assim, ao lado do cavalheiro com a jaqueta vigorosa, entre a vegetação deslumbrante onde brincavam as duas pequenas lutadoras tão claras, não restou mais dessa mulher nua, sem seios e sem cabeça, do que um coto mutilado, do que a vaga mancha de um cadáver, uma carne de sonho evaporada e morta.

Sandoz e Dubuche já desciam ruidosamente a escada de madeira. E Claude os seguiu, fugindo de sua obra, com o sofrimento abominável de deixá-la assim, rasgada por uma ferida aberta.

III

O COMEÇO DA SEMANA FOI DESASTROSO PARA CLAUDE. Caíra em uma daquelas dúvidas que o faziam execrar a pintura, com uma execração de amante traído, cobrindo a infiel de insultos, torturado pela necessidade de adorá-la ainda; e na quinta-feira, depois de três horríveis dias de luta vã e solitária, saiu já às oito horas da manhã, fechou violentamente sua porta, tão desgostoso consigo mesmo que jurou nunca mais tocar num pincel. Quando uma dessas crises o transtornava, ele só tinha um remédio: esquecer-se de si, ir provocar brigas com seus camaradas, caminhar, sobretudo, caminhar através de Paris, até que o calor e o cheiro de batalha do calçamento recolocassem ânimo na sua alma.

Naquele dia, como todas as quintas-feiras, jantava em casa de Sandoz, onde havia reunião. Mas o que fazer até a noite? A ideia de ficar sozinho, se corroendo, o desesperava. Ele teria corrido para a casa do amigo imediatamente se não lembrasse que ele deveria estar em seu escritório. Depois o pensamento de Dubuche lhe veio, e ele hesitou, pois a antiga camaradagem estava esfriando há algum tempo. Não sentia entre eles a fraternidade das horas nervosas, adivinhava-o ininteligente, surdamente hostil, empenhado em outras ambições. No entanto, em que porta bater? E ele se decidiu, foi para a Rue Jacob, onde o arquiteto morava em um quarto apertado, no sexto andar de uma grande casa fria.

Claude estava no segundo andar quando a zeladora, chamando-o, gritou em tom azedo que Monsieur Dubuche não estava em casa e que ele tinha mesmo passado a noite fora. Lentamente, ele voltou à calçada, atordoado por essa coisa enorme, uma escapadela de Dubuche. Era um azar inacreditável. Vagou sem rumo por um momento. Mas, ao parar na esquina da Rue de Seine, sem saber de que lado virar, lembrou-se bruscamente do que seu amigo lhe dissera sobre certa noite passada no ateliê Dequersonnière, uma última noite de terrível trabalho, na véspera do dia em que os projetos dos alunos deveriam ser entregues à Escola de Belas-Artes. Imediatamente subiu até a Rue du Four, onde ficava o ateliê. Até então, sempre evitara de ir lá buscar Dubuche, por medo das vaias com que acolhiam os profanos. E ele ia sem rodeios, sua timidez ousava graças à sua angústia de estar só, a ponto de ele se sentir disposto a sofrer injúrias para conquistar um companheiro de miséria.

Na Rue du Four, no lugar mais estreito, o ateliê ficava nos fundos de uma velha habitação gretada. Era preciso atravessar dois pátios fedorentos, e se chegava enfim a um terceiro, onde estava plantado meio torto uma espécie de galpão fechado, uma vasta sala feita de tábuas e reboco, que outrora tinha servido a um empacotador. Do lado de fora, pelas quatro grandes janelas, cujas vidraças inferiores estavam manchadas de cal, só se via o teto nu e caiado.

Mas Claude, tendo empurrado a porta, permaneceu imóvel na soleira. A vasta sala se estendia, com suas quatro longas mesas, perpendiculares às janelas, mesas duplas, muito largas, ocupadas dos dois lados por fileiras de alunos, embaraçados com esponjas molhadas, copos, vasos de água, castiçais de ferro, caixas de madeira, as caixas em que cada um guardava seu avental de tecido branco, seus compassos e suas tintas. Em um canto, o fogão esquecido, do inverno passado, enferrujava, ao lado de um resto de coque, que nem tinham varrido; enquanto, na outra ponta, um grande balde de zinco pendia entre duas toalhas. E, no meio dessa nudez de um galpão malcuidado, as paredes atraíam especialmente o olhar, um bando de moldagens alinhando-se no alto, em prateleiras, desaparecendo mais baixo sob uma floresta de réguas T e esquadros, sob um amontoado de pranchetas para aguadas, amarradas em pacotes por tiras. Pouco a pouco, todos os lados que haviam permanecido livres se sujaram com inscrições, desenhos, como uma espuma ascendente, ali lançada, como nas margens de um livro sempre aberto. Havia caricaturas de camaradas, perfis de objetos obscenos, palavras capazes de fazerem empalidecer a polícia, depois sentenças, adições, endereços; o todo dominado, esmagado por esta linha lacônica de cartório, em letras grandes, no melhor lugar: "No dia 7 de junho, Gorju disse que estava cagando para Roma. Assinado: Godemard".

Um rosnado havia acolhido o pintor, o rosnado de feras perturbadas em sua toca. O que o imobilizava era o aspecto da sala, na manhã da "noite da carrocinha", como os arquitetos chamam essa noite suprema de trabalho. Desde a véspera, todo o ateliê, sessenta alunos, estava trancado ali, os que não tinham projetos para apresentar, "os escravos", ajudando os outros, os concorrentes atrasados, forçados a terminar o trabalho de oito dias em doze horas. Desde meia-noite, empanturravam-se de charcutaria e vinho de litro. Por volta de uma hora, como sobremesa, mandaram buscar três damas de uma casa vizinha. E sem que o trabalho abrandasse, a festa transformara-se numa orgia romana, no meio da fumaça dos cachimbos. Restava, no chão, um tapete de papéis engordurados, fundos de garrafas quebradas, poças duvidosas, que o assoalho acabava de beber; enquanto o ar conservava o cheiro azedo das velas afogadas nos castiçais de ferro, o odor forte do almíscar das damas, misturado com o das salsichas e do vinho azul.

Vozes uivaram, selvagens:

– Fora! Oh! Que focinho!... O que quer esse bicho empalhado?... Fora! Fora!

Claude, sob a rudeza dessa tempestade, cambaleou por um instante, atordoado. Chegavam às palavras abomináveis, a grande elegância sendo, mesmo para as naturezas mais finas, rivalizarem com palavrões. E ele se recuperava, respondia-lhes, quando Dubuche o reconheceu. Este último ficou muito vermelho, porque detestava essas aventuras. Teve vergonha de seu amigo, acorreu, sob as vaias, que se voltavam contra ele agora; e gaguejou:

— Como? É você!... Eu disse para nunca entrar aqui... Espere um instante no pátio.

Nesse momento, Claude, que recuava, quase foi atropelado por uma carrocinha de mão, que dois sujeitos muito barbudos, puxavam ao galope. Era dessa carrocinha que a noite de trabalho duro tomava seu nome; e há oito dias, os alunos, atrasados pelo trabalho miserável pago por fora, repetiam o grito: "Oh! Que eu estou na carrocinha!". Assim que ela apareceu, um clamor explodiu. Eram quinze para as nove, tempo certo para chegar à Escola. Uma debandada enorme esvaziou a sala; todos pegavam seus enquadramentos, em meio a cotoveladas; aqueles que queriam teimar em terminar um detalhe eram empurrados, arrastados. Em menos de cinco minutos, os enquadramentos de todos se encontraram empilhados no carro, e os dois sujeitos barbudos, os últimos recém-chegados ao ateliê, atrelaram-se como animais, puxaram em disparada; enquanto o fluxo dos outros vociferava e empurrava por trás. Foi uma ruptura de comporta, os dois pátios atravessados num estrondo de torrente, a rua invadida, inundada por essa barafunda uivante.

Claude, entretanto, começara a correr, perto de Dubuche, que vinha atrás, muito aborrecido por não ter quinze minutos a mais para terminar uma aguada.

— O que você faz em seguida?
— Oh! Tenho compromissos o dia todo.

O pintor estava desesperado por ver que esse amigo também lhe escapava.

— Está bom, eu lhe deixo... E você vem esta noite na casa de Sandoz?
— Sim, acho que sim, a menos que surja algum compromisso para jantar em outro lugar.

Ambos ofegavam. O bando, sem moderar a marcha, alongava o caminho, para fazer durar ainda mais sua algazarra. Depois de descer a Rue du Four, tinha se precipitado através da praça Gozlin, e se atirado na Rue de l'Échaudé. Na frente, a carrocinha de mão, puxada, empurrada com mais força, pulava sobre o pavimento irregular, com a dança lamentável dos chassis, de que estava cheia; depois, os últimos galopavam, obrigando os passantes a colarem-se contra as casas, se não quisessem ser derrubados; e os lojistas, boquiabertos em suas portas, pensavam que era uma revolução. Todo o bairro estava em convulsão. Na Rue Jacob, a correria chegou a tal ponto, no meio de gritos tão assustadores, que as persianas se fecharam. Quando, enfim, entravam na Rue Bonaparte, um loiro grande pregou a peça de agarrar uma criadinha, desnorteada na calçada, e arrastá-la. Uma palha na torrente.

– Bom, adeus!, disse Claude. Até a noite!

– Sim, até a noite!

O pintor, sem fôlego, parou na esquina da Rue des Beaux-Arts. Diante dele, o pátio da Escola estava escancarado. Tudo se engolfou ali.

Depois de ter descansado por um momento, Claude voltou para a Rue de Seine. Sua má sorte piorava, parecia que ele não seduziria um camarada naquela manhã; e ele subiu a rua, caminhou lentamente até a Place du Panthéon, sem ideia clara; então, pensou que sempre poderia ir à Prefeitura para apertar a mão de Sandoz. Seriam uns bons dez minutos. Mas ficou surpreso quando um rapaz respondeu que o monsieur Sandoz havia pedido um dia de folga para um enterro. Entretanto, ele conhecia bem essa história, seu amigo alegava esse motivo toda vez que queria ter um dia inteiro de bom trabalho em casa. E já se preparava para ir, quando uma fraternidade de artista, um escrúpulo de trabalhador honesto, o detiveram: era um crime ir perturbar um bom homem, trazer-lhe o desencorajamento de uma obra rebelde, no momento, sem dúvida, em que trabalhava vigorosamente na sua.

Então, Claude teve que se resignar. Arrastou sua negra melancolia pelo cais até o meio-dia, com a cabeça tão pesada, zumbindo tanto com o pensamento contínuo de sua impotência, que via os amados horizontes do Sena apenas através de uma névoa. Então ele se viu na Rue de la Femme-sans-Tête, onde almoçou no Gomard, um comerciante de vinhos cuja tabuleta: *Au Chien de Montargis,* lhe interessava. Pedreiros, de avental, salpicados de gesso, estavam lá, sentados; e, como eles, com eles, comeu seu "ordinário" de oito tostões, o caldo de carne em uma tigela, onde mergulhou o pão, e a fatia de cozido, guarnecida de feijões, em um prato úmido com água da lavagem. Ainda era bom demais, para um bruto como ele que não conhecia seu ofício: sempre que fracassava num estudo, ele se rebaixava, se colocava abaixo dos trabalhadores manuais, cujos grandes braços pelo menos cumpriam suas tarefas. Durante uma hora, demorou-se, embruteceu-se nas conversas das mesas vizinhas. E, fora, ele retomou sua caminhada lenta, ao acaso.

Mas, na Place de l'Hotel-de-Ville, uma ideia o fez acelerar o passo. Por que não pensara em Fagerolles? Ele era gentil, Fagerolles, embora fosse aluno da Escola de Belas-Artes; e alegre, e nada estúpido. Podia-se conversar com ele, mesmo quando defendia a má pintura. Se ele tivesse almoçado na casa de seu pai, na Rue Vieille-du-Temple, ainda estaria lá.

Claude, ao entrar nessa rua estreita, sentiu uma sensação de frescor. O dia estava ficando muito quente, e uma umidade subia do pavimento que, apesar do céu puro, permanecia molhado e gorduroso, sob o contínuo pisoteio dos passantes. A cada minuto, grandes veículos de carga, carros abertos, quase o atropelavam, quando um empurrão o obrigou a sair da calçada. No entanto, a rua o divertia, com a desordem desalinhada de suas casas, fachadas planas, coloridas por letreiros até as calhas, perfuradas por pequenas janelas, onde se ouvia o farfalhar de todos os teares de Paris. Em uma das passagens mais estranguladas, uma pequena loja de jornais o deteve: era, entre um cabeleireiro e um tripeiro, uma exibição de gravuras imbecis, suavidades de romance misturadas com obscenidades de caserna. Plantados na frente das imagens, um rapaz alto e pálido sonhava, duas meninas se empurravam, troçando. Teria estapeado os três, apressou-se a atravessar a rua, pois a casa de Fagerolles ficava logo de frente, uma velha residência sombria que avançava em relação às outras, salpicada pelos respingos lamacentos do riacho. E, como um ônibus chegava, ele só teve tempo de pular na calçada, reduzida ali a mera sarjeta: as rodas roçaram seu peito, ele ficou inundado até os joelhos.

Monsieur Fagerolles, o pai, fabricante de zinco de arte, tinha seus ateliês no térreo; e, no primeiro andar, para deixar aos seus estoques de amostras as duas grandes salas iluminadas, que davam para a rua, ocupava um pequeno apartamento escuro aberto para o pátio, com um abafamento de porão. Foi ali que seu filho Henri crescera, como uma verdadeira planta da rua parisiense, à beira dessa calçada carcomida por rodas, encharcada pelo riacho, em frente à loja de imagens, do tripeiro e do cabeleireiro. Primeiro, seu pai tinha feito dele um desenhista de ornamentos, para seu uso pessoal. Depois, quando o garoto se revelou com ambições mais elevadas, atacando a pintura, falando da Escola, houve querelas, bofetadas, uma série de desavenças e reconciliações. Ainda hoje, embora Henri já tivesse seus primeiros sucessos, o fabricante de zinco de arte, resignado a deixá-lo livre, tratava-o duramente, como um rapaz que estragava sua vida.

Depois de se ter limpado, Claude entrou pelo pórtico da casa, uma arcada profunda, escancarada diante de um pátio que tinha luz esverdeada, cheiro insípido e mofado de um fundo de cisterna. A escada abria sob um toldo, ao ar livre, uma escada larga, com velho corrimão carcomido pela ferrugem.

E, quando o pintor passava diante dos depósitos do primeiro andar, viu, por uma porta envidraçada, monsieur Fagerolles examinando seus modelos. Então, querendo ser educado, entrou, apesar de sua náusea de artista por todo esse zinco pintado como bronze, todo esse bonitinho hediondo e mentiroso da imitação.

– Bom dia, senhor... Henri ainda está aí?

O fabricante, um homem gordo e pálido, levantou-se entre seus vasos de flor, seus jarros e suas estatuetas. Tinha na mão um novo modelo de termômetro, uma malabarista de cócoras, que equilibrava em seu nariz o leve tubo de vidro.

– Henri não veio almoçar em casa, ele respondeu secamente.

Essa acolhida perturbou o jovem.

– Ah! Ele não voltou... Perdão. Boa tarde, senhor.

– Boa tarde.

Lá fora, Claude praguejou entre dentes. Azar completo, Fagerolles também escapava. Agora, estava zangado consigo mesmo por ter vindo e se interessado por aquela pitoresca rua velha, furioso com a gangrena romântica que, apesar de tudo, voltava a crescer dentro dele: era sua doença talvez, a ideia falsa de que às vezes sentira uma barra atravessando-lhe a cabeça. E quando, de novo, ele retornou aos cais, ocorreu-lhe o pensamento de voltar para casa, para ver se seu quadro estava realmente muito ruim. Mas só esse pensamento o sacudiu com um tremor. Seu ateliê lhe parecia um lugar de horror, onde não podia mais viver, como se ali tivesse deixado o cadáver de uma afeição morta. Não, não, subir os três lances de escada, abrir a porta, fechar-se diante daquilo: seria preciso forças para além de sua coragem! Atravessou o Sena, seguiu toda Rue Saint-Jacques. Tanto pior! Ele estava infeliz demais; ia para a Rue d'Enfer desencaminhar Sandoz.

O pequeno alojamento, no quarto andar, consistia em uma sala de jantar, um quarto e uma estreita cozinha, que o filho ocupava; enquanto a mãe, imobilizada pela paralisia, tinha, do outro lado do patamar da escada, um quarto, onde vivia em solidão dolorosa e voluntária. A rua estava deserta, as janelas se abriam para o vasto jardim dos surdos-mudos, dominados pela copa arredondada de uma grande árvore e o campanário quadrado de Saint-Jacques du Haut-Pas.

Claude encontrou Sandoz em seu quarto, curvado sobre a mesa, absorto diante de uma página escrita.

– Incomodo?

– Não, estou trabalhando desde esta manhã, chega... Imagine, eu me esgoto há uma hora consertando uma frase mal construída, cujo remorso me torturou durante todo o meu almoço.

O pintor fez um gesto de desespero; e, vendo-o tão lúgubre, o outro compreendeu.

– Hein? Você não vai muito bem... Vamos sair. Uma grande volta para nos desenferrujar um pouco, você quer?

Mas, ao passar pela cozinha, uma velha o parou. Era a criada, que de costume vinha duas horas, pela manhã, e duas, pela tarde; só às quintas-feiras ficava a tarde inteira, para o jantar.

– Então, perguntou ela, está decidido, meu senhor: arraia e um pernil de cordeiro com batatas?

– Sim, se a senhora quiser.
– E quantos talheres tenho que colocar?
– Ah! Isso nunca se sabe... Coloque pelo menos cinco talheres, veremos depois. Para as sete, certo? Vamos tratar de chegar a tempo.

Então, no patamar da escada, enquanto Claude esperava um instante, Sandoz se introduziu no quarto de sua mãe; e, quando saiu com o mesmo movimento discreto e terno, ambos desceram, silenciosos. Lá fora, depois de farejarem à esquerda e à direita, como se quisessem estudar o vento, terminaram por subir a rua, chegaram à Place de l'Observatoire, tomaram o boulevard du Montparnasse. Era o passeio habitual deles, acabavam indo por ali, de qualquer maneira, amando esse largo desdobramento dos bulevares exteriores, onde seus passeios vagavam à vontade. Continuavam não falando, suas cabeças ainda pesadas, tranquilizados pouco a pouco por estarem juntos. Apenas diante da Gare de l'Ouest, Sandoz teve uma ideia.

– Diga, se fôssemos visitar Mahoudeau, para ver onde está sua grande empreitada? Eu sei que ele não trabalha com o santeiro hoje.

– Isso, respondeu Claude. Vamos à casa de Mahoudeau.

Eles pegaram imediatamente a Rue du Cherche-Midi. O escultor Mahoudeau alugara, a poucos passos do boulevard, a quitanda de uma vendedora de frutas falida; e ali se instalara, contentando-se em passar uma camada de giz nos vidros. Nesse lugar, largo e deserto, a rua era de uma bonomia provinciana, suavizada ainda por um toque de odor eclesiástico: os portões de entrada permaneciam escancarados, mostrando enfiadas de pátios, muito profundos; um estábulo de vacas exalava lufadas mornas de palha, um muro de convento se alongava, interminável. E era lá, ladeada por este convento e por um herborista, que ficava a quitanda, transformada em ateliê, e cuja placa ainda trazia as palavras: *Frutas e legumes*, em grandes letras amarelas.

Claude e Sandoz quase tiveram os olhos machucados por garotinhas que pulavam corda. Havia famílias sentadas nas calçadas, cujas barricadas de cadeiras obrigavam a andar pela rua.

Chegavam, porém, quando a visão da loja herborista os deteve por um momento. Entre as duas vitrinas, decoradas com seringas para clisteres, bandagens, toda espécie de objetos íntimos e delicados, sob as ervas secas da porta, de onde saía um contínuo sopro de aromas, uma mulher magra e morena, de pé, os encarava; enquanto atrás dela, aparecia o perfil afogado na sombra de um homenzinho pálido, cuspindo seus pulmões. Eles se cutucaram com os cotovelos, os olhos animados por um riso maroto; depois viraram a maçaneta da quitanda de Mahoudeau.

A quitanda, bastante grande, estava como que cheia de um monte de argila, uma bacante colossal, meio debruçada sobre uma rocha. As vigas que a sustentavam curvavam-se sob o peso dessa massa ainda informe, onde só se distinguiam seios de giganta e coxas semelhantes a torres. Água havia corrido, tinas enlameadas se espalhavam aqui e ali, um monte de gesso sujava um canto inteiro; enquanto, sobre as prateleiras da antiga frutaria, que haviam permanecido no local, espalhavam-se alguns gessos de esculturas antigas, que a poeira acumulada lentamente parecia orlar de cinza fina. Uma umidade de lavanderia, um cheiro insípido de barro molhado subia do chão. E essa miséria dos ateliês de escultor, essa sujeira do ofício sobressaía mais, sob a luz descoradas das vitrines pintadas da fachada.

– Vejam só! Vocês!, gritou Mahoudeau, sentado à frente de sua mulherona, fumando um cachimbo.

Ele era pequeno, magro, rosto ossudo, já marcado por rugas aos vinte e sete anos; sua juba negra se emaranhava sobre uma testa muito baixa; e, nessa máscara amarela, de feiura feroz, abriam-se olhos de criança, claros e vazios, que sorriam com uma puerilidade encantadora. Filho de um talhador de pedras de Plassans, havia conquistado lá grandes sucessos nos concursos do museu; depois veio para Paris como laureado da cidade, com a pensão de oitocentos francos, que lhe foi paga durante quatro anos.

Mas em Paris ele vivera deslocado, sem defesa, fracassando na Escola de Belas Artes, gastando sua pensão sem nada fazer; de modo que, ao final dos quatro anos, foi obrigado, para viver, a receber o salário de um comerciante de imagens religiosas, onde escavava, durante dez horas por dia, São Josés, São Roques, Marias Madalenas, todo o calendário das paróquias. Fazia apenas seis meses que a ambição o retomara, ao encontrar-se com camaradas da Provença, companheiros dos quais ele era o mais velho, que se conheceram na tia Giraud, um internato para pirralhos, agora transformados em revolucionários ferozes; e essa ambição tornava-se gigantesca, na frequentação de artistas apaixonados, que perturbavam seu cérebro com a paixão de suas teorias.

– Diacho!, disse Claude, que peça!

O escultor, encantado, deu uma tragada no cachimbo e soltou uma nuvem de fumaça.

– É! Não é?... Eu vou dar para eles carne, e da verdadeira, não a banha que eles fazem!

– É uma banhista?, perguntou Sandoz.

– Não, eu vou colocar pâmpanos nela... Uma bacante, você entende!

Mas, com isso, violentamente, Claude se exaltou.

– Uma bacante! Está brincando conosco! Isso existe, uma bacante?... Uma camponesa que colhe uvas, hein? E uma colhedora de uvas moderna, que diabo! Eu sei muito bem, é um nu. Então, ela é uma colhedora que teria se despido. É preciso sentir isso, é preciso que isso viva!

Mahoudeau, surpreso, escutava com um tremor. Tinha medo dele, e dobrava-se ao seu ideal de força e de verdade. E, acentuando:

– Sim, sim, foi o que eu quis dizer... Uma colhedora de uvas. Você vai ver se ela não vai feder a cheiro de mulher!

Nesse momento, Sandoz, que dava a volta no enorme bloco de argila, soltou uma leve exclamação.

– Ah! Esse sorrateiro do Chaîne que está ali!

Com efeito, por trás da pilha, Chaîne, um gordo rapaz, pintava em silêncio, copiando em uma pequena tela o fogão apagado e enferrujado. Podia se reconhecer nele um camponês por suas atitudes lentas, seu pescoço de touro, bronzeado, endurecido como couro. Apenas a testa era visível, saliente de teimosia, pois seu nariz era tão curto que desaparecia entre as bochechas vermelhas, e uma barba dura escondia seus maxilares fortes. Era de Saint-Firmin, a duas léguas de Plassans, uma aldeia onde tinha tomado conta dos rebanhos até o sorteio ; e seu azar nascera do entusiasmo que um burguês da vizinhança teve pelos punhos de bengala que ele esculpia com sua faca, em raízes. A partir de então, tendo se tornado o pastor de gênio, um embrião de grande homem, imaginado pelo burguês amador, que era membro da Comissão do Museu, empurrado por ele, adulado, destrambelhado pelas esperanças, havia fracassado em tudo sucessivamente, estudos, concursos, bolsa que lhe dava a cidade; e não tinha deixado de viver em Paris, depois de exigir do pai, um camponês miserável, sua parte antecipada da herança, mil francos, com os quais contava viver por um ano, enquanto esperava o triunfo prometido. Os mil francos haviam durado dezoito meses. Então, como lhe restavam apenas vinte francos, acabara por ir morar com seu amigo Mahoudeau, dormindo os dois na mesma cama, no fundo escuro da quitanda, cortando, um depois do outro, o mesmo pão, pão de que eles compravam um suprimento com quinze dias de antecedência, para que ficasse muito duro e não conseguissem comer muito.

– Diga aí, Chaîne, continuou Sandoz, seu fogão é bem exato.

Chaîne, sem falar, deu uma risada em sua barba, um riso baixinho de glória, que lhe iluminou o rosto como um raio de sol. Graças a uma derradeira imbecilidade, e para que a aventura se completasse, os conselhos do seu protetor lançaram-no na pintura, apesar do verdadeiro gosto que demonstrava pela talha da madeira; e ele pintava como um pedreiro, desperdiçando as tintas, conseguindo tornar lamacentas as mais claras e as mais vibrantes. Porém, seu triunfo estava na exatidão da estranheza, ele tinha as minúcias ingênuas de um primitivo, a preocupação com o pequeno detalhe, em que se deleitava a infância de seu ser, mal e mal saído da terra. O fogão, com a perspectiva de atravessado, era seco e preciso, com um tom lúgubre de lodo.

Claude se aproximou, foi tomado de piedade por essa pintura; e ele, tão duro com os maus pintores, encontrou um elogio.

– Ah, sim senhor, não se pode dizer que seja um conformista! Faz o que sente, pelo menos. Isso é muito bom, isso!

Mas a porta da quitanda se abria novamente e um belo rapaz louro, com um grande nariz rosado e largos olhos azuis de míope, entrava gritando:

– Sabe, a herborista aí do lado, ela fica lá, flertando... Cara feia!

Todos riram, exceto Mahoudeau, que parecia muito constrangido.

– Jory, o rei das gafes, disse Sandoz, apertando a mão do recém-chegado.

– Hein? O quê? Mahoudeau dorme com aquilo, retomou Jory, quando finalmente compreendeu. E daí! O que importa? Uma mulher, nunca se enjeita.

– Você, contentou-se em dizer o escultor, caiu de novo nas unhas da sua, ela arrancou um pedaço da sua bochecha.

De novo, todos explodiram de riso, e foi Jory quem ficou vermelho por sua vez. Tinha, de fato, o rosto arranhado, dois cortes profundos. Filho de um magistrado de Plassans, que levava ao desespero por suas aventuras de macho bonito, havia ultrapassado a medida de seus excessos fugindo com uma cantora de café-concerto, sob pretexto de ir a Paris fazer literatura; e durante os seis meses em que acampavam juntos em um hotel, um pardieiro, no Quartier Latin, essa garota o esfolava vivo cada vez que ele a traía pelo primeiro rabo de saia imundo, seguido em uma calçada. Por isso, ele sempre mostrava alguma nova cicatriz, o nariz ensanguentado, uma orelha fendida, um olho estropiado, inchado e azul.

Enfim, prosearam, só Chaîne continuou a pintar, com seu ar obstinado de boi na labuta. Imediatamente, Jory extasiou-se diante do esboço da *Colhedora de uvas*.

Ele também adorava as mulheres gordas. Havia começado lá na província, escrevendo sonetos românticos, celebrando o peito e os quadris cheios de uma bela açougueira que perturbava suas noites; e, em Paris, onde encontrara o bando, havia se tornado crítico de arte, escrevia, para viver, artigos a vinte francos, num jornalzinho escandaloso, *O Tambor*. Fez mesmo um artigo, um estudo sobre uma pintura de Claude, exposta na loja do velho Malgras, que acabara de provocar um enorme escândalo, pois ele sacrificava pelo amigo os pintores "amados pelo público", e o colocava como o chefe de uma nova escola, a escola do ar livre. No fundo, muito prático, troçava de tudo o que não lhe agradava, simplesmente repetia as teorias ouvidas no grupo.

– Sabe, Mahoudeau, gritou ele, você vai ter seu artigo, vou lançar a sua mulherona... Ah! Que coxas! Se a gente arranjasse umas coxas assim!

Então, bruscamente, ele falou de outra coisa.

– Por falar nisso, meu pai avarento me pediu desculpas. Sim, tem medo de que eu o desonre, e me manda cem francos por mês... Pago minhas dívidas.

– Dívidas, você está razoável demais!, murmurou Sandoz, sorrindo.

Jory mostrava de fato uma hereditariedade de avareza, que divertia o grupo. Não pagava às mulheres, conseguia levar uma vida desordenada, sem dinheiro e sem dívidas; e essa ciência inata de gozar por nada aliava-se nele a uma duplicidade contínua, a um hábito de mentir que contraíra no ambiente devoto de sua família, onde a preocupação de esconder seus vícios o fazia mentir a respeito de tudo, o tempo todo, mesmo desnecessariamente. Teve uma resposta soberba, o grito de um sábio que viveu muito.

– Oh! Vocês artistas, vocês não sabem o valor do dinheiro.

Desta vez, ele foi vaiado. Que burguês! E as injúrias aumentavam, quando batidinhas leves, contra uma vidraça, fizeram cessar a barulheira.

– Ah! Ela é irritante, enfim!, disse Mahoudeau com um gesto de mau humor.

– Hein! Quem é? A herborista?, perguntou Jory. Deixe que entre, vai ser engraçado.

Aliás, a porta se abriu sem esperar, e a vizinha, madame Jabouille, Mathilde, como era chamada familiarmente, apareceu na soleira. Tinha 30 anos, o rosto achatado, devastado pela magreza, com olhos de paixão, com pálpebras violáceas e marcadas. Dizia-se que os padres a haviam casado com o pequeno Jabouille, um viúvo cuja loja de ervas então prosperava, graças à clientela devota do bairro. A verdade é que se percebiam, às vezes, sombras vagas de batinas atravessando o mistério da loja, perfumada pelas especiarias com um cheiro de incenso. Reinava uma discrição de claustro, uma unção de sacristia, na venda de seringas; e as devotas que entravam, sussurravam como no confessionário, enfiavam injetores no fundo das sacolas e saíam com os olhos baixos. Infelizmente, rumores de aborto se espalharam: uma calúnia do vendedor de vinho em frente, diziam as pessoas bem-pensantes. Desde que o viúvo se casara novamente, a loja de ervas arruinava-se. Os bocais pareciam empalidecer, as ervas secas do teto se desmanchavam em pó, ele próprio tossia como um condenado, reduzido a nada, terminados os prazeres carnais. E, embora Mathilde tivesse lá sua religião, a clientela devota foi abandonando-a pouco a pouco, achando que ela se exibia demais com os jovens, agora que Jabouille estava acabado.

Por um momento ela ficou imóvel, vasculhando os cantos com um rápido olhar. Um cheiro forte havia se espalhado, o cheiro das ervas com as quais seu vestido se achava impregnado e que ela trazia em sua cabeleira oleosa, alisada sempre: o cheiro do açúcar insípido das malvas, a aspereza do sabugueiro, o amargor do ruibarbo, mas, sobretudo, o fogo da hortelã-pimenta, que era como seu próprio hálito, o hálito quente que ela soprava no nariz dos homens.

Com um gesto, fingiu surpresa.

– Ah, meu Deus! O senhor tem visitas!... Não sabia, eu volto depois.

– É isso, disse Mahoudeau, muito contrariado. Vou sair, aliás. A senhora posará para mim no domingo.

Claude, estupefato, olhou para Mathilde, depois para a *Colhedora de uvas*.

– O quê!, ele gritou, é madame que posa para esses músculos aí? Que diabo, você a está engordando!

E as risadas recomeçaram, enquanto o escultor balbuciava explicações: Ah! não, nem o torso, nem as pernas; nada além da cabeça e das mãos; e apenas algumas indicações, não mais do que isso.

Mas Mathilde ria com os outros, um riso agudo e sem pudor. Havia entrado completamente e fechado a porta. Depois, como se estivesse em casa, feliz no meio de todos aqueles homens, esfregando-se neles, ela os farejou. Sua risada havia mostrado os buracos negros em sua boca, onde faltavam vários dentes; e ela era, assim, feia de assustar, devastada já, com a pele curtida, colada nos ossos. Jory, que ela via pela primeira vez, devia tentá-la, com seu frescor de frango gordo, seu grande nariz rosado que prometia. Ela o cutucou com o cotovelo, terminou bruscamente, querendo excitá-lo sem dúvida, por sentar-se no colo de Mahoudeau, num abandono de rapariga.

– Não, largue disso, disse este, levantando-se. Tenho o que fazer... Não é? Vocês sabem, estão esperando por nós.

Ele havia piscado, desejoso de um bom passeio. Todos responderam que eram esperados e o ajudaram a cobrir seu esboço com panos velhos, encharcados, tirados de um balde.

No entanto, Mathilde, com ar submisso e desesperado, não ia embora. De pé, contentava-se em trocar de lugar, quando alguém a empurrava; enquanto Chaîne, que não trabalhava mais, cobiçava-a com seus grandes olhos, por cima de sua tela, cheio do desejo guloso de um tímido. Até então, ele não tinha aberto a boca. Mas, quando Mahoudeau estava finalmente saindo com os três camaradas, ele se decidiu, disse com sua voz abafada, empastada com longos silêncios:

– Você vai voltar?...

– Muito tarde. Coma e durma... Adeus.

E Chaîne permaneceu a sós com Mathilde, na quitanda úmida, entre montes de argila e poças de água, sob a ampla luz embaçada das vidraças sujas, que iluminavam com intensidade esse canto de miséria sem asseio.

Do lado de fora, Claude e Mahoudeau andavam na frente, enquanto os outros dois o seguiam; e Jory gritou, quando Sandoz brincou com ele, afirmando que ele havia conquistado a herborista.

– Ah! Não, ela é horrível, ela poderia ser nossa mãe, de todos. Ela tem o focinho de cadela velha sem presas!... Além disso, ela fede a farmácia.

Esse exagero fez Sandoz rir. Ele deu de ombros.

— Deixe disso, você não é tão exigente, você pega outras que não valem muito mais.

— Eu! Onde isso?... E você sabe que, quando demos as costas, ela pulou no Chaîne. Ah! Os safados, eles devem se divertir juntos!

Vivamente, Mahoudeau, que parecia mergulhado em uma forte discussão com Claude, virou-se no meio de uma frase para dizer:

— E você acha que eu me importo!

Terminou a frase para seu companheiro; e, dez passos adiante, lançou novamente, por cima do ombro:

— E, para começar, Chaîne é burro demais!

Não falaram mais a respeito. Todos os quatro, passeando, pareciam ocupar a largura do boulevard des Invalides. Era a expansão usual, o bando de camaradas que, aos poucos, se ajuntavam ao longo do caminho, a marcha livre de uma horda que partia em guerra. Esses rapazes, com a bela energia de seus 20 anos, tomavam posse do calçamento. Desde que eles se ajuntavam, era como se fanfarras soassem diante deles, agarravam Paris com uma mão e a colocavam tranquilamente nos bolsos. Não tinham dúvida sobre a vitória, passeavam seus sapatos velhos e suas jaquetas gastas, desdenhosos dessas misérias, de resto, bastando querer para serem os mestres. E isso era acompanhado por um imenso desprezo a respeito de tudo o que não fosse a arte deles, desprezo pela fortuna, desprezo pelo mundo, desprezo, sobretudo, pela política. Para que servem essas sujeiras? Nelas, só havia caducos! Uma injustiça soberba os animava, uma ignorância deliberada das necessidades da vida social, o sonho louco de serem apenas artistas na terra. Eles eram estúpidos às vezes, mas essa paixão os tornava corajosos e fortes.

Claude, então, se animou. Recomeçava a acreditar, dentro desse calor de esperanças comuns. Suas torturas da manhã deixavam nele apenas um entorpecimento vago, e ele discutia de novo sua tela com Mahoudeau e Sandoz, jurando, é verdade, rasgá-la no dia seguinte. Jory, muito míope, olhava as velhas senhoras de perto, se derramava em teorias sobre a produção artística: era preciso se entregar do jeito que se é, no primeiro esboço da inspiração; ele, jamais rasurava. E, conversando, os quatro continuavam descendo o boulevard, cuja meia solidão, as fileiras de belas árvores até o infinito, pareciam perfeitas para suas brigas. Mas, quando desembocaram na Esplanada, a querela tornou-se tão violenta que pararam no meio da vasta extensão. Fora de si, Claude chamava Jory de cretino: não era melhor destruir uma obra do que entregá-la medíocre? Sim, era nojento, esse baixo interesse comercial! De seu lado, Sandoz e Mahoudeau falavam ao mesmo tempo, muito alto. Burgueses, inquietos, viravam a cabeça, acabavam por se ajuntar em torno desses jovens furiosos, que pareciam querer se morderem. Então os passantes se foram, envergonhados, acreditando em uma farsa, quando os viram, de repente, ficarem muito bons amigos, maravilhados todos com uma babá vestida de roupa clara e com longas fitas cor de cereja. Ah! Diabos, que tom! Isso constituía um acorde! Encantados, apertavam os olhos, seguiam a babá sob os arvoredos, como se despertassem sobressaltados, espantados por já estarem ali. Aquela Esplanada, aberta por todos os lados sob o céu, limitada apenas ao sul pela longínqua perspectiva dos Invalides, encantava-os, tão grande, tão calma; pois tinham espaço suficiente para os gestos; e eles retomavam um pouco o fôlego, eles que declaravam Paris muito estreita, onde faltava ar para a ambição de seus peitos.

– Vocês estão indo para algum lugar?, Sandoz perguntou a Mahoudeau e Jory.

– Não, respondeu o último, estamos indo com vocês. Aonde vão?

Claude, com o olhar perdido, murmurou:

– Não sei... Por ali.

Viraram no Quai d'Orsay, subiram até a Pont de la Concorde. E, diante do Legislativo, o pintor retomou, indignado:

– Que monumento imundo!...

– Outro dia, disse Jory, Jules Favre fez um grande discurso... Como chateou Rouher !

Mas os outros três não o deixaram continuar, a briga recomeçou. Quem é esse Jules Favre? Quem é esse Rouher? Isso nem existia! Idiotas, de quem ninguém mais falaria, dez anos depois de suas mortes! Entraram na ponte, deram de ombros com piedade. Depois, quando se viram no meio da Place de la Concorde, calaram-se.

– Isto, terminou declarando Claude, isto não é nada mau.

Eram quatro horas, o belo dia se terminava por uma gloriosa poeira de luz solar. À direita e à esquerda, em direção à Madeleine e ao Legislativo, linhas de edifícios fugiam em distantes perspectivas, recortando-se nitidamente à beira do céu; enquanto o Jardim das Tulherias dispunha as copas redondas dos seus altos castanheiros. E, entre as duas margens verdes das alamedas laterais, a Avenue des Champs-Élysées subia até lá no alto, a perder de vista, terminada pela porta colossal do Arco do Triunfo, devassando o infinito. Uma dupla corrente de multidão, um duplo rio corria ali, com os turbilhões vivos dos cavalos atrelados, com as vagas fugazes dos carros, que o reflexo de um painel, a centelha de um vidro de lanterna, pareciam branquear com uma espuma. Embaixo, a praça, com suas imensas calçadas, seus pavimentos largos como lagos, enchia-se desse fluxo contínuo, atravessado em todos os sentidos pelo brilho das rodas, povoada de pontos negros que eram homens; e as duas fontes fluíam, exalando um frescor, naquela vida ardente.

Claude, vibrante, gritou:

– Ah! Essa Paris... Ela é nossa, basta tomá-la.

Todos os quatro estavam arrebatados, abrindo os olhos luzindo de desejo. Não era a glória que soprava do alto daquela avenida sobre a cidade toda? Paris estava ali, e eles a queriam.

– Pois bem, nós a tomaremos!, afirmou Sandoz, com seu ar teimoso.

– Claro que sim!, disseram simplesmente Mahoudeau e Jory.

Tinham recomeçado a andar, voltaram a vagabundear, encontraram-se atrás da Madeleine, avançaram pela Rue Tronchet. Finalmente, chegaram à Place du Havre, quando Sandoz exclamou:

– Mas então é ao Baudequin que estamos indo?

Os outros se espantaram. Vejam só! Estavam indo para o Baudequin.

– Que dia é hoje?, Claude perguntou. Hein? Quinta-feira... Fagerolles e Gagnière devem estar lá então... Vamos até o Baudequin.

E subiram a Rue d'Amsterdam. Eles tinham acabado de atravessar Paris, esse era um de seus grandes passeios favoritos; mas tinham outros itinerários, de uma ponta a outra do cais por vezes, ou então um trecho das fortificações, da porte Saint-Jacques a Les Moulineaux, ou ainda uma passada pelo Père-La-Chaise, seguida por um desvio pelos bulevares exteriores. Percorriam as ruas, as praças, os cruzamentos, vagavam por dias inteiros, enquanto suas pernas pudessem carregá-los, como se quisessem conquistar os bairros uns depois dos outros, jogando suas teorias retumbantes nas fachadas das casas; e o pavimento parecia deles, todo o pavimento batido por suas solas, esse velho solo de combate de onde subia uma embriaguez com a qual excitavam a lassidão.

O Café Baudequin ficava no boulevard des Batignolles, na esquina da Rue Darcet. Sem que ninguém soubesse o porquê, o bando o havia escolhido como ponto de reunião, embora apenas Gagnière morasse no bairro. Reunia-se lá regularmente nas noites de domingo; depois, na quinta-feira, por volta das cinco horas, os que estavam livres adquiriram o hábito de aparecerem ali por um momento. Naquele dia, com aquele belo sol, as mesinhas do lado de fora, embaixo do toldo, estavam todas ocupadas por uma fila dupla de clientes barrando a calçada. Mas eles tinham horror desse acotovelamento, dessa exposição em público: e empurravam as pessoas para entrar na sala deserta e fresca.

– Olhe só! Fagerolles está sozinho!, gritou Claude.

Ele havia caminhado até a mesa habitual, no fundo, à esquerda, e apertava a mão de um rapaz magro e pálido, cujo rosto de menina era iluminado por olhos gris, de uma meiguice zombeteira, em que passavam centelhas de aço.

Todos se sentaram, pediram os chopes, e o pintor retomou:

– Sabe que eu fui procurá-lo na casa de seu pai... Ele me fez uma bela recepção.

Fagerolles, que gostava de tomar ares de bandido e de malandro, bateu nas coxas.

– Ah! Ele me chateia, o velho!... Fugi esta manhã, depois de um arranca-rabo. Não é que ele quer que eu desenhe coisas para suas porcarias de zinco! Já basta o zinco da Escola.

Essa brincadeira fácil sobre seus professores encantou os camaradas. Ele os divertia, fazia-se adorar por essa covardia contínua de garoto bajulador e maledicente. Seu sorriso inquietante ia de uns aos outros, enquanto seus longos dedos flexíveis, com habilidade inata, esboçavam sobre a mesa cenas complicadas, com gotas de cerveja derramadas. Tinha a arte fácil, um talento especial para ter sucesso em tudo.

– E Gagnière, perguntou Mahoudeau, você não o viu?

– Não, faz uma hora que estou aqui.

Mas Jory, silencioso, cutucou Sandoz com o cotovelo, apontando para uma moça que ocupava uma mesa com o seu cavalheiro, no fundo da sala. De resto, havia apenas dois outros clientes, dois sargentos jogando baralho. Ela era quase uma criança, uma dessas malandrinhas de Paris que, aos dezoito anos, conservam a magreza das frutas verdes. Parecia um cachorro com um penteado, uma chuva de cabelinhos loiros caindo sobre um nariz delicado, uma grande boca risonha em um focinho cor-de-rosa. Folheava um jornal ilustrado, enquanto o cavalheiro, seriamente, bebia um madeira; e, por cima do jornal, lançava olhares alegres para o bando, o tempo todo.

– Hein? Bonitinha!, murmurou Jory, que se animava. Em quem, diabos, ela está interessada?... É para mim que ela está olhando.

Vivamente, Fagerolles interveio.

– Ei! Nada disso, sem erro, ela é minha!... Se você acha que estou aqui há uma hora só esperando vocês!

Os outros riram. E, baixando a voz, falou-lhes de Irma Bécot. Oh! Uma pequena tão engraçada! Ele conhecia sua história, era filha de um merceeiro da Rue Montorgueil. Muito instruída, aliás, em história sagrada, cálculo, ortografia, pois seguira os cursos de uma escola vizinha até os dezesseis anos. Fazia a lição de casa entre dois sacos de lentilhas, e completava sua educação, no mesmo nível da rua, vivendo na calçada, no meio da confusão, aprendendo a vida na fofoca contínua das cozinheiras sem chapéu, que desnudavam as abominações do bairro, enquanto pesavam cinco centavos de gruyère. Sua mãe tinha morrido, o velho Bécot acabara dormindo com as criadas, de modo muito sensato, para não buscar fora de casa; mas isso lhe deu o gosto pelas mulheres, precisou de outras, logo se lançou em tais orgias, que toda a mercearia foi devorada aos poucos, os legumes secos, os potes, as gavetas de doces. Irma ainda estava na escola quando, uma noite, ao fechar a loja, um rapaz a atirara sobre uma cesta de figos. Seis meses depois, a casa estava devorada, seu pai morria de derrame, ela se refugiara com uma tia pobre que a espancava, partira com um rapaz do outro lado da rua, voltara três vezes para, definitivamente, esvoaçar em todos os bailes populares de Montmartre e Batignolles.

– Uma sem-vergonha!, murmurou Claude com seu ar de desprezo.

De repente, como seu cavalheiro se levantava e saía; depois de falar baixo com ele, Irma Bécot o viu desaparecer; então, com a violência de colegial desembestado, correu se sentar no colo de Fagerolles.

– Hein? Você viu, como ele é grudento!... Dê um beijo, rápido, que ele vai voltar.

Ela o beijou nos lábios, bebeu em seu copo; e se entregava aos outros, ria para eles de maneira convidativa, pois tinha uma paixão pelos artistas, lamentando que eles não fossem ricos o suficiente para sustentarem sozinhos as mulheres. Jory, sobretudo, parecia interessá-la, muito excitado, fixando nela olhos de brasa. Como ele estava fumando, ela lhe tirou o cigarro da boca e o pôs na sua; isso, sem interromper sua tagarelice de papagaio atrevido.

– Vocês são todos pintores, ah! Que divertido!... E esses três aí, por que estão com jeito emburrado? Vamos dar risada, eu vou fazer cócegas! Vocês vão ver!

Com efeito, Sandoz, Claude e Mahoudeau, embaraçados, contemplavam-na com um ar sério. Mas ela permanecia com os ouvidos alertas, escutou que seu cavalheiro voltava e lançou vivamente ao nariz de Fagerolles:

– Você sabe, amanhã à noite, se quiser. Venha me pegar na cervejaria Bréda.

Então, depois de colocar o cigarro todo molhado de volta nos lábios de Jory, ela galopou a passos largos, com os braços no ar, fazendo uma careta de um cômico extravagante; e quando o cavalheiro reapareceu, com o aspecto sério, um pouco pálido, encontrou-a imóvel, os olhos fixos na mesma gravura do jornal ilustrado. Essa cena tinha se passado tão rapidamente, num galope tão engraçado, que os dois sargentos, boa gente, voltaram a bater suas cartas, arrebentando de rir.

Além disso, Irma os havia conquistado a todos. Sandoz declarava que seu nome de Bécot ia muito bem num romance; Claude perguntava se ela gostaria de posar para ele num estudo; enquanto Mahoudeau a via como menino, uma estatueta que com certeza seria facilmente vendida. Logo, ela se foi, mandando com as pontas dos dedos, pelas costas do cavalheiro, beijos para toda a mesa, uma chuva de beijos, que acabaram de incendiar Jory. Mas Fagerolles não queria emprestá-la ainda, inconscientemente se divertindo muito por encontrar nela uma criança da mesma calçada que ele, sentindo cócegas por essa perversão da rua, que era a dele.

Eram cinco horas, o bando pediu mais cerveja. Frequentadores do bairro tinham invadido as mesas vizinhas, e esses burgueses lançavam olhares oblíquos para o canto dos artistas, nos quais o desdém se misturava com uma deferência inquieta. Eram bem conhecidos, uma lenda estava começando a se formar.

Eles, agora, papeavam de coisas bobas, do calor que estava fazendo, da dificuldade de se conseguir lugar no ônibus do Odeon, da descoberta de um comerciante de vinhos onde se comia carne de verdade. Um deles quis iniciar uma discussão sobre um lote de quadros infectos que tinham acabado de ser colocados no museu do Luxemburgo ; mas todos eram da mesma opinião: as telas não valiam sequer as molduras. E não falaram mais, fumaram, trocando palavras raras e risos entendidos.

– Ah! Isso, perguntou enfim Claude, estamos esperando por Gagnière?

Protestaram. Gagnière era um chato; e, além disso, chegaria certamente com o cheiro da sopa.

– Então vamos embora, disse Sandoz. Há um pernil esta noite, vamos tentar chegar na hora.

Cada um pagou sua conta, e todos saíram. Isso causou emoção no café. Jovens, pintores sem dúvida, cochichavam mostrando Claude, como se tivessem visto passar o temível chefe de um clã de selvagens. Era o famoso artigo de Jory que produzia seu efeito, o público tornava-se cúmplice e ia criar, por conta própria, a escola do ar livre, sobre a qual o bando ainda fazia troça. Como diziam alegremente, o Café Baudequin não tinha ideia da honra que lhe fizeram no dia em que o escolheram para ser o berço de uma revolução.

No boulevard, estavam em cinco, Fagerolles havia reforçado o grupo; e lentamente atravessaram de novo Paris, com ar calmo de conquista. Quanto mais numerosos eram, mais barravam largamente as ruas, mais carregavam atrás deles a vida quente das calçadas. Quando desceram a Rue de Clichy, seguiram a Rue de la Chaussée-d'Antin, foram tomar a Rue Richelieu, atravessaram o Sena na Pont des Arts, para insultar o *Institut*, chegaram enfim ao Luxemburgo pela Rue de Seine, onde um cartaz impresso em três cores, um anúncio violentamente colorido de um circo ambulante, os fez gritar de admiração. A noite estava chegando, o fluxo de passantes corria mais devagar, era a cidade cansada que esperava a sombra, pronta para se entregar ao primeiro macho suficientemente vigoroso para tomá-la.

Na Rue d'Enfer, depois que Sandoz fez entrar os outros quatro em sua casa, desapareceu no quarto de sua mãe; ficou ali alguns minutos, depois voltou sem dizer uma palavra, com o sorriso discreto e terno que sempre tinha ao sair. E houve imediatamente, em seu estreito apartamento, um terrível alvoroço, de risos, de discussões, de clamores. Ele mesmo dava o exemplo, ajudou a criada a pôr a mesa, a qual se exaltava com palavras amargas, porque eram sete e meia e seu pernil estava ficando seco. Os cinco, sentados à mesa, já tomavam a sopa, uma sopa de cebola muito boa, quando apareceu um novo convidado.

– Oh! Gagnière!, urraram em coro.

Gagnière, baixinho, vago, com seu rosto rechonchudo e atônito, que uma penugem de barba aloirava, permaneceu um instante na soleira, piscando os olhos verdes. Era de Melun, filho de um rico burguês que acabara de deixar duas casas para ele, lá, e aprendera a pintar sozinho na floresta de Fontainebleau, pintava paisagens conscienciosas, cheias de intenções excelentes; mas sua verdadeira paixão era a música, uma loucura pela música, um incêndio cerebral que o colocava no mesmo nível dos mais exasperados da turma.

— Estou sobrando?, perguntou suavemente.

— Não, não, que nada, entre!, gritou Sandoz.

A criada já estava trazendo um talher.

— Se já se pusesse outro para Dubuche?, disse Claude. Ele me disse que provavelmente viria.

Mas eles caíram em cima de Dubuche, que frequentava as mulheres da sociedade. Jory disse que o havia encontrado num carro com uma velha senhora e sua filha, cujas sombrinhas ele segurava no colo.

— De onde você está vindo, para chegar assim tão atrasado?, retomou Fagerolles, dirigindo-se a Gagnière.

Este último, que ia engolir sua primeira colherada de sopa, voltou a colocá-la no prato.

— Eu estava na Rue de Lancry, sabe, onde eles fazem música de câmara... Ah! Meu caro, coisas de Schumann, você nem tem ideia! Aquilo pega você por aqui, atrás da cabeça, é como se uma mulher soprasse no seu pescoço. Sim, sim, de algo mais imaterial que um beijo, o aflorar de uma respiração... Palavra de honra, parece que se está morrendo...

Seus olhos se umedeciam, ele empalidecia como se possuído por um gozo vivo demais.

— Tome sua sopa, disse Mahoudeau, você nos conta isso depois.

A arraia foi servida, e fizeram trazer a garrafa de vinagre à mesa para condimentar a manteiga negra, que parecia insípida. Comia-se bastante, os pedaços de pão desapareciam. Além disso, nenhum requinte, vinho de litro, que os convidados aguavam bastante, por discrição, para não sobrecarregar as despesas. Eles tinham acabado de aclamar o pernil com um hurra, e o dono da casa começou a cortá-lo, quando a porta se abriu novamente. Mas desta vez surgiram protestos furiosos.

— Não, não, mais ninguém!... Fora o desertor!

Dubuche, sem fôlego por ter corrido, aturdido por cair em meio a esses uivos, avançava seu gordo rosto pálido, balbuciando explicações.

– Verdade, eu lhes asseguro, a culpa é do ônibus... Esperei cinco na Champs-Élysées.

– Não, não, ele está mentindo!... Vá embora, não vai ter pernil!... Fora, fora!

No entanto, ele finalmente entrara, e notaram então que estava vestido muito corretamente, todo de preto, calça preta, sobrecasaca preta, engravatado, calçado, cheio de alfinetes, com a rigidez cerimoniosa de um burguês que janta na cidade.

– Está vendo! Ele perdeu seu compromisso, gritou Fagerolles em tom de brincadeira. Vocês não estão vendo que as senhoras da sociedade o deixaram na mão, e que ele corre aqui para comer nosso pernil, porque não sabe mais para onde ir!

Ele ficou vermelho, balbuciou:

– Oh! Que ideia! Vocês são cruéis!... Deixem-me em paz, enfim!

Sandoz e Claude, colocados lado a lado, sorriam; e o primeiro chamou Dubuche com um sinal, para lhe dizer:

– Ponha seu talher você mesmo, pegue lá um copo e um prato, e sente-se entre nós dois... Eles vão deixar você em paz.

Mas, durante o tempo em que comeram o pernil, as brincadeiras continuaram. Ele próprio, quando a criada lhe trouxe um prato de sopa e uma parte de arraia, fez piada consigo mesmo, bem-humorado. Fingia estar faminto, limpava avidamente o prato e contava uma história, uma mãe que lhe recusara a filha, porque ele era arquiteto. O fim do jantar foi assim muito barulhento, todos falando ao mesmo tempo. Um pedaço de brie, única sobremesa, teve um enorme sucesso. Não deixaram nada. Quase faltou pão. Depois, como o vinho faltava de fato, cada um tomou um claro gole de água, estalando a língua em meio a grandes risadas. E, com o rosto florido, a barriga estufada, com a beatitude das pessoas que acabaram de se alimentar fartamente, passaram para o quarto.

Essas eram as boas noitadas de Sandoz. Mesmo nas horas de miséria, ele sempre tinha um cozido para compartilhar com seus camaradas. Aquilo o encantava, estar num bando, todos amigos, todos vivendo com a mesma ideia. Embora tivesse a idade deles, uma paternidade desabrochava nele, uma bonomia feliz, quando os via em casa, em volta dele, de mãos dadas, embriagados de esperança. Como ele só tinha um cômodo, seu quarto era deles; e, faltando lugar, dois ou três tinham que se sentar na cama. Naquelas noites quentes de verão, a janela permanecia aberta para o ar livre de fora, percebiam-se na noite clara duas silhuetas negras, dominando as casas, a torre de Saint-Jacques du Haut-Pas e a árvore dos Sourds-Muets. Em dias de riqueza, havia cerveja. Todos traziam seu tabaco, a sala enchia-se rápido de fumaça, terminavam conversando sem se ver, muito tarde da noite, em meio ao grande silêncio melancólico daquele bairro remoto.

Naquela noite, às nove horas, a criada veio dizer:

– Senhor, terminei, posso ir?

– Sim, vá... Deixou água no fogo, não é? Eu mesmo farei o chá.

Sandoz tinha se levantado. Desapareceu atrás da governanta e só voltou depois de quinze minutos. Sem dúvida, tinha ido beijar sua mãe, cuja cama ele ajeitava todas as noites, antes que ela adormecesse.

Mas o ruído das vozes já estava aumentando, Fagerolles contava uma história.

– Sim, meu velho, na Escola eles corrigem o modelo... Outro dia, Mazel se aproximou e me disse: "As duas coxas não estão aprumadas". Então eu disse a ele: "Veja, senhor, ela as tem desse jeito". Era a pequena Flore Beauchamp, vocês conhecem. E ele me disse, furioso: "Se ela as tem desse jeito, ela está errada".

Eles rolaram de rir, Claude sobretudo, a quem Fagerolles estava contando a história, para cortejá-lo. Há algum tempo sofria a influência dele; e, embora continuasse a pintar com a habilidade de um ilusionista, falava apenas de pintura espessa e sólida, de fragmentos da natureza, atirados na tela, vivos, fervilhantes, tais como eram; o que não o impedia de fazer piadas em outros lugares sobre os do ar livre, a quem acusava de empastar os estudos usando uma concha de sopa.

Dubuche, que não tinha rido, magoado em sua honestidade, ousou responder:

– Por que você continua na Escola, se acha que estão deixando você estúpido lá? É muito simples, vá embora... Ah! Eu sei, todos vocês estão contra mim, porque eu defendo a Escola. Veja bem, minha ideia é que, quando você quer fazer um trabalho, é melhor primeiro aprender.

Gritos ferozes se elevaram, e foi preciso toda a autoridade de Claude para dominar as vozes.

– Ele tem razão, é preciso aprender seu ofício. Só que não é bom aprender sob a férula de professores que enfiam com força na sua cachola a visão deles... Esse Mazel, que idiota! Dizer que as coxas de Flore Beauchamp não são aprumadas! E coxas espantosas, hein? Vocês conhecem, coxas que a revelam até o fundo, aquela doida pela gandaia.

Ele se recostou na cama, onde se encontrava; e, com os olhos no ar, continuou com voz ardente:

– Ah! A vida, a vida! Senti-la e ser capaz de exprimi-la em sua realidade, amá-la pelo que ela é, ver nela a única beleza verdadeira, eterna e mutável, não ter a tola ideia de enobrecê-la castrando-a, entender que as pretensas feiuras são apenas as marcas dos personagens, e dar vida, e fazer homens, a única maneira de ser Deus!

Sua fé voltava, a marcha através de Paris o açoitara, fora retomado por sua paixão pelo corpo vivo. Ouviram-no em silêncio. Fez um gesto louco, depois se acalmou.

– Meu Deus! Cada um com suas ideias; mas o cansativo é que eles são ainda mais intolerantes do que nós, no *Institut*... O júri do *Salon* é deles, tenho certeza de que esse idiota do Mazel vai recusar meu quadro.

E, sobre isso, todos começaram a xingar, pois essa questão do júri era uma eterna causa de irritação. Exigiam reformas, todos tinham uma solução pronta, desde o sufrágio universal aplicado à eleição de um júri liberal até a liberdade total, o *Salon* livre para todos os expositores.

Diante da janela aberta, enquanto os outros discutiam, Gagnière havia puxado Mahoudeau, e murmurava em voz baixa, com os olhares perdido na noite:

– Oh! Não é nada, veja, quatro compassos, uma impressão lançada. Mas o que há lá dentro!... Para mim, antes de tudo, é uma paisagem fugaz, um canto melancólico da estrada, com a sombra de uma árvore que não se vê; e depois uma mulher passa, apenas um perfil; e depois ela se vai embora, e nunca é reencontrada, nunca mais...

Neste momento, Fagerolles gritou:

– Ei, Gagnière, o que você está enviando para o *Salon* este ano?

Ele não ouviu, prosseguiu, extasiado:

– Em Schumann há tudo, é o infinito... E Wagner, que vaiaram de novo no domingo!

Mas uma nova interpelação de Fagerolles o sobressaltou.

– Hein? O quê? O que vou mandar para o *Salon*?... Uma pequena paisagem talvez, um canto do Sena. É tão difícil, antes de tudo eu preciso estar satisfeito com ela.

Tinha voltado bruscamente à timidez e à inquietação. Seus escrúpulos de consciência artística o agarravam por meses em uma tela pequena, do tamanho de sua mão. Seguindo os paisagistas franceses, esses mestres que foram os primeiros a conquistar a natureza, ele se preocupava com a correção do tom, a exata observação dos valores, como um teórico cuja honestidade acabava fazendo a mão pesar. E muitas vezes não ousava mais arriscar uma pincelada vibrante, de uma tristeza cinzenta que espantava no meio de sua paixão revolucionária.

– Eu, diz Mahoudeau, gosto da ideia de deixá-los vesgos, com minha mulherona.

Claude deu de ombros.

– Oh! Você, você será aprovado: os escultores têm ideias mais largas que os pintores. E, de resto, você conhece muito bem seu ofício, tem algo nos dedos que agrada... Ela vai estar cheia de coisas bonitas, sua *Colhedora de Uvas*.

Este elogio deixou Mahoudeau sério, pois proclamava ser pela força da execução, ele ignorava seu dom e desprezava a graça, uma graça invencível que brotava mesmo assim de seus grandes dedos de operário inculto, como uma flor que teima no chão duro onde o vento a semeou.

Fagerolles, muito astuto, não expunha, por medo de desagradar a seus mestres; e desancava o *Salon*, um bazar infecto onde a boa pintura azedava por causa da ruim. Em segredo, ele sonhava com o *Prix de Rome*, a respeito do qual zombava como os outros.

Mas Jory estava no meio do quarto, com seu copo de cerveja na mão. Enquanto o esvaziava dando golinhos, declarou:

— No fim das contas, ele me irrita, o júri... Digam, querem que eu o destrua? Desde o próximo número, eu começo, eu bombardeio. Vocês vão me dar anotações, não é? E vamos jogá-lo no chão... Vai ser divertido.

Claude terminou de se exaltar, foi um entusiasmo geral. Sim, sim, era preciso fazer campanha! Todos queriam fazer parte, todos se apertavam para cerrar fileiras e marchar juntos para a batalha. Nenhum, naquele minuto, queria garantir sua parte de glória, porque nada os separava ainda, nem suas profundas divergências, que ignoravam, nem as rivalidades que um dia os atingiriam. O sucesso de um não era o sucesso dos outros? A juventude deles fermentava, transbordavam de devoção, recomeçavam o sonho eterno de arregimentarem-se para a conquista da terra, cada um dando seu esforço, um empurrando o outro, o bando que chegava em um bloco, na mesma fileira. Já Claude, como líder aceito, soava a vitória, distribuindo coroas. O próprio Fagerolles, apesar de sua leviandade de parisiense, acreditava na necessidade de formarem um exército; enquanto, com o apetite mais pesado, mal lavado de seu provincianismo, Jory se despendia em uma camaradagem útil, pegando no voo frases, preparando ali seus artigos. E Mahoudeau exagerava suas brutalidades intencionais, com as mãos convulsas como um padeiro cujos punhos amassassem um mundo; e Gagnière, em êxtase, livre do cinza de sua pintura, refinava a sensação até o último desfalecimento da inteligência; e Dubuche, de convicção pesada, atirava apenas palavras, mas palavras como golpes de clava, bem no meio dos obstáculos. Então Sandoz, muito feliz, rindo de prazer ao vê-los tão unidos, todos vestidos com a mesma camisa, como ele a dizia, abriu uma nova garrafa de cerveja. Teria esvaziado tudo o que tinha; gritou:

– Hein? Chegamos ao acordo, não vamos largar mais... É isso que é bom, se entender quando se tem coisas na cuca, e que os raios dos Céus carreguem os imbecis!

Mas, nesse momento, um toque da campainha o espantou. No meio do silêncio brusco dos outros, ele retomou:

– Às onze horas! Quem diabos pode ser?

Correu para abrir, ouviram-no lançar uma exclamação alegre. Logo estava voltando, abrindo bem a porta, dizendo:

– Ah! É muito gentil, pensar um pouco em nós e nos surpreender!... Bongrand, senhores!

O grande pintor, que o dono da casa assim anunciava com respeitosa familiaridade, adiantou-se, com as mãos estendidas. Todos se levantaram vivamente, emocionados, felizes com esse aperto de mão tão largo e tão cordial. Era um homem robusto de quarenta e cinco anos, com o rosto atormentado sob longos cabelos grisalhos. Ele acabara de entrar para o *Institut*, e a simples jaqueta de alpaca que usava tinha, na lapela, a roseta de oficial da Legião de Honra. Mas ele amava a juventude, suas melhores escapadas eram para ir lá, de vez em quando, fumar um cachimbo no meio desses novatos, cuja chama o aquecia.

– Vou fazer o chá, gritou Sandoz.

E quando voltou da cozinha com o bule e as xícaras, encontrou Bongrand sentado a cavalo em uma cadeira, fumando seu curto cachimbo de barro, na algazarra que recomeçara. O próprio Bongrand falava com uma voz de trovão, neto de um fazendeiro da Beauce, filho de um pai burguês, de sangue camponês, refinado por uma mãe muito artista. Era rico, não tinha necessidade de vender e mantinha gostos e opiniões de boêmio.

– O júri deles, pois bem! Prefiro arrebentar do que fazer parte disso!, dizia com grandes gestos. Sou um carrasco, por acaso, para expulsar pobres diabos, que muitas vezes têm seu pão para ganhar?

– Entretanto, observou Claude, o senhor poderia nos prestar um imenso serviço, defendendo ali nossos quadros.

– Eu, nem pense! Eu os comprometeria... Não conto, não sou ninguém.

Houve um clamor de protesto, Fagerolles lançou com uma voz aguda:

– Então, se o pintor de *A boda na aldeia* não conta!

Mas Bongrand ficou furioso, levantando-se, com o sangue nas bochechas.

– Deixe-me em paz, hein! Com *A boda*. Ela está começando a me chatear, *A boda*, estou avisando... Realmente, ela está se tornando um pesadelo para mim, desde que foi posta no museu do Luxemburgo.

Essa *Boda na aldeia* permanecia até então sua obra-prima: uma festa de casamento solta nos campos de trigo, camponeses estudados de perto, e muito verdadeiros, que tinham um ar épico dos heróis de Homero. Desse quadro datava uma evolução, pois ele havia trazido uma nova fórmula. Depois de Delacroix, e paralelamente a Courbet, era um romantismo temperado pela lógica, com mais justeza na observação, mais perfeição na feitura, sem que a natureza ainda fosse abordada de frente, sob a crueza do ar livre. No entanto, toda a escola jovem reivindicava essa arte.

– Não há nada mais bonito, disse Claude, do que os dois primeiros grupos, o tocador de violino, depois a noiva com o velho camponês.

– E a grande camponesa, então, exclamou Mahoudeau, aquela que se vira e chama com um gesto!... Gostaria de tomá-la como modelo para uma estátua.

– E a rajada de vento no trigal, acrescentou Gagnière, e as duas manchas tão bonitas da menina e do menino empurrando um ao outro, muito longe!

Bongrand escutava com ar constrangido, com um sorriso de sofrimento. Como Fagerolles lhe perguntasse o que estava fazendo no momento, respondeu com um dar de ombros:

– Meu Deus! Nada, coisinhas... Não vou expor, gostaria de encontrar algo novo... Ah! Como vocês são felizes por ainda estar no sopé da montanha! As pernas são tão boas, há tanta coragem, quando se trata de chegar lá em cima! E então, quando se chega lá, vá se danar! Os aborrecimentos começam. Uma verdadeira tortura, e socos, e esforços incessantemente renascidos, no temor de degringolar muito rápido!... Palavra de honra! Seria preferível estar embaixo, para ter tudo ainda por fazer... Riam, vocês vão ver, um dia vão ver!

O bando ria, de fato, acreditando em um paradoxo, na pose de um homem célebre, que desculpavam, aliás. A alegria suprema não era então ser saudado pelo nome de mestre como ele? Com os dois braços apoiados no encosto da cadeira, desistiu de se fazer compreender, ele os ouvia, silencioso, tirando de seu cachimbo lentas baforadas.

No entanto, Dubuche, que tinha qualidades domésticas, ajudava Sandoz a servir o chá. E a algazarra continuou. Fagerolles contou uma história impagável do velho Malgras, uma prima de sua mulher, que ele emprestou, quando aceitavam fazer uma academia para ele. Então, a conversa recaiu sobre os modelos, Mahoudeau ficou furioso, porque não havia mais barrigas bonitas: impossível conseguir uma garota com uma barriga decente. Mas, de repente, o tumulto aumentou, felicitavam Gagnière por causa de um amador que ele conhecera no concerto do Palais-Royal, um homenzinho que vivia de rendas, maníaco, cujo única extravagância era comprar pintura. Rindo, os outros pediam o endereço. Todos os marchands foram execrados, era de fato lamentável que o amador desconfiasse do pintor, a ponto de querer absolutamente passar por um intermediário, na esperança de obter um desconto. Essa questão de ganhar o pão ainda os excitava. Claude mostrava um belo desprezo: eram roubados. E daí! Pouco importava se tivessem feito uma obra-prima mesmo tendo apenas água para beber. Como Jory novamente expressasse de novo baixas ideias de lucro, levantou indignação. Rua, jornalista! Ele foi questionado severamente: venderia sua caneta? Não cortaria o pulso se tivesse que escrever o oposto do que pensava? De resto, ninguém ouviu sua resposta, a febre subia sempre, era agora a bela loucura dos vinte anos, o desdém pelo mundo inteiro, a única paixão pela obra, livre das enfermidades humanas, posta no céu como um sol. Que desejo! Se perder, se consumir nesse braseiro que estavam acendendo!

Bongrand, até então imóvel, fez um vago gesto de sofrimento, diante dessa confiança ilimitada, dessa alegria barulhenta de ataque. Esquecia-se das cem telas que haviam feito sua glória, pensou no parto da obra cujo esboço acabara de deixar no cavalete. E, tirando de sua boca seu cachimbinho, murmurou, com os olhos úmidos de ternura:

– Oh! Juventude, juventude!

Até as duas da manhã, Sandoz, que se desdobrava, punha água quente de novo no bule. Nada se ouvia vindo do bairro, tomado pelo sono, a não ser as juras de uma gata em delírio. Todos divagavam, ébrios de palavras, com as gargantas arranhadas, os olhos queimados; e Sandoz, quando finalmente decidiram ir embora, pegou o candeeiro, iluminou-os por cima do corrimão da escada, dizendo muito baixo:

– Não façam barulho, minha mãe está dormindo.

A degringolada abafada de sapatos descendo os degraus foi ficando mais fraca, e a casa caiu em um grande silêncio.

Quatro horas soaram. Claude, que acompanhava Bongrand, conversava ainda pelas ruas desertas. Não queria ir se deitar, esperava o sol, com a raiva da impaciência, para voltar a trabalhar em seu quadro. Desta vez, ele estava seguro de fazer uma obra-prima, exaltado por essa boa jornada de camaradagem, com a cabeça dolorida e prenhe de um mundo. Finalmente, havia encontrado a pintura, via-se voltando ao ateliê como se volta para uma mulher adorada, o coração batendo violentamente, desesperado agora por essa ausência de um dia, que lhe parecia um abandono sem fim; e ele ia diretamente para sua tela e, com uma única sessão de trabalho, realizaria seu sonho. Entretanto, a cada vinte passos, na claridade bruxuleante dos lampiões a gás, Bongrand o segurava por um botão de sua jaqueta, repetindo-lhe que aquela maldita pintura era um ofício do inferno. Assim, ele, Bongrand, por mais esperto que fosse, ainda não compreendia nada. A cada nova obra, era como se fosse um principiante, coisa de quebrar a cabeça contra as paredes. O céu clareava, os horticultores começavam a descer em direção a les Halles. E os dois continuavam a vagar, cada um falando por si, muito alto, sob as estrelas desvanecentes.

IV

SEIS SEMANAS DEPOIS, CLAUDE, certa manhã, estava pintando em uma enxurrada de sol que caía pela claraboia do ateliê. Chuvas contínuas haviam entristecido os meados de agosto, e a coragem de trabalhar lhe voltava com o céu azul. Seu grande quadro não progredia muito; dedicava-se a ele por longas manhãs silenciosas, como artista combativo e obstinado que era.

Bateram. Pensou que fosse Madame Joseph, a zeladora, que lhe trazia o almoço; e, como a chave ficava sempre na porta, ele simplesmente gritou:

– Entre!

A porta se abriu, houve uma leve agitação, depois tudo cessou. Ele continuava a pintar, sem sequer virar a cabeça. Mas esse silêncio trêmulo, uma vaga respiração que palpitava, acabou por inquietá-lo. Olhou, ficou estupefato: uma mulher estava ali, com um vestido claro, o rosto meio escondido sob um véu branco; e ele não a conhecia, e ela segurava um buquê de rosas que completava seu espanto.

De repente, ele a reconheceu.

– É a senhorita!... Ah, bom! Eu nem podia imaginar!

Era Christine. Ele não havia conseguido impedir a tempo esse grito pouco amável, que era o próprio grito da verdade. De início, a lembrança dela o havia preocupado, depois, com o andar dos dias, durante quase dois meses sem que ela desse sinal de vida, passou para o estado de visão fugaz e saudosa, um perfil encantador que se perde e que nunca mais vai se rever.

– Sim, sou eu, senhor... Achei errado não lhe agradecer...

Ela corava, balbuciava, não conseguindo encontrar as palavras. Sem dúvida, a subida da escada a deixara sem fôlego, pois seu coração batia muito forte. Quê? Seria, assim, descabida esta visita, planejada há tanto tempo, e que terminara lhe parecendo muito natural? O pior é que, ao passar pelo cais, acabara por comprar esse buquê de rosas, com a delicada intenção de demonstrar sua gratidão àquele rapaz; e aquelas flores a embaraçavam horrivelmente. Como entregá-las? O que ele iria pensar dela? A inconveniência de todas essas coisas só lhe ocorreu ao abrir a porta.

Porém Claude, mais perturbado ainda, atirava-se num exagero de polidez. Ele havia largado sua paleta, virava o estúdio de cabeça para baixo para ajeitar uma cadeira.

– Senhorita, por favor, sente-se... Realmente, é uma surpresa... A senhora é amável demais...

Então, quando se sentou, Christine se acalmou. Ele era tão engraçado com seus grandes gestos desengonçados, ela sentia que ele próprio era tão tímido, que sorriu. E ela lhe entregou as rosas, bravamente.

– Tome! Para ver que não sou uma ingrata.

Ele não disse nada a princípio, contemplou-a, paralisado. Quando viu que ela não estava troçando, apertou suas duas mãos, com muita força; e então imediatamente colocou o buquê em seu jarro de água, repetindo:

– Ah! Vejam só, a senhora é uma boa camarada!... É a primeira vez que faço este elogio a uma mulher, palavra de honra!

Voltou, perguntou-lhe, com seus olhos nos dela:

– É verdade, não me esqueceu?

– Como está vendo, ela respondeu, rindo.

– Por que então esperou dois meses?

De novo, ela corou. A mentira que ela contava fez que seu embaraço voltasse por um momento.

– Mas, não sou livre, sabe... Oh! Madame Vanzade é muito boa para mim; só que ela é inválida, nunca sai; e foi ela mesma que, preocupada com minha saúde, me forçou a tomar ar.

Não contava a vergonha que sentira nos primeiros dias por sua aventura no Quai de Bourbon. Ao encontrar-se no abrigo da casa da velha senhora, a lembrança da noite que passara na casa de um homem a perturbava com remorsos, como uma falta; e ela acreditou ter conseguido expulsar esse homem de sua memória, não era nada mais do que um sonho ruim cujos contornos estavam se apagando. Então, sem saber como, em meio à grande calma de sua nova existência, a imagem havia emergido da sombra, ficando mais clara, mais acentuada, até se tornar a obsessão de todas as suas horas. Por que então ela o teria esquecido? Não encontrava nada para censurá-lo; pelo contrário, ela não lhe devia gratidão? O pensamento de revê-lo, a princípio repelido, depois combatido por muito tempo, transformara-se nela em uma ideia fixa. Todas as noites, a tentação a retomava na solidão de seu quarto, um mal-estar que a irritava, um desejo ignorado por ela própria; e ela se acalmou um pouco explicando essa perturbação por um desejo de demonstrar gratidão. Estava tão sozinha, tão sufocada, naquela moradia sonolenta! A pulsação de sua juventude fervia tão forte, seu coração tinha um desejo tão grande de amizade!

– Então, continuou, aproveitei de minha primeira saída... Além disso, o tempo estava tão lindo esta manhã, depois de todas aquelas chuvas maçantes!

Claude, feliz, parado na frente dela, confessou também, mas sem ter nada a esconder:

– Eu também não me atrevi mais a pensar na senhora. Não é? A senhora é como aquelas fadas dos contos, que saem do assoalho e atravessam as paredes, sempre quando menos se espera. Eu me dizia: acabou, talvez não fosse verdade que ela tenha atravessado esse ateliê... E aqui está, e isso me dá grande prazer, ah! Um prazer de verdade!

Sorridente e embaraçada, Christine virava a cabeça, pretendendo agora olhar ao redor. Seu sorriso desapareceu, a pintura feroz que reencontrava lá, os esboços fulgurantes do Sul, a anatomia terrivelmente exata dos estudos a enregelavam como da primeira vez. Foi tomada por um verdadeiro medo, dizendo, séria, com a voz mudada:

– Estou incomodando, vou embora.

– Não vá! Não vá!, gritou Claude, impedindo-a de deixar sua cadeira. Eu estava me esgotando no trabalho, me faz bem conversar consigo... Ah! Este maldito quadro já me tortura bastante!

E Christine, erguendo os olhos, olhou o grande quadro, aquela tela que da outra vez estava virada contra a parede e que ela tivera, em vão, o desejo de ver.

O fundo, a clareira sombria perfurada por uma inundação de sol, ainda era apenas indicada com pinceladas largas. Mas as duas pequenas lutadoras, a loira e a morena, quase terminadas, se destacavam na luz, com suas presenças tão frescas. No primeiro plano, o cavalheiro, recomeçado três vezes, permanecia em perigo. E era sobretudo na figura central, na mulher deitada, que o pintor trabalhava: não tinha mais retomado a cabeça, insistia no corpo, mudando de modelo todas as semanas, tão desesperado por não ficar satisfeito que, durante dois dias, ele, que se gabava de não conseguir inventar, tentava pintar sem estudos, fora da natureza.

Christine imediatamente se reconheceu. Era ela, aquela moça, espojada na grama, com um braço sob a nuca, sorrindo sem olhar, com as pálpebras fechadas. Essa moça nua tinha seu rosto, e uma revolta a agitava, como se tivesse seu corpo, como se, brutalmente, toda a sua nudez de virgem tivesse sido despida ali. Acima de tudo, estava ferida pelo vigor da pintura, tão rude, que ela se sentiu violentada, com a carne machucada. Ela não compreendia aquela pintura, julgava-a execrável, sentia contra ela um ódio, o ódio instintivo de uma inimiga.

Levantou-se, repetiu com voz breve:

– Vou-me embora.

Claude a seguia com os olhos, surpreso e entristecido por essa mudança brusca.

– Como assim, tão rápido?

– Sim, estão me esperando. Adeus!

E ela já estava na porta quando ele conseguiu pegar sua mão. Atreveu-se a perguntar-lhe:
— Quando vou vê-la de novo?
Sua pequena mão cedia na dele. Por um momento, pareceu hesitante.
— Mas não sei. Sou tão ocupada!
Depois, se livrou, foi-se embora, dizendo muito depressa:
— Quando eu puder, um dia desses... Adeus!
Claude permanecera plantado na soleira. O quê? O que teria ela agora, com essa súbita reserva, essa irritação abafada? Fechou a porta, andou, com os braços balançando, sem entender, procurando em vão a frase, o gesto que poderia tê-la ferido. A raiva tomou conta dele, uma maldição lançada no vazio, um terrível dar de ombros, como se quisesse se livrar dessa preocupação imbecil. Vá entender as mulheres! Mas a visão do buquê de rosas, transbordando do jarro de água, o acalmou, de tanto que seu aroma era bom. Todo o cômodo estava perfumado; e, calado, voltou a trabalhar, nesse perfume.

Mais dois meses se passaram. Claude, nos primeiros dias, ao menor ruído, de manhã, quando Madame Joseph lhe trazia seu café da manhã ou suas cartas, virava vivamente a cabeça, fazendo um gesto involuntário de decepção. Não saía mais antes das quatro horas, e a zeladora, tendo-lhe dito, certa noite, quando voltava, que uma jovem viera perguntar por ele lá pelas cinco horas, só se acalmou quando reconheceu uma modelo, Zoé Piedefer, na visitante. Então, dia após dia, teve uma crise furiosa de trabalho, ficou inacessível para todos, com uma tal violência de teorias que seus próprios amigos não ousavam contrariá-lo. Ele varria o mundo com um gesto, não restava nada além da pintura, deviam degolar os pais, os camaradas, principalmente as mulheres! Dessa febre quente, ele caíra em um desespero abominável, uma semana de impotência e dúvida, uma semana inteira de tortura, acreditando-se tomado pela estupidez. E ele se recuperava, retomava seu ritmo habitual, sua luta resignada e solitária contra seu quadro quando, por uma manhã enevoada do fim de outubro, estremeceu e pousou rapidamente sua paleta. Não tinham batido, mas ele acabara de reconhecer um passo que subia. Abriu e ela entrou. Era ela, enfim.

Christine, naquele dia, usava um grande casaco de lã cinza que a envolvia inteiramente. Seu chapeuzinho de veludo era escuro, e a névoa lá fora havia orvalhado seu véu de renda preta. Mas ele a achou muito alegre, naquele primeiro arrepio do inverno. Ela se desculpou por ter demorado tanto para voltar; e ela sorria com seu ar franco, confessava que tinha hesitado, que quase não queria mais vir: sim, ideias que tivera, coisas que ele devia entender. Ele não entendia, nem queria entender, já que ela estava lá. Bastava que não estivesse zangada, que consentisse em subir de vez em quando, como uma boa camarada. Não houve explicação, ambos esconderam o tormento e o combate dos dias passados. Durante quase uma hora conversaram, muito de acordo, sem nada de oculto ou hostil doravante, como se o entendimento tivesse ocorrido à revelia deles, longe um do outro. Ela nem parecia ver os esboços e estudos nas paredes. Por um momento olhou fixamente para a grande tela, a figura de mulher nua, deitada na relva, sob o ouro abrasador do sol. Não, não era ela, essa moça não tinha nem seu rosto, nem seu corpo: como ela tinha podido se reconhecer naquele assustador desperdício de tintas? E sua amizade se enterneceu com um toque de piedade por aquele bom rapaz, que nem sequer conseguia obter alguma semelhança. Na partida, na soleira, foi ela quem cordialmente estendeu a mão.

– Sabe, vou voltar.

– Sim, daqui a dois meses.

– Não, na semana que vem... Vai ver. Até quinta.

Na quinta-feira reapareceu, muito exata. E, a partir de então, não deixou mais de vir, uma vez por semana, a princípio sem data regular, ao acaso de seus dias livres; depois, escolheu a segunda-feira, Madame Vanzade tendo-lhe concedido aquele dia para caminhar e respirar ao ar livre no Bois de Boulogne. Devia voltar às onze horas, apressava-se, a pé, chegava corada por ter corrido, pois havia um bom pedaço de Passy ao Quai de Bourbon. Durante quatro meses de inverno, de outubro a fevereiro, ela veio assim, sob as chuvas fortes, sob as brumas do Sena, sob os pálidos sóis que amornavam os cais. Até mesmo, desde o segundo mês, ela às vezes chegava de improviso, em outro dia da semana, aproveitando alguma compra a fazer em Paris para subir; e ela não podia ficar mais de dois minutos, mal tinham tempo de se dizer bom dia: ela já descia as escadas, gritando até logo.

Agora Claude começava a conhecer Christine. Em sua eterna desconfiança das mulheres, uma suspeita lhe permanecia, a ideia de uma aventura galante na província; mas os olhos suaves, o riso límpido da jovem, desfaziam tudo, ele a sentia com a inocência de uma grande criança. Assim que chegava, sem nenhuma cerimônia, à vontade como na casa de um amigo, era para bater papo, um fluxo inesgotável. Por vinte vezes ela lhe contara sobre sua infância em Clermont, e ela sempre voltava a isso. A noite em que seu pai, o capitão Hallegrain, teve seu último ataque, fulminado, caído pesadamente da cadeira, ela e a mãe estavam na igreja. Lembrava-se perfeitamente do retorno, depois, a noite terrível, do capitão muito gordo, muito forte, deitado em um colchão, com o maxilar inferior que avançava; tanto que, em sua memória de infância, ela não conseguia vê-lo de outro modo. Ela também tinha aquele maxilar, sua mãe gritava para ela, quando não sabia de que modo a domar: "Ah! Queixo de tamanco, você vai ter um ataque como seu pai!". Pobre mãe! Para ela, Christine, tinha dado tanto trabalho com suas brincadeiras violentas, suas crises de bagunças malucas! Até onde conseguia se lembrar, ela a revia diante da mesma janela, pequena, esguia, pintando seus leques sem fazer barulho, com olhos suaves, tudo o que ela herdara da mãe hoje. Às vezes lhe diziam, a essa querida mãe, querendo agradá-la: "Ela tem seus olhos". E ela sorria, ficava feliz por ter, pelo menos, essa presença de doçura no rosto da filha. Depois da morte de seu marido, ela trabalhava até tão tarde que perdia a visão. Como viver? Sua aposentadoria de viúva, os seiscentos francos que ela recebia, mal davam para as necessidades da criança. Durante cinco anos, viu sua mãe empalidecer e emagrecer, partindo um pouco a cada dia, até que não era mais que uma sombra; e ela conservava o remorso por não ter sido bem-comportada, levando-a ao desespero por sua falta de aplicação no trabalho, recomeçando todas as segundas-feiras novos belos projetos, jurando ajudá-la em logo ganhar algum dinheiro; mas suas pernas e seus braços se agitavam, apesar do esforço, e ela ficava doente assim que se imobilizava. Então, numa manhã, sua mãe não conseguira se levantar, e havia morrido, sua voz extinta, seus olhos cheios de grossas lágrimas. Ela sempre a tinha presente assim na memória, já morta, com os olhos bem abertos e ainda chorando, fixos nela.

Outras vezes, Christine, questionada por Claude sobre Clermont, esquecia todo esse luto, para soltar suas lembranças felizes. Ria com prazer do alojamento deles, Rue de l'Eclache, ela, nascida em Estrasburgo, com pai gascão e mãe parisiense, os três atirados nessa Auvergne que eles abominavam. A Rue de l'Eclache, que desce até o Jardin des Plantes, estreita e úmida, era melancólica como um túmulo; nem uma loja, nem um passante, apenas as fachadas tristes, com as venezianas sempre fechadas; mas, dando para o sul, dominando os pátios interiores, as janelas de seu apartamento recebiam a alegria do pleno sol. Até a sala de jantar dava para uma grande sacada, uma espécie de galeria de madeira, cujas arcadas estavam adornadas por uma glicínia gigantesca, que quase os escondia nas folhagens. E ela havia crescido lá, primeiro perto do pai enfermo, depois enclausurada com a mãe, que ficava exausta com o menor passeio; ela desconhecia tão completamente a cidade e os arredores que ela e Claude acabavam se divertindo quando ela respondia às suas perguntas com um eterno: não sei. Montanhas? Sim, havia montanhas de um lado, era possível vê-las no final das ruas. Enquanto, do outro lado, percorrendo outras ruas, viam-se campos planos, ao infinito; mas não íamos lá, era muito longe. Ela reconhecia só o Puy-de--Dôme, todo redondo, como uma bossa. Na cidade, ela poderia ir à catedral de olhos fechados: contornava-se a Place de Jaude, tomava-se a Rue des Gras; e não perguntasse mais: o resto era um emaranhado, vielas e bulevares em ladeiras, uma cidade feita de declives em lava negra, onde as chuvas tempestuosas desciam como rios, sob tremendas explosões de relâmpagos. Oh! As tempestades ali, ela ainda tremia! Diante de seu quarto, acima dos telhados, o para-raios do museu estava sempre em fogo. Tinha, na sala de jantar, que também servia de sala de estar, uma janela que era dela, um recesso profundo, do tamanho de um quarto, onde ficava sua mesa de trabalho e seus pequenos pertences. Era lá que sua mãe a ensinara a ler; era lá que, mais tarde, ela adormecia ouvindo seus professores, de tanto que o cansaço das aulas a atordoava. Por isso, agora, ria de sua ignorância: Ah! Uma senhorita bem instruída, que nem saberia dizer todos os nomes dos reis da França, com as datas! Uma musicista famosa, que tinha ficado nos *Petits Bateaux*; uma aquarelista prodígio, que não conseguia fazer as árvores, porque as folhas eram muito difíceis de imitar! Bruscamente, ela saltava para os quinze meses que passara na Visitação, depois da morte de sua mãe, um grande convento, fora da cidade, com jardins magníficos; e as histórias das freiras não acabavam mais, ciúmes, bobagens, inocências que faziam tremer. Devia tornar-se freira, mas sufocava na igreja. Tudo parecia terminado, quando a superiora, que a amava muito, desviou-a da clausura, encontrando-lhe aquele lugar com Madame Vanzade. Ela conservava uma surpresa, como a madre des Saints-Anges soubera ler tão claramente nela? Pois, desde que morava em Paris, havia caído, com efeito, em completa indiferença religiosa.

Então, quando as lembranças de Clermont se esgotavam, Claude queria saber como era sua vida com Madame Vanzade; e toda semana ela lhe dava novos detalhes. Na pequena mansão de Passy, silenciosa e fechada, a vida passava regularmente, com o tique-taque fraco dos velhos relógios. Dois criados antigos, uma cozinheira e um camareiro, que estavam na família há quarenta anos, atravessavam sozinhos os cômodos vazios, sem nenhum barulho de seus chinelos, com passos de fantasmas. Às vezes, raramente, vinha uma visita, algum general octogenário, tão mirrado que mal pesava sobre os tapetes. Era a casa das sombras, o sol morria ali em clarões de lamparina, através das lâminas das persianas. Desde que madame, paralisada nos joelhos e cega, não saía do quarto, não tinha outra distração senão fazer que lhe leiam livros de devoção interminavelmente. Ah! Essas leituras sem fim, como pesavam para a jovem!

Se ela tivesse aprendido um ofício, com que alegria teria cortado vestidos, fabricado chapéus, gofrado pétalas de flores artificiais! Pensar que ela não era capaz de nada, que tinha aprendido tudo, e que não havia nada nela além de uma dama de companhia, de uma semidoméstica! E, além disso, ela sofria com aquela mansão fechada, rígida, que cheirava a morte; era tomada pelas mesmas vertigens que tinha em sua infância, quando antigamente queria se forçar a trabalhar, para agradar sua mãe; uma rebelião de seu sangue a revoltava, ela teria gritado e saltado, embriagada com a necessidade de viver. Mas madame a tratava com tanta delicadeza, dizendo para ela sair do quarto, mandando-a dar longos passeios, que ficava cheia de remorsos quando, ao voltar do cais de Bourbon, tinha que mentir, falar do Bois de Boulogne, inventar uma cerimônia na igreja, onde não punha mais os pés. A cada dia, madame parecia sentir por ela uma ternura maior; eram presentes sem cessar, um vestido de seda, um pequeno relógio antigo, até roupa de baixo; e ela própria gostava muito de madame, chorou uma noite quando esta a chamara de minha filha, jurava nunca deixá-la agora, com o coração afogado de pena, ao vê-la tão velha e tão enferma.

– Bah!, disse Claude uma manhã, será recompensada, será sua herdeira.

Christine ficou atônita.

– Oh! Acha mesmo?... Dizem que ela tem três milhões... Não, não, nunca pensei nisso, não quero, o que seria de mim? Claude se virou e acrescentou abruptamente:

– Seria rica, é claro!... Antes, sem dúvida, ela lhe arranjaria um casamento.

Mas, com essa palavra, ela o interrompeu com uma gargalhada.

Com um de seus velhos amigos, o general que tem um queixo de prata... Ah! que maluquice!

Ambos se limitavam a uma camaradagem de velhos conhecidos. Ele era quase tão ingênuo quanto ela em todas as coisas, tendo conhecido apenas moças ao acaso, vivendo acima do real, em amores românticos. Aquilo parecia natural e muito simples a eles, tanto para um quanto para outro, de ver-se assim em segredo, por amizade, sem outro galanteio além de um aperto de mão na chegada e um aperto de mão na partida. Ele nem se perguntava mais o que ela poderia saber da vida e dos homens, em suas ignorâncias de moça honesta; e era ela que o sentia tímido, que às vezes o encarava, com olhos vacilantes, a confusão espantada da paixão inconsciente. As mãos deles permaneciam frescas, falavam de tudo alegremente, discutiam às vezes, como amigos seguros de nunca se zangarem. Apenas, essa amizade estava se tornando tão viva que eles não conseguiam mais viver um sem o outro.

Assim que Christine chegava, Claude tirava a chave da porta. Ela mesma o exigia: desse modo, ninguém poderia incomodá-los. Depois de algumas visitas, ela tomara posse do estúdio, parecia estar em casa ali. Uma ideia de colocar um pouco de ordem nele a atormentava, pois sofria nervosamente em meio a tanto abandono; mas não era uma tarefa fácil, o pintor proibia Madame Joseph de varrer, para que a poeira não cobrisse suas telas frescas; e nas primeiras vezes, quando sua amiga tentava limpar um pouco, ele a seguia com um olhar inquieto e suplicante. Por que mudar as coisas de lugar? Não bastava tê-las à mão? No entanto, ela mostrava uma obstinação tão alegre, parecia tão feliz em brincar de dona de casa que ele tinha acabado por deixá-la livre. Agora, mal chegava, sem luva, com a saia presa para não sujar, mexia em tudo; arrumava a vasta sala em três tapas. Diante do fogão já não se via um monte de cinza acumulada; o biombo escondia a cama e o lavatório; o divã estava escovado, o armário esfregado e brilhante, a mesa de pinho desentulhada das louças, limpa de manchas de tintas; e, sobre as cadeiras dispostas em bela simetria, os cavaletes capengas encostados nas paredes, o cuco enorme, desabrochando suas flores cor de carmim, parecia bater com um tique-taque mais sonoro. Era magnífico, não se reconhecia mais o cômodo. Ele, espantado, observa-a ir, vir, dar voltas enquanto cantava. Era essa a garota preguiçosa que tinha enxaquecas intoleráveis ao menor trabalho? Mas ela ria: trabalho de cabeça, sim; enquanto o trabalho dos pés e das mãos, ao contrário, lhe fazia bem, a punha de pé como uma jovem árvore. Ela confessava, como se fosse uma depravação, seu gosto pelos baixos cuidados domésticos, gosto esse que levava sua mãe ao desespero, cujo ideal de educação era a arte de agradar, a professora de mãos finas, nunca tocando em nada. Então, quantas zangas, quando ela a surpreendia, muito pequena, varrendo, esfregando, brincando de cozinheira com delícias! Ainda hoje, se ela pudesse limpar a poeira, na casa de Madame Vanzade, ela teria ficado menos entediada. Mas, o que iriam dizer? Com isso, ela não seria mais uma dama. E ela vinha se satisfazer no Quai de Bourbon, sem fôlego de tanto exercício, com olhos de pecadora que morde o fruto proibido.

Claude, a esta altura, sentia à sua volta os bons cuidados de uma mulher. Para fazê-la sentar-se e conversar tranquilamente, ele às vezes pedia que ela costurasse um punho rasgado, a aba rota de uma jaqueta. Ela mesma se oferecera para dar uma olhada em sua roupa branca. Mas não era mais aquela sua bela chama de dona de casa que se agita. Para começar, ela não sabia, segurava a agulha como uma menina criada com o desprezo pela costura. Além disso, essa imobilidade, essa atenção, esses pontinhos a serem tratados um a um a exasperavam. O estúdio brilhava de limpeza, como uma sala de estar; mas Claude permanecia em andrajos; e os dois brincavam com isso, achavam engraçado.

Que meses felizes eles passaram, aqueles quatro meses de geada e chuva, no ateliê em que o fogão vermelho roncava como um tubo de órgão! O inverno parecia isolá-los ainda mais. Quando a neve cobria os telhados vizinhos, quando os pardais esvoaçavam contra a claraboia, sorriam por estarem aquecidos e perdidos assim no meio da grande cidade muda. E nem sempre tiveram apenas esse canto estreito, ela acabou permitindo que ele a levasse para casa. Por muito tempo ela queria ir sozinha, atormentada pela vergonha de ser vista, na rua, de braço dado com um homem. Então, um dia, quando caiu um aguaceiro brusco, foi preciso que ela permitisse que ele a acompanhasse com um guarda-chuva; e, o aguaceiro tendo cessado logo, do outro lado da Pont Louis--Philippe, ela o mandara embora; eles tinham ficado por apenas alguns minutos em frente ao parapeito, olhando para o passeio, felizes por estarem juntos sob o céu livre. Abaixo, contra as pedras do porto, as grandes barcaças cheias de maçãs se alinhavam em quatro fileiras, tão juntas que tábuas, entre elas, formavam caminhos por onde corriam crianças e mulheres; e eles se divertiam com esse desmoronamento de frutas, montes enormes que atulhavam a margem, os cestos redondos que viajavam; enquanto um cheiro forte, quase fedorento, um cheiro de cidra fermentando, se exalava com o hálito úmido do rio. Na semana seguinte, como o sol havia reaparecido e ele lhe gabava a solidão dos cais ao redor da île Saint-Louis, ela consentiu em dar um passeio. Subiram o Quai de Bourbon e o Quai d'Anjou, parando a cada passo, interessados na vida do Sena, a draga cujos baldes rangiam, o barco lavadouro chacoalhando com o barulho das brigas, um guindaste, mais longe, descarregando uma barcaça. Ela, sobretudo, se espantava: seria possível que este Quai des Ormes, tão animado em frente, que este Quai Henri IV, com a sua imensa margem, sua praia em que bandos de crianças e cães davam cambalhotas sobre montes de areia, que todo este horizonte de cidade povoada e ativa fosse o horizonte de cidade maldita, vista em uma nódoa de sangue, na noite de sua chegada? Depois, viraram a ponta, diminuindo ainda mais o passo, para desfrutar do deserto e do silêncio que as antigas mansões parecem colocar ali; viram a água borbulhar através da floresta de madeira da estrutura de l'Estacade, voltaram seguindo o Quai de Béthune e o Quai d'Orléans, aproximando-se por causa do alargamento do rio, apertando-se um contra o outro diante dessa enorme correnteza, com os olhos ao longe sobre o Port-au-Vin e o Jardin des Plantes. No céu pálido, cúpulas de monumentos azulavam. Ao chegarem à Pont Saint-Louis, ele teve de indicar Notre-Dame, que ela não reconhecia, vista assim da abside, colossal e agachada entre seus arcobotantes, como patas em repouso, dominada pela dupla cabeça de suas torres, acima de sua longa espinha dorsal de monstro. Mas o achado que tiveram naquele dia foi a ponta ocidental da ilha, aquela proa de navio continuamente ancorado, que, na fuga dos dois fluxos, olha para Paris sem nunca alcançá-la. Desceram uma escada muito íngreme, descobriram uma margem solitária, plantada de árvores altas: e era um refúgio delicioso, um asilo em plena multidão, Paris rosnando ao redor, nos cais, nas pontes, enquanto eles saboreavam à beira d'água a alegria de estarem sós, ignorados por todos. A partir de então, esta margem foi, para eles, o cantinho de campo, o lugar do ar livre onde aproveitavam as horas de sol, quando o grande calor do ateliê, onde roncava o fogão em brasa, os sufocava e uma febre que eles temiam começava a aquecer suas mãos.

No entanto, até então, Christine se recusava a ser acompanhada além do passeio. No Quai des Ormes, ela sempre dispensava Claude, como se Paris, com suas multidões e seus encontros possíveis, começasse naquela longa fila de cais que ela deveria seguir. Mas Passy era tão longe, e ela se entediava tanto de fazer sozinha um tal trajeto, que pouco a pouco ela cedia, permitindo-lhe primeiro ir até a Prefeitura, depois até a Pont-Neuf, depois às Tulherias. Ela esquecia do perigo, os dois agora iam de braços dados, como um jovem casal; e esse passeio repetido sem cessar, essa caminhada lenta na mesma calçada, à beira da água, adquirira um encanto infinito, tal um gozo de felicidade como nunca sentiriam outro tão vivo. Eram um do outro, profundamente, sem terem se entregado ainda. Parecia que a alma da grande cidade, subindo do rio, os envolvia em todas as ternuras que haviam passado por essas velhas pedras, através dos tempos.

Desde os grandes frios de dezembro, Christine só vinha à tarde; e era por volta das quatro horas, quando o sol estava se pondo, que Claude a levava de volta dando-lhe o braço. Nos dias de céu limpo, assim que saíam da Pont Louis-Philippe, desenrolava-se toda a abertura do cais, imensa, ao infinito. De uma ponta à outra, o sol oblíquo aquecia com uma poeira de ouro as casas da margem direita; enquanto a margem esquerda, as ilhas, os edifícios se recortavam em uma linha negra contra a incendiada glória do poente. Entre essa margem resplandecente e essa margem sombria, o Sena reluzia suas lantejoulas, cortado pelas barras finas de suas pontes, os cinco arcos da Pont Notre-Dame sob o arco único da Pont d'Arcole, depois a Pont au Change, depois a Pont-Neuf, cada vez mais finos, mostrando, cada um, além de sua sombra, um vivo clarão, uma água de cetim azul, embranquecendo num reflexo do espelho; e, enquanto os recortes crepusculares da esquerda terminavam pela silhueta das torres pontiagudas do Palácio de Justiça, como que traçadas duramente a carvão no vazio, uma curva macia se arredondava à direita na claridade, tão alongada e tão perdida que o pavilhão de Flore, bem lá longe, avançando como uma cidadela na ponta extrema, parecia um castelo de sonhos, azulado, leve e trêmulo, em meio às fumaças rosadas do horizonte. Mas eles, banhados de sol sob os plátanos sem folhas, desviavam os olhos desse deslumbramento, divertindo-se em certos cantos, sempre os mesmos, um, sobretudo, o quarteirão de casas muito antigas, acima do passeio; embaixo, pequenas lojas de um só andar, vendendo ferragens e artigos de pesca, encimadas por terraços, floridas com louros e vinhas virgens, e, atrás, casas mais altas, em mau estado, expondo roupas nas janelas, todo um amontoado de construções barrocas, um emaranhado de tábuas e alvenarias, paredes em ruínas e jardins suspensos, onde bolas de vidro acendiam estrelas. Caminhavam, deixavam logo os grandes prédios que se sucediam, o quartel, a prefeitura, para se interessarem, do outro lado do rio, pela Île de la Cité, espremida em suas paredes retas e lisas, sem margem. Acima das casas obscurecidas, as torres de Notre-Dame, resplandecentes, pareciam douradas, como novas. As bancas dos livreiros começavam a invadir os parapeitos; uma barcaça, carregada de carvão, lutava contra a corrente terrível, sob um arco da Pont Notre-Dame. E ali, em dias do mercado das flores, apesar do rigor da estação, eles paravam para respirar as primeiras violetas e os goivos apressados. À esquerda, porém, a margem se descobria e se estendia: além das torres cilíndricas do Palácio de Justiça, haviam aparecido as casinhas descoradas do Quai de l'Horloge, até o conjunto de árvores do terrapleno; depois, à medida que avançavam, outros cais emergiam da neblina, muito longe, o Quai Voltaire, o Quai Malaquais, a cúpula do *Institut*, o edifício quadrado da Casa da Moeda, uma longa barra cinzenta de fachadas das quais nem se distinguiam as janelas, um promontório de telhados que a cerâmica das chaminés fazia parecer uma falésia rochosa, afundando no meio de um mar fosforescente. Em frente, ao contrário, o pavilhão de Flore emergia do sonho, solidificando-se no fulgor final do sol. Depois, à direita, à esquerda, nas duas bordas da água, havia as profundas perspectivas do boulevard Sebastopol e do boulevard du Palais; havia os novos prédios do Quai de la Mégisserie, o novo edifício da Polícia em frente, a velha Pont-Neuf, com a mancha de nanquim de sua estátua; havia o Louvre, as Tulherias, depois, ao fundo, acima de Grenelle, os longes sem limites, as encostas de Sèvres, o campo banhado por um derramar de raios. Claude nunca fora mais longe, Christine sempre o detinha antes da Pont-Royal, perto das grandes árvores dos banhos Vigier; e, quando eles voltavam para trocar mais outro aperto de mão, no ouro do sol que ficara vermelho, olhavam para trás, encontravam no outro horizonte a île Saint-Louis, de onde vinham, um fim confuso de capital, que a noite já cobria, sob o céu do oriente em tom de ardósia.

Ah! Que belos pores do sol eles tiveram durante esses passeios de cada semana! O sol os acompanhava nessa alegria vibrante dos cais, a vida do Sena, a dança dos reflexos ao fio das águas, a diversão das lojas quentes como estufas, e os vasos de flores dos mercadores de sementes, e as gaiolas ensurdecedoras dos vendedores de passarinhos, toda essa algazarra de sons e cores que faz da beira d'água a eterna juventude das cidades. Enquanto avançavam, a brasa ardente do crepúsculo tomava o tom de púrpura à esquerda, acima da linha sombria das casas; e o astro parecia esperar por eles, inclinando-se conforme avançavam, rolando lentamente em direção aos telhados longínquos, assim que passaram pela Pont Notre-Dame, de frente para o rio que se alargava. Em nenhuma floresta centenária, em nenhuma estrada de montanha, pelos prados de nenhuma planície, não haverá nunca finais de dias tão triunfais quanto atrás da cúpula do *Institut*. É Paris que adormece em sua glória. A cada uma dessas caminhadas, o incêndio mudava, novas fornalhas acrescentavam seus braseiros a essa coroa de chamas. Uma noite, quando um aguaceiro acabava de surpreendê-los, o sol, reaparecendo por trás da chuva, acendeu a nuvem inteira, e não houve mais, sobre suas cabeças, outra coisa além dessa poeira de água ardente, que se irisava de azul e de rosa. Em dias de céu puro, ao contrário, o sol, semelhante a uma bola de fogo, descia majestosamente em um tranquilo lago de safira; por um instante, a cúpula negra do *Institut* o desbeiçava, como uma lua em seu declínio; então a bola ficava violácea, se afogava no fundo do lago que se tornara sangrento. Desde fevereiro, ela alargava sua curva, caía reta no Sena, que parecia borbulhar no horizonte, sob a aproximação desse ferro em brasa. Mas os grandes cenários, as grandes fantasmagorias do espaço só flamejavam nas noites com nuvens. Então, seguindo o capricho do vento, havia mares de enxofre batendo nos rochedos de coral, havia palácios e torres, arquiteturas empilhadas, incendiando, desmoronando, liberando por suas brechas torrentes de lava; ou ainda, de repente, o astro, já desaparecido, deitado por trás de um véu de vapores, perfurava essa muralha com tal ímpeto de luz que traços de faíscas disparavam, iam de um extremo do céu ao outro, visíveis, como uma saraivada de flechas de ouro. E o crepúsculo caía, e eles se despediram com este último deslumbramento nos olhos, sentindo aquela Paris triunfal, cúmplice da alegria que não conseguiam esgotar, de recomeçarem sempre juntos este passeio, ao longo dos velhos parapeitos de pedra.

Um dia, enfim, aconteceu o que Claude temia, sem dizer. Christine parecia não mais acreditar que alguém pudesse encontrá-los. Quem, de resto, a conhecia? Ela passaria assim, eternamente desconhecida. Ele pensava nos camaradas, tinha às vezes um pequeno arrepio quando acreditava distinguir ao longe as costas de algum conhecido. Era atormentado por um sentimento de pudor, pela ideia de que alguém pudesse encarar a jovem, aproximar-se dela, fazer uma brincadeira talvez, e isso lhe causava um mal-estar insuportável. E, exatamente naquele dia, enquanto ela se agarrava ao braço dele, e eles se aproximavam da Pont des Arts, ele encontrou Sandoz e Dubuche descendo os degraus da ponte. Impossível evitá-los, estavam quase cara a cara; além disso, seus amigos sem dúvida o tinham visto, pois estavam sorrindo. Muito pálido, continuava a avançar; e pensou que tudo estava perdido, vendo Dubuche fazer um movimento em direção a ele; mas Sandoz já o detinha, desviando-o. Passaram com ar indiferente, desapareceram no pátio do Louvre, sem sequer olhar para trás. Ambos acabavam de reconhecer o original daquela cabeça em pastel, que o pintor escondia com ciúmes de um amante. Christine, muito alegre, não havia notado nada. Claude, com o coração batendo violentamente, respondia-lhe com palavras estranguladas, comovido até as lágrimas, transbordando de gratidão pela discrição de seus dois velhos companheiros.

Alguns dias depois, teve outro choque. Não esperava Christine, e tinha combinado de se encontrar com Sandoz; então, como ela havia subido correndo para passar uma hora, em uma daquelas surpresas que os encantavam, eles acabavam de tirar a chave como tinham o hábito, quando alguém bateu familiarmente com o punho. Imediatamente reconheceu esse modo de se anunciar, tão perturbado pela aventura que derrubou uma cadeira: agora era impossível não responder. Mas ela empalidecera, suplicava-lhe com um gesto frenético, e ele permaneceu imóvel, sem respirar. As batidas persistiam na porta. Uma voz gritou: "Claude! Claude!". Ele continuava não se mexendo, mas lutando consigo mesmo, com os lábios brancos e os olhos no chão. Reinou um grande silêncio, passos desceram, fazendo estalar os degraus de madeira. Seu peito estava cheio de imensa tristeza, ele o sentia explodir de remorso, a cada um daqueles passos que se iam, como se tivesse renegado a amizade de toda a sua juventude.

Entretanto, uma tarde, bateram de novo, e Claude só teve tempo de murmurar com desespero:

– A chave ficou na porta!

Com efeito, Christine tinha esquecido de retirá-la. Ela se assustou, correu para trás do biombo, caiu sentada na beira da cama, com o lenço na boca, para abafar o ruído de sua respiração.

Batiam com mais força, risos explodiam, o pintor teve que gritar:

– Entre!

E seu mal-estar aumentou quando viu Jory que, galantemente, introduzia Irma Bécot. Fazia quinze dias que Fagerolles a havia cedido a ele; ou melhor, ele se resignara a esse capricho, por medo de perdê-la por completo. Ela então atirava sua juventude pelos quatro cantos dos ateliês, numa tal loucura de seu corpo, que toda semana ela se mudava com suas três camisas, mesmo que voltasse por uma noite, se tivesse vontade.

– É ela que queria visitar seu ateliê, e eu a estou trazendo, explicou o jornalista. Mas, sem esperar, ela passeava, exclamava, muito livre.

– Oh! Como é esquisito, aqui!... Oh! Que pintura esquisita!... Hein? Seja gentil, mostre-me tudo, quero ver tudo... E onde dorme?

Claude, cheio de ansiedade, teve medo de que ela afastasse o biombo. Ele imaginava Christine lá atrás, já estava desolado pelo que ela ouvia.

– Sabe o que ela vem perguntar?, recomeçou Jory alegremente. O quê, você não se lembra? Você prometeu pintar alguma coisa com ela... Ela vai posar como você quiser, não é, minha cara?

– Mas claro, imediatamente!

– É que, disse o pintor, embaraçado, meu quadro vai tomar todo meu tempo até o Salon... Há ali uma figura que me dá um trabalho! Impossível de conseguir alguma coisa com esses malditos modelos!

Ela se tinha plantado na frente da tela, erguendo o narizinho com um ar de conhecedora.

– Essa mulher nua, na relva... Pois bem, veja aí, se eu puder lhe ser útil?

Com isso, Jory se animou.

– Claro! É uma ideia! Você, que procurava uma bela moça, sem encontrá-la!... Ela vai se despir. Tire a roupa, minha querida, tire um pouco a roupa, para que ele veja.

Com uma das mãos, Irma desamarrou rapidamente seu chapéu e procurava com a outra os fechos do corpete, apesar das recusas enérgicas de Claude, que se debatia como se tivesse sido violentado.

– Não, não, é inútil... Madame é muito pequena... Não é nada disso, nada!

– O que é que tem?, ela disse, veja assim mesmo.

E Jory se obstinava.

– Deixe aí! É a ela que você dá um prazer... Ela não costuma posar, não precisa disso; mas adora se mostrar. Ela viveria sem camisa... Tire, minha querida. Só os seios, pois ele tem medo de que você o devore!

Enfim, Claude a impediu de se despir. Balbuciava desculpas: mais tarde seria muito feliz com isso; neste momento temia que um novo estudo acabasse por confundi-lo; e ela se contentou em dar de ombros, encarando-o com seus lindos olhos de vício, com um ar de desprezo sorridente.

Então Jory falou a respeito do bando. Por que Claude não tinha vindo, na outra quinta-feira, à casa de Sandoz? Ninguém o via mais, Dubuche o acusou de ser mantido por uma atriz. Oh! Tinha havido um bafafá entre Fagerolles e Mahoudeau sobre o emprego da casaca preta na escultura! Gagnière, no domingo anterior, havia saído de uma audição de Wagner com um olho roxo. Ele, Jory, por pouco não fora desafiado para um duelo, no Café Baudequin, por causa de um de seus últimos artigos no *Tambor*. É que ele não poupava os pintores de meia-pataca, as reputações usurpadas! A campanha contra o júri do *Salon* fazia um barulho do diabo, não sobraria nem um pedaço desses fiscais do ideal, que impediam a natureza de entrar.

Claude o ouvia com impaciência irritada. Pegou novamente sua paleta, irritado, na frente de sua pintura. O outro acabou entendendo.

– Você quer trabalhar, nós vamos embora.

Irma continuava a olhar para o pintor, com seu vago sorriso, espantada com a estupidez daquele simplório que não queria saber dela, atormentada agora pelo capricho de tê-lo, mesmo contra sua vontade. Seu estúdio era feio, e ele próprio não tinha nada de bonito; mas por que bancava o virtuoso? Ela brincou por um momento, astuta, inteligente, levando o destino no desleixo de sua juventude. E, na porta, ela se ofereceu uma última vez, aquecendo-lhe a mão com uma pressão longa e envolvente.

– Quando quiser.

Partiram, e Claude teve de afastar o biombo; pois, atrás, Christine permanecia na beira da cama, como se não tivesse força para se levantar. Ela não falou daquela moça, simplesmente declarou que tivera muito medo; e queria ir embora imediatamente, tremendo de ouvir outra batida, carregando no fundo de seus olhos inquietos a perturbação das coisas que não dizia.

Muito tempo, aliás, esse ambiente de arte brutal, esse ateliê cheio de pinturas violentas, permaneceu-lhe como um mal-estar. Ela não conseguia se acostumar com a nudez verdadeira das academias, com a realidade crua dos estudos feitos na Provença, ferida, repugnada. Sobretudo, ela não compreendia nada, tendo crescido na ternura e admiração de uma outra arte, aquelas finas aquarelas de sua mãe, aqueles leques que tinham delicadeza de sonho, em que casais lilases flutuavam no meio de jardins azulados. Muitas vezes ainda ela mesma se divertia em fazer pequenas paisagens de colegial, dois ou três motivos sempre repetidos, um lago com uma ruína, um moinho batendo a água de um rio, um chalé e pinheiros brancos de neve. E ela se espantava: seria possível que um rapaz inteligente pintasse de forma tão irracional, tão feia, tão errada? Pois ela não apenas achava essas realidades de uma feiura monstruosa, mas também as julgava fora de toda a verdade permitida. Enfim, era preciso ser louco.

Um dia, Claude quis ver um pequeno álbum, seu antigo álbum de Clermont, sobre o qual ela lhe falara. Depois de ter recusado por muito tempo ela o trouxe, lisonjeada, no fundo, tendo viva curiosidade sobre o que ele diria. Ele o folheou sorrindo; e, como ficasse quieto, ela foi a primeira a murmurar:

– Acha isso ruim, não é?

– Não, não, ele respondeu, é inocente.

A palavra a magoou, apesar do tom simpático que a tornava amável.

– Pois é! Tive tão poucas lições de mamãe!... Eu gosto que seja bem-feito e que agrade.

Então ele explodiu numa risada franca.

– Confesse que minha pintura a deixa doente. Eu percebi, franze os lábios, arregaça os olhos com terror... Ah! Certamente; não é pintura para senhoras, muito menos para mocinhas... Mas vai se acostumar com isso, basta uma educação do olho; e verá que é muito sadio e muito honesto o que faço ali.

De fato, pouco a pouco, Christine se acostumou. A convicção artística não teve nada a ver com isso a princípio, ainda mais porque Claude, com seu desprezo pelos julgamentos das mulheres, não a doutrinava, evitando, ao contrário, de falar sobre arte com ela, como se quisesse reservar essa paixão de sua vida para si mesmo, fora da nova paixão que o invadia. Só que, com o hábito, ela deixava se ir, acabava se interessando por aquelas telas abomináveis, percebendo o lugar soberano que elas ocupavam na existência do pintor. Foi sua primeira etapa, ficou enternecida por esse desespero pelo trabalho, esse absoluto entregar-se de todo um ser: não era comovente? Não havia ali alguma coisa de muito bom? Logo, ao perceber as alegrias e as dores que o abalavam, depois de uma sessão de pintura boa ou ruim, ela conseguiu por si só se associar ao seu esforço. Ela se entristecia se o achava triste; alegrava-se quando ele a recebia contente; e, a partir de então, essa era sua preocupação: ele havia trabalhado muito? Estava feliz com o que tinha feito desde o último encontro? No final do segundo mês, ela havia sido conquistada, plantava-se diante das telas, não tinha mais medo, nem sempre aprovava muito essa maneira de pintar, mas começava a repetir palavras de artista, declarando aquilo "vigoroso, construído com energia, bem na luz". Ele parecia tão bom, ela o amava tanto, que depois de tê-lo desculpado de garatujar tais horrores, descobria neles qualidades para amá-los também um pouco.

No entanto, havia um quadro, o grande, o do próximo *Salon*, que ela demorou para aceitar. Já olhava, sem desagrado, as academias do ateliê Boutin e os estudos de Plassans, mas se irritava ainda com a mulher nua deitada na relva. Era um rancor pessoal, a vergonha de ter acreditado por um momento que se reconhecia nela, um embaraço surdo diante daquele corpo grande, que continuava a feri-la, embora encontrasse cada vez menos ali suas feições. Como, então, sua semelhança havia desaparecido assim? À medida que o pintor insistia, jamais contente, voltando cem vezes para o mesmo ponto, essa semelhança desaparecia um pouco por vez. E, sem que ela pudesse analisar isso, sem que ousasse mesmo confessar a si própria, ela, cujo pudor havia se revoltado no primeiro dia, sentia uma tristeza crescente ao ver que nada dela permanecia mais ali. A amizade deles parecia sofrer com isso, ela se sentia menos perto dele, a cada traço que se apagava. Ele não a amava, para deixá-la sair assim de sua obra? E quem era essa mulher nova, essa face desconhecida e vaga que surgia sob a sua?

Claude, desconsolado de ter estragado a cabeça, justamente não sabia como pedir a ela algumas horas de pose. Ela simplesmente teria se sentado, ele tomaria apenas algumas indicações. Mas ele a tinha visto tão zangada com isso, que tinha medo de irritá-la novamente. Depois de ter prometido a si mesmo, de suplicar em tom de brincadeira, não conseguia encontrar as palavras, envergonhado de repente, como se fosse uma inconveniência.

Uma tarde, ele a transtornou com um de seus acessos de raiva, que não controlava, mesmo diante dela. Nada havia funcionado naquela semana. Falava em raspar a tela, ia e vinha furiosamente, dando coices nos móveis. De repente, ele a agarrou pelos ombros e a pôs no sofá.

– Por favor, faça-me este serviço, ou eu arrebento, palavra de honra!

Assustada, ela não compreendia.

– O quê, o que quer?

Então, quando o viu pegar seus pincéis, acrescentou sem pensar:

– Ah! Sim... por que não me pediu antes?

Ela mesma se recostou em uma almofada, deslizou o braço sob a nuca. Mas a surpresa e a confusão por ter consentido tão rapidamente a deixaram séria; pois ela não sabia que estava decidida a isso, teria jurado que nunca mais serviria de modelo para ele.

Encantado, ele gritou:

– É verdade? Está de acordo!... Fantástico! Que fabulosa mulher vou construir com a senhora!

De novo, sem pensar, ela disse:

– Oh! Só a cabeça!

E ele gaguejou, na pressa de quem teme ter ido longe demais:

– Claro, claro, só a cabeça!

Um embaraço os emudeceu, ele se pôs a pintar, enquanto com os olhos para o ar, imóvel, ela permanecia perturbada por ter soltado tal frase. Sua complacência já a enchia de remorsos, como se estivesse entrando em algo de culpável, ao permitir que suas feições aparecessem nessa nudez de mulher, deslumbrante sob o sol.

Claude, em duas sessões, criou a cabeça. Exultava de alegria, gritava que era sua melhor pintura; e tinha razão, nunca havia banhado em luz real um rosto mais vivo. Feliz por vê-lo tão feliz, Christine também se divertia, a ponto de achar seu rosto muito bom, ainda não muito parecido, mas com uma expressão surpreendente. Eles ficaram na frente da pintura por um longo tempo, apertando os olhos, recuando até a parede.

– Agora, disse enfim, vou terminar rápido com uma modelo... Ah, essa danada, agora eu a agarrei!

E, num acesso de infantilidade, pegou a jovem e dançaram juntos o que ele chamava de "o passo do triunfo". Ela ria muito alto, adorando a brincadeira, não sentindo mais nada de suas perturbações, nem escrúpulos, nem mal-estar.

Mas, desde a semana seguinte, Claude voltou a ficar sombrio.

Havia escolhido Zoé Piédefer como modelo para o corpo, e ela não lhe dava o que queria: a cabeça, tão fina, disse ele, não se articulava com aqueles ombros canalhas. Porém, ele se obstinou, raspou, recomeçou. Em meados de janeiro, tomado pelo desespero, largou o quadro, virou-o contra a parede; depois, quinze dias mais tarde, voltou a ele, com outra modelo, a grande Judith, o que o obrigou a mudar as tonalidades. As coisas continuavam dando errado, ele trouxe Zoé de volta, não sabia mais para onde ia, doente de incerteza e de angústia. E o pior era que só a figura central o enfurecia assim, pois o resto da obra, as árvores, as duas pequenas mulheres, o senhor de jaqueta, terminados, sólidos, o satisfaziam plenamente. Fevereiro chegava ao fim, faltavam poucos dias para o envio ao *Salon*, era um desastre.

Uma noite, diante de Christine, xingou, soltou este grito de raiva:

– Também, que diabo! Você planta a cabeça de uma mulher no corpo de outra!... Eu deveria cortar minha mão.

No fundo dele, agora, um pensamento único surgia: fazer com que ela concordasse em posar para a figura inteira. Isso lentamente germinara, primeiro um simples intuito rapidamente descartado como absurdo, depois uma discussão muda, constantemente retomada, por fim o desejo nítido e agudo, sob o chicote da necessidade. Esses seios que ele vislumbrara por alguns minutos o assombravam como uma lembrança obsessiva. Ele a revia em seu frescor juvenil, radiante, indispensável. Se não a tivesse, era melhor desistir do quadro, porque nenhuma outra o contentaria. Quando, durante horas, caído sobre uma cadeira, era roído pela impotência, sem saber mais onde dar uma pincelada, tomava resoluções heroicas: assim que ela entrasse, ele lhe contaria de seu tormento, com palavras tão tocantes que ela cederia talvez. Mas ela chegava, com seu riso de camarada, seu vestido casto que nada revelava de seu corpo, e ele perdia toda coragem, desviava o olhar, com medo de que ela o pegasse buscando, sob o corpete, a linha flexível do torso. Não se podia exigir de uma amiga um serviço assim, ele nunca teria a audácia de fazê-lo.

E, no entanto, uma noite, enquanto ele se preparava para levá-la de volta e ela colocava o chapéu, com os braços para o ar, permaneceram por dois segundos olhando nos olhos um do outro, ele arrepiado diante das pontas dos seios levantados que estavam arrebentando o tecido, ela tão bruscamente séria, tão pálida, que ele se sentiu adivinhado. Ao longo do cais, mal se falaram: aquilo ficou entre eles, enquanto o sol se punha, num céu cor de velho cobre. Por duas vezes, leu, no fundo do olhar dela, que ela sabia sobre seu pensamento contínuo. Com efeito, desde que ele pensava nisso, ela começou a pensar também, contra a vontade, com sua atenção despertada por alusões involuntárias. A princípio, fora aflorada por aquilo, depois foi obrigada a notá-lo; mas não achava que tinha de se culpar, pois lhe parecia fora da vida, uma dessas imaginações sonolentas das quais se tem vergonha. O próprio medo de que ele ousasse pedir-lhe não lhe ocorreu: ela o conhecia bem, agora, ela o teria silenciado com um suspiro, antes que ele gaguejasse as primeiras palavras, apesar das explosões súbitas de suas raivas. Era simplesmente loucura. Nunca, nunca!

Dias se passaram; e entre eles a ideia fixa crescia. Assim que se encontravam juntos, não podiam deixar de pensar nisso. Não abriam a boca, mas seus silêncios estavam cheios daquilo; não arriscavam mais um gesto, não trocavam mais um sorriso, sem reencontrar no fundo aquela coisa impossível de dizer em voz alta, e da qual transbordavam. Logo, mais nada restou de suas vidas de camaradas. Se ele olhava para ela, ela acreditava se sentir despida por seu olhar; palavras inocentes ressoavam com significados embaraçosos; cada aperto de mão ia além do punho, provocando um leve arrepio pelo corpo. E o que eles haviam evitado até então, a desordem em sua ligação; o despertar do homem e da mulher em sua boa amizade, irrompeu, enfim, sob a evocação constante dessa nudez de virgem. Pouco a pouco, descobriram em si uma febre secreta, desconhecida para eles. Calores subiam às faces, coravam por terem tocado os dedos. Era agora como uma excitação de cada minuto, fustigando o sangue; enquanto, nessa invasão de todo o ser, o tormento do que assim calavam, sem poder escondê-lo, exagerava-se a ponto de sufocar, deixando o peito cheio de grandes suspiros.

Lá por meados de março, Christine, em uma de suas visitas, encontrou Claude sentado diante de seu quadro, esmagado pela tristeza. Ele nem a tinha ouvido, permanecia imóvel, com os olhos vazios e desvairados na obra inacabada. Em três dias expiravam os prazos de envio para o *Salon*.

– E então?, ela perguntou suavemente, desesperada com o desespero dele.

Ele estremeceu, voltou-se.

– Bem, não tem mais jeito, não vou expor este ano... Ah! E eu que contava tanto com este *Salon*!

Ambos recaíram em seu abatimento, onde se agitavam grandes coisas confusas. Então, ela retomou, pensando em voz alta:

– Ainda há tempo.

– Tempo? Eh, não! Seria preciso um milagre. Onde quer que eu encontre uma modelo a esta hora?... Veja! Desde esta manhã que estou me debatendo, e por um momento pensei que tinha uma ideia: sim, ir buscar essa garota, essa Irma que veio exatamente quando a senhora estava aqui. Sei muito bem que é pequena e redonda, que talvez seja preciso mudar tudo; mas ela é jovem, deve ser possível... Definitivamente, vou tentar...

Ele se interrompeu. Os olhos ardentes com que a olhava diziam claramente: "Ah! Existe a senhora, ah! Seria o milagre esperado, o triunfo certo, se me fizesse este sacrifício supremo! Eu imploro, peço, como amiga adorada, a mais bela, a mais casta!".

Ela, reta, muito branca, ouvia cada palavra; e aqueles olhos de prece ardente exerciam um poder sobre ela. Sem pressa, ela tirou seu chapéu e sua peliça; então simplesmente continuou com o mesmo gesto calmo, desabotoou o corpete, retirou-o, assim como o espartilho, abaixou as anáguas, desabotoou as ombreiras da camisa, que escorregou sobre os quadris. Não havia pronunciado uma palavra, parecia estar em outro lugar, como nas noites em que, fechada em seu quarto, perdida nas profundezas de algum sonho, despia-se mecanicamente, sem prestar atenção. Por que deixar uma rival dar seu corpo, quando ela já havia dado seu rosto? Queria estar lá, inteira, em casa, em sua ternura, compreendendo enfim o mal-estar ciumento que esse monstro bastardo vinha lhe causando há muito tempo. E, sempre muda, nua e virgem, deitou-se no divã, tomou a pose, um braço sob a cabeça, os olhos fechados.

Surpreso, imóvel de alegria, olhava-a se despir. Ele a reencontrava. A visão rápida, tantas vezes evocada, tornava à vida. Era aquela infância, magra ainda, mas tão flexível, de uma juventude tão fresca; e ele se espantava de novo: onde ela escondia aquele busto cheio, que ninguém suspeitava sob o vestido? Ele também não falou, pôs-se a pintar, no silêncio recolhido que se seguiu. Por três longas horas, precipitou-se no trabalho, com um esforço tão viril que completou de uma vez só um esboço soberbo do corpo todo. Nunca a carne de uma mulher o havia embriagado assim, seu coração batia como diante de uma nudez religiosa. Ele não se aproximava, ficou surpreso com a transfiguração do rosto, cujos maxilares um pouco maciços e sensuais haviam se dissolvido sob a suave tranquilização da testa e da face. Durante as três horas, ela não se mexeu, não respirou, fazendo o dom de seu pudor, sem um arrepio, sem um constrangimento. Ambos sentiam que se dissessem uma única frase, uma grande vergonha cairia sobre eles. Apenas, de vez em quando, ela abria seus olhos claros, fixava-os em um ponto vago do espaço, permanecia assim por um instante, sem que ele pudesse nada ler ali de seus pensamentos, depois os fechava novamente, caía de volta em seu nada de belo mármore, com o sorriso misterioso e imóvel da pose.

Claude, com um gesto, disse que havia terminado; e, ficando desajeitado de novo, empurrou uma cadeira para virar as costas mais rápido; enquanto, muito vermelha, Christine saía do divã. Às pressas, ela se vestiu, com um súbito estremecimento, tomada por tal emoção que se abotoava errado, puxando as mangas, levantando a gola, para não deixar um único canto de sua pele à mostra. E se enfiara no fundo de sua peliça, não se decidindo a arriscar um olhar. No entanto, ele voltou para ela, eles se contemplaram, hesitantes, estrangulados por uma emoção que ainda os impedia de falar. Seria a tristeza, então, uma tristeza infinita, inconsciente e sem nome? Pois suas pálpebras se encheram de lágrimas, como se acabassem de estragar suas existências, de tocar o fundo da miséria humana. Então, comovido e pesaroso, não encontrando nada, nem mesmo um agradecimento, ele a beijou na testa.

V

NO DIA 15 DE MAIO, CLAUDE, QUE HAVIA RETORNADO na véspera da casa de Sandoz às três horas da manhã, dormia ainda por volta das nove horas, quando Madame Joseph lhe levou um grande buquê de lilases brancos que um mensageiro acabara de trazer. Ele compreendeu, Christine comemorava de antemão o sucesso de seu quadro; pois era um grande dia para ele, a abertura do *Salon des Refusés*, criado naquele ano, e onde seu trabalho seria exposto, rejeitado pelo júri do *Salon* oficial.

Esse pensamento terno, esses lilases frescos e odorantes, que o acordavam, o tocaram muito, como se fossem o presságio de um bom dia. De camisa, descalço, colocou-os no jarro de água sobre a mesa. Então, com olhos inchados de sono, atordoado, ele se vestiu, resmungando por ter dormido até tão tarde. Na véspera, prometera a Dubuche e a Sandoz de ir buscá-los às oito horas, na casa do último, para irem os três juntos ao Palais de l'Industrie, onde se encontrariam com o resto do bando. E ele já estava com uma hora de atraso!

E, pior ainda, não conseguia encontrar nada, no seu ateliê, que estava em desordem desde a saída da grande tela. Durante cinco minutos procurou seus sapatos, ajoelhado entre velhos chassis. Parcelas de ouro voavam; pois, sem saber onde arranjar dinheiro para uma moldura, mandara ajustar quatro ripas por um carpinteiro vizinho, e ele mesmo as havia dourado, com sua amiga, que se revelara uma douradora muito desajeitada. Enfim, vestido, calçado, o chapéu de feltro constelado de faíscas amarelas, estava saindo quando um pensamento supersticioso o trouxe de volta às flores, que ficaram sozinhas no meio da mesa. Se ele não beijasse aqueles lilases, haveria uma ofensa. Ele os beijou, perfumado por aquele forte cheiro de primavera.

Sob o arco, entregou sua chave à zeladora, como de costume.

– Madame Joseph, ficarei fora o dia todo.

Em menos de vinte minutos, Claude estava na Rue d'Enfer, na casa de Sandoz. Mas este, que ele temia não o encontrar mais, também estava atrasado, devido a uma indisposição de sua mãe. Não era nada, apenas uma noite mal dormida, que o agitara por causa da preocupação. Tranquilizado agora, ele lhe contou que Dubuche havia escrito para não esperar por ele, marcando um encontro lá. Ambos saíram; e, como eram quase onze horas, resolveram almoçar, nos fundos de uma pequena leiteria deserta da Rue Saint-Honoré, durante muito tempo, invadidos por uma preguiça no ardente desejo de ver, saboreando uma espécie de terna tristeza em permanecerem entre velhas lembranças da infância.

Soou uma hora quando atravessaram os Champs-Élysées, era um dia delicioso, com um grande céu límpido, cuja brisa, fria ainda, parecia iluminar o azul. Sob o sol, cor de trigo maduro, as fileiras de castanheiros tinham folhas novas, de um verde tenro, recém-envernizado; e os laguinhos, com os seus repuxos jorrando, os gramados bem cuidados, a profundidade das alamedas e a amplitude dos espaços davam ao vasto horizonte um ar de grande luxo. Alguns coches, raros àquela hora, subiam; enquanto uma enxurrada de multidão, perdida e movendo-se como um formigueiro, engolfava-se sob a enorme arcada do Palais de l'Industrie.

Quando entraram, Claude sentiu um leve arrepio, no vestíbulo gigante, com o frescor de um porão, e cujo pavimento úmido ressoava sob seus pés, como o calçamento de uma igreja. Olhou, à direita e à esquerda, para as duas escadarias monumentais, e perguntou, com desdém:

– Veja só, será que temos de atravessar a porcaria do *Salon* deles?
– Ah! não, diacho!, respondeu Sandoz. Vamos fugir pelo jardim. Lá há a escada oeste, que conduz aos *Refusés*.

E passaram desdenhosamente entre as mesinhas das vendedoras de catálogos. Na abertura de enormes cortinas de veludo vermelho, aparecia o jardim envidraçado, para além de um pórtico sombrio. A essa hora do dia, o jardim estava quase vazio, só havia gente no bufê, sob o relógio, a chusma de pessoas almoçando ali. Toda a multidão estava no primeiro andar, nas salas; e apenas as estátuas brancas ladeavam os caminhos de areia amarela, que recortavam duramente o desenho verde dos gramados. Era um povo de mármore imóvel, banhado pela luz difusa, que descia como em poeira das vidraças altas. Ao sul, toldos de lona barravam metade da nave, loura sob o sol, manchada nas duas extremidades pelos vermelhos e azuis brilhantes dos vitrais. Alguns visitantes, já exaustos, ocupavam as cadeiras e bancos novinhos, reluzentes de tinta; enquanto os voos dos pardais que habitavam, no ar, a floresta de estruturas de ferro fundido, desciam com gritinhos de perseguição, tranquilizados e vasculhando a areia.

Claude e Sandoz andaram rapidamente, de propósito, sem olhar ao redor. Um bronze rígido e nobre, a Minerva de um membro do *Institut*, os tinha exasperado na porta. Mas, enquanto apressavam o passo ao longo de uma fila interminável de bustos, reconheceram Bongrand, sozinho, dando lentamente a volta ao redor de uma figura deitada, colossal e transbordante.

– Ah! São vocês!, ele gritou quando lhe estenderam a mão. Eu olhava justamente para a figura de nosso amigo Mahoudeau, a quem pelo menos tiveram a inteligência de receber e de bem colocar...

E, interrompendo-se:
– Estão vindo lá de cima?
– Não, acabamos de chegar, disse Claude.

Então, muito calorosamente, falou-lhes sobre o *Salon des Refusés*. Ele, que era do *Institut*, mas que vivia afastado de seus colegas, alegrava-se com a aventura: o eterno descontentamento dos pintores, a campanha conduzida pelos pequenos jornais como *O Tambor*, os protestos, as contínuas reclamações que finalmente incomodaram o imperador; e o golpe de estado artístico desse sonhador silencioso, pois a medida vinha apenas dele; e o susto, o barulho que todos fizeram, por causa dessa pedra lançada na poça das rãs.

– Não, continuou ele, não fazem ideia da indignação entre os membros do júri!... E ainda, desconfiam de mim, ficam quietos quando estou presente!... Todas as raivas vão contra os terríveis realistas. É diante deles que se fechavam sistematicamente as portas do templo; foi por causa deles que o imperador quis permitir que o público revisasse o processo; são eles que, enfim, triunfam. Ah! Ouço cada coisa, não apostaria nada na pele de vocês, jovens!

Ele ria com seu grande riso, com os braços abertos, como se abraçasse toda a juventude que sentia erguer-se do solo.

– Seus alunos crescem, disse Claude simplesmente.

Com um gesto, Bongrand o silenciou, tomado de constrangimento. Ele não havia exposto nada, e toda essa produção, por onde andava, esses quadros, essas estátuas, esse esforço de criação humana o enchiam de um remorso. Não era ciúme, porque não havia alma superior ou melhor do que a sua, mas um retorno sobre si mesmo, medo surdo de uma lenta decadência, esse medo não inconfessado que o perseguia.

– E nos *Refusés*, Sandoz perguntou, como estão as coisas?

– Soberbo! Vocês vão ver.

Então, virando-se para Claude, segurando as duas mãos dele nas suas:

– O senhor, meu bom amigo, o senhor é um grande... Escute! Eu, que dizem ser esperto, daria dez anos da minha vida para ter pintado sua grande bandida de mulher.

Este elogio, vindo de tal boca, comoveu o jovem pintor às lágrimas. Enfim, ele agarrara um sucesso! Não encontrou uma palavra de gratidão, falou bruscamente de outra coisa, querendo esconder sua emoção.

– Aquele bravo Mahoudeau! É muito boa, sua figura!... Que temperamento, não é?

Sandoz e ele se puseram a circular em volta do gesso. Bongrand respondeu com um sorriso:

– Sim, sim, coxas demais, seios demais. Mas olhe para as articulações dos membros, finos e bonitos como nenhum outro... Vamos, adeus, vou abandoná-los. Vou me sentar um pouco, minhas pernas estão cansadas.

Claude havia levantado a cabeça e escutava. Um barulho enorme, que não o havia impressionado de início, rolava pelo ar, com um rugido contínuo: era o clamor de uma tempestade batendo na costa, o rugido de um assalto incansável, escoiceando no infinito.

– Ouça!, murmurou, o que é isso?

– Isso, disse Bongrand, que se afastava, é a multidão, lá em cima, nas salas.

E os dois jovens, depois de terem atravessado o jardim, subiram ao *Salon des Refusés*.

Tinham instalado muito bem, as pinturas oficiais não estavam mais ricamente dispostas: altas tapeçarias antigas nas portas, paredes ornadas de sarja verde, banquetas de veludo vermelho, telas de tecido brancas sob as claraboias dos tetos; e, no enfileiramento das salas, o primeiro aspecto era o mesmo, o mesmo ouro das molduras, as mesmas manchas vivas das telas. Mas uma euforia particular reinava ali, um esplendor de juventude, do qual a princípio não se percebia claramente. A multidão, já compacta, aumentava de minuto em minuto, pois as pessoas desertavam do *Salon* oficial e acorriam, excitadas de curiosidade, aguçadas pelo desejo de julgar os juízes, divertidas enfim desde a soleira pela certeza de que iam ver coisas extremamente divertidas. Fazia muito calor, uma poeira fina subia do assoalho, iam certamente sufocar lá pelas quatro horas.

– Que diacho!, disse Sandoz, dando cotoveladas, não vai ser fácil entrar lá e encontrar seu quadro.

Ele se apressava, numa febre de fraternidade. Naquele dia, vivia apenas pela obra e a glória de seu velho camarada.

– Fique tranquilo!, exclamou Claude, conseguiremos chegar de algum modo. Ele não vai voar, o meu quadro!

E ele, ao contrário, fingia não se apressar, apesar do desejo irresistível que tinha de correr. Levantava a cabeça, olhava. Logo, na voz alta da multidão que o havia atordoado, ele distinguiu risos leves, contidos ainda, que o andar dos pés e o barulho das conversas encobriam. Diante de algumas telas, os visitantes gracejavam. Isso o inquietou, pois ele tinha uma credulidade e uma sensibilidade de mulher em meio a suas rudezas revolucionárias, sempre esperando o martírio, e sempre sangrando, sempre espantado por ser repelido e ridicularizado. Ele murmurou:

– Estão alegres, aqui!

– Claro! Há de que, notou Sandoz. Olhe para esses peçonhentos extravagantes.

Mas, nesse momento, como se demoravam na primeira sala, Fagerolles, sem vê-los, topou com eles. Teve um sobressalto, sem dúvida contrariado pelo encontro. De resto, ele se recompôs imediatamente, muito amável.

– Vejam só! Eu estava pensando em vocês... Estou aqui há uma hora.

– Onde enfiaram o quadro de Claude?, perguntou Sandoz.

Fagerolles, que acabara de ficar vinte minutos plantado em frente a esse quadro, estudando-o e estudando a impressão do público, respondeu sem uma hesitação:

– Não sei... Vamos procurá-lo juntos, certo?

E se juntou a eles. O terrível brincalhão que era, agora não bancava tanto o jeito de malandro, corretamente vestido, sempre com uma zombaria para morder as pessoas, mas com os lábios agora franzidos em um biquinho sério de rapaz que quer avançar na vida. Acrescentou, com ar convencido:

– Sou eu que me arrependo de não ter enviado nada este ano! Estaria aqui com vocês, e teria minha parte no sucesso... E há grandes telas espantosas, crianças! Por exemplo, esses cavalos...

Mostrava, diante deles, a vasta tela em frente à qual a multidão se reunia rindo. Era, diziam, obra de um antigo veterinário, cavalos em tamanho natural soltos num prado, mas cavalos fantásticos, azuis, roxos, cor-de-rosa, e cuja espantosa anatomia perfurava a pele.

– Veja lá, se você não está tirando sarro de nós!, declarou Claude, desconfiado.

Fagerolles fingiu entusiasmo.

– Como? Mas isto está cheio de qualidades! Ele conhece bem seu cavalo, o sujeito! Sem dúvida, pinta como um palerma. O que importa se é original e contribui com um documento?

Seu fino rosto de menina permanecia grave. Mal e mal, nas profundezas de seus olhos claros, brilhava uma centelha amarela de zombaria. E acrescentou esta alusão maliciosa, da qual só ele pôde desfrutar:

– Ah, bom! Se você se deixa influenciar pelos imbecis que riem, vai ver muitos mais, daqui a pouco!

Os três camaradas, que haviam recomeçado a andar, avançavam com dificuldade infinita, em meio às ondulações dos ombros. Entrando na segunda sala, percorreram as paredes com um olhar; mas o quadro procurado não estava lá. E o que viram foi Irma Bécot no braço de Gagnière, ambos empurrados contra uma parede, ele examinando uma pequena tela, enquanto ela, encantada com os empurrões, levantava o focinho rosado e ria para a multidão.

– O quê!, disse Sandoz surpreso, ela está com Gagnière agora?

– Oh! Um capricho, explicou Fagerolles com um ar tranquilo. A história é tão engraçada... Sabem que acabaram de mobiliar um apartamento muito chique para ela; sim, aquele jovem cretino de marquês, aquele que é falado nos jornais, lembram? Uma garota que vai longe, eu sempre disse!... Mas não adianta colocá-la em camas brasonadas, ela tem desespero por camas de estrado, há noites em que precisa do sótão de um pintor. E é assim que, largando tudo, ela apareceu no Café Baudequin no domingo, por volta de uma da manhã. Tínhamos acabado de ir embora, só Gagnière estava lá, dormindo na frente de sua caneca de chopp... Então, ela saiu com Gagnière.

Irma os tinha visto e fazia gestos ternos para eles de longe. Tiveram que se aproximar. Quando Gagnière se virou, com seus cabelos claros e seu rostinho imberbe, com o ar mais insignificante ainda do que de costume, não mostrou nenhuma surpresa de encontrá-los.

– É inaudito, murmurou.
– O quê?, perguntou Fagerolles.
– Mas esta pequena obra-prima... E honesta, e ingênua, e convincente!

Designava a tela minúscula em frente à qual estava absorto, uma tela absolutamente infantil, como uma criança de quatro anos poderia ter pintado, uma casinha à beira de um pequeno caminho, com uma arvorezinha ao lado, tudo de atravessado, cercado por traços negros, sem esquecer o saca-rolhas de fumaça que saía do telhado.

Claude fizera um gesto nervoso, enquanto Fagerolles repetia, fleumático:

– Muito fino, muito fino... Mas seu quadro, Gagnière, onde é que está?

– Meu quadro? Está ali.

De fato, a tela enviada por ele estava justamente ao lado da pequena obra-prima. Era uma paisagem de um cinza-pérola, uma beira do Sena, cuidadosamente pintada, de tom bonito, embora um pouco pesado, e de perfeito equilíbrio, sem nenhuma brutalidade revolucionária.

– São umas bestas por terem recusado isso!, disse Claude, que se aproximara com interesse. Mas por que, por que, eu pergunto?

Com efeito, não havia razão para a recusa do júri.

– Porque é realista, disse Fagerolles, com uma voz tão categórica que não se podia dizer se ele estava zombando do júri ou da pintura.

Entretanto, Irma, com quem ninguém se importava, encarava fixamente Claude, com o sorriso inconsciente que a selvageria desastrada daquele meninão colocava em seus lábios. E dizer que ele nem tinha tido a ideia de revê-la! Ela o achava tão diferente, tão engraçado, nada bonito naquele dia, eriçado, sua pele embaçada como depois de uma febre alta! E, magoada por sua falta de atenção, tocou seu braço, com um gesto familiar.

– Diga, não é, em frente, um de seus amigos que está lhe procurando?

Era Dubuche, que ela conhecia, por tê-lo encontrado uma vez no Café Baudequin. Ele abria a multidão com dificuldade, seus olhos vagos no fluxo das cabeças. Mas de repente, no momento em que Claude tentava se fazer ver, gesticulando, o outro lhe deu as costas e se curvou muito para um grupo de três pessoas, o pai gordo e baixo, o rosto queimado por um sangue quente demais, a mãe muito magra, cor de cera, devorada pela anemia, a filha tão franzina aos dezoito anos que ainda tinha a pobreza esguia da primeira infância.

– Bom!, murmurou o pintor, foi apanhado... Que pessoas feias ele conhece, esse animal! Onde foi buscar esses horrores?

Gagnière, tranquilamente, disse que os conhecia pelo nome. O pai Margaillan era um grande empreiteiro de alvenaria, já cinco ou seis vezes milionário, e que fazia sua fortuna nas grandes obras de Paris, construindo sozinho bulevares inteiros. Sem dúvida, Dubuche tinha entrado em contato com ele, por meio de um dos arquitetos cujos planos ele corrigia.

Mas Sandoz, com pena da magreza da jovem, julgou-a com uma palavra.

– Ah! Que pobre gatinho esfolado! Que tristeza!

– Deixe disso!, declarou Claude com ferocidade, eles têm na cara todos os crimes da burguesia, eles suam escrófula e estupidez. Bem-feito para eles... Veja! Nosso desertor escapa com eles. É medíocre o bastante, um arquiteto? Boa viagem, que ele nos encontre!

Dubuche, que não tinha visto os amigos, acabava de oferecer o braço à mãe e ia embora, explicando os quadros, com os gestos transbordando de deferência exagerada.

– Vamos continuar, nós outros, disse Fagerolles.

E, dirigindo-se a Gagnière:

– Sabe onde enfiaram a tela de Claude?

– Eu, não, eu estava procurando por ela... Eu vou com vocês.

Acompanhou-os, esqueceu-se de Irma Bécot perto da parede. Fora ela que tivera o capricho de visitar o Salão de braço dado, e ele estava tão pouco acostumado a passear com uma mulher desse jeito, que a perdia sem cessar pelo caminho, espantado por encontrá-la sempre perto dele, não sabendo mais nem como nem por que eles estavam juntos. Ela correu, pegou o braço dele novamente, para seguir Claude, que já estava passando para outra sala com Fagerolles e Sandoz.

Então, os cinco vagaram, narizes para o ar, separados por um empurrão, reunidos por outro, levados pela corrente. Uma abominação de Chaîne os deteve, um Cristo perdoando a adúltera, secas figuras esculpidas em madeira, com uma estrutura óssea deixando a pele violácea, e pintadas com lama. Mas, ao lado, admiraram um belíssimo estudo de mulher, vista de costas, com as ancas salientes, a cabeça virada. Era, ao longo das paredes, uma mistura do excelente e do pior, todos os gêneros confundidos; os caducos da escola histórica convivendo com os jovens loucos do realismo, os simples ingênuos ficando no monte com os fanfarrões da originalidade, uma Jezebel morta que parecia ter apodrecido no fundo dos porões da Escola de Belas Artes, perto da Dama de Branco, visão muito curiosa de um olho de grande artista; um imenso Pastor olhando o mar, bem fraco; diante de uma pequena tela, espanhóis jogando com raquetes, com um golpe de luz de uma intensidade esplêndida. Nada faltava no execrável, nem os quadros militares com soldadinhos de chumbo, nem a Antiguidade lívida, nem a Idade Média sublinhada com betume. Mas, desse conjunto incoerente, as paisagens sobretudo, quase todas com um tom sincero e preciso, retratos ainda, a maioria deles muito interessantes de feitura, emanava um bom cheiro de juventude, bravura e paixão. Se havia menos telas ruins no *Salon* oficial, a média, nele, certamente era mais banal e mais medíocre. Sentia-se ali como numa batalha, e uma batalha alegre, travada com espírito, quando o amanhecer desponta, as cornetas tocam, e que se marcha em direção ao inimigo com a certeza de derrotá-lo antes do pôr do sol.

Claude, vivificado por esse espírito de luta, animava-se, zangava-se, ouvia agora o riso do público subir, com ar desafiador, como se tivesse ouvido balas sibilando. Discretos na entrada, os risos soavam mais alto enquanto ele avançava. Na terceira sala, as mulheres já não os sufocavam com lenços, os homens soltavam as barrigas para rirem mais à vontade. Era a hilaridade contagiante de uma multidão que vinha para se divertir, excitando-se pouco a pouco, explodindo por um nada, alegrada tanto pelas belas coisas quanto pelas detestáveis. Riam menos diante do Cristo de Chaîne do que na frente do estudo de mulher, cujas ancas salientes, como se saindo da tela, pareciam extraordinariamente cômicas. A Dama de Branco, ela também divertia a multidão: cutucavam-se, torciam-se, formava-se sempre um grupo ali, as bocas escancaradas. E cada tela fazia seu sucesso, pessoas chamavam de longe para mostrarem uma que valia a pena, chistes circulavam continuamente de boca em boca; tanto que Claude, ao entrar na quarta sala, quase deu um tapa em uma velhinha cujos cacarejos o exasperavam.

– Que idiotas!, disse ele, virando-se para os outros. Hein? Dá vontade de jogar obras-primas nas cabeças deles!

Sandoz também se inflamara; e Fagerolles continuava a elogiar muito alto as piores pinturas, o que aumentava as risadas; enquanto Gagnière, vagando no meio da confusão, puxava atrás de si a encantada Irma, cujas saias se enrolavam nas pernas de todos os homens.

Mas, bruscamente, Jory apareceu diante deles. Seu grande nariz rosado, seu rosto loiro de menino bonito resplendia. Ele abria violentamente a multidão, gesticulava, exultava como se fosse um triunfo pessoal. Assim que viu Claude, gritou:

– Ah! É você, enfim! Estou procurando por você há uma hora... Um sucesso, meu velho, oh! Um sucesso...

– Que sucesso?...

– O sucesso de seu quadro, rapaz!... Venha, eu preciso lhe mostrar isso. Não, você vai ver, é impressionante!

Claude empalideceu, uma grande alegria o estrangulava, enquanto fingia receber a notícia com fleugma. Lembrou da palavra de Bongrand, acreditou ser um gênio.

– Olá! Bom dia!, continuou Jory, apertando a mão dos outros.

E, tranquilamente, ele, Fagerolles e Gagnière rodearam Irma, que lhes sorria numa partilha bem-humorada, em família, como ela própria dizia.

– Onde está, no fim das contas?, perguntou Sandoz impaciente. Leve-nos.

Jory assumiu a liderança, seguido pelo bando. Tiveram que empurrar, na porta da última sala, para entrar. Mas Claude, que ficara para trás, continuava ouvindo aumentar o riso, um clamor crescente, o ribombo de uma maré que estava chegando ao auge. E, quando finalmente entrava na sala, viu uma massa enorme, fervilhante, confusa, amontoada, que se esmagava diante de seu quadro. Todas as risadas cresciam, floresciam, desabrochavam ali. Era do quadro dele que riam.

– Hein?, repetiu Jory, triunfante, se não é um sucesso!

Gagnière, intimidado, envergonhado como se tivesse sido esbofeteado, murmurou:

– Sucesso demais... Preferiria outra coisa.

– Você é idiota!, recomeçou Jory em um impulso de convicção exaltada. Isso é sucesso, isso... Pouco importa que riam! Estamos lançados, amanhã todos os jornais vão falar de nós.

– Cretinos!, soltou apenas Sandoz, com a voz embargada de dor.

Fagerolles se calava, com a atitude desinteressada e digna de um amigo da família que segue um funeral. E, sozinha, Irma continuava sorridente, achando isso engraçado; depois, com um gesto de carícia, apoiou-se no ombro do pintor vaiado, dirigiu-se a ele com familiaridade e sussurrou em seu ouvido:

– Não se preocupe, meu garoto. São bobagens, estamos nos divertindo do mesmo jeito.

Mas Claude permanecia imóvel. Um grande frio o congelava. Seu coração tinha parado por um momento, tão cruel foi a decepção. E, com os olhos arregalados, atraídos e fixados por uma força invencível, olhava seu quadro, se espantava, mal o reconhecendo naquela sala. Certamente não era a mesma obra que em seu ateliê. Ela havia amarelado sob a luz descorada da tela de tecido; também parecia menor, mais brutal e mais laboriosa ao mesmo tempo; e, seja por efeito de sua vizinhança, seja por causa do novo ambiente, ele via, com o primeiro olhar, todos os defeitos, depois de ter vivido por meses cego diante dela. Com poucas pinceladas, mentalmente, ele a refazia, recuava os planos, endireitava um membro, alterava o valor de um tom. Decididamente, o cavalheiro em jaqueta de veludo não valia nada, empastado, mal sentado;

só a mão era bela. No fundo, as duas pequenas lutadoras, a loira, a morena, que haviam permanecido por demais em estado de esboço, não tinham solidez, eram divertidas apenas para os olhos de um artista. Mas estava feliz com as árvores, com a clareira ensolarada; e a mulher nua, a mulher deitada na relva, parecia-lhe superior ao seu próprio talento, como se um outro a tivesse pintado e ele não a tivesse visto ainda, naquele resplendor da vida.

Voltou-se para Sandoz, e disse simplesmente:

– Eles têm razão em rir, está incompleto... Não importa, a mulher está bem-feita! Bongrand não zombou de mim.

Seu amigo se esforçava por levá-lo embora, mas ele teimava, ao contrário, se aproximava. Agora que havia julgado sua obra, ouvia e observava a multidão. A explosão continuava, agravando-se em uma gama crescente de ataques de riso. Desde a porta, viam-se escancararem os maxilares dos visitantes, os olhos se encolherem, os rostos se arregalarem; e eram hálitos tempestuosos de homens gordos, eram rangidos enferrujados de homens magros, dominados pelas pequenas flautas agudas das mulheres. Do lado oposto, contra a parede, jovens estavam se dobrando como se tivessem feito cócegas em suas costelas. Uma senhora acabara de se deixar cair em uma banqueta, com os joelhos apertados, sufocando, tentando retomar fôlego em seu lenço. O barulho provocado por esse quadro tão engraçado ia se espalhando, as pessoas corriam dos quatro cantos do *Salon*, os bandos chegavam, se empurravam, queriam fazer parte. "Onde está? – Lá, lá! Oh! Que piada!" E os chistes choviam com mais violência do que em qualquer outro lugar, era o tema, sobretudo, que fustigava a hilaridade: não compreendiam, achavam maluco, pândego a ponto de matar de riso. "Então, aquela senhora está com muito calor, enquanto o cavalheiro vestiu sua jaqueta de veludo, com medo de um resfriado. Mas não, ela já está azul, aquele senhor a tirou de um charco e está descansando à distância, tapando o nariz. Muito mal-educado, esse homem, ele poderia nos mostrar uma outra cara. – Estou dizendo que são meninas de um internato que passeiam: olhe para as duas que estão brincando de pula-sela. – Espere aí! Foi ensaboado com anil: a carne é azul, as árvores são azuis, com certeza ele passou a pintura dele no anil!" Os que não riam estavam furiosos: esse azulado, essa nova tonalidade da luz parecia um insulto. Permitiriam que a arte fosse ultrajada? Velhos cavalheiros brandiam bengalas. Um personagem grave retirou-se, aborrecido, declarando à sua esposa que não gostava de piadas de mau gosto. Mas um outro, um homenzinho meticuloso, tendo procurado no catálogo a explicação do quadro, para a instrução de sua senhorita, e lendo em voz alta o título: *Ar livre*, provocou ao seu redor uma retomada formidável, gritos, vaias. O título corria, repetido, comentado: ar livre, ah! Sim, ar livre, barriga para o ar, tudo no ar, tra-la-la-lar! Tornava-se um escândalo, a multidão aumentava mais, as faces ficavam congestionadas no calor crescente, cada uma com a boca redonda e estúpida dos ignorantes que julgam a pintura, todas elas expressando a soma de besteiras, de reflexões absurdas, de despautério estúpido e mau, que a visão de uma obra original é capaz de extrair da imbecilidade burguesa.

E, nesse momento, como golpe final, Claude viu Dubuche reaparecer, arrastando os Margaillan. Assim que chegou à frente do quadro, o arquiteto, embaraçado, tomado por uma vergonha covarde, quis apressar o passo, levar embora seu grupo, fingindo não ter visto nem o quadro nem seus amigos. Mas o empresário já havia se plantado sobre suas pernas curtas, arregalando os olhos, perguntando-lhe bem alto, com sua grossa voz rouca:

— Diga, quem foi a cavalgadura que fez esse negócio?

Essa brutalidade bem-humorada, esse grito de um milionário arrivista que resumia a média da opinião redobrou a hilaridade; e ele, lisonjeado com o sucesso de sua observação, com cócegas nas costelas pela estranheza daquele quadro, arrebentou com tal gargalhada, tão desmedida, tão retumbante, do fundo do peito gordo, que dominava todos as outras. Era a aleluia, a explosão final dos grandes órgãos.

— Leve minha filha, disse a pálida Madame Margaillan no ouvido de Dubuche.

Ele se precipitou, liberou Régine, que havia baixado as pálpebras; e ele exibia músculos vigorosos, como se tivesse salvado aquele pobre ser de um perigo de morte. Então, tendo deixado os

Margaillan na porta, depois de apertos de mão e saudações de um homem de boa sociedade, voltou para seus amigos e disse sem rodeios a Sandoz, a Fagerolles e a Gagnière:

– O que vocês querem? Não é minha culpa... Eu avisei que o público não entenderia. É indecente, sim, podem dizer o que quiserem, é indecente!

– Eles vaiaram Delacroix, interrompeu Sandoz, branco de cólera, com os punhos cerrados. Vaiaram Courbet. Ah! Raça inimiga, carrascos cretinos!

Gagnière, que agora compartilhava desse ressentimento de artista, zangava-se com a lembrança de suas batalhas nos concertos Pasdeloup, a cada domingo, pela música verdadeira.

– E vaiam Wagner, são os mesmos; eu os reconheço... Espere! Aquele gordo, lá...

Jory teve que segurá-lo. Quanto a ele, teria excitado mais ainda a multidão. Repetia que era ótimo, que havia ali cem mil francos de publicidade. E Irma, solta de novo, acabava de encontrar no meio da bagunça dois amigos seus, dois jovens corretores da bolsa, que estavam entre os piadistas mais implacáveis, e a quem ela endoutrinava, a quem forçava a achar aquilo muito bom, dando-lhes tapas nos dedos.

Mas Fagerolles não abrira a boca. Continuava examinando a tela, lançando olhares para o público. Com seu faro de parisiense e a consciência flexível de sujeito hábil, estava ciente do mal-entendido; e, vagamente, já pressentia o que seria preciso para que essa pintura conquistasse a todos, algumas pequenas trapaças talvez, atenuações, certo arranjo do tema, um abrandamento da técnica. A influência que Claude exercera sobre ele persistia: ele permanecia imbuído dela, marcado para sempre. Apenas, achava arquilouco expor tal coisa. Não era estúpido acreditar na inteligência do público? Por que essa mulher nua com esse cavalheiro vestido? O que significavam as duas pequenas lutadoras atrás? E com as qualidades de um mestre, um exemplo de pintura como não havia dois no *Salon*! Subia nele um grande desprezo por esse pintor admiravelmente talentoso, que fazia rir toda Paris como o último dos borra-tintas.

Esse desprezo tornou-se tão forte que ele não pôde escondê-lo mais. Disse, num ataque de invencível franqueza:

– Ah! Escute, meu caro, foi você quem quis isso, você é que é muito idiota.

Claude, em silêncio, desviando o olhar da multidão, voltou-se para ele. Não havia enfraquecido, apenas pálido sob os risos, com os lábios agitados por um leve tique nervoso: ninguém o conhecia, só sua obra era esbofeteada. Depois, voltou por um momento seu olhar para a pintura, percorreu dali as outras telas da sala, lentamente. E, no desastre de suas ilusões, na dor aguda de seu orgulho, um sopro de coragem, uma explosão de saúde e de infância lhe vieram de toda essa pintura tão alegremente corajosa, subindo ao assalto da antiga rotina, com uma paixão tão desordenada. Foi consolado e fortalecido, sem remorso, sem contrição, levado, ao contrário, a ofender ainda mais o público. Decerto, havia, ali, muita imperícia, muitos esforços pueris, mas que lindo tom geral, que efeito de luz, uma luz cinza-prateada, fina, difusa, alegrada por todos os reflexos dançantes do ar livre! Era como se uma janela se abrisse de repente na velha cozinha feita com betume, nos molhos requentados da tradição, e o sol entrasse, e as paredes gargalhassem naquela manhã de primavera! A nota clara de seu quadro, aquele azulado de que as pessoas zombavam, brilhava no meio das outras. Não era a aurora esperada, um novo dia amanhecendo para a arte? Viu um crítico que parava sem rir, pintores célebres, surpresos, com ar sério, o tio Malgras, muito sujo, indo de quadro em quadro, com seu beicinho de fino conhecedor, estacando diante do seu, imóvel, absorto. Então ele se virou para Fagerolles, surpreendendo-o por esta resposta tardia:

– Cada um é idiota como pode, meu caro, e pode acreditar que continuarei sendo idiota... Tanto melhor para você, se você for um malandro!

Imediatamente, Fagerolles deu um tapinha no ombro dele, como um camarada que está brincando, e Claude deixou Sandoz pegar em seu braço. Levaram-no, enfim, todo o bando deixou o *Salon des Refusés*, decidindo que iriam passar pela sala de arquitetura; pois, fazia já um momento, Dubuche, de quem o *Salon* havia recebido um projeto para um museu, impacientava-se e implorava com um olhar tão humilde que parecia difícil não lhe dar essa satisfação.

– Ah!, disse Jory, com graça, entrando na sala, que geladeira! Aqui se respira.

Todos tiraram os chapéus e enxugaram as testas com alívio, como se tivessem chegado ao frescor das grandes sombras, ao fim de uma longa corrida em pleno sol. A sala estava vazia. Do teto, filtrado por uma tela de pano branco, caía uma luz uniforme, suave e indiferente, que se refletia, como água imóvel de uma nascente, no espelho do assoalho fortemente encerado. Nas quatro paredes, de um vermelho desbotado, os projetos, os enquadramentos grandes e pequenos, orlados de azul-claro, mostravam as manchas lavadas com seus tons de aquarela. E sozinho, absolutamente sozinho no meio daquele deserto, um senhor barbudo parava, de pé, em frente a um projeto de asilo, imerso em profunda contemplação. Três senhoras apareceram, se sobressaltaram, atravessaram, fugindo com passinhos apressados.

Dubuche já mostrava e explicava sua obra aos camaradas. Era um único enquadramento, uma pobre salinha de museu, que ele mandara por pressa ambiciosa, por costume e contra a vontade de seu patrão, que mesmo assim a fizera ser aceita, acreditando sua honra empenhada.

– É para abrigar as pinturas da escola do ar livre, seu museu?, perguntou Fagerolles, sem rir.

Gagnière admirava, balançando a cabeça, pensando em outra coisa; enquanto Claude e Sandoz, por amizade, examinavam e se interessavam sinceramente.

– Eh! Nada mal, meu velho, disse o primeiro. Os ornamentos são ainda de uma tradição bem bastarda... Não importa, está bem!

Jory, impaciente, acabou por interrompê-lo.

– Ah! Vamos dar o fora, sim? Eu estou pegando um resfriado.

O bando retomou sua marcha. Mas o pior era que, para encurtar, era preciso passar por todo o *Salon* oficial; e eles se resignaram a isso, apesar do juramento que tinham feito de não pisar ali, em protesto. Atravessando a multidão, avançando, rígidos, seguiram a sequência das salas, lançando, à direita e à esquerda, olhares indignados. Não era mais o alegre escândalo do *Salon* deles, os tons claros, a luz exagerada do sol. Molduras douradas cheias de sombras se sucediam, coisas empertigadas e escuras, nudez de ateliê amarelando sob luz de porão, todos o espólio clássico, a história, o gênero, a paisagem, encharcados juntos no fundo do mesmo óleo queimado da convenção. Uma mediocridade uniforme suava das obras, a sujeira lamacenta do tom que as caracterizava, nesse bom comportamento de uma arte com sangue pobre e degenerado. E apertavam o passo, e galopavam para escapar desse reino do betume ainda de pé, condenando tudo em bloco com a bela injustiça sectária que era a deles, gritando que não havia nada ali, nada, nada!

Por fim, escaparam e desciam para o jardim, quando encontraram Mahoudeau e Chaîne. O primeiro se atirou nos braços de Claude.

– Ah! Meu caro, seu quadro, que temperamento!

O pintor imediatamente elogiou a *Colhedora de Uvas*.

– E você, diga lá, esfregou uma grande coisa nas fuças deles!

Mas a visão de Chaîne, a quem ninguém falava de sua *Mulher adúltera*, e que vagava silencioso, causou-lhe pena. Encontrou uma profunda melancolia na abominável pintura da vida fracassada desse camponês, vítima das admirações burguesas. Ele lhe dava sempre a alegria de um elogio. Sacudiu-o amigavelmente, e gritou:

– Muito boa também, sua grande tela... Ah! Meu amigo, o desenho não lhe mete medo!

– Não, claro!, declarou Chaîne, com seu rosto corado de vaidade sob o mato preto de sua barba.

Mahoudeau e ele se juntaram ao bando; e o primeiro perguntou aos outros se tinham visto o *Semeador*, de Chambouvard. Era inaudito, a única peça de escultura do *Salon*. Todos o seguiram até o jardim, que a multidão agora invadia.

– Vejam só!, retomou Mahoudeau, parando no meio da alameda central, justamente Chambouvard está na frente de seu *Semeador*.

De fato, um homem obeso estava lá, firmemente plantado em suas grandes pernas, e se admirando. Tinha a cabeça enfiada nos ombros, o espesso e bonito de um ídolo hindu. Dizia-se que era filho de um veterinário nos arredores de Amiens. Aos 45 anos, já era autor de vinte obras-primas, estátuas simples e vivas, carne muito moderna, amassada por um operário de gênio, sem refinamento; e isso ao acaso da produção, produzindo suas obras como um pasto produz capim, bom num dia, ruim no seguinte, em absoluta ignorância do que estava criando. Levava sua falta de senso crítico ao ponto de não fazer nenhuma distinção entre os filhos mais gloriosos de suas mãos, e os detestáveis bonecos que ele às vezes despachava. Sem febre nervosa, sem uma dúvida, sempre sólido e convicto, tinha o orgulho de um deus.

– Espantoso, o *Semeador!*, murmurou Claude, e que estrutura e que gesto!

Fagerolles, que não tinha olhado para a estátua, divertia-se muito com o grande homem e o cortejo de jovens discípulos boquiabertos que geralmente ele arrastava atrás de si.

– Olhem para eles, estão comungando, palavra!... E ele, hein? Que boa cabeça de bruto, transfigurada pela contemplação de seu umbigo!

Sozinho e à vontade no meio da curiosidade de todos, Chambouvard se maravilhava, com o ar fulminante de um homem que se espanta por ter engendrado uma obra daquelas. Ele parecia vê-la pela primeira vez, não conseguia acreditar. Então, um encantamento inundou sua larga face, bamboleou a cabeça, explodiu em uma risada doce e invencível, repetindo dez vezes:

– É cômico... É cômico...

Todo seu cortejo, atrás dele, se extasiava, enquanto ele não imaginava mais nada para exprimir a adoração em que estava de si mesmo.

Mas houve uma leve emoção: Bongrand, que caminhava, com as mãos atrás das costas, os olhos vagos, acabara de encontrar Chambouvard; e o público, afastando-se, sussurrava, interessado no aperto de mão dos dois artistas célebres, um baixinho e sanguíneo, o outro grande e nervoso. Ouviram-se palavras de boa camaradagem: "Sempre maravilhas! É isso! E o senhor, nada este ano? Não, nada. Descanso, procuro. Imagine só! Brincalhão; as coisas saem facilmente para o senhor. Adeus! Adeus!". Já Chambouvard, acompanhado de seu cortejo, ia lentamente através da multidão, com olhares de monarca feliz por viver; enquanto Bongrand, que reconhecera Claude e seus amigos, aproximava-se deles com mãos febris e apontava o escultor com um movimento nervoso do queixo, dizendo:

– Está aí um sujeito que invejo! Sempre acreditar que fazemos obras-primas!

Cumprimentou Mahoudeau por sua *Colhedora de uvas*, mostrou-se paternal para com todos, com sua larga bonomia, seu abandono de velho romântico estabelecido e condecorado. Depois, dirigindo-se a Claude:

– E então, o que eu dizia? Viu, lá em cima... Você se tornou chefe de escola.

– Ah! sim, respondeu Claude, fui canonizado... É o senhor, nosso mestre de todos.

Bongrand fez um gesto de vago sofrimento e partiu, dizendo:
– Fique quieto! Nem mesmo sou meu próprio mestre!

Um momento ainda o bando vagou pelo jardim. Tinham voltado para ver a *Colhedora de uvas* quando Jory notou que Gagnière não estava mais com Irma Bécot ao braço. Este último ficou estupefato: onde diabos poderia tê-la perdido? Mas quando Fagerolles lhe contou que ela havia mergulhado na multidão com dois cavalheiros, ele se tranquilizou; e seguiu os outros, mais leve, aliviado com essa boa sorte que o espantava.

Agora só se circulava com dificuldade. Todos os bancos eram tomados de assalto, grupos bloqueavam as alamedas, onde a marcha lenta dos visitantes parou, refluindo sem cessar em torno dos bronzes e mármores de sucesso. Do bufê lotado saía um grande murmúrio, um barulho de pires e colheres, que aumentava a emoção viva da imensa nave. Os pardais haviam subido de volta para a floresta das armações de ferro fundido, ouviam-se seus gritinhos estridentes, o chilrear com que saudavam o sol em declínio, sob as vidraças quentes, o clima estava pesado, com a umidade morna de uma estufa, o ar imóvel, insípido, com o cheiro de terra recém-revolvida. E, dominando esse vagalhão do jardim, o bulício das salas do primeiro andar, o rufar dos pés sobre os assoalhos de ferro continuava roncando, com seu clamor de tempestade que ataca a costa.

Claude, que percebia claramente esse rugido de tempestade, terminava por ter apenas a ele nos ouvidos, desencadeado e uivante. Eram as gaiatices da multidão, cujas vaias e risadas ventavam como um furacão diante de seu quadro. Fez um gesto irritado, exclamou:

— Ah! Que coisa, o que estamos fazendo? Eu não pego nada do bufê, fede a *Institut*... Vamos tomar um chopp lá fora, vocês querem?

Todos saíram, com as pernas esfalfadas, o rosto contraído e desdenhoso. Lá fora, respiraram ruidosamente, com ar de deleite, penetrando na boa natureza primaveril. Mal soaram as quatro horas, o sol oblíquo se enfiava pelos Champs-Élysées; e tudo chamejava, as filas apertadas dos coches, as folhagens novas das árvores, os repuxos das fontes que jorravam e voavam em uma poeira de ouro. Com um passo vagabundo, desceram, hesitaram, finalmente aportaram em um pequeno café, o Pavillon de la Concorde, à esquerda, antes da praça. A sala era tão estreita que eles se sentaram na beira da alameda, apesar do frio que caía da abóboda de folhas, já espessa e negra. Mas, após as quatro fileiras de castanheiros, além dessa faixa de sombra esverdeada, tinham diante deles o calçamento ensolarado da avenida, viam passar Paris através de um resplendor, os carros com rodas irradiantes como astros, os grandes ônibus amarelos, mais dourados do que carros de triunfo, cavaleiros cujas montarias pareciam lançar faíscas, pedestres que se transfiguravam e resplendiam na luz.

E, por quase três horas, diante de sua caneca de chopp que permanecia cheia, Claude falou, discutiu, numa febre crescente, com o corpo quebrado, a cabeça cheia de toda a pintura que acabara de ver. Era, com os camaradas, a saída habitual da visita ao *Salon*, que, naquele ano, a medida liberal do imperador tornava ainda mais apaixonante: uma enxurrada crescente de teorias, uma embriaguez de opiniões extremas que empastavam as línguas, toda a paixão pela arte que fazia incendiar a juventude deles.

– Pois bem, o quê?, gritava, o público ri, é preciso educar o público... No fundo, é uma vitória. Tirem duzentas telas grotescas e nosso salão acaba com o deles. Temos bravura e audácia, somos o futuro... Sim, sim, veremos mais tarde, mataremos o salão deles. Entraremos ali como conquistadores, com obras-primas... Ria então, ria então, grande besta de Paris, até cair de joelhos diante de nós!

E, interrompendo-se, mostrava com um gesto profético a avenida triunfal, onde o luxo e a alegria da cidade rolavam ao sol. Seu gesto alargava-se, desceu até à Place de la Concorde, que se podia ver em fragmento, sob as árvores, com uma das suas fontes de onde escorriam lençóis de água, um trecho fugidio de suas balaustradas e duas das suas estátuas, Rouen com suas mamas gigantescas, Lille que avança a enormidade de seu pé descalço.

– O ar livre os diverte!, retomou. Que seja! Já que eles querem, o ar livre, a escola do ar livre!... Hein? Era uma coisa entre nós, não existia ontem, fora de alguns pintores. E, está aí, lançaram a palavra, foram eles que fundaram a escola... Ah! Por mim, que seja. De acordo com a escola ao ar livre!

Jory dava tapas nas coxas.

– Quando eu lhe dizia! Eu tinha certeza, com meus artigos, de forçá-los a morder, esses cretinos! Como nós vamos perturbá-los agora!

Mahoudeau também cantava vitória, trazendo continuamente à conversa sua *Colhedora de uvas*, cujas ousadias ele explicava ao silencioso Chaîne, o único que escutava; enquanto Gagnière, com a sisudez dos tímidos lançados numa pura teoria, falava em guilhotinar o *Institut*; e Sandoz, por inflamada simpatia de trabalhador, e Dubuche, cedendo ao contágio de suas amizades revolucionárias, exasperaram-se, batiam na mesa, engoliam Paris a cada gole de cerveja. Muito calmo, Fagerolles conservava seu sorriso. Ele os seguira por diversão, pelo prazer singular que sentia em empurrar os camaradas para farsas que acabariam mal. Enquanto ele açoitava aquele espírito de revolta, tomava justamente a firme resolução de trabalhar, de agora em diante, para obter o *Prix de Rome*: aquele dia o decidira, achava imbecil comprometer mais ainda seu talento.

O sol baixava no horizonte, havia apenas um fluxo descendente de carros, o retorno do Bois, no ouro pálido do poente. E a saída do *Salon* devia estar se terminando, uma fila avançava, senhores com ar de críticos, tendo, cada um deles, um catálogo debaixo do braço.

Gagnière bruscamente se entusiasmou:

– Ah! Courajod, esse foi um que inventou a paisagem! Vocês já viram seu *Charco de Gagny*, no Luxemburgo?

– Uma maravilha!, gritou Claude. Foi pintado há trinta anos, e não há ainda ninguém que fizesse alguma coisa mais sólida... Por que deixam isso no Luxemburgo? Deveria estar no Louvre.

– Mas Courajod não está morto, disse Fagerolles.

– Como! Courajod não está morto! Ninguém mais o vê, ninguém fala mais dele.

E foi um espanto quando Fagerolles afirmou que o mestre paisagista, aos setenta anos, morava em algum lugar, perto de Montmartre, retirado em uma casinha, no meio de galinhas, patos e cachorros. Assim, era possível sobreviver a si próprio, havia melancolias de velhos artistas, desaparecidos antes de morrerem. Todos se calavam, um arrepio se apoderou deles, quando perceberam, passando ao braço de um amigo, Bongrand, com o rosto congestionado, o gesto inquieto, que acenava para eles; e, quase atrás dele, no meio de seus discípulos, Chambouvard se mostrou, rindo alto, batendo os calcanhares, como um mestre absoluto, certo da eternidade.

– Veja só! Você está nos abandonando?, Mahoudeau perguntou a Chaîne, que se levantava.

O outro mastigou em sua barba algumas palavras surdas; e saiu, depois de ter distribuído apertos de mãos.

– Sabe que ele ainda vai pegar sua parteira, disse Jory a Mahoudeau. Sim, a herborista, a mulher das ervas fedorentas... Palavra de honra! Eu vi seus olhos se incendiarem de repente; isso o toma como uma dor de dentes; e olhem lá, ele que corre.

O escultor deu de ombros, em meio a risadas.

Mas Claude não ouvia. Agora, ele interpelava Dubuche sobre a arquitetura. Sem dúvida, não era ruim aquela sala de museu, que ele expunha; apenas, não acrescentava nada, havia nela uma paciente marchetaria das fórmulas da Escola. Todas as artes não avançam juntas? A evolução que transformava a literatura, a pintura e até a música não iria renovar a arquitetura? Se alguma vez a arquitetura de um século deveria ter um estilo próprio, certamente seria no século em que logo entrariam, um novo século, um terreno limpo, pronto para a reconstrução de tudo, um campo recém-semeado, no qual cresceria um novo povo. Abaixo os templos gregos que não tinham razão de ser sob o nosso céu, no meio da nossa sociedade! Abaixo as catedrais góticas, já que a fé nas lendas estava morta! Abaixo as colunatas finas, as rendas ornamentadas do Renascimento, essa renovação da Antiguidade enxertada na Idade Média, joias de arte onde nossa democracia não poderia se alojar! E ele queria, exigia com gestos violentos a fórmula arquitetural dessa democracia, a obra de pedra que a expressaria, o edifício onde ela estaria em casa, algo de imenso e de forte, de simples e de grandioso, esse algo que já estava sendo indicado em nossas gares, em nossos hangares, com a sólida elegância de suas molduras de ferro, mas ainda mais depuradas, elevadas até a beleza, contando a grandeza de nossas conquistas.

– Ah! Sim, ah! Sim!, repetia Dubuche, tomado por sua paixão. É isso que quero fazer, você vai ver um dia... Dê-me o tempo de conquistar o sucesso, e quando eu estiver livre, ah! Quando estiver livre!

A noite chegava, Claude se animava cada vez mais, no nervosismo de sua paixão, com uma abundância, uma eloquência que seus camaradas não conheciam. Todos se excitavam ao escutá-lo, terminando por se alegrar ruidosamente com as palavras extraordinárias que ele pronunciava; e ele próprio, voltando ao seu quadro, falou dele com alegria enorme, fazia a caricatura dos burgueses que o observavam, imitava a estúpida gama de risadas. Na avenida cor de cinza só se viam desfilarem agora as sombras de alguns carros. A alameda estava muito escura, um frio gelado caía das árvores. Apenas um canto perdido saiu de uma touceira de vegetação, atrás do café, algum ensaio no Concert de l'Horloge, uma voz sentimental de moça repassando uma romança.

– Ah! Como eles me divertiram, os idiotas!, gritou Claude em uma explosão final. Não daria este meu dia nem por cem mil francos, estão ouvindo!

Ele se calou, exausto. Ninguém tinha mais saliva. Um silêncio reinou, todos tremeram sob o vento gélido que passava. E se separaram com apertos de mão cansados, numa espécie de letargia. Dubuche jantava na cidade. Fagerolles tinha um compromisso. Em vão, Jory, Mahoudeau e Gagnière quiseram levar Claude ao Foucart, um restaurante de vinte e cinco tostões: Sandoz já o puxava pelo braço, preocupado por vê-lo tão alegre.

– Vamos, venha, prometi a minha mãe de voltar. Você vai comer alguma coisa com a gente, e vai ser simpático, vamos terminar o dia juntos.

Ambos desceram o cais, ao longo das Tulherias, apertados um contra o outro, fraternalmente. Mas, na Pont des Saints-Pères, o pintor estacou.

– Como, você me abandona!, gritou Sandoz. Estou dizendo que você janta comigo!

– Não, obrigado, tenho muita dor de cabeça... Vou me deitar.

E persistiu nessa desculpa.

– Bom! Bom!, acabou dizendo o outro com um sorriso, não vemos mais você, que vive no mistério... Vá, meu velho, não quero constrangê-lo.

Claude reprimiu um gesto de impaciência e, deixando seu amigo atravessar a ponte, percorreu sozinho o cais. Caminhava com os braços soltos, o nariz para o chão, sem ver nada, com passos largos de sonâmbulo conduzido pelo instinto. No Quai de Bourbon, em frente à sua porta, levantou os olhos, espantado que um fiacre esperasse ali, parado na beira da calçada, barrando seu caminho. E foi com o mesmo passo mecânico que ele entrou na portaria para pegar a chave.

– Eu dei para aquela moça, gritou Madame Joseph do fundo da caixa. Aquela moça está lá em cima.

– Que moça?, ele perguntou, espantado.

– Aquela jovem... Ora, o senhor sabe, não é? Aquela que vem sempre.

Ele não sabia mais, resolveu subir, numa extrema confusão de ideias. A chave estava na porta, que ele abriu e depois fechou sem pressa.

Claude permaneceu imóvel por um momento. A sombra tinha invadido o ateliê, uma sombra violácea que penetrava pela claraboia em um melancólico crepúsculo, inundando as coisas. Não via mais nitidamente o assoalho, onde os móveis, as telas, tudo o que estava vagamente por ali parecia derreter, como na água parada de um lago. Mas, sentada na beira do divã, destacava-se uma forma sombria, enrijecida pela espera, ansiosa e atormentada em meio a essa agonia do dia. Era Christine, ele a reconhecera.

Ela estendeu as mãos, murmurou em voz baixa e entrecortada:

– Há três horas, sim, há três horas que estou aqui, sozinha, ouvindo... Ao sair de lá, peguei um carro, e só queria vir, e então voltar rapidamente... Mas eu teria ficado a noite inteira, não poderia ir embora sem apertar suas mãos.

Ela continuou, contou sobre seu desejo violento de ver o quadro, sua escapada ao *Salon*, e como havia caído na tempestade de risadas, sob as vaias de toda aquela gente. Era ela quem vaiavam assim, era em sua nudez que as pessoas cuspiam, essa nudez cuja brutal exibição, diante da zombaria de Paris, a estrangulara desde a porta. E, tomada por um terror louco, transtornada de sofrimento e vergonha, ela fugira, como se tivesse sentido aquelas risadas caírem sobre sua pele nua, fustigando-a até o sangue com chicotadas. Mas ela esquecia de si agora, pensava apenas nele, abalada pela ideia da mágoa que ele devia estar sentindo, aumentando a amargura desse fracasso com toda a sua sensibilidade de mulher, transbordando de uma imensa necessidade de caridade.

– Ó meu amigo, não sofra!... Eu queria vê-lo e lhe dizer que são invejosos, que eu acho muito bom, esse quadro, que estou muito orgulhosa e feliz por ter ajudado, de estar ali um pouco, eu também...

Ele a ouvia gaguejar ardentemente essas palavras ternas, sempre imóvel; e, bruscamente, desmoronou diante dela, deixou cair a cabeça sobre seus joelhos, explodindo em lágrimas. Toda a sua excitação da tarde, sua coragem de artista vaiado, sua alegria e sua violência arrebentavam ali, numa crise de soluços que o sufocava. Desde a sala em que os risos o esbofetearam, ele podia ouvi-los perseguindo-o como uma matilha latindo, lá na Champs-Élysées, depois ao longo do Sena, e agora novamente em casa, atrás de si. Toda sua força tinha se ido, sentiu-se mais débil que uma criança; e repetiu, virando a cabeça, com voz morta, o gesto vago:

– Meu Deus! Como eu sofro!

Então ela, com seus dois punhos, levantou-o até sua boca, num impulso de paixão. Ela o beijou, soprou até seu coração, com hálito quente:

– Cale-se, cale-se, eu o amo!

Adoravam-se, aquela camaradagem devia levar até essas núpcias, nesse divã, na aventura desse quadro que, pouco a pouco, os havia unido. O crepúsculo os envolveu, eles permaneceram nos braços um do outro, aniquilados, em lágrimas, sob essa primeira alegria de amor. Perto deles, no meio da mesa, os lilases que ela enviara de manhã perfumavam a noite; e as parcelas de ouro esparsas, que haviam voado da moldura, brilhavam sozinhas com um resquício de luz, como um enxame de estrelas.

VI

À NOITE, COMO AINDA A SEGURAVA EM SEUS BRAÇOS, ele lhe dissera:
– Fique!
Mas ela se soltara com um esforço.
– Não posso, tenho de voltar para casa.
– Então, amanhã... Por favor, volte amanhã.
– Amanhã, não, é impossível... Adeus, até breve!

E, no dia seguinte, já às sete horas, ela estava lá, vermelha por causa da mentira que contara à Madame Vanzade: uma amiga de Clermont que ela devia buscar na estação e com quem passaria o dia.

Claude, encantado por possuí-la assim por um dia inteiro, quis levá-la para o campo, por uma necessidade de tê-la para si unicamente, muito longe, sob o vasto sol. Ela ficou encantada, eles partiram como loucos, chegaram à Gare Saint-Lazare a tempo apenas de pular no trem para o Havre. Ele conhecia, depois de Mantes, uma pequena aldeia, Bennecourt, onde havia um albergue para artistas, que ele havia invadido algumas vezes com camaradas e, sem se preocupar com as duas horas de viagem de trem, levou-a para almoçar lá, como a teria levado para Asnières. Ela se divertiu muito com aquela viagem que não terminava mais. Tanto melhor, se fosse no fim do mundo! Parecia a eles que a noite não chegaria nunca.

Às dez horas desceram em Bonnières; pegaram a balsa, uma velha balsa rangendo e raspando em sua corrente; porque Bennecourt fica do outro lado do Sena. O dia de maio era esplêndido, as pequenas ondas reluziam douradas ao sol, a jovem folhagem esverdeada com ternura no azul imaculado. E, para além das ilhas, que povoam o rio neste lugar, que alegria aquele albergue, com a sua pequena mercearia, a sua grande sala que cheirava a roupa lavada, o seu vasto pátio cheio de estrume, onde patos chapinhavam!

– Ei! Tio Faucheur, viemos almoçar... Uma omelete, linguiças, queijo.

– Vão ficar para dormir, Monsieur Claude?

– Não, não. Outra vez... E vinho branco, hein! O rosadinho que faz cócegas na garganta.

Christine já havia seguido a tia Faucheur até o quintal; e, quando esta voltou com ovos, perguntou ao pintor, com seu riso sorrateiro de camponesa:

– Então vocês estão casados, agora?

– Pois é!, respondeu ele secamente. Reconheço, já que estou com minha esposa.

O almoço estava delicioso, a omelete cozida demais, as linguiças gordurosas demais, o pão tão duro que ele teve de cortar em tirinhas para que ela não torcesse seu pulso. Beberam duas garrafas, começaram uma terceira, tão alegres, tão barulhentos, que se atordoaram a si próprios na grande sala onde comiam sozinhos. Ela, com as faces ardentes, afirmava que estava de pileque; e isso nunca havia acontecido com ela, e ela achava engraçado, oh! Tão engraçado, rindo sem conseguir se segurar.

– Vamos tomar um pouco de ar fresco, ela disse enfim.

– É isso, vamos caminhar um pouco... Voltamos às quatro horas, temos três horas pela frente.

Subiram por Bennecourt, que alinha suas casas amarelas ao longo da margem por quase dois quilômetros. A aldeia inteira estava no campo, só encontraram três vacas conduzidas por uma menina. Ele, com gestos, explicava o lugar, parecia saber aonde ia; e quando chegaram à última casa, uma velha construção, plantada nas margens do Sena, em frente às encostas de Jeufosse, ele deu a volta, entrou num bosque de carvalhos, muito denso. Era o fim do mundo que ambos buscavam, um gramado com a suavidade do veludo, um abrigo de folhas onde só o sol penetrava como finas flechas de chama. Imediatamente, seus lábios se juntaram em um beijo ávido, e ela se abandonou, e ele a tomou, no meio do cheiro fresco da relva amassada. Muito tempo permaneceram naquele lugar, enternecidos agora, com palavras raras e baixas, sentindo apenas a carícia de seus hálitos, como em êxtase diante dos pontos de ouro que contemplavam no fundo de seus olhos castanhos.

Depois, duas horas mais tarde, quando saíram do bosque, estremeceram: um camponês estava lá, na porta escancarada da casa, e parecia tê-los espiado com seus olhos apertados de lobo velho. Ela ficou muito vermelha, enquanto ele gritava, para esconder seu constrangimento:

– Ah! Tio Poirette!!! Então é sua essa barraca?

Aí, o velho contou com lágrimas que seus inquilinos haviam partido sem lhe pagar, deixando os móveis. E ele os convidou a entrar.

– Podem ver, talvez conheçam alguém interessado... Ah! Há muitos parisienses que ficariam felizes com ela! Trezentos francos por ano com os móveis, não é dado?

Curiosos, eles o seguiram. Era uma grande casa comprida, que parecia ter sido talhada em um galpão: embaixo, uma imensa cozinha e uma sala onde se poderia dar um baile; no andar de cima, dois cômodos igualmente tão vastos que era possível se perder neles. Quanto ao mobiliário, consistia numa cama de nogueira, num dos quartos, e uma mesa e utensílios domésticos, que mobiliavam a cozinha. Mas, em frente à casa, o jardim abandonado, plantado com magníficos abricoteiros, se achava invadido por roseiras gigantes, cobertas de rosas; enquanto atrás, indo até o bosque de carvalhos, havia um pequeno campo de batatas, fechado por uma cerca viva.

– Deixo as batatas, disse o tio Poirette.

Claude e Christine se entreolharam em um desses bruscos desejos de solidão e esquecimento que amolecem os amantes. Ah! Como seria bom de se amar ali, no fundo daquele buraco, tão longe dos outros! Mas sorriram, será que poderiam? Mal tinham tempo de pegar o trem de volta a Paris. E o velho camponês, que era pai de Madame Faucheur, acompanhou-os ao longo da margem; então, ao entrarem na balsa, ele gritou para eles, depois de toda uma luta interna:

– Sabe, faço por duzentos e cinquenta francos... Mande-me gente.

Em Paris, Claude acompanhou Christine à residência de Madame Vanzade. Tinham ficado muito tristes, trocaram um longo aperto de mão, desesperado e mudo, sem ousar se beijarem.

Uma vida de tormento começou. Em quinze dias, ela só pôde vir três vezes; e ela corria, sem fôlego, tendo apenas alguns minutos para si, pois justamente a velha dama mostrava-se exigente. Ele a questionava, preocupado em vê-la pálida, nervosa, com os olhos brilhando de febre. Ela nunca sofrera tanto com aquela casa devota, aquele túmulo, sem ar e sem luz, onde morria de tédio. Suas tonturas voltaram, a falta de exercício fazia o sangue pulsar em suas têmporas. Ela lhe confessou que desmaiara uma noite em seu quarto, como se de repente tivesse sido estrangulada por uma mão de chumbo. E não dizia más palavras contra a patroa, pelo contrário, se comovia: uma pobre criatura, tão velha, tão enferma, tão boa, que a chamava de sua filha! Custava-lhe como se cometesse uma má ação toda vez que ela a abandonava para correr à casa de seu amante.

Duas semanas ainda se passaram. As mentiras com as quais tinha que pagar por cada hora de liberdade tornaram-se intoleráveis para ela. Agora, ficava arrepiada de vergonha quando voltava para aquela casa rígida, onde seu amor lhe parecia uma mancha. Ela havia se entregado, teria gritado em voz alta, e sua honestidade revoltava-se por esconder isso como um pecado, mentindo com baixeza, como uma criada que teme ser despedida.

Enfim, uma noite, no ateliê, quando estava saindo mais uma vez, Christine se jogou nos braços de Claude, loucamente, soluçando de sofrimento e de paixão.

– Ah! Não consigo, não consigo... Deixe-me ficar, me impeça de voltar lá!

Ele a tinha agarrado, beijava-a até sufocar.
— É verdade? Você me ama! Oh! Querido amor!... Mas eu não tenho nada, e você perderia tudo. Posso tolerar que você renuncie a tanto?

Ela soluçou mais alto, suas palavras gaguejadas se quebravam em suas lágrimas.

— O dinheiro dela, não é? O que ela me deixaria... Então você pensa que eu calculo? Nunca pensei nisso, juro para você. Ah! Que ela guarde tudo, e que eu seja livre!... Não tenho compromisso, com nada nem com ninguém, não tenho pai nem mãe e não tenho o direito de fazer o que quiser? Não estou pedindo que você se case comigo, só estou pedindo para morar com você...

Então, num soluço final de tortura:

— Ah! Você tem razão, é errado abandonar aquela pobre mulher! Ah! Eu me desprezo, gostaria de ter a força... Mas eu o amo demais, sofro demais, não posso morrer disso, não é?

— Fique! Fique!, ele gritou. E que morram os outros, só nós dois existimos!

Ele a tinha posto sentada em seu colo, ambos choravam e riam, jurando no meio de seus beijos que nunca mais se separariam, nunca mais.

Foi uma loucura. Christine deixou brutalmente Madame Vanzade, levou sua mala, já no dia seguinte. Ela e Claude imediatamente evocaram a velha casa deserta em Bennecourt; as roseiras gigantes, os cômodos enormes. Ah! Partir; partir sem perder uma hora, viver no fim da terra, na doçura de serem um jovem casal! Ela, alegre, batia palmas. Ele, ainda sangrando de seu fracasso no *Salon*, tinha necessidade de se recuperar, aspirava por esse grande repouso na boa natureza; e lá ele teria o verdadeiro ar livre, trabalharia na relva até o pescoço, e traria de volta obras-primas. Em dois dias tudo estava pronto, comunicada a saída do ateliê, os quatro móveis levados para o trem. Um acaso feliz tinha acontecido para eles, uma fortuna, quinhentos francos pagos pelo tio Malgras, por um lote de vinte telas, que ele havia separado em meio aos restos da mudança. Iam viver como príncipes, Claude tinha sua pensão de mil francos, Christine trouxe algumas economias, um enxoval, alguns vestidos. E escaparam, uma verdadeira fuga, evitando os amigos, nem mesmo prevenidos por uma carta, Paris desdenhada e largada com risos de alívio.

Junho terminava, uma chuva torrencial caiu durante a semana da instalação; e descobriram que o tio Poirette, antes de assinar com eles, havia retirado metade dos utensílios de cozinha. Mas a desilusão não os atingia, eles chapinhavam com delícias sob os aguaceiros, faziam viagens de três léguas, até Vernon, para comprar pratos e panelas que traziam triunfantes. Enfim, estavam em casa, ocupando apenas um dos dois quartos de cima, abandonando o outro para os camundongos, transformando, embaixo, a sala de jantar em um amplo ateliê, felizes sobretudo, divertindo-se como crianças, de comer na cozinha, em uma mesa de pinho, perto do fogão onde cantava o ensopado. Tinham tomado, para servi-los, uma moça da aldeia, que vinha de manhã e saía à noite, Mélie, uma sobrinha dos Faucheur, cuja estupidez os encantava. Não, não era possível encontrar uma mais boba em todo o departamento!

O sol tendo reaparecido, dias adoráveis se sucederam, meses escorreram em uma felicidade monótona. Nunca sabiam a data e confundiam todos os dias da semana. De manhã, esqueciam-se até muito tarde na cama, apesar dos raios que ensanguentavam as paredes caiadas do quarto, pelas frestas das venezianas. Então, depois do almoço, eram vagabundagens sem fim, longos passeios no platô plantado de macieiras, por caminhos relvados do campo, passeios ao longo do Sena, no meio dos prados, até La Roche-Guyon, explorações mais longínquas, verdadeiras viagens do outro lado da água, nos campos de trigo de Bonnières e Jeufosse. Um burguês, obrigado a deixar o lugar, vendera-lhes uma velha canoa por trinta francos; e eles tinham também o rio, amaram-no com uma paixão de selvagens, vivendo ali dias inteiros, navegando, descobrindo terras novas, escondendo-se sob os salgueiros das margens, nos pequenos braços de água, negros de sombra. Entre as ilhas espalhadas ao longo da água, havia toda uma cidade movente e misteriosa, um labirinto de ruelas por onde se infiltravam suavemente, roçados pela carícia dos galhos baixos, sozinhos no mundo com os pombos e os martins-pescadores. Ele, por vezes, tinha que pular na areia, com as pernas nuas, para empurrar a canoa. Ela, valente, manejava os remos, queria subir as correntes mais duras, gloriosa de sua força. E, à noite, tomavam sopas de repolho na cozinha, riam da estupidez de Mélie, de que tinham rido no dia anterior; depois, a partir das nove horas, eles estavam na cama, na velha cama de nogueira, grande o suficiente para acomodar uma família, e onde passavam doze horas, brincando desde a madrugada de se atirarem os travesseiros, depois adormecendo novamente, com os braços enlaçados em seus pescoços.

Todas as noites, Christine dizia:

– Agora, meu querido, você vai me prometer uma coisa: é que você vai trabalhar amanhã.

– Sim, amanhã, eu juro.

– E você sabe, eu me zango desta vez... Sou eu que estou impedindo?

– Você, que ideia!... Pois eu vim para trabalhar, que diabo! Amanhã, você vai ver.

No dia seguinte, partiam de novo na canoa; ela própria olhava para ele com um sorriso envergonhado, ao ver que não levava nem tela nem tintas; então abraçava-o, rindo, orgulhosa de seu poder, comovida por esse contínuo sacrifício que ele lhe fazia. E recomeçavam as zangas enternecidas: amanhã, oh! Amanhã, ela iria amarrá-lo na frente de sua tela!

Claude, no entanto, fez algumas tentativas de trabalho. Iniciou um estudo da encosta de Jeufosse, com o Sena em primeiro plano; mas, na ilha onde havia se instalado, Christine o seguia, estendendo-se na relva perto dele, com os lábios entreabertos, os olhos afogados nas profundezas do azul; e ela era tão desejável naquela grama verde, naquele deserto em que passavam apenas as vozes murmurantes da água, que ele largava sua paleta a todo minuto, deitado ao lado dela, ambos aniquilados e embalados pela terra. Outra vez, acima de Bennecourt, uma velha propriedade os encantou, abrigada por antigas macieiras, que haviam crescido como carvalhos. Dois dias seguidos ele foi lá; mas no terceiro, ela o levou ao mercado de Bonnières para comprar galinhas; o dia seguinte foi perdido de novo, a tela havia secado, ele perdeu a paciência de retomá-la, e finalmente a abandonou. Durante toda a estação quente, tinha assim apenas veleidades, fragmentos de quadro pouco esboçados, abandonados ao menor pretexto, sem um esforço de perseverança. Sua paixão pelo trabalho, aquela febre de outrora que o punha de pé desde a aurora, batalhando contra a pintura rebelde, parecia ter-se dissipado, numa reação de indiferença e de preguiça; e deliciosamente, como depois de grandes doenças, ele vegetava, saboreava a alegria única de viver por todas as funções de seu corpo.

Hoje, só Christine existia. Era ela quem o envolvia naquele hálito de chama, onde se desvanecia sua vontade de artista. Desde o beijo ardente e irrefletido que ela fora a primeira a lhe dar nos lábios, uma mulher nascera da mocinha, a amante que se debatia na virgem, que inchava sua grande boca e a fazia avançar no enquadramento do queixo. Revelava aquilo que ela devia ser, apesar de sua longa honestidade: uma carne de paixão, uma dessas carnes sensuais, tão perturbadoras quando se extraem do pudor em que dormem. De repente, e sem mestre, aprendia o amor, dava a ele a impetuosidade de sua inocência; e ela, ignorante até então, e Claude, quase inocente ainda, fazendo juntos as descobertas da volúpia, se exaltavam no encanto dessa iniciação comum. Ele se censurava por seu antigo desprezo: era preciso ter sido tolo para desdenhar, como uma criança, felicidades que não se tinha experimentado! Doravante, toda a sua ternura pela carne feminina, essa ternura, cujo desejo ele, outrora, esgotava em suas obras, não o incendiava mais, a não ser por esse corpo vivo, flexível e quente, que era seu tesouro. Ele acreditara amar a luz frisando em seios sedosos, os belos tons de âmbar pálido que douram as formas redondas dos quadris, o modelado aconchegante dos ventres puros. Que ilusão de sonhador! Só agora ele segurava com os dois braços esse triunfo de possuir seu sonho, que sempre fugia no passado sob sua mão impotente de pintor. Ela se dava, inteira, ele a tomava, de sua nuca até seus pés, ele a estreitava num abraço para fazê-la sua, para entrar no fundo de sua própria carne. E ela, tendo matado a pintura, feliz por não ter rival, prolongava as núpcias. Na cama, de manhã, eram seus braços roliços, suas pernas suaves que o mantinham até tão tarde, como que acorrentado, no cansaço da felicidade; na canoa, quando ela remava, ele deixava-se levar sem força, embriagado só de ver o balançar dos seus quadris; na relva das ilhas, com os olhos no fundo de seus olhos, permanecia em êxtase por dias, absorvido por ela, esvaziado de seu coração e de seu sangue. E sempre, e em toda parte, eles se possuíam, com a necessidade insatisfeita de se possuir novamente.

Uma das surpresas de Claude era vê-la corar ao menor palavrão que lhe escapava. Com as saias arregaçadas, ela sorria com um ar de embaraço, virava a cabeça, às alusões indecorosas. Ela não gostava daquilo. E, por causa disso, um dia eles quase brigaram.

Foi atrás da casa, no pequeno bosque de carvalhos onde às vezes iam, em lembrança do beijo que tinham trocado ali na primeira visita a Bennecourt. Ele, movido pela curiosidade, a interrogava sobre sua vida no convento. Ele a segurava pela cintura, fazia cócegas nela com sua respiração, atrás da orelha, tentando fazê-la confessar. O que ela sabia dos homens, lá? O que conversava a respeito com suas amigas? Que ideia fazia daquilo?

– Vamos, minha mimi, me conte um pouco... Você suspeitava?

Mas ela dava sua risada descontente, tentando se livrar.

– Você é bobo! Não me perturbe, desse jeito!... Por que quer saber?

– Isso me diverte... Então, você sabia?

Ela teve um gesto de confusão, com suas bochechas ardendo em fogo.

– Meu Deus! Como as outras, coisas...

Depois, escondendo o rosto no ombro dele:

– Ainda assim, a gente fica surpresa.

Ele caiu na gargalhada, apertou-a loucamente, cobriu-a com uma chuva de beijos. Mas quando pensou tê-la conquistado e quis obter suas confidências, como se fosse de um camarada que não tem nada a esconder, ela escapou com frases esquivas, terminou emburrada, muda, impenetrável. E ela nunca disse mais do que já dissera, mesmo a ele, que ela adorava. Havia nela esse fundo que as mais francas escondem, aquele despertar do sexo, cuja memória permanece enterrada e como que sagrada. Ela era muito mulher; reservava-se, ao mesmo tempo que se entregava completamente

Pela primeira vez, naquele dia, Claude sentiu que permaneciam estranhos um ao outro. Uma impressão de gelo, a frieza de um outro corpo, tomou conta dele. Então, nada de um podia penetrar no outro, quando se sufocavam, entre braços embriagados, ávidos de apertar cada vez mais, mesmo para além da posse?

Os dias passavam, entretanto, e eles não sofriam de solidão. Nenhuma necessidade de distração, de uma visita a fazer ou a receber, ainda os havia tirado de si mesmos. As horas que não vivia perto dele, pendurada em seu pescoço, ela as empregava ocupando-se como uma dona de casa barulhenta, virando a casa de cabeça para baixo com grandes limpezas que Mélie tinha que executar diante de seus olhos, tendo ganas de atividade que a faziam lutar pessoalmente contra as três panelas da cozinha. Mas sobretudo o jardim a ocupava: ela fazia colheitas de rosas nas roseiras gigantes, armada com tesouras de poda, com as mãos dilaceradas pelos espinhos; tivera dor nas costas querendo colher os abricós, cuja colheita vendera por duzentos francos aos ingleses que esquadrinham a região todos os anos; e tirara disso uma vaidade extraordinária, sonhando em viver dos produtos do pomar. Ele se interessava menos pela cultura da terra. Havia colocado seu sofá na vasta sala transformada em ateliê, deitava-se nele para vê-la semear e plantar, pela grande janela aberta. Era uma paz absoluta, a certeza de que ninguém viria, de que nem um toque da campainha o perturbaria, em nenhum momento do dia. Ele levava tão longe esse medo do exterior que evitava de passar em frente ao albergue dos Faucheur, no receio contínuo de topar com um bando de camaradas desembarcados de Paris. Durante todo o verão, nem uma alma apareceu. Repetia todas as noites, subindo para a cama, que, de fato, era uma sorte danada.

Uma única ferida secreta estava sangrando no fundo dessa alegria. Depois da fuga de Paris, tendo Sandoz descoberto o endereço e escrito, perguntando se podia ir vê-lo, Claude não respondera. Seguiu-se uma zanga, e aquela velha amizade parecia morta.

Christine lamentava isso, porque sentia que ele havia rompido por causa dela. Falava continuamente a respeito, não querendo fazê-lo romper com seus amigos, exigindo que ele os chamasse. Mas, se ele prometia arranjar as coisas, não fazia nada. Acabara, por que voltar ao passado?

Lá pelos últimos dias de julho, o dinheiro escasseando, ele teve de ir a Paris para vender ao tio Malgras meia dúzia de estudos antigos; e, acompanhando-o até a estação, ela o fez jurar que iria apertar a mão de Sandoz. À noite, estava lá de novo, em frente à estação de Bonnières, esperando por ele.

– E então, você o viu, vocês se abraçaram?

Ele se pôs a caminhar junto dela, mudo de vergonha. Então, com a voz abafada:

– Não, eu não tive tempo.

Então ela disse, com o coração partido, enquanto duas grandes lágrimas inundavam seus olhos:

– Você me causa muita tristeza.

E, como estavam debaixo das árvores, ele beijou-a no rosto, chorando ele também, suplicando-lhe que não aumentasse a sua dor. Ele podia mudar a vida? Não bastava já serem felizes juntos?

Durante esses primeiros meses, tiveram apenas um encontro. Fora acima de Bennecourt, subindo em direção a Roche-Guyon. Seguiam por um caminho deserto e arborizado, um desses deliciosos caminhos encravados, quando, numa curva, encontraram três burgueses passeando, o pai, a mãe e a filha. Justamente, acreditando-se bem sozinhos, tinham-se agarrado pela cintura, como namorados que esquecem de tudo atrás das sebes: ela, inclinada, abandonava seus lábios; ele, rindo, avançava os seus; e a surpresa foi tão viva que eles não se soltaram, ainda abraçados, caminhando com o mesmo passo lento. Surpresa, a família permanecia colada contra um dos barrancos, o pai gordo e apoplético, a mãe magra como um cutelo, a filha, um quase nada, depenada como um pássaro doente, os três feios e anemiados com o sangue viciado de sua raça. Eram uma vergonha em plena vida da terra, sob o grande sol! E, de repente, a mocinha triste que via, com olhos estupefatos, o amor passar, foi empurrada pelo pai, levada pela mãe, furiosos, exasperados por aquele beijo livre, perguntando se então não havia mais polícia nos campos da França; enquanto, ainda sem pressa, os dois namorados iam embora, triunfantes em sua glória.

Claude, no entanto, se perguntava, com memória hesitante. Onde diabos ele tinha visto aquela gente, aquela degradação burguesa, aqueles rostos deprimidos e comprimidos, suando os milhões ganhos em cima dos pobres? Tinha sido, certamente, em uma circunstância séria de sua vida. E ele se lembrou, reconheceu os Margaillan, aquele empresário que Dubuche acompanhava no *Salon des Refusés*, e que havia rido diante de seu quadro, com riso trovejante de imbecil. Duzentos passos adiante, ao emergir com Christine da estrada encravada, e ao se encontrarem diante de uma vasta propriedade, uma grande construção branca cercada de belas árvores, souberam, por uma velha camponesa, que La Richaudière, como chamavam a propriedade, pertencia aos Margaillan há três anos. Tinham pagado mil e quinhentos francos e acabado de reformá-la por mais de um milhão.

– Nunca mais vão nos encontrar por estes lados, disse Claude, voltando para Bennecourt. Eles estragam a paisagem, esses monstros!

Mas, a partir de meados de agosto, um grande acontecimento mudou suas vidas: Christine estava grávida, e só percebera no terceiro mês, em seu descuido de amorosa. A princípio foi um estupor para ela e para ele; eles nunca tinham sonhado que isso pudesse acontecer. Então, ambos raciocinaram, porém sem alegria, ele, incomodado com esse pequeno ser que ia chegar e complicar a vida; ela, tomada por uma angústia que não sabia explicar, como se tivesse medo de que esse acidente significasse o fim do grande amor deles. Ela chorou por muito tempo em seu pescoço, ele buscou em vão consolá-la, estrangulado pela mesma tristeza sem nome. Mais tarde, quando se acostumaram, enterneceram-se com a pobre criança, que fizeram sem querer, no trágico dia em que ela se entregara a ele, em lágrimas, sob o crepúsculo consternado que afogava o ateliê: as datas comprovavam, seria o filho do sofrimento e da piedade, esbofeteado em sua concepção pelo riso estúpido das multidões. E, a partir de então, como não eram maus, o esperaram, até mesmo o desejaram, já cuidando dele e preparando tudo para sua vinda.

O inverno teve frios terríveis, Christine foi retida por um forte resfriado na casa mal fechada, que não conseguiam aquecer. Sua gravidez lhe causava desconfortos frequentes, ela permanecia de cócoras diante do fogo, era obrigada a se zangar para que Claude saísse sem ela, fizesse longas caminhadas na terra gelada e sonora das estradas. E ele, durante esses passeios, encontrando-se sozinho após meses de contínua convivência a dois, se espantava com o rumo que sua vida havia tomado, fora de sua vontade. Nunca quisera um lar, mesmo com ela; ele mostraria horror, se tivesse sido consultado; e aconteceu, no entanto, e não podia mais ser desfeito; pois, sem falar da criança, ele era daqueles que não têm coragem de romper. Evidentemente, este destino o esperava, ele devia ficar com a primeira que não tivesse vergonha dele. A terra dura ressoava sob suas galochas, o vento glacial imobilizava seu devaneio, mantendo-se em pensamentos vagos, em sua sorte de, pelo menos, ter caído com uma garota honesta, em tudo o que teria sofrido de cruel e de sujo, se tivesse se juntado com uma modelo, cansada de girar pelos ateliês; e ele era tomado pela ternura, apressava-se em voltar para apertar Christine com seus dois braços trêmulos, como se quase a tivesse perdido, desconcertado apenas quando ela se libertava, soltando um grito de dor.

– Oh! Não tão forte! Você me machuca!

Ela levava as mãos a seu ventre, e ele olhava para esse ventre, sempre com a mesma surpresa ansiosa.

O parto ocorreu em meados de fevereiro. Uma parteira tinha vindo de Vernon, tudo correu muito bem: a mãe estava de pé no fim de três semanas, a criança, um menino muito forte, mamava com tanta avidez que ela tinha que se levantar até cinco vezes por noite, para impedi-lo de gritar e acordar seu pai. A partir de então, aquele pequeno ser revolucionou a casa, pois ela, dona de casa tão ativa, revelou-se uma babá muito desajeitada. A maternidade não progredia nela, apesar de seu bom coração e suas desolações com o menor dodói. Ela se cansava, desanimava logo, chamava Mélie, que agravava os problemas com sua estupidez escancarada; e era preciso que o pai corresse para ajudá-la, ainda mais constrangido do que as duas mulheres. Seu antigo desajeitamento com a costura, sua inaptidão para os trabalhos femininos, reaparecia nas atenções que a criança exigia. Ele foi bastante descuidado, criou-se um pouco ao acaso, através do jardim e dos cômodos deixados em desordem de desespero, atulhados de fraldas, de brinquedos quebrados, de lixo e do massacre de um homenzinho que está na dentição. E, quando as coisas pioravam demais, ela só sabia se lançar nos braços de seu querido amor: era seu refúgio, esse peito do homem que amava, a única fonte de esquecimento e felicidade. Ela era apenas amante, teria dado o filho vinte vezes pelo marido. Até um ardor tomou conta dela depois do parto, uma seiva amorosa que sobe e reencontra, com sua cintura livre, sua beleza reflorindo. Nunca sua carne de paixão se oferecera em tal arrepio de desejo.

Entretanto, foi a época em que Claude recomeçou um pouco a pintar. O inverno terminava, ele não sabia o que fazer com as alegres manhãs de sol, desde que Christine não podia sair antes do meio-dia, por causa de Jacques, o menino, a quem chamaram assim, com o nome de seu avô materno, negligenciando, aliás, de levá-lo ao batismo. Ele trabalhou no jardim, a princípio por ociosidade; fez um croqui da alameda dos abricoteiros, esboçou as roseiras gigantes, compôs naturezas-mortas, quatro maçãs, uma garrafa e uma moringa de cerâmica, sobre uma toalha. Era para se distrair. Depois, ele se empolgou, a ideia de pintar uma figura vestida em pleno sol acabou obsedando-o; e, a partir desse momento, sua mulher foi sua vítima, aliás complacente, feliz em lhe dar prazer, sem ainda compreender que terrível rival ela estava criando. Ele a pintou vinte vezes, vestida de branco, vestida de vermelho no meio da vegetação, de pé ou andando, meio reclinada na relva, com um grande chapéu do campo, com a cabeça descoberta sob uma sombrinha, cuja seda cereja banhava seu rosto com uma luz rosada. Ele nunca estava plenamente satisfeito, raspava as telas depois de duas ou três sessões, recomeçava imediatamente, teimando no mesmo tema. Alguns estudos, incompletos, mas de uma notação encantadora no vigor de sua feitura, foram salvos da espátula e pendurados na sala de jantar.

E, depois de Christine, foi Jacques quem teve de posar. Punham-no pelado como um pequeno São João, deitavam-no, nos dias quentes, sobre um cobertor; e era preciso que ele não se mexesse. Mas era o diabo. Animado com cócegas que lhe fazia o sol, ele ria e esperneava, seus pezinhos rosados no ar, rolando, revirando, com o traseiro para cima. O pai, depois de ter rido, ficava bravo, xingava aquele maldito pirralho que não conseguia ficar sério nem um minuto. Pode-se lá brincar com a pintura? Então a mãe, por sua vez, fingia não perceber, segurava o pequeno para que o pintor pudesse captar, no voo, o desenho de um braço ou de uma perna. Durante semanas, ele se obstinou, tanto os lindos tons dessa carne de criança o tentavam. Ele, agora, só o via com seus olhos de artista, como um motivo para uma obra-prima, apertando as pálpebras, sonhando com o quadro. E recomeçava a experiência, espiava-o por dias inteiros, exasperado de que aquele malandro não quisesse dormir nas horas em que poderia pintá-lo.

Um dia, quando Jacques soluçava, recusando-se a manter a pose, Christine disse suavemente:

– Meu amigo, você está cansando esse pobre lindinho.

Então Claude se exaltou, cheio de remorso.

– Claro! É verdade, sou estúpido, com a minha pintura!... Crianças não são feitas para isso.

A primavera e o verão passaram mais uma vez, em grande suavidade. Saíam menos, quase abandonaram a canoa, que terminava de apodrecer na margem; porque era toda uma complicação levar o pequeno para as ilhas. Mas desciam muitas vezes, com passos lentos, ao longo do Sena, nunca se afastando mais de um quilômetro. Ele, cansado dos eternos trechos do jardim, tentava agora fazer alguns estudos à beira d'água; e, nesses dias, ela ia buscá-lo com a criança, sentava-se para vê-lo pintar, enquanto esperava languidamente que os três voltassem, sob o crepúsculo finamente acinzentado. Uma tarde, ele ficou surpreso ao vê-la trazer seu antigo álbum de mocinha. Ela brincou, explicou que despertava coisas nela, ao estar ali, atrás dele. Sua voz tremia um pouco, na verdade, ela sentia a necessidade de se colocar um pouco nesse trabalho, já que esse trabalho o tirava dela cada dia mais. Ela desenhou, arriscou duas ou três aquarelas, com a mão cuidadosa de uma aluna de colégio interno. Então, desanimada pelos sorrisos dele, sentindo bem que a comunhão não se fazia nesse campo, deixou novamente de lado seu álbum, forçando-o prometer que ele lhe daria lições de pintura, mais tarde, quando tivesse tempo.

Aliás, ela achava suas últimas telas muito bonitas. Depois desse ano de descanso em pleno campo, em plena luz, ele pintava com uma visão nova, como se tivesse clareada, com uma alegria cantante de tons. Jamais, antes, ele tivera essa ciência dos reflexos, essa sensação tão justa dos seres e das coisas, banhando em claridade difusa. E, agora, ela teria declarado isso perfeitamente bom, conquistada por esta festa de cores, se ele quisesse dar mais acabamento, e se ela não tivesse ficado às vezes perplexa, diante de um terreno lilás ou diante de uma árvore azul, que desconcertavam todas as suas ideias formadas sobre coloração. Um dia, quando ela ousou se permitir uma crítica, justamente por causa de um álamo banhado de azul, ele a fez constatar, na própria natureza, esse delicado azular das folhas. Era verdade, entretanto, a árvore era azul; mas, no fundo, ela não se rendia, condenava a realidade: não poderia haver árvores azuis na natureza.

Ela não falou mais, senão gravemente, dos estudos que ele pendurava nas paredes da sala. A arte estava entrando em suas vidas, e ela permanecia sonhadora a esse respeito. Quando ela o via sair com sua bolsa, seu bastão e seu para-sol, às vezes se pendurava com um impulso em volta do pescoço dele.

– Você me ama, diga?

– Não seja boba! Por que quer que eu não a ame?

– Então me beije porque você me ama, muito forte, muito forte! Então, acompanhando-o até a estrada:

– E trabalhe, você sabe que eu nunca lhe impedi de trabalhar... Vá, vá, fico contente quando você trabalha.

Uma inquietação parecia tomar conta de Claude, quando o outono desse segundo ano fez as folhas amarelarem e trouxe de volta os primeiros frios. A estação foi, justamente, abominável, quinze dias de chuvas torrenciais o mantiveram ocioso em casa; em seguida, brumas vieram a cada momento frustrar suas sessões. Ele permanecia sombrio diante do fogo, nunca falava de Paris, mas a cidade se erguia lá longe, no horizonte, a cidade do inverno com seu gás aceso desde as cinco horas, suas reuniões de amigos estimulando-se pela emulação, sua vida de produção ardente que mesmo o gelo de dezembro não desacelerava. Em um mês, ele foi lá três vezes, sob pretexto de ver Malgras, para o qual ainda havia vendido algumas pequenas telas. Agora, não evitava mais passar pelo albergue dos Faucheur, deixava-se até mesmo parar pelo tio Poirette, aceitava um copo de vinho branco; e seus olhos vasculhavam a sala, como se procurasse, apesar da estação, camaradas de outrora, que tivessem chegado ali pela manhã. Ele demorava, aguardando; depois, desesperado pela solidão, voltava para casa, sufocado por tudo o que fervilhava dentro dele, doente por não ter ninguém para gritar aquilo que fazia explodir seu crânio.

O inverno passou, porém, e Claude teve o consolo de pintar alguns belos efeitos de neve. Um terceiro ano estava começando quando, nos últimos dias de maio, um encontro inesperado o emocionou. Naquela manhã ele havia subido ao platô para procurar uma paisagem, as margens do Sena acabando por cansá-lo; e ficou perplexo, numa curva de um caminho, em frente a Dubuche, que avançava entre duas sebes de sabugueiro, usando um chapéu preto, bem alinhado em sua sobrecasaca.

– Como? É você!

O arquiteto gaguejou, contrariado.

– Sim, eu vou fazer uma visita... Hein? É bem idiota, no campo! Mas o que quer você? Somos forçados a concessões... E você, mora por aqui?... Eu sabia... Quer dizer, não! Tinham me dito alguma coisa assim, mas achava que era do outro lado, mais longe.

Claude, muito emocionado, o tirou do embaraço.

– Bom, bom, meu velho, não precisa se escusar, sou eu o mais culpado... Ah! Há quanto tempo não nos vemos! Se eu lhe dissesse o susto que tive no coração, quando seu nariz despontou por trás das folhas!

Então, pegou-lhe o braço e o acompanhou, galhofando de prazer; e o outro, na contínua preocupação com sua fortuna, que o fazia falar de si mesmo sem cessar, imediatamente começou a conversar sobre seu futuro. Ele acabara de se tornar um aluno de primeira classe na Escola, depois de ter conquistado as menções regulamentares com infinita dificuldade. Mas esse sucesso o deixava perplexo. Seus pais não lhe mandavam mais um tostão, chorando de miséria, para que ele pudesse sustentá-los por sua vez; ele havia renunciado ao *Prix de Rome*, certo de ser derrotado, com pressa de ganhar a vida; e já estava cansado, farto de procurar seu espaço, de ganhar vinte e cinco francos por hora de arquitetos ignorantes, que o tratavam como um operário. Que rota escolher? Onde tomar o caminho mais curto? Deixaria a Escola, receberia um bom empurrão de seu chefe, o poderoso Dequersonnière, de quem era amado por sua docilidade de aluno aplicado. Porém, quanto esforço ainda, quantas incógnitas diante dele! E se queixava amargamente daquelas escolas do governo, onde os alunos se esfalfavam por tantos anos, e que nem sequer garantiam uma posição a todos aqueles que despejavam na rua.

Bruscamente, ele parou no meio do caminho. As sebes de sabugueiro terminavam na planície aberta, e La Richaudière apareceu no meio de suas grandes árvores.

– Ah! sim! É verdade, exclamou Claude, eu não tinha entendido... Você vai naquele barraco. Ah! Aqueles bugios, eles são feios como o diabo!

Dubuche, com ar vexado por esse grito de artista, protestou de modo cerimonioso.

– Apesar disso, o pai Margaillan, por mais cretino que lhe pareça, é um homem capaz em seus negócios. Você precisa vê-lo em seus canteiros de obras, no meio de suas construções: uma atividade dos diabos, um sentido espantoso de boa administração, um faro maravilhoso para as ruas a serem construídas e os materiais a serem comprados. Além disso, não se ganham milhões sem ser um cavalheiro... E depois, pelo que eu quero dele! Eu seria muito idiota em não me mostrar educado com um homem que pode me ser útil.

Enquanto falava, barrava o estreito caminho, impedia que seu amigo avançasse, sem dúvida por receio de ser comprometido se fossem vistos juntos, e para fazê-lo entender que deveriam se separar ali.

Claude ia interrogá-lo sobre seus camaradas em Paris; mas se calou. Nem uma palavra sobre Christine foi mesmo pronunciada. E se resignava a deixá-lo, estendia a mão, quando essa questão saiu, involuntária, de seus lábios trêmulos:

– Sandoz vai bem?

– Sim, vai bem. Eu o vejo raramente... Ele me falou sobre você de novo, no mês passado. Ele ainda sente muito que você nos tenha rejeitado.

– Mas eu não os rejeitei!, gritou Claude fora de si; mas, eu imploro, venham me ver! Eu ficaria tão feliz!

– Então está bom, a gente vem. Digo a ele para vir, palavra de honra!... Adeus, adeus, meu velho. Estou com pressa.

E Dubuche partiu para La Richaudiere, e Claude viu-o ir diminuindo no meio das plantações, com a seda brilhante de seu chapéu e a mancha preta da sobrecasaca. Voltou lentamente para casa, com o coração pesado por uma tristeza sem causa. Não disse nada a sua mulher sobre esse encontro.

Oito dias depois, Christine tinha ido aos Faucheur comprar meio quilo de macarrão, e demorou-se no caminho de volta, conversando com uma vizinha, tendo seu filho no braço, quando um senhor, que descia da balsa, aproximou-se e perguntou-lhe:

– Monsieur Claude Lantier? É por aqui, não é?

Ela ficou surpresa, respondendo simplesmente:

– Sim, senhor. Se quiser me seguir...

Durante uns cem metros, eles caminharam lado a lado. O estranho, que parecia conhecê-la, olhou para ela com um bom sorriso; mas como ela acelerava o passo, escondendo sua perturbação sob um ar grave, ele se calava. Ela abriu a porta, introduzindo-o para a sala e dizendo:

– Claude, uma visita para você.

Houve uma grande exclamação, e os dois homens já estavam nos braços um do outro.

– Ah! Meu velho Pierre, ah! Que bom que você veio! E Dubuche?

– No último momento, um negócio o reteve, e ele me mandou um telegrama dizendo para que eu partisse sem ele.

– Bom! Eu meio que esperava... Mas aqui está você! Ah! Que coisa fantástica, como estou contente!

E, voltando-se para Christine, que sorria, tomada pela alegria deles:

– É verdade, não contei. Outro dia encontrei Dubuche, que ia lá no alto, na propriedade daqueles monstros...

Mas parou de novo, para gritar com um gesto louco:

– Eu, definitivamente, estou perdendo a cabeça! Vocês nunca se falaram, e eu estou deixando vocês aí!... Minha querida, está vendo este senhor: é meu velho camarada Pierre Sandoz, a quem amo como a um irmão... E você, meu querido, apresento-lhe minha esposa. E vocês dois vão se beijar.

Christine começou a rir francamente, e estendeu a face, de bom coração. Gostara logo de Sandoz, com a sua bonomia, sua sólida amizade, o ar de simpatia paterna com que a olhava. Uma emoção molhou seus olhos, quando ele segurou as mãos dela entre as suas, dizendo:

– É muito bom que ame Claude, e vocês devem sempre se amar, porque o amor ainda é o que há de melhor.

Depois, debruçando-se para beijar o pequenino que ela trazia no braço:

– Então, já apareceu um?

O pintor teve um vago gesto de desculpa.

– O que você quer? Isso cresce sem que a gente pense!

Claude manteve Sandoz na sala, enquanto Christine revolucionava a casa para o almoço. Em poucas palavras, contou-lhe a história deles, quem ela era, como a conhecera, que circunstâncias os levaram a viver juntos; e pareceu surpreso quando seu amigo quis saber por que eles não se casavam. Meu Deus! Por quê? Porque eles nunca tinham nem mesmo tocado no assunto, porque ela não parecia se importar com isso, e eles certamente não seriam nem mais nem menos felizes com isso. Enfim, era uma coisa sem importância.

– Bom!, disse o outro. Eu, isso não me incomoda... Ela era uma moça honesta quando você a conheceu, deveria se casar com ela.

– Mas quando ela quiser, meu velho! Claro que não estou pensando em deixá-la sozinha com uma criança.

Em seguida, Sandoz maravilhou-se com os estudos pendurados nas paredes. Ah! O danado empregara bem seu tempo! Que precisão de tom, que luz verdadeira de sol! E Claude, que o ouvia, encantado, com risos de orgulho, ia interrogá-lo sobre os camaradas, sobre o que todos estavam fazendo, quando Christine entrou gritando:

– Venham rápido, os ovos estão na mesa.

Almoçaram na cozinha, um almoço extraordinário, depois dos ovos moles uma fritura de barbo, depois o cozido da véspera, temperado como salada, com batatas e arenque defumado. Era delicioso, o cheiro forte e apetitoso do arenque que Mélie havia revirado sobre as brasas, a música do café escorrendo pelo filtro no canto do fogão. E quando a sobremesa apareceu, morangos colhidos há pouco, um queijo que vinha da leiteria de uma vizinha, conversaram sem parar, com os cotovelos francamente apoiados na mesa. Em Paris? Meu Deus! Em Paris, os camaradas não faziam nada de muito novo. Mesmo assim, claro! Davam cotoveladas, empurravam, para conseguir espaço. Naturalmente, os ausentes perdiam o lugar, era bom estar lá, quando não se queria ser por demais esquecido. Mas o talento não era o talento? Não se chega lá sempre, quando se tem vontade e força? Ah! Sim, era o sonho, viver no campo, empilhar obras-primas, e um belo dia esmagar Paris, abrindo suas malas!

À noite, quando Claude acompanhou Sandoz à estação, este lhe disse:

– A propósito, eu estava pensando em lhe fazer uma confidência. Acho que vou me casar.

Com isso, o pintor desatou a rir.

– Ah! Danado, entendo por que você estava me passando um sermão esta manhã!

Enquanto esperavam o trem, conversaram ainda. Sandoz explicou suas ideias sobre o casamento, que ele considerava burguesamente como a própria condição do bom trabalho, da tarefa regular e sólida, para os grandes produtores modernos. A mulher devastadora, a mulher que mata o artista, esmaga seu coração e devora seu cérebro, era uma ideia romântica contra a qual os fatos protestavam. Ele, aliás, precisava de um afeto que fosse o guarda de sua tranquilidade, um interior de ternura no qual pudesse se enclausurar, para dedicar toda a sua vida à obra enorme cujo sonho carregava. E acrescentava que tudo dependia da escolha, achava ter encontrado aquela que procurava, uma órfã, filha simples de lojistas sem dinheiro, mas bonita, inteligente. Há seis meses, depois de ter pedido demissão como funcionário, enveredara pelo jornalismo, onde ganhava mais largamente sua vida. Tinha acabado de instalar sua mãe numa casinha em Batignolles, queria uma existência a três ali, duas mulheres para amá-lo, e ele, com costas fortes o bastante para alimentar seu trio.

– Case-se, meu velho, disse Claude. A gente deve fazer o que sente... E adeus, chegou seu trem. Não se esqueça de sua promessa de vir nos ver novamente.

Sandoz voltou com muita frequência. Chegava ao acaso, quando seu jornal o permitia, livre ainda, porque devia se casar só no outono. Foram dias felizes, tardes inteiras de confidências; as velhas vontades de glória retomadas em comum.

Um dia, sozinho com Claude, numa ilha, espichados lado a lado, com os olhos perdidos no céu, contou-lhe a sua vasta ambição, confessou-se em voz alta.

– O jornal, sabe, é apenas um campo de batalha. É preciso viver e é preciso lutar para viver... Além disso, essa imprensa vigarista, apesar das nojeiras do ofício, tem um poder enorme, é uma arma invencível nas mãos de um sujeito convicto... Mas não é porque sou forçado a usá-la que envelhecerei nela. Ah! Não! E eu tenho meu projeto nas mãos, sim, vejo o que procurava, um negócio capaz de me arrebentar de tanto trabalho, algo que vou deixar me engolir para, talvez, não sair mais.

Um silêncio caiu da folhagem imóvel no grande calor. Retomou em voz mais lenta, com frases soltas:

– Hein? Estudar o homem tal como ele é, não mais seu fantoche metafísico, mas o homem fisiológico, determinado por seu meio, agindo sob o movimento de todos os seus órgãos... Não é uma farsa esse estudo contínuo e exclusivo da função do cérebro, sob o pretexto de que o cérebro é o órgão nobre?... O pensamento, o pensamento, ei! Com os diabos! O pensamento é o produto do corpo inteiro. Então, faça um cérebro pensar sozinho, veja o que acontece com a nobreza do cérebro quando o ventre está doente!... Não! É imbecil, a filosofia deixa de existir, a ciência deixa de existir, somos positivistas, evolucionistas, e deveríamos conservar o manequim literário dos tempos clássicos, e continuaríamos a desenrolar os fios emaranhados da razão pura! Quem diz psicólogo, diz traidor da verdade. Aliás, fisiologia, psicologia, isso não significa nada: uma penetrou na outra, ambas são hoje apenas uma, o mecanismo do homem culminando na soma total de suas funções... Ah! A fórmula está nisso, nossa revolução moderna não tem outra base, é a morte fatal da sociedade antiga, é o nascimento de uma sociedade nova, e é necessariamente o crescimento de uma nova arte, nesse novo terreno... Sim, vamos ver, vamos ver a literatura que vai germinar para o próximo século de ciência e de democracia! Seu grito se elevou, perdeu-se no fundo do céu imenso. Não passava um sopro, havia, ao longo dos salgueiros, apenas o deslizar silencioso do rio. E ele virou-se bruscamente para o seu companheiro, disse-lhe na cara:

– Então encontrei o que precisava para mim. Oh! Não é grande coisa, apenas um cantinho, o que basta para uma vida humana, mesmo quando se tem ambições vastas demais... Vou inventar uma família, e vou estudar seus membros, um por um, de onde vêm, para onde vão, como reagem entre si; enfim, uma humanidade em pequena porção, a forma como a humanidade cresce e se comporta... Por outro lado, colocarei meus personagens em um determinado período histórico, o que me dará o ambiente e as circunstâncias, um pedaço de história... Hein? Você entende, uma série de livros, quinze, vinte livros, episódios que se articularão, embora cada um tenha seu universo isolado, uma série de romances que me construirão uma casa para minha velhice, se não me esmagarem!

Caiu de costas novamente, estendeu os braços na grama, parecia querer entrar na terra, rindo, brincando.

– Ah! Boa terra, tome-me, você que é a mãe comum, a única fonte de vida! Você, a eterna, a imortal, por onde circula a alma do mundo, essa seiva espalhada até nas pedras, e que faz das árvores nossas imóveis irmãs mais velhas!... Sim, eu quero me perder em você, é você quem eu sinto aqui, sob meus membros, me abraçando e me incendiando, só você estará em meu trabalho como a força primeira, o meio e a meta, a imensa arca, em que todas as coisas se animam com o sopro de todos os seres!

Mas, iniciada como zombaria, com o inflar de sua ênfase lírica, essa invocação terminou com um grito de convicção ardente, que uma profunda emoção de poeta fazia tremer, e seus olhos se umedeceram; e, para esconder esse enternecimento, acrescentou com voz brutal, com um vasto gesto que abraçava o horizonte:

– É tolice, uma alma para cada um de nós, quando existe essa grande alma!

Claude não tinha se mexido, enfiado no fundo da relva. Depois de novo silêncio, ele concluiu:

– É isso, meu velho! Acabe com todos!... Mas você vai levar pancada.

– Oh!, disse Sandoz, levantando-se e espreguiçando-se, tenho os ossos duros demais. Eles vão quebrar os pulsos... Voltemos, não quero perder o trem.

Christine tinha se tomado de uma viva amizade por ele, vendo-o ereto e robusto na vida; e ousou enfim a pedir-lhe um favor, o de ser padrinho de Jacques. Sem dúvida, ela não punha mais os pés na igreja; mas por que deixar esse garoto fora do costume? Além disso, o que a fez decidir acima de tudo era dar um apoio ao filho, esse padrinho que ela sentia tão ponderado, tão razoável, nas explosões de sua força. Claude se espantou, consentiu com um dar de ombros. E o batismo aconteceu, encontraram uma madrinha, a filha de uma vizinha. Foi uma festa, comeram uma lagosta, trazida de Paris.

Justamente, naquele dia, quando estavam se separando, Christine chamou Sandoz de lado e lhe disse com voz suplicante:
– Volta logo, não é? Ele se entedia.
Claude, de fato, estava caindo em negras tristezas. Abandonava seus estudos, saía sozinho, rondava involuntariamente o albergue dos Faucheur, no local em que a barca aportava, como se sempre esperasse ver Paris desembarcar. Paris o obcecava, ele ia lá todo mês, voltava desolado, incapaz de trabalhar. O outono chegou, depois o inverno, um inverno úmido e enlameado; e ele passou-o num torpor taciturno, amargo com o próprio Sandoz, que, casado em outubro, não podia mais viajar com tanta frequência a Bennecourt. Ele parecia só despertar em cada uma dessas visitas, conservava uma empolgação com elas durante uma semana, não parava, com palavras febris, de falar sobre as notícias de lá. Ele, que antes escondia suas saudades de Paris, atordoava agora Christine, conversando, de manhã à noite, sobre negócios que ela ignorava e pessoas que ela nunca tinha visto. Eram, junto à lareira, quando Jacques dormia, comentários sem fim. Ele se apaixonava, e ela ainda tinha que dar sua opinião, tinha que comentar suas histórias.

Gagnière não era um idiota, cretinizando-se com sua música, ele que poderia ter um talento tão conscienciosos de paisagista? Agora, diziam, ele estava tendo aulas de piano na casa de uma moça, na idade dele! Hein? O que ela achava disso? Uma verdadeira maluquice! E Jory que estava tentando reatar com Irma Bécot, desde que ela tinha uma pequena casa, na Rue de Moscou! Ela conhecia aqueles dois, dois bons patifes que combinavam bem, não conhecia? Mas o malandro dos malandros era Fagerolles, a quem ele diria boas verdades quando o visse. Como! Esse desertor tinha acabado de concorrer ao *Prix de Rome*, que ele não havia obtido, aliás! Um sujeito que contava piadas sobre a Escola, que falava em demolir tudo! Ah! Decididamente, a coceira do sucesso, a necessidade de passar por cima dos camaradas e ser saudado por cretinos, o levava a fazer grandes sujeiras. Ora, ela não o estava defendendo, talvez, estava? Ela não era burguesa o bastante para defendê-lo? E, quando ela concordava, ele sempre voltava com uma grande risada nervosa sobre a mesma história, que achava extraordinariamente cômica: a história de Mahoudeau e Chaîne, que haviam matado o pequeno Jabouille, marido de Mathilde, a terrível herborista: sim! Morto, uma noite em que aquele corno tuberculoso tivera uma síncope, e os dois, chamados pela mulher, puseram-se a fazer uma tal fricção, que ele morrera entre as mãos deles.

Então, se Christine não se alegrava, Claude se levantava e dizia com voz mal-humorada:

– Oh! Você, nada a faz rir... Vamos dormir, é melhor.

Ele a adorava ainda, possuía-a com o impulso desesperado de um amante que pede ao amor o esquecimento de tudo, a alegria única. Mas ele não podia ir além do beijo, ela não bastava mais, outro tormento se tinha apoderado dele, invencível.

Na primavera, Claude, que jurara nunca mais expor, por afetação de desdém, preocupou-se muito com o *Salon*. Quando via Sandoz, questionava-o sobre os envios dos camaradas. No dia da abertura, foi lá e voltou na mesma noite, tenso, muito severo. Havia apenas um busto de Mahoudeau, bom, mas sem importância; uma pequena paisagem de Gagnière, aceita no pacote, tinha também uma bela tonalidade dourada; depois nada mais, nada além do quadro de Fagerolles, uma atriz na frente de seu espelho fazendo poses. Ele não tinha mencionado isso de início, falou em seguida com risos indignados. Aquele Fagerolles, que trapaceiro! Agora que havia perdido o prêmio, não tinha mais medo de expor, abandonava decididamente a Escola, mas era preciso ver com que habilidade, com que compromisso, uma pintura que jogava a carta da audácia do verdadeiro, sem uma única qualidade original! E isso teria sucesso, os burgueses gostam muito de que façam cócegas, parecendo sacudi-los. Ah! Já era tempo que um verdadeiro pintor aparecesse, nesse morno deserto do *Salon*, em meio a esses malandros e a esses imbecis! Que lugar a conquistar, que diacho!

Christine, que o ouvia se zangar, terminou por dizer, hesitando:

– Se você quisesse, voltaríamos para Paris.

– Quem está falando disso?, ele gritou. Não se pode conversar com você sem que você procure chifre em cabeça de burro.

Seis semanas mais tarde, ele soube de uma notícia que o ocupou por oito dias: seu amigo Dubuche casava-se com a Mademoiselle Régine Margaillan, a filha do proprietário da La Richaudière; e era uma história complicada, cujos detalhes o surpreendiam e o divertiam enormemente. Em primeiro lugar, esse animal do Dubuche tinha conseguido uma medalha por um projeto para um pavilhão no meio de um parque, que ele havia exposto; o que já era muito divertido, porque o projeto, dizia-se, teve de ser refeito por seu chefe Dequersonnière, que, tranquilamente, o tinha feito receber a medalha do júri que ele presidia. Em seguida, o cúmulo era que essa recompensa esperada havia decidido o casamento. Hein? Uma bonita negociata se, agora, as medalhas servirem para colocar os bons alunos necessitados no seio das famílias ricas! O velho Margaillan, como todos os novos-ricos, sonhava em encontrar um genro que o ajudasse, que lhe trouxesse, em seu jogo, diplomas autênticos e elegantes sobrecasacas; e há algum tempo ele observava esse jovem, esse aluno da Escola de Belas-Artes, cujas notas eram excelentes, tão aplicado, tão recomendado por seus mestres. A medalha o entusiasmou, por isso entregou a filha, assumiu esse sócio que decuplicaria os milhões do caixa, pois sabia o que era preciso saber para bem construir. Além disso, a pobre Régine, sempre triste, com a saúde debilitada, teria ali um marido saudável.

– Você acredita?, repetia Claude para sua mulher, é preciso gostar de dinheiro para se casar com aquele infeliz gatinho esfolado!

E, como Christine, com pena, a defendia:

– Mas eu não a estou atacando. Tanto melhor se o casamento não acabar com ela! Ela certamente é inocente do fato de o pai, pedreiro, haver tido a estúpida ambição de se casar com uma filha de burguês, e de que ambos a tivessem fabricado tão mal, ele, com o sangue estragado por gerações de bêbados, ela esgotada, com a carne devorada por todos os vírus das raças terminais. Ah! Uma bela degringolada, no meio das moedas de cem tostões! Ganhem, ganhem fortunas, para porem seus fetos no álcool!

Ele ficava feroz, sua mulher era obrigada a enlaçá-lo, tomá-lo em seus braços, beijá-lo e rir, para que ele voltasse a ser o bom menino dos primeiros dias. Então, mais calmo, ele compreendia, aprovava os casamentos de seus dois antigos companheiros. Era verdade, porém, que todos os três haviam se casado! Como a vida era engraçada!

Mais uma vez o verão terminou, o quarto que passavam em Bennecourt. Nunca deveriam ser mais felizes, a vida era fácil e barata para eles no fundo daquela aldeia. Desde que ali habitavam, o dinheiro não lhes havia faltado, os mil francos de renda e as poucas telas vendidas bastavam para suas necessidades; eles estavam mesmo economizando, tinham de comprar roupa de cama. Por sua vez, o pequeno Jacques, de dois anos e meio, dava-se admiravelmente bem no campo. Da manhã à noite, ele se arrastava pela terra, esfarrapado e sujo, crescendo à vontade, com uma bela saúde corada. Muitas vezes, sua mãe não sabia mais como fazer para limpá-lo um pouco; e, ao vê-lo comendo bem, dormindo bem, não se preocupava com isso, reservando suas ternuras inquietas para sua outra grande criança artista, seu querido homem, cujos humores sombrios a enchiam de angústia. A cada dia a situação piorava e, embora vivessem em paz, sem nenhuma causa de sofrimento, caíam, no entanto, numa tristeza, num mal-estar que resultava em constante exasperação.

E as alegrias primeiras do campo haviam terminado. O barco apodrecido e quebrado havia submergido no fundo do Sena. De resto, nem pensavam mais em utilizar a canoa que os Faucheur colocavam à disposição deles. O rio os entediava, vinha uma preguiça de remar, repetiam, em certos recantos deliciosos das ilhas, as exclamações entusiasmadas de outrora, sem jamais se sentirem tentados a voltar ali. Até os passeios pelas margens haviam perdido o encanto; ali, escaldava-se no verão, resfriava-se no inverno; e quanto ao platô, àquelas vastas terras plantadas de macieiras que dominavam a aldeia, tornavam-se como um país distante, algo remoto demais para que fizessem a loucura de arriscar as pernas lá. A casa deles também os irritava, esse quartel onde tinham que comer na gordura da cozinha, onde o quarto era o ponto de encontro dos quatro ventos do céu. Por um aumento de azar, a colheita dos abricós havia falhado naquele ano, e as mais belas das roseiras gigantes, muito velhas, invadidas por uma lepra, haviam morrido. Ah, que desgaste melancólico pelo hábito! Como a natureza eterna parecia envelhecer, nessa saciedade cansada dos mesmos horizontes! Mas o pior era que, nele, o pintor estava farto daquelas bandas, não encontrando mais um único local que o inflamasse, batendo os campos com um passo surdo, como uma paisagem vazia doravante, da qual teria esgotado a vida, sem demostrar interesse por uma árvore ignorada, por um efeito imprevisto de luz. Não, tinha acabado, estava gelado, ele não conseguiria fazer mais nada de bom nesse país miserável!

Outubro chegou, com seu céu inundado de água. Numa das primeiras noites chuvosas, Claude perdeu a calma porque o jantar não estava pronto. Ele pôs aquela idiota da Mélie na rua, esbofeteou Jacques, que estava enrolado em suas pernas. Então Christine, chorando, abraçou-o, dizendo:

– Vamos embora, oh! Vamos voltar para Paris!

Ele se soltou, gritou com voz de cólera:

– Esta história de novo! Nunca, está ouvindo!

– Faça isso por mim, ela retomou ardentemente. Sou eu quem está pedindo, é para mim que você vai fazer a vontade.

– Você se entendia aqui, então?

– Sim, eu morro aqui, se ficarmos... Além disso, quero que você trabalhe, sinto que seu lugar é lá. Seria um crime enterrá-lo por mais tempo.

– Não, me deixe!

Ele estremecia, Paris o chamava no horizonte, a Paris de inverno que se iluminava de novo. Ele ouvia lá o grande esforço dos camaradas, ele retornava para que não triunfassem sem ele, para voltar a ser o líder, já que nenhum tivera a força ou o orgulho de ser um. E, nessa alucinação, na necessidade que sentia de correr para lá, obstinava-se a recusar, por uma contradição involuntária, que subia do fundo de suas entranhas, sem que ele próprio conseguisse explicar. Era o medo que faz estremecer a carne dos mais corajosos, o debate surdo da felicidade contra a fatalidade do destino?

– Ouça, disse Christine com violência, estou arrumando as malas e vou levar você.

Cinco dias mais tarde partiam para Paris, depois de embalarem tudo e enviarem tudo pela ferrovia.

Claude já estava a caminho, com o pequeno Jacques, quando Christine imaginou quê esquecia alguma coisa. Voltou sozinha para a casa, encontrou-a completamente vazia e se pôs a chorar: era uma sensação dilacerante, algo de si própria que abandonava, sem saber dizer o que. Como gostaria de ter ficado! Que desejo ardente de viver sempre ali, ela que acabava de exigir essa partida, esse retorno à cidade de paixão, onde ela pressentia uma rival! No entanto, continuava a procurar o que lhe faltava; acabou por colher uma rosa, em frente à cozinha, uma última rosa, enferrujada pelo frio. Depois, fechou a porta do jardim deserto.

VII

QUANDO SE ACHOU NAS RUAS DE PARIS, Claude foi tomado por uma febre de barulheira e de movimento, da necessidade de sair, de esquadrinhar a cidade, de ir ver os camaradas. Ele escapava ao despertar, deixava Christine instalar sozinha o ateliê que haviam alugado na Rue de Douai, perto do boulevard de Clichy. Foi assim que, dois dias depois do seu regresso, foi parar na casa de Mahoudeau, às oito horas, numa manhãzinha cinzenta e gelada de novembro que mal despontava.

Apesar disso, a quitanda da Rue du Cherche-Midi, que o escultor continuava ocupando, estava aberta; e este, com o rosto branco, mal acordado, abria os estores, tiritando.

– Ah! É você!... Puxa! Você era matinal, no campo... É definitivo? Está de volta?

– Sim, desde anteontem.

– Bom! Vamos nos ver... Entre, está começando a gelar esta manhã.

Mas Claude, na quitanda, sentiu mais frio do que na rua. Manteve a gola do casaco levantada, enfiou as mãos no fundo dos bolsos, tomado por um arrepio diante da umidade que escorria das paredes nuas, da lama dos montes de argila e das contínuas poças de água que encharcavam o chão. Um vento de miséria soprara ali, esvaziando as prateleiras dos gessos clássicos, quebrando os suportes de escultura e os baldes remendados com cordas. Era um canto de lixo e desordem, um porão de pedreiro caindo em ruínas. E, no vidro da porta, coberto de giz, havia, como que por irrisão, um grande sol radiante, desenhado com o dedo, completado com um rosto no centro, cuja boca em semicírculo gargalhava.

– Espere, retomou Mahoudeau, vamos acender o fogo. Esses ateliês dos diabos, com a água dos panos, esfriam rápido.

Então, virando-se, Claude percebeu Chaîne ajoelhado perto do fogão, terminando de tirar a palha de um velho banquinho para acender o carvão. Ele disse bom-dia; mas só conseguiu emitir um grunhido surdo, sem decidir-se a levantar a cabeça.

– E o que você está fazendo agora, meu velho?, perguntou ao escultor.

– Oh! Nada de muito bom, vá! Um ano muito ruim, ainda pior que o último, que não valeu nada!... Você sabe que as imagens de santos estão passando por uma crise. Sim, a santidade baixou; e, está aí! Tive de apertar o cinto... Pois então! Enquanto espero, estou reduzido a isto.

Ele tirava os panos de um busto de linho, mostrou uma figura comprida, ainda mais alongada pelas costeletas, monstruosa de pretensão e de infinita estupidez.

– É um advogado ao lado... Hein? É bem repugnante, o cara! E o que ele me enche para tomar cuidado com a boca!... Mas a gente tem que comer, não é?

Ele bem que tinha uma ideia para o *Salon*, uma figura em pé, uma Banhista, tateando a água com o pé, naquele frescor cujo arrepio torna tão adorável as carnes femininas; e mostrou uma maquete já um pouco gretada a Claude, que a olhou em silêncio, surpreso e insatisfeito com as concessões que notava ali: um florescimento do lindo sob o exagero persistente das formas, um desejo natural de agradar, sem abandonar demais o viés do colossal. Apenas, Mahoudeau se desconsolava, porque era toda uma história fazer uma figura de pé. Precisava de armações de ferro, que custavam muito, e suporte que não tinha, e todo um equipamento. Então, provavelmente iria decidir por deitá-la na beira da água.

– Hein? O que você diz?... O que você acha?

– Nada mal, respondeu enfim o pintor. Um pouco sentimental, apesar das coxas de açougueira; mas isso só se pode julgar depois da execução... E, de pé, meu velho, de pé, senão nada vai fazer sentido!

O fogão roncava e Chaîne, mudo, levantou-se. Ele vagou por um momento, entrou no quarto dos fundos, onde ficava a cama que dividia com Mahoudeau; depois reapareceu, com o chapéu na cabeça, mais silencioso ainda, com um silêncio deliberado e opressor. Sem pressa, com seus dedos enregelados de camponês, pegou um pedaço de carvão, escreveu na parede: "Vou comprar tabaco, coloque mais carvão no fogão". E saiu.

Estupefato, Claude viu-o fazendo isso. Ele se virou para o outro.

– O que quer dizer isso?...

– Nós não nos falamos mais, nós nos escrevemos, disse tranquilamente o escultor.

– Desde quando?

– Três meses.

– E dormem juntos?

– Sim.

Claude explodiu numa gargalhada. Ah! que coisa, era preciso cacholas incrivelmente duras! E foi por que a briga? Mas, envergonhado, Mahoudeau se exaltava contra esse estúpido do Chaîne. Não é que uma noite, chegando inesperadamente, ele o surpreendera com Mathilde, a herborista da casa ao lado, ambos em camisa, comendo um pote de geleia! Não era o problema de encontrá-la sem anágua: com isso, ele não se importava; apenas, o pote de geleia era demais. Não! Ele nunca perdoaria que comessem, sem vergonha, doces em segredo, enquanto ele comia seu pão seco! Que diabos, como com a mulher, deviam compartilhar!

E já durava quase três meses o ressentimento, sem uma trégua, sem uma explicação. A vida se organizara, eles reduziam as relações estritamente necessárias às curtas frases, escritas com carvão nas paredes. Aliás, continuaram a ter apenas uma mulher, da mesma maneira que tinham apenas uma cama, depois de tacitamente se terem posto de acordo sobre as horas de cada um, saindo um quando chegava a vez do outro. Meu Deus! Não era preciso falar tanto na vida, entendiam-se daquele jeito mesmo.

No entanto, Mahoudeau, que estava terminando de encher o fogão, aliviou-se de tudo o que estava acumulado dentro de si.

– Pois bem, acredite se quiser, mas quando se está arrebentando de fome, não é desagradável nunca falar um com o outro. Sim, ficamos embrutecidos no silêncio, é como um empaste que acalma um pouco as dores de estômago... Ah! Esse Chaîne, você não tem ideia de como ele é camponês no fundo! Quando comeu o último tostão, sem conseguir ganhar com a pintura a fortuna esperada, lançou-se no comércio, um pequeno negócio que deveria lhe permitir completar os estudos. Hein? Danado, o cara! E você vai ver seu plano: fazia lhe enviarem azeite de Saint-Firmin, sua aldeia, depois corria as ruas, vendia azeite para as famílias provençais ricas, que têm posições em Paris. Infelizmente, não durou, ele é muito grosseiro, foi expulso em toda parte... Então, meu velho, como sobrou uma jarra de óleo que ninguém quer, pois é! Vivemos disso. Sim, nos dias em que temos pão, mergulhamos nosso pão nele.

E apontou para a jarra, num canto da quitanda. O óleo tinha vazado, a parede e o chão estavam pretos com grandes manchas de gordura.

Claude parou de rir. Ah! Essa miséria, que desalento! Como culpar aqueles que ela esmaga? Ele andou pelo ateliê, não se zangava mais com os estudos degradados pelas concessões, tolerava até mesmo o horrível busto. E assim se deparou com uma cópia que Chaîne havia feito, no Louvre, um Mantegna, reproduzida com uma secura de precisão extraordinária.

– Que danado!, murmurou, é quase o original, ele nunca fez nada melhor... Talvez só esteja errado por ter nascido quatro séculos tão tarde.

Então, como o calor se tornava forte, tirou o casaco, acrescentando:

– Ele está demorando muito para ir buscar o tabaco.

– Oh! Eu conheço o tabaco dele, disse Mahoudeau, que se pusera a trabalhar em seu busto, retocando as costeletas. O tabaco dele está lá, por trás da parede... Quando me vê ocupado, corre encontrar Mathilde, porque acha que está roubando a minha parte... Que idiota!

– Então, essa história continua, os amores com ela?

– Sim, é um hábito! Ela ou uma outra! E depois, é ela quem procura... Ah! Meu Deus! O que eu tenho dela, dá de sobra.

De resto, falava de Mathilde sem raiva, dizendo simplesmente que ela devia estar doente. Desde a morte do pequeno Jabouille, ela havia voltado à devoção, o que não a impedia de escandalizar o bairro. Apesar das poucas senhoras devotas que continuavam a comprar dela objetos delicados e íntimos, para poupar ao pudor o primeiro embaraço de pedi-los em outro lugar, a venda de ervas estava em declínio, a falência parecia iminente. Uma noite, como a companhia de gás fechara o seu relógio, por falta de pagamento, ela fora pedir azeite emprestado aos vizinhos, azeite que, aliás, se recusou a queimar nos candeeiros. Não pagava mais a ninguém, conseguia poupar as despesas de um auxiliar, confiando a Chaîne o conserto dos injetores e seringas que as devotas lhe traziam, cuidadosamente escondidos nos jornais. Diziam mesmo, no comerciante de vinhos em frente, que ela revendia cânulas usadas para conventos. Enfim, era um desastre, a loja misteriosa, com suas sombras fugazes de batinas, seus sussurros discretos de confessionário, seu incenso esfriado de sacristia, com tudo o que se referia a pequenos cuidados que não se podia falar em voz alta, escorregava para um abandono da ruína. E a miséria chegara a tal ponto que as ervas secas do teto fervilhavam de aranhas, e as sanguessugas mortas, já verdes, boiavam nos vidros.

– Olhe só! Apareceu, o escultor. Você vai ver que ela chega atrás dele.

Chaîne, de fato, voltava. Pegou com afetação um cartucho de tabaco, encheu seu cachimbo, começou a fumar em frente ao fogão, num silêncio redobrado, como se não houvesse ninguém ali. E, de imediato, apareceu Mathilde, como uma vizinha que passa para dar um bom-dia. Claude a achou ainda mais magra, com o rosto salpicado de sangue sob a pele, com seus olhos de fogo, sua boca alargada pela perda de dois outros dentes. Os odores aromáticos que ela sempre trazia em seus cabelos despenteados pareciam rançosos; não era mais a suavidade das camomilas, o frescor dos anis; e ela encheu o quarto com o cheiro dessa hortelã-pimenta, que parecia ser seu hálito, mas azedada, como se estragada por aquela carne cansada da qual emanava.

– Já no trabalho!, ela gritou. Bom-dia, meu bibi.

Sem se importar com Claude, ela beijou Mahoudeau. Depois, foi apertar a mão do pintor, com aquele impudor, aquele jeito de jogar a barriga para frente, que a fazia se oferecer a todos os homens. E continuou:

– Vocês não sabem, encontrei uma caixa de marshmallows, e vamos comer no café da manhã... Hein? É delicado, vamos compartilhar!

– Obrigado, disse o escultor, isso me enche, prefiro fumar um cachimbo. E, vendo Claude vestir o casaco:

– Você vai embora?

– Sim, estou com pressa de me desenferrujar, de respirar um pouco o ar de Paris.

No entanto, ele ficou alguns minutos ainda observando Chaîne e Mathilde que se empanturravam de marshmallows, cada um pegando seu pedaço, um depois do outro. E, mesmo sabendo, ficou novamente espantado quando viu Mahoudeau pegar o carvão e escrever na parede: "Dê o tabaco que você enfiou no bolso".

Sem uma palavra, Chaîne tirou o cartuxo, estendeu-o para o escultor, que encheu seu cachimbo.

– Então, até breve.

– Sim, até breve... Em todo caso, até quinta-feira próxima, na casa de Sandoz.

Lá fora, Claude soltou uma exclamação, esbarrando em um senhor, plantado diante da loja de ervas, muito ocupado olhando o interior, por entre as ataduras maculadas e empoeiradas da vitrine.

– Veja só, Jory! O que está fazendo aí?

O grande nariz rosado de Jory se mexeu, surpreso.

– Eu, nada... Estava passando, olhava...

Decidiu rir, baixou a voz para perguntar, como se pudesse ser ouvido:

– Ela está com os camaradas ao lado, não é?... Bom! Vou escapulir rápido. Fica para outro dia.

E levou embora o pintor, contou-lhe abominações.

Agora, todo o bando vinha à casa de Mathilde; aquilo tinha corrido de boca em boca; desfilavam ali, cada um por sua vez, ou até vários ao mesmo tempo, se achassem aquilo mais engraçado; e aconteciam verdadeiros horrores, coisas espantosas, que ele contava em seu ouvido, parando-o na calçada, em meio aos empurrões da multidão. Hein? Ressuscitaram as orgias romanas! Ele imaginava o espetáculo, atrás da muralha de ataduras e de seringas para lavagens intestinais, sob as flores de chá de ervas que choviam do teto! Uma loja muito chique, um lupanar para padres, com seu cheiro envenenado de perfumaria duvidosa, instalada no recolhimento de uma capela.

– Mas, disse Claude rindo, você declarava que ela era horrível, essa mulher. Jory fez um gesto despreocupado.

– Oh! Pelo que a gente faz com ela!... Por exemplo, eu, esta manhã, volto da Gare de l'Ouest, onde acompanhei alguém. E foi passando pela rua que me veio a ideia de aproveitar da ocasião... Você entende, ninguém vem aqui de propósito.

Ele deu essas explicações com um ar embaraçado. Então, de repente, a franqueza de seu vício arrancou dele este grito de verdade – dele, que mentia sempre:

– E, diabos! Aliás, eu a acho extraordinária, se você quer saber... Não é bonita, é possível, mas enfeitiça! Enfim, uma dessas mulheres que fingimos tratar com desprezo, e para quem fazemos besteiras até morrer.

Só então ficou surpreso ao ver Claude em Paris, e quando ficou a par, quando soube que ele tinha se reinstalado, retomou, de repente:

– Então ouça! Levo você embora, vai almoçar comigo na casa de Irma.

Violentamente, o pintor, intimidado, recusou, alegando que nem sequer tinha sobrecasaca.

– E daí? Pelo contrário, é mais engraçado, ela vai ficar encantada... Acho que ela ficou seduzida por você, ela sempre fala de você... Vamos, não seja bobo, eu lhe digo que ela me espera esta manhã e que vamos ser recebidos como príncipes.

Não largava mais o braço dele, e os dois continuaram subindo em direção à Madeleine, conversando. Normalmente, ele se calava sobre seus amores, como os bêbados se calam a respeito do vinho. Mas, naquela manhã, ele transbordava, brincava, confessou histórias. Há muito havia rompido com a cantora de café-concerto, trazida por ele de sua pequena cidade, aquela que arranhava seu rosto com unhadas. E era, do início ao fim de ano, um galope furioso de mulheres cruzando sua existência, as mulheres mais extravagantes, mais inesperadas: a cozinheira de uma casa burguesa onde ele jantava; a legítima esposa de um sargento da polícia, e ele devia tomar cuidado com os horários de plantão; a jovem funcionária de um dentista, que ganhava sessenta francos por mês fazendo-se anestesiar, e depois acordar, diante de cada cliente, para inspirar confiança; outras, outras ainda, vagas prostitutas de bailes populares, senhoras de boa família em busca de aventuras, pequenas lavadeiras que traziam suas roupas lavadas, faxineiras que reviravam seus colchões, todos aquelas que queriam, toda a rua com seus acasos, seus imprevistos, o que se oferece e o que se rouba; e isso casualmente, as bonitas, as feias, as jovens, as velhas, sem escolher, apenas para a satisfação de seus grandes apetites de macho, sacrificando a qualidade pela quantidade. Todas as noites, quando voltava sozinho para casa, o terror de sua cama fria o levava à caça, batendo as pernas até altas horas, indo para a cama só quando pegava uma, tão míope aliás, que isso o expunha a equívocos: assim, contou que uma manhã, ao acordar, ele encontrou no travesseiro a cabeça branca de uma pobre coitada de sessenta anos, que ele pensara ser loira, na sua pressa.

Além disso, estava encantado com a vida, seus negócios iam bem. Seu pai avarento lhe tinha cortado o dinheiro de novo, amaldiçoando-o por teimar em seguir um caminho de escândalo; mas ele não se importava agora, ganhava sete ou oito mil francos no jornalismo, onde fazia sua toca como colunista e crítico de arte. Os dias espalhafatosos do *Tambor*, os artigos pagos um *louis* cada, estavam longe; ele se estabelecia, colaborava para dois jornais muito lidos; e, embora permanecesse no fundo o voluptuoso cético, ainda assim adorador do sucesso, adquiria uma importância burguesa e os leitores começavam a levar suas opiniões muito a sério. A cada mês, atormentado por sua avareza hereditária, já investia dinheiro em especulações ínfimas, conhecidas apenas por ele; pois seus vícios nunca lhe haviam custado tão pouco, ele só pagava, nas manhãs de grande generosidade, uma xícara de chocolate às mulheres com quem estava muito satisfeito.

Chegavam à Rue de Moscou. Claude perguntou:

– Então, é você quem mantém a pequena Bécot?

– Eu!, gritou Jory, revoltado. Mas, meu velho, ela tem um aluguel de vinte mil francos, fala em construir uma mansão que vai custar quinhentos mil... Não, não, eu almoço e às vezes janto na casa dela, e basta.

– E dorme?

Ele se pôs a rir, sem responder diretamente.

– Idiota! A gente sempre acaba dormindo... Vamos, chegamos, entre rápido.

Mas Claude ainda resistiu. Sua mulher o esperava para o almoço, ele não podia. E Jory teve de tocar a campainha, depois empurrá-lo para o vestíbulo, repetindo que isso não era desculpa, que iam mandar o camareiro avisar na Rue de Douai. Uma porta se abriu, eles se encontraram diante de Irma Bécot, que exclamou, quando viu o pintor:

– Como! É o senhor, selvagem!

Ela imediatamente o deixou à vontade, acolhendo-o como um antigo camarada, e ele viu que ela nem notara seu velho casaco. Ficou surpreso, pois mal a reconhecia. Em quatro anos ela mudara, sua cabeça preparada por meio de uma arte cabotina, sua testa diminuída pela permanente nos cabelos, seu rosto alongado, graças a um esforço de sua vontade, sem dúvida, ruiva ardente e não mais a loira pálida que ela era, a tal ponto que uma cortesã do Ticiano agora parecia ter brotado da malandrinha de outrora. Como ela às vezes dizia, em suas horas de abandono: essa era sua cabeça para os otários. A mansão, estreita, ainda tinha lacunas no meio de seu luxo. O que impressionou o pintor foram alguns bons quadros pendurados nas paredes, um Courbet, um esboço de Delacroix, sobretudo. Então ela não era idiota, essa garota, apesar de um gato em biscuit colorido, horroroso, que descansava em um console da sala?

Quando Jory falou em mandar o camareiro avisar na casa do amigo, ela exclamou, cheia de surpresa:

– Como? Está casado?

– Sim, sim, respondeu Claude simplesmente.

Ela olhou para Jory, que sorria, compreendeu e acrescentou:

– Ah! Foi fisgado... Por que então me diziam que tinha horror às mulheres?... E sabe que eu estou bem ofendida, eu, que o assustei, lembre-se! Hein? Então me acha muito feia, a ponto de recuar ainda?

Com as duas mãos, ela havia tomado as dele e avançava o rosto, sorrindo e de fato magoada no fundo, olhando-o de bem perto, nos olhos, com o desejo agudo de agradar. Ele teve um pequeno arrepio sob aquela respiração feminina que lhe aquecia a barba; enquanto ela o soltava, dizendo:

– Bom, voltaremos a conversar sobre isso.

O cocheiro é quem foi à Rue de Douai levar uma carta de Claude, pois o camareiro abrira a porta da sala de jantar para anunciar que a mesa estava servida. O almoço, muito delicado, passou-se corretamente, sob o olhar frio do criado: falaram das grandes obras que transtornavam Paris, discutiram depois sobre o preço dos terrenos, assim como sobre os burgueses que tinham dinheiro para investir. Mas, à sobremesa, quando os três ficaram sozinhos diante do café e dos licores, que tinham decidido tomar ali, sem sair da mesa, pouco a pouco se animaram, ficaram à vontade, como se tivessem se encontrado no Café Baudequin.

– Ah! Meus meninos, disse Irma, a única coisa que conta é isto, rir juntos e não se importar com o mundo!

Enrolava cigarros, acabava de trazer o frasco de *chartreuse* para perto de si, e o esvaziava, muito vermelha, com o cabelo esvoaçando, recaindo no humor cafajeste das ruas.

– Então, continuou Jory, que se desculpava por não ter enviado pela manhã um livro que ela desejava, então, eu ia comprá-lo ontem à noite, por volta das dez horas, quando encontrei Fagerolles...

– Você está mentindo, disse ela, interrompendo-o com uma voz clara.

E, para encurtar os protestos:

– Fagerolles estava aqui, você vê perfeitamente que está mentindo.

Então ela se virou para Claude:

– Não, é nojento, não se tem ideia de um mentiroso desse tamanho!... Mente como uma mulher, por prazer, por pequenas coisas sem consequência. Assim, no fundo de toda a sua história, há apenas uma coisa: não gastar três francos para me comprar esse livro. Toda vez que ele devia me mandar um buquê, um carro tinha passado por cima, ou não havia mais flores em Paris. Ah! É um que a gente tem de amar do jeito que ele é!

Jory, sem se zangar, inclinava a cadeira, balançava-se, chupando seu charuto. Contentou-se em dizer, com escárnio:

– Já que você voltou com Fagerolles...

– Eu não voltei coisa nenhuma!, ela gritou, furiosa. E além de tudo, o que você tem a ver com isso! Pouco me importa, o seu Fagerolles. Ele bem sabe que ninguém se zanga comigo. Oh! Nós dois nos conhecemos bem, brotamos na mesma fresta das pedras da rua... E claro! Veja, quando eu quiser, basta que eu faça isto, basta um sinal do dedo mindinho, e ele estará aqui, no chão, lambendo meus pés... Eu não saio de dentro dele, do seu Fagerolles!

Ela se animava, ele achou prudente bater em retirada.

– Meu Fagerolles, ele murmurou, meu Fagerolles...

– Sim, seu Fagerolles! Você imagina que eu não vejo vocês dois, ele sempre dando tapinhas nas suas costas, porque espera artigos, e você bancando o bom príncipe, calculando o lucro que tirará disso, se apoiar um artista amado pelo público?

Jory, desta vez, gaguejou, muito aborrecido diante de Claude. Aliás, não se defendeu, preferiu transformar a querela em brincadeira. Hein? Ela não era divertida quando se zangava assim? Com os olhos de esguelha, brilhantes de vício, com a boca torcida pela gritaria!

– Só que, minha querida, você está estragando sua cabeça ticianesca.

Ela se pôs a rir, desarmada.

Claude, afogado em bem-estar, bebeu copinhos de conhaque, sem perceber. Nas duas horas em que estavam lá, uma embriaguez crescia, essa embriaguez alucinante dos licores, no meio da fumaça do tabaco. Falavam de outra coisa, sobre os altos preços que a pintura atingia. Irma, que não dizia mais nada, mantinha uma ponta apagada de cigarro nos lábios, com os olhos fixos no pintor. E ela o interrogou bruscamente, tratando-o por você, como em um sonho.

– Onde você arranjou sua mulher?

Isso não pareceu surpreendê-lo, suas ideias corriam soltas.

– Ela chegava da província, estava na casa de uma senhora, e honesta, claro.

– Bonita?

– Sim, ela é bonita.

Por um momento, Irma recaiu em seu sonho; então, com um sorriso:

– Diacho! Que sorte! Não havia mais nenhuma, fizeram uma especial para você, então!

Mas ela se agitou, gritou, saindo da mesa:

– Quase três horas... Ah! Meus meninos, estou pondo vocês na rua. Sim, tenho um encontro com um arquiteto, vou visitar um terreno perto do Parc Monceau, vocês sabem, nesse bairro novo que está sendo construído. Farejei uma chance ali.

Tinham voltado para a sala, ela parou em frente a um espelho, irritada por se ver tão vermelha.

– É para aquela mansão, não é?, perguntou Jory. Então, você encontrou o dinheiro?

Ela puxava seus cabelos sobre a testa, parecia apagar com a mão o sangue das faces, alongava o oval de seu rosto, refazia a cabeça de cortesã ruiva, que tinha o encanto inteligente de uma obra de arte; e, virando-se, lançou-lhe como única resposta:

– Olhe! Aqui está ele de novo, meu Ticiano!

Agora, em meio às risadas, ela os empurrava para o vestíbulo, onde retomou as duas mãos de Claude, sem falar, plantando de novo nele seu olhar de desejo no fundo de seus olhos. Na rua, ele sentiu um mal-estar. O ar frio o deixava sóbrio, um remorso o torturava agora, por ter falado de Christine para aquela mulher. Jurou nunca mais pôr os pés na casa dela.

– Hein? Não é? Uma boa garota, disse Jory, acendendo um charuto que tirara da caixa antes de partir. Você sabe, aliás, isso não compromete você com nada: almoçamos, jantamos, dormimos; e bom dia; boa noite, cada um vai para seu lado cuidar de seus negócios.

Mas uma espécie de vergonha impedia Claude de voltar imediatamente, e quando seu companheiro, excitado pelo almoço, com apetite de andar à toa, falou em subir para apertar a mão de Bongrand, ele ficou encantado com a ideia, e os dois foram para o boulevard de Clichy.

Bongrand ocupava ali, há vinte anos, um vasto ateliê, onde não cedera ao gosto do dia, àquela magnificência de tapeçarias e de bibelôs que os jovens pintores começavam a reunir. Era o velho ateliê nu e cinza, ornado apenas com os estudos do mestre, pendurados sem moldura, apertados como ex-votos em uma capela. O único luxo consistia em uma penteadeira Império, um vasto armário normando, duas poltronas de veludo de Utrecht, gastas pelo uso. Em um canto, uma pele de urso, que havia perdido todos os seus pelos, recobria um grande divã. Mas o artista mantinha, da sua juventude romântica, o hábito de um traje especial de trabalho, e foi em calções soltos, robe-de-chambre amarrado com cordão, o topo do crânio coberto por uma calota eclesiástica, que recebeu visitas.

Ele próprio viera abri-la, com a paleta e os pincéis na mão.

– O senhor está aqui! Ah! Que boa ideia!... Estava pensando no senhor, meu caro. Sim, não sei mais quem me tinha anunciado seu retorno, e eu me dizia que não iria tardar em vê-lo.

Sua mão livre tinha primeiro ido para Claude, em um impulso de vivo afeto. Em seguida, apertou a de Jory, acrescentando:

– E o senhor, jovem pontífice, li seu último artigo; agradeço a palavra amável sobre mim que encontrei ali... Então entrem, entrem, vocês dois! Não me incomodam, aproveito da luz até o último minuto, porque não temos tempo de fazer nada, nestes dias danados de novembro.

Ele havia retomado o trabalho, de pé diante de um cavalete no qual havia uma pequena tela, duas mulheres, mãe e filha, costurando no vão de uma janela ensolarada. Atrás dele, os jovens observavam.

– É requintado, Claude terminou por murmurar.

Bongrand deu de ombros, sem olhar para trás.

– Bah! Uma bobagenzinha. É preciso ocupar o tempo, não é?... Fiz isso ao vivo, na casa de amigas, e eu o limpo um pouco.

– Mas está completo, é uma joia de verdade e de luz, retomou Claude, que se animava. Ah! A simplicidade disso, veja, a simplicidade é o que me emociona, a mim!

Com isso, o pintor recuou, apertou os olhos, com ar cheio de surpresa.

– Acha? Gosta mesmo disso, de verdade?... Pois bem, quando entraram, eu estava julgando essa tela infecta... Palavra de honra! Eu estava me torturando, convencido de que não tinha mais dois tostões de talento.

Suas mãos tremiam, todo o seu grande corpo estava no estremecimento doloroso da criação. Livrou-se de sua paleta, voltou para eles, com gestos que agitavam o vazio; e aquele artista envelhecido no meio do sucesso, cujo lugar estava assegurado na Escola francesa, gritou-lhes:

– Vocês se surpreendem, mas há dias em que me pergunto se serei capaz de desenhar um nariz... Sim, em cada um de meus quadros, ainda tenho uma grande emoção de principiante, o coração que bate, uma angústia que seca a boca, enfim, um pavor abominável. Ah! Jovens, o pavor, vocês acham que o conhecem, e nem desconfiam, porque, meu Deus! Se vocês falharem em uma obra, resolvem esforçando-se por fazer outra melhor, ninguém os persegue; enquanto nós, os velhos, nós, que já mostramos do que somos capazes, que somos forçados a permanecer iguais a nós mesmos, ou então a progredir, não podemos enfraquecer sem cair na vala comum... Vá, então, homem célebre, grande artista, devore seus próprios miolos, queime seu próprio sangue, para continuar galgando, sempre mais alto, sempre mais alto; e se, no ápice, patina sem sair do lugar, considere-se feliz, use seus pés para repisar o maior tempo possível; se sente que declina, pois bem! Acabe de se ferir, estrebuchando na agonia de seu talento que não pertence mais à época, no esquecimento em que está de suas obras imortais, se debatendo no esforço impotente por criar mais!

Sua voz forte havia amplificado com uma explosão final de trovão; e seu grande rosto vermelho exprimia uma angústia. Caminhou, continuou, levado como que a contragosto por um sopro de violência:

— Eu lhes disse vinte vezes que a gente está sempre principiando, que a alegria não é de ter chegado lá em cima, mas de subir, de se encontrar ainda nas jovialidades da escalada. Só que vocês não compreendem, não conseguem compreender, vocês mesmos têm de passar por isso... Pensem nisso; esperamos tudo, sonhamos com tudo. É a hora das ilusões sem limites: é quando temos pernas tão boas que os caminhos mais difíceis parecem curtos, somos devorados por um tal apetite de glória que os primeiros pequenos sucessos enchem a boca com um gosto delicioso. Que festim, quando podemos saciar a ambição! E estamos quase chegando, e nos esfolamos com felicidade! Depois, acabou, o cume está conquistado, trata-se agora de ficar lá. Então a abominação começa, esgotamos a embriaguez, achamos que ela é curta e, no fundo, amarga, não valendo a luta que custou. Não há mais incógnitas a descobrir, sensações a sentir. O orgulho teve sua cota de fama, sabemos que produzimos as maiores obras e ficamos surpresos de que elas não tenham provocado alegrias mais vivas. A partir desse momento, o horizonte se esvazia, nenhuma nova esperança nos chama, tudo o que resta é morrer. E, no entanto, nos agarramos, não queremos acabar, teimamos na criação como velhos teimam no amor, dolorosamente, vergonhosamente... Ah! Deveríamos ter a coragem e o orgulho de nos enforcarmos diante de nossa última obra-prima!

Ele parecia ter crescido, abalando o teto alto do ateliê, sacudido por uma emoção tão forte que lágrimas surgiram em seus olhos. E foi cair numa cadeira, diante de sua tela, perguntando com o ar inquieto de um aluno que precisa ser encorajado.

– Então, de fato, acham que isso está bom?... Por mim, não ouso mais acreditar. Minha infelicidade deve ser que eu tenho senso crítico ao mesmo tempo demais e de menos. Assim que me consagro a um estudo, eu o exalto; depois, se não dá certo, eu me torturo. Valeria mais a pena não ver nada, como aquele animal do Chambouvard, ou então ver muito claramente e não pintar mais... Sinceramente, vocês gostam desta pequena tela?

Claude e Jory permaneciam imóveis, atônitos, espantados por esse soluço de grande dor do parto. Em que momento de crise tinham eles chegado então, para que esse mestre uivasse de sofrimento, consultando-os como camaradas? E o pior é que não conseguiram esconder uma hesitação, sob os grandes olhos ardentes que lhes imploravam, olhos nos quais se podia ler o medo oculto da decadência. Eles conheciam bem o boato que corria, compartilhavam a opinião de que o pintor, desde seu *Boda na aldeia*, não havia feito nada que valesse esse famoso quadro. Até, depois de ter conservado a mesma qualidade em algumas telas, ele agora escorregava para uma fatura mais elaborada e mais seca. O brilho se perdia, e cada trabalho parecia decair. Mas essas eram coisas que não podiam ser ditas, e Claude, quando se recuperou, exclamou:

– O senhor nunca pintou nada tão poderoso!

Bongrand olhou para ele mais uma vez, direto nos olhos. Depois voltou à sua obra, absorveu-se, fez um movimento com os dois braços hercúleos, como se tivesse partido os ossos para levantar aquela pequena tela, tão leve. E murmurou, falando consigo mesmo:

– Pelo amor de Deus! Como é pesado! Não importa, prefiro me arrebentar do que degringolar!

Ele retomou sua paleta, acalmou-se com a primeira pincelada, arredondando seus ombros de homem bom, com sua nuca larga, onde se percebia a envergadura obstinada do camponês na mestiçagem da finura burguesa, da qual ele era o produto.

Caiu um silêncio. Jory, com os olhos ainda no quadro, perguntou:

– Está vendido?

O pintor respondeu sem pressa, como um artista que trabalhava quando queria e que não tinha a preocupação do ganho.

– Não... Fico paralisado quando tenho um marchand nas minhas costas.

E, sem cessar de trabalhar, continuou, mas agora zombeteiro.

– Oh! Começaram a fazer um comércio, com a pintura!... Positivamente, nunca vi isso, eu que estou virando matusalém... Então, o senhor, amável jornalista, quantas flores ofereceu aos jovens, nesse artigo em que me citou! Havia dois ou três garotos lá que eram nada menos do que gênios.

Jory se pôs a rir.

– Diabos! Quando se tem um jornal, é para usá-lo. E, aliás, o público gosta disso, gosta que lhe revelem grandes homens.

– Sem dúvida, a estupidez do público é infinita, e admito que o senhor a explore... Só que eu me lembro de nossos começos. Diacho! Não éramos mimados, tínhamos dez anos de trabalho e de luta pela frente, antes de podermos impor uma pintura pequenina... Ao passo que hoje em dia o primeiro rapazote que consegue figurar um homem que pare em pé faz soar todas as trombetas da publicidade. E que publicidade! Um charivari de um extremo ao outro da França, agitando famas repentinas que crescem da noite para o dia, e que explodem como raios, no meio das populações boquiabertas. Sem falar nas obras, essas pobres obras anunciadas por salvas de artilharia, aguardadas num delírio de impaciência, enlouquecendo Paris durante oito dias, depois caindo no esquecimento eterno!

– O senhor está fazendo aí um processo à imprensa de informação, declarou Jory, que tinha ido se reclinar no sofá, acendendo um novo charuto. Há coisas boas e ruins a dizer sobre ela, mas é preciso pertencermos ao nosso tempo, que diabo!

Bongrand balançava a cabeça; e retomou, numa enorme hilaridade:

– Não! Não! Ninguém pode mais fazer o menor borrão, sem se tornar um jovem mestre... Eu, vejam, me divirto com seus jovens mestres!

Mas, como se lhe tivesse ocorrido uma associação de ideias, acalmou-se, voltou-se para Claude, para fazer esta pergunta:

– A propósito, e Fagerolles, viu o quadro dele?
– Sim, respondeu simplesmente o jovem.

Os dois continuavam a se olhar, um sorriso invencível surgiu nos lábios deles, e Bongrand finalmente acrescentou:

– Está aí alguém que saqueia o que o senhor faz!

Jory, dominado por um embaraço, baixando os olhos, perguntava-se iria defender Fagerolles. Sem dúvida lhe pareceu vantajoso fazê-lo, pois elogiou o quadro, essa atriz em seu camarim, cuja reprodução gravada fazia então grande sucesso nas vitrinas. O assunto não seria moderno? Não estava lindamente pintado, nos tons claros da nova escola? Talvez fosse possível desejar mais força; apenas, era necessário deixar cada um ser segundo sua própria natureza; além disso, o encanto e a distinção não eram assim tão fáceis de encontrar.

Inclinado sobre sua tela, Bongrand, que normalmente só elogiava paternalmente os jovens, estremeceu, fazendo um esforço visível para não explodir. Mas a explosão ocorreu contra sua vontade.

– Deixe-nos em paz, hein! Com seu Fagerolles! Então acha que somos mais burros do que somos!... Olhe! Está vendo o grande pintor aqui presente. Sim, este jovem cavalheiro ali, que está na sua frente! Pois bem! O truque consiste em roubar sua originalidade e temperá-la com o molho subserviente da Escola de Belas-Artes! Perfeitamente! Toma-se o moderno, pinta-se claro, mas mantém-se o desenho banal e correto, a composição agradável de todo mundo, enfim a fórmula que ensinam lá, para agradar os burgueses. E afoga-se isso na facilidade, oh! Nessa execrável facilidade dos dedos, que poderiam do mesmo jeito esculpir cocos, dessa facilidade que flui, agradável, que leva ao sucesso e que deveria ser punida com a penitenciária, está entendendo!

Ele brandia sua paleta e seus pincéis no ar, com seus dois punhos cerrados.

– O senhor é severo, disse Claude, constrangido. Fagerolles realmente tem qualidades de finura.

– Contaram-me, murmurou Jory, que ele acabou de assinar um contrato muito vantajoso com Naudet.

Esse nome, lançado assim na conversa, mais uma vez relaxou Bongrand, que repetiu, balançando os ombros:
— Ah! Naudet... Ah! Naudet...
E ele os divertiu muito com Naudet, que conhecia bem. Era um marchand que, há alguns anos, vinha revolucionando o comércio dos quadros. Não se tratava mais do jeito antigo, do casaco sujo e do bom gosto do tio Malgras, das telas de principiantes vigiadas, compradas por dez francos para serem revendidas por quinze, toda essa rotina de pequeno conhecedor, fazendo muxoxo diante da obra cobiçada para depreciá-la, no fundo adorando a pintura, ganhando sua pobre vida, renovando rapidamente seus poucos tostões de capital em operações prudentes. Não, o famoso Naudet tinha aparência de um cavalheiro, de paletó estampado, com um brilhante na gravata, empomadado, limpíssimo, envernizado; grande nível de vida, por sinal, carro alugado por mês, poltrona na Ópera, mesa reservada no Bignon, frequentando todos os lugares em que era decente se mostrar. De resto, um especulador, um corretor da bolsa, que zombava radicalmente da boa pintura. Tinha um faro único para o sucesso, adivinhava o artista bom para ser lançado, não aquele que prometia o gênio discutido de um grande pintor, mas aquele cujo talento mentiroso, inchado com falsas ousadias, ia prevalecer no mercado burguês. E era assim que ele desarranjava esse mercado, dispensando o antigo amador de gosto e tratando apenas com o amador rico, que nada conhece em arte, que compra um quadro como uma ação na bolsa, por vaidade ou na esperança que ele valorizará.

Aí, Bongrand, muito gaiato, com um seu velho caráter cabotino, pôs-se a representar a cena. Naudet chega na casa de Fagerolles. "— O senhor é genial, meu caro. — Ah! Seu quadro do outro dia foi vendido. — Por quanto? — Quinhentos francos. — Mas está louco! Valia mil e duzentos. E este, que está aqui? — Meu Deus! Não sei, vamos dizer mil e duzentos. — Que absurdo, mil e duzentos! Então o senhor não está me entendendo, meu caro? Vale dois mil! Levo por dois mil. E, a partir de hoje, o senhor trabalha só para mim, Naudet! Adeus, adeus, meu caro, não desperdice seu tempo, sua fortuna está feita, eu me encarrego." Então ele parte, leva o quadro em seu carro, mostra para seus amadores, entre os quais espalhou a notícia de que acabara de descobrir um pintor extraordinário. Um destes termina mordendo e pergunta o preço. – Cinco mil. – O quê! Cinco mil! Pelo quadro de um desconhecido, está brincando comigo! – Escute, estou lhe propondo um negócio: vendo por cinco mil e assino o compromisso de comprá-lo de volta por seis mil daqui um ano, se não gostar mais dele. Com isso, o amador é tentado: o que está arriscando? No fundo, é um bom investimento, e ele compra. Então, Naudet não perde tempo, vende do mesmo jeito nove ou dez no ano. A vaidade se mistura com a esperança de ganho, os preços sobem, uma cotação se estabelece, de modo que quando ele retorna ao seu amador, este, em vez de devolver o quadro, paga oito mil por um outro. E o aumento segue seu curso, e a pintura nada mais é do que um terreno ambíguo, minas de ouro na colina de Montmartre, lançadas por banqueiros, em volta das quais se briga com golpes de notas de dinheiro!

Claude se indignava, Jory achava aquilo muito esperto, quando bateram. Bongrand, que foi abrir, soltou uma exclamação.

– Olhe só! Naudet!... Justamente, falávamos de você.

Naudet, muito correto, sem um respingo de lama, apesar do tempo atroz, cumprimentava, entrava com a polidez recolhida do mundano que penetra numa igreja.

– Muito feliz, muito lisonjeado, querido mestre... E só diziam coisas boas, tenho certeza.

– Mas de modo algum, Naudet, de modo algum! Retomou Bongrand com voz tranquila. Dizíamos que seu modo de explorar a pintura estava nos criando uma linda geração de artistas imitadores, cruzados com homens de negócio desonestos.

Impassível, Naudet sorriu.

– A expressão é dura, mas tão encantadora! Vamos, vamos, caro mestre, nada que vem do senhor me fere.

E, caindo em êxtase diante do quadro, das duas pequenas mulheres que costuravam:

– Ah! Meu Deus! Não o conhecia, é uma maravilha!... Ah! Esta luz; esta fatura tão sólida e tão ampla! É preciso voltar a Rembrandt, sim, a Rembrandt!... Escute, caro mestre, vim apenas para lhe prestar minhas homenagens, mas foi minha estrela que me guiou. Vamos, enfim, fazer um negócio, ceda esta joia... O que o senhor quiser, eu cubro com ouro.

Viam-se as costas de Bongrand irritarem-se a cada frase. Ele o interrompeu rudemente.

– Tarde demais, está vendido.

– Vendido, meu Deus! E não pode voltar atrás? Diga pelo menos a quem, farei tudo, darei tudo... Ah! Que golpe terrível! vendido, tem certeza? Se eu oferecesse o dobro?

– Está vendido, Naudet, e basta, hein!

Porém, o marchand continuou a se lamentar. Ficou mais alguns minutos, extasiou-se diante de outros estudos, deu a volta no ateliê com os olhares penetrantes de um jogador em procura de sua sorte. Quando percebeu que a hora não era boa e que não levaria nada, foi-se embora, curvando-se com ar de gratidão, exclamando sua admiração até no patamar da escada.

Assim que não estava mais lá, Jory, que ouvira com surpresa, se permitiu uma pergunta.

– Mas o senhor nos disse, parece-me... Não está vendido, não é?

Bongrand, sem responder a princípio, voltou para sua tela. Depois, com sua voz trovejante, pondo nesse grito todo o sofrimento oculto, toda a luta incipiente que ele não confessava:

– Ele me amola! Nunca terá nada!... Que vá comprar de Fagerolles!

Quinze minutos depois, Claude e Jory se despediram, deixando-o no trabalho, obstinado sob a luz que diminuía. E, lá fora, quando o primeiro se separou do companheiro, não voltou imediatamente à Rue de Douai, apesar de sua longa ausência. Uma necessidade de caminhar ainda, de abandonar-se a esta Paris, onde os encontros de um único dia lhe enchiam o crânio, o fez vaguear até a noite plena, na lama gelada das ruas, sob a luz dos bicos de gás, que se acendiam um por um, como estrelas esfumaçadas nas profundezas do nevoeiro.

Claude esperava impacientemente a quinta-feira, para ir jantar na casa de Sandoz: pois este, imutável, continuava recebendo seus camaradas, uma vez por semana. Vinha quem quisesse, a mesa estava posta. Podia ter se casado, mudado de vida, se lançado em plena luta literária: continuou mantendo seu dia, aquela quinta-feira que datava de sua saída do colégio, do tempo dos primeiros cachimbos. Como ele mesmo repetia, aludindo à esposa, havia apenas um camarada a mais.

– Olhe, meu velho, ele tinha dito francamente a Claude, isso me incomoda muito...

– O quê?

– Você não se casou... Ah! Eu, você sabe, eu receberia sua esposa com prazer... Mas são os imbecis, um monte de burgueses que estão na tocaia, e que contariam abominações...

– Mas, de certo, meu velho, mas a própria Christine se recusaria a ir à sua casa. Oh! Nós compreendemos muito bem, vou sozinho, conte com isso!

Já às seis horas, Claude foi à casa de Sandoz, na Rue Nollet, no fundo de Batignolles; e ele teve um trabalhão para descobrir o pequeno pavilhão em que seu amigo vivia. Primeiro, entrou numa casa grande dando para a rua, falou com o porteiro, que o conduziu por três pátios; depois passou por um longo corredor entre dois outros prédios, desceu uma escada de alguns degraus, tropeçou na grade de um jardim estreito: era ali, o pavilhão ficava no final de uma passagem. Porém, estava tão escuro, ele quase quebrara as pernas na escada, que não ousava se arriscar mais, sem contar que um cachorro enorme latia furiosamente. Por fim, ouviu a voz de Sandoz, que avançava enquanto acalmava o cachorro.

– Ah! É você... Hein? Estamos no campo. Vamos pôr uma lanterna, para que nossos amigos não quebrem a cabeça... Entre, entre... Bertrand danado, cale a boca! Não está vendo que ele é um amigo, seu imbecil!

Então o cachorro os acompanhou até o pavilhão, com o rabo erguido, latindo de alegria. Uma jovem criada apareceu com uma lanterna, que ela foi pendurar na grade para iluminar a terrível escada. No jardim havia apenas um pequeno gramado central, plantado com uma imensa ameixeira, cuja sombra apodrecia a grama; e na frente da casa, muito baixa, com apenas três janelas frontais, reinava um caramanchão de vinha virgem, onde reluzia um banco novinho em folha, instalado ali como enfeite sob chuvas de inverno, esperando o sol.

– Entre, repetiu Sandoz.

Ele o conduziu, à direita do vestíbulo, até a sala de estar, que havia transformado em escritório. A sala de jantar e a cozinha ficavam à esquerda. No andar de cima, a mãe, que não saía mais da cama, ocupava o quarto grande; enquanto o casal se contentava com o outro e o com o banheiro, colocado entre os dois quartos. E era tudo, uma verdadeira caixa de papelão, compartimentos de gaveta, separados por divisórias finas como folhas de papel. Uma casinha de trabalho e de esperança, porém, vasta ao lado dos sótãos da juventude, já animada com os primórdios de bem-estar e de luxo.

– Hein?, ele gritou, temos espaço! Ah! É bem mais conveniente do que lá na Rue d'Enfer! Está vendo, tenho um cômodo só para mim. E comprei uma mesa de carvalho para escrever, e minha esposa me deu esta palmeira, neste velho vaso de Rouen... Hein? É chique!

Nesse momento, sua esposa entrou. Alta, com um rosto calmo e alegre, com belos cabelos castanhos, ela usava um grande avental branco sobre seu vestido de popeline preto, muito simples, pois, embora tivessem contratado uma criada que morava em casa, ela cuidava da cozinha, orgulhava-se de alguns de seus pratos, colocava na casa a limpeza e a gulodice burguesas.

Imediatamente, Claude e ela sentiram-se como velhos conhecidos.

– Chame-o de Claude, querida... E você, meu velho, chame-a de Henriette... Nada de madame, nada de monsieur, ou eu multo vocês de cinco centavos todas as vezes que fizerem isso.

Eles riram e ela escapou, chamada à cozinha por um prato do Sul, uma *bouillabaisse*, com a qual ela queria surpreender os amigos de Plassans. Ela pegou a receita com o próprio marido, e segundo ele, tinha adquirido um talento extraordinário para preparar isso.

– Ela é encantadora, sua esposa, disse Claude, e ela mima você.

Mas Sandoz, sentado à sua mesa, com os cotovelos entre as páginas do livro em curso, escritas pela manhã, começou a falar do primeiro romance da sua série, que havia publicado em outubro. Ah! Como eles trataram bem, seu pobre livro! Era uma carnificina, um massacre, todos os críticos uivando em seus calcanhares, uma saraivada de imprecações, como se ele tivesse assassinado gente no fundo de um bosque. E ele ria, bastante excitado, com os ombros firmes, com a postura calma de um trabalhador que sabe para onde vai. Só lhe restava um espanto, a profunda falta de inteligência desses sujeitos, cujos artigos escritos às pressas nos cantos das escrivaninhas o cobriam de lama, sem parecer suspeitar da menor de suas intenções. Tudo foi jogado no balde das injúrias: seu novo estudo do homem fisiológico, o papel todo-poderoso dado aos ambientes, a vasta natureza criando eternamente, a vida em suma, a vida total, universal, que vai de um extremo da animalidade ao outro, sem altos ou baixos, sem beleza ou feiura; e as audácias da linguagem, a convicção de que tudo deve ser dito, de que há palavras abomináveis necessárias como ferros em brasa, de que uma linguagem emerge enriquecida desses banhos frios; e principalmente o ato sexual, a origem e a conclusão contínua do mundo, extraído da vergonha em que está escondido, restaurado em sua glória, sob o sol. Que se zangassem, ele admitia facilmente; mas pelo menos desejava que lhe dessem a honra de compreender e de se zangarem por causa de suas ousadias, não por causa das sujeiras imbecis que atribuíam a ele.

– Pois é!, continuou, acho que há ainda mais simplórios do que maldosos... É a forma que os enfurece a meu respeito, a frase escrita, a imagem, a vida do estilo. Sim, toda a burguesia arrebenta de ódio pela literatura!

Calou-se, invadido por uma tristeza.

– Bah!, disse Claude depois de um silêncio, você é feliz, trabalha, produz!

Sandoz tinha se levantado, teve um gesto de dor repentina.

– Ah! Sim, eu trabalho, levo meus livros até a última página... Mas se você soubesse! Se eu dissesse com que desesperos, em meio a quantos tormentos! Esses cretinos chegam até a me acusar de orgulho! Eu, que a imperfeição do meu trabalho persegue até no sono! Eu, que nunca releio minhas páginas da véspera, com medo de julgá-las tão execráveis que não consiga encontrar forças para continuar depois!... Eu trabalho, eh! Sem dúvida, eu trabalho! Trabalho como vivo, porque nasci para isso; mas, vá, eu não sou mais feliz com isso, nunca estou satisfeito, e sempre há o grande colapso no final!

Uma explosão de voz o interrompeu, e Jory apareceu, encantado com a existência, contando como acabara de remendar uma velha crônica, para ter sua noite livre. Quase imediatamente, Gagnière e Mahoudeau, que haviam se encontrado na porta, chegaram conversando. O primeiro, mergulhado em uma teoria das cores há vários meses, explicava ao outro seu processo.

– Eu ponho meu tom, continuava ele. O vermelho da bandeira se desvanece e fica amarelo porque se destaca contra o azul do céu, cuja cor complementar, o laranja, combina com o vermelho.

Claude, interessado, já o interrogava quando a criada trouxe um telegrama.

– Bom!, disse Sandoz, é Dubuche que se desculpa, promete nos surpreender por volta das onze horas.

Nesse momento Henriette escancarou a porta e ela mesma anunciou o jantar. Já não usava seu avental de cozinheira, apertava alegremente, como dona da casa, as mãos que se estendiam. Para a mesa! Para a mesa! Eram sete e meia, a *bouillabaisse* não esperava. Jory, tendo observado que Fagerolles jurara que viria, ninguém acreditou: ele estava ficando ridículo, Fagerolles, com sua pose de jovem mestre, sobrecarregado de trabalho!

A sala de jantar, na qual entraram, era tão pequena que, querendo instalar o piano ali, tiveram que abrir uma espécie de alcova em um gabinete escuro, reservado até então para a louça. No entanto, nos dias grandes, era possível acomodar umas dez pessoas ao redor da mesa redonda, sob o lustre de porcelana branca, mas com a condição de bloquear o aparador, fazendo com que a criada não pudesse mais ir lá buscar um prato. Aliás, era a dona da casa que servia; e o dono da casa colocou-se em frente, contra o aparador bloqueado, para pegar e passar o que fosse preciso.

Henriette tinha instalado Claude à sua direita, Mahoudeau à sua esquerda; enquanto Jory e Gagnière se sentaram ao lado de Sandoz.

— Françoise!, ela chamou. Traga as torradas, elas estão no forno.

E, tendo a criada lhe trazido as torradas, distribuiu-as duas a duas nos pratos, e depois começou a servir o caldo da *bouillabaisse*, quando a porta se abriu.

— Fagerolles, enfim!, disse ela. Sente-se ali, perto de Claude.

Ele se desculpou com um ar de galante polidez, alegou um encontro de negócios. Muito elegante agora, esticado em roupas de corte inglês, tinha o traje de um homem de altas rodas, realçado pelo toque de desalinhamento artístico que conservava. Imediatamente, ao sentar-se, ele apertou a mão de seu vizinho, fingindo grande alegria.

— Ah! Meu velho Claude! Há tanto tempo que eu queria vê-lo! Sim, tive a ideia de ir lá vinte vezes; e depois, você sabe, a vida.

Claude, com mal-estar diante desses protestos, tentava responder com igual cordialidade. Porém, Henriette, que continuava a servir, o salvou, ficando impaciente.

— Vamos, Fagerolles, me responda... São duas torradas que o senhor quer?

— Certamente, minha senhora, duas torradas... Adoro a *bouillabaisse*. Aliás, a senhora faz isso tão bem! Uma maravilha!

Todos, de fato, se embeveciam, sobretudo Mahoudeau e Jory, que declararam nunca terem comido nenhuma melhor em Marselha; tanto que a jovem, encantada, rosada ainda por causa do calor do forno, com a concha na mão, mal bastava para encher os pratos que voltavam a ela; e até saiu da cadeira, correndo pessoalmente para buscar o resto do caldo na cozinha, pois a criada estava atrapalhada.

— Coma, você!, Sandoz gritou para ela. Esperamos até que você tenha comido.

Mas ela teimava, ficando de pé.

— Deixe... É melhor você passar o pão. Sim, atrás de você, no aparador... Jory prefere com manteiga, o miolo que encharca.

Sandoz levantou-se por sua vez, ajudou no serviço, enquanto brincavam com Jory sobre as sopas grossas de que gostava.

E Claude, tomado por essa bonomia feliz, como se despertado de um longo sono, olhava para todos eles, perguntando a si mesmo se os havia deixado na véspera, ou se fazia, de fato, quatro anos que não tinha jantado ali, numa quinta-feira. Entretanto, eles tinham mudado, sentia-os diferentes, Mahoudeau amargurado pela miséria, Jory afundado em seu prazer; Gagnière mais distante, voando longe; e, sobretudo, parecia-lhe que Fagerolles, perto dele, emanava frieza, apesar de sua exagerada cordialidade. Sem dúvida, seus rostos haviam envelhecido um pouco, desgastados pela existência; mas não era só isso, alguns vazios pareciam se formar entre eles, via-os isolados, estranhos, embora estivessem ombro a ombro, muito apertados em torno daquela mesa. Além disso, o ambiente era novo: uma mulher, agora, contribuía com seu encanto, acalmando-os com sua presença. Então, por que, diante desse curso fatal das coisas que morrem e se renovam, ele tinha essa sensação de recomeço? Por que poderia jurar que estivera sentado ali, na quinta-feira da semana anterior? E julgou ter finalmente compreendido: era Sandoz que não se mexera, tão teimoso nos hábitos do coração como nos hábitos de trabalho, radiante por recebê-los à sua mesa de jovem casal, do mesmo jeito que costumava partilhar com eles sua escassa refeição de solteiro. Um sonho de amizade eterna o imobilizava, quintas-feiras assim se sucediam ao infinito, até os últimos dias distantes da idade. Todos eternamente juntos! Todos que partiram ao mesmo tempo e que chegaram à mesma vitória!

Deve ter adivinhado o pensamento que deixava Claude mudo, pois disse-lhe por cima da toalha, com seu bom riso de juventude.

– Hein? Velho, você voltou então! Ah! Que diabo, como você nos fez falta!... Mas, está vendo, nada muda, somos sempre os mesmos... Não é? Digam vocês!

Eles responderam com sinais de cabeça. Sem dúvida, sem dúvida!

– Só que, continuou radiante, a cozinha é um pouco melhor do que na Rue d'Enfer... Quantas *ratatouilles* eu fiz vocês comerem!

Depois da *bouillabaisse*, apareceu um guisado de lebre; e uma ave assada, acompanhada de uma salada, encerrou o jantar. Mas ficaram muito tempo na mesa, a sobremesa se arrastou, embora a conversa não tivesse nem a febre, nem as violências de outrora:

todo mundo falava de si mesmo, acabava calado, vendo que ninguém ouvia. Quando chegou o queijo, porém, quando provaram um vinhozinho da Borgonha, um pouco ácido, que o casal se atreveu comprar uma pipa, com os direitos autorais do primeiro romance, as vozes se ergueram, se animaram.

– Então, você tratou com Naudet?, perguntou Mahoudeau, cujo rosto ossudo de faminto tinha se cavado ainda mais. É verdade que ele lhe garante cinquenta mil francos no primeiro ano?

Fagerolles respondeu com descuido afetado:

– Sim, cinquenta mil... Mas nada está feito, estou pensando, é duro se comprometer assim. Ah! Sou eu que não me empolgo!

– Diacho!, murmurou o escultor, você é difícil. Por vinte francos por dia, eu assino o que quiserem.

Todos agora ouviam Fagerolles, que posava como o homem cansado pelo sucesso nascente. Ele tinha sempre seu rosto bonitinho e inquietante de meretriz; mas um certo arranjo do cabelo, o corte da barba lhe davam uma gravidade. Embora viesse ainda de quando em quando na casa de Sandoz, separava-se do bando, lançava-se nos bulevares, frequentava os cafés, as redações de jornais, todos os lugares de publicidade onde podia fazer contatos úteis. Era uma tática, uma vontade de conquistar o próprio triunfo, essa ideia maligna de que, para ter sucesso, era preciso não ter mais nada em comum com esses revolucionários, nem um marchand, nem as relações, nem os hábitos. E dizia-se mesmo que ele punha mulheres de dois ou três salões na sua sorte, não como um macho brutal à maneira de Jory, mas como um vicioso superior às suas paixões, como alguém que simplesmente faz cócegas em baronesas envelhecidas.

Justamente, Jory lhe assinalou um artigo, com o único objetivo de parecer importante, pois tinha a pretensão de ter lançado Fagerolles, como pretendia outrora ter lançado Claude.

– Diga, leu o estudo de Vernier sobre você? Mais um que me copia!

– Ah! Tem artigos, ele!, suspirou Mahoudeau.

Fagerolles fez um gesto descuidado com a mão; mas sorria com o desprezo escondido daqueles pobres diabos tão ineptos, que persistiam numa grosseria de tolos, quando era tão fácil conquistar a multidão. Não bastava romper, depois de tê-los saqueado? Fagerolles se beneficiava de todo o ódio que tinham contra eles: cobriam de elogios suas telas edulcoradas, para completar a matança das obras obstinadamente violentas dos outros.

– Você leu o artigo de Vernier?, repetiu Jory para Gagnière. Não é verdade que ele diz o que eu disse?

Havia um momento em que Gagnière se absorvia na contemplação de seu copo na toalha branca, que o reflexo do vinho manchava de vermelho. Sobressaltou-se.

– Hein! O artigo de Vernier?

– Sim, enfim, todos esses artigos que aparecem sobre Fagerolles.

Estupefato, ele se voltou para este.

– Como então! Escrevem artigos sobre você... Não sei de nada, não vi... Ah! Escrevem artigos sobre você! E por que isso?

Uma explosão de gargalhadas ocorreu, só Fagerolles ria sem vontade, acreditando que se tratava de uma piada maldosa. Mas Gagnière estava de absoluta boa-fé: espantava-se que pudessem celebrar um pintor que nem sequer observava a lei dos valores. Um sucesso para aquele farsante, nunca na vida! O que estava acontecendo com a consciência?

Essa alegria barulhenta aqueceu o final do jantar. Não comiam mais, só a dona da casa ainda queria encher os pratos.

– Meu amigo, preste atenção, ela repetia para Sandoz, muito excitado em meio ao barulho. Estenda a mão, os biscoitos estão no aparador.

Protestaram, todos se levantaram. Como, em seguida, prosseguiriam a noitada ali, à volta da mesa, a tomar chá, levantaram-se, continuando a falar apoiados nas paredes, enquanto a criada tirava a mesa. O casal ajudava, ela colocando os saleiros de volta em uma gaveta, ele dando uma mão para dobrar a toalha.

– Podem fumar, disse Henriette. Vocês sabem que isso não me incomoda absolutamente.

Fagerolles, que puxara Claude para o recesso da janela, ofereceu-lhe um charuto, que este recusou.

– Ah! É verdade, você não fuma... E, diga, vou ver o que você trouxe de lá. Hein? Coisas muito interessantes. Você sabe o que eu acho do seu talento. Você é o melhor...

Mostrava-se muito humilde, sincero no fundo, permitindo que sua antiga admiração ressurgisse, marcado para sempre pela força desse gênio de um outro, que reconhecia, apesar dos cálculos complicados de sua malícia. Mas sua humildade foi agravada por um embaraço, bem raro nele, pela perturbação que criava nele o silêncio mantido pelo mestre de sua juventude a respeito de seu quadro. E ele se decidiu, com os lábios trêmulos.

– Você viu minha atriz no *Salon*? Você gosta daquilo, francamente?

Claude hesitou por um segundo, depois como bom camarada:

– Sim, tem coisas muito boas.

Fagerolles já se corroía por ter feito essa pergunta estúpida; e perdia pé na conversa, desculpava-se agora, tentava inocentar seus empréstimos e pleitear por seus compromissos. Quando ele conseguiu sair, com grande dificuldade, da situação, exasperado com sua falta de jeito, voltou a ser, por um momento, o brincalhão de outrora, fez o próprio Claude rir até as lágrimas, divertiu a todos. Depois, estendeu a mão para Henriette, despedindo-se.

– Como? Está nos abandonando tão cedo?

– Infelizmente! Sim, cara senhora. Meu pai está conversando com um chefe de departamento de um ministério, que quer influenciar para obter sua condecoração... E, como sou um de seus títulos de glória, jurei que compareceria.

Quando ele saiu, Henriette, que havia trocado algumas palavras em voz baixa com Sandoz, desapareceu; e ouviu-se o leve som de seus passos no primeiro andar: desde o casamento, era ela quem cuidava da velha mãe enferma, ausentando-se assim várias vezes durante a noitada, como o filho fazia outrora.

De resto, nenhum dos convidados notou sua saída. Mahoudeau e Gagnière conversavam sobre Fagerolles, mostrando um surdo azedume, sem ataque direto. Ainda eram apenas olhares irônicos um para o outro, dar de ombros, todo o desprezo mudo de rapazes que não querem executar um camarada. E eles voltaram-se para Claude, e se prostraram, e o cobriram com as esperanças que punham nele. Ah! Estava na hora de ele voltar, pois só ele, com seus dons de grande pintor, sua garra firme, poderia ser o mestre, o líder reconhecido. Desde o *Salon des Refusés*, a escola do ar livre tinha se expandido, com crescente influência que se fazia sentir; infelizmente, os esforços se dispersavam, os novos recrutas se contentaram com esboços, impressões descuidadas feitas com três pinceladas; e esperava-se o homem de gênio necessário, aquele que encarnaria a fórmula em obras-primas. Que lugar a conquistar! Domar a multidão, abrir um século, criar uma arte! Claude os ouvia, com os olhos no chão, o rosto tomado pela palidez. Sim, esse era seu sonho oculto, a ambição que não ousava confessar a si mesmo. Só que se misturava à alegria da bajulação uma estranha angústia, um medo desse futuro, ao ouvir que o elevavam a esse papel de ditador, como se já tivesse triunfado.

– Deixem disso!, terminou gritando, há muitos que me valem, ainda estou me procurando!

Jory, aborrecido, fumava em silêncio. Bruscamente, como os outros dois teimavam, ele não conseguiu conter esta frase:

– Tudo isso, meus garotos, é porque vocês estão incomodados com o sucesso de Fagerolles.

Eles gritaram, explodiram em protestos. Fagerolles! O jovem mestre! Que piada boa!

– Oh! Você nos abandonou, nós sabemos, disse Mahoudeau. Agora não há perigo que você escreva duas linhas sobre nós.

– Pois, meu caro, respondeu Jory, envergonhado, tudo o que escrevo sobre vocês eles me cortam. Vocês se fazem execrar em todos os lugares... Ah! Se eu tivesse meu próprio jornal!

Henriette reapareceu, e os olhos de Sandoz tendo procurado os dela, respondeu com um olhar, teve aquele sorriso terno e discreto que ele mesmo tinha outrora, quando saía do quarto de sua mãe. Depois, ela chamou todos eles, sentaram-se novamente em volta da mesa, enquanto ela fazia o chá e servia nas xícaras. Mas a noite ficou tristonha, entorpecida pelo cansaço. Em vão deixaram entrar Bertrand, o grande cachorro, que se aviltou diante do açúcar, e que foi deitar-se contra o fogão, onde roncava como um homem. Depois da discussão sobre Fagerolles, os silêncios reinavam, uma espécie de tédio irritado pesava na fumaça espessa dos cachimbos. Até mesmo Gagnière, a certa altura, deixou a mesa para se sentar ao piano, onde estropiou em surdina frases de Wagner, com os dedos rígidos de um amador que faz suas primeiras escalas aos trinta anos.

Por volta das onze horas, Dubuche, chegando enfim, terminou por esfriar a reunião. Ele havia escapado de um baile, desejoso de cumprir com seus antigos camaradas o que considerava um último dever; e sua casaca, sua gravata branca, sua face gorda e pálida expressavam ao mesmo tempo a contrariedade por ter vindo, a importância que dava a esse sacrifício, o medo que tinha de comprometer sua nova fortuna. Evitava de falar sobre sua mulher, para não ter de levá-la à casa de Sandoz. Quando apertou a mão de Claude, sem mais emoção do que se o tivesse encontrado na véspera, recusou uma xícara de chá, falou lentamente, estufando as bochechas, sobre as preocupações de se mudar para uma casa nova, o que trazia novos problemas, do trabalho que o sobrecarregava, depois que ele cuidava das construções de seu sogro, toda uma rua a construir perto do Parc Monceau.

Então Claude claramente sentiu algo se quebrar. Assim, a vida já havia levado embora as noitadas de outrora, tão fraternas em sua violência, quando nada ainda os separava, quando nenhum deles protegia sua parte de glória? Hoje, a batalha começava, cada esfomeado dava sua mordida. A fissura estava lá, a fenda pouco visível, que havia rachado as velhas amizades juradas, e que iria fazê-las estilhaçar, um dia, em mil pedaços.

Mas Sandoz, em sua necessidade de eternidade, ainda não percebia nada, via-os como no tempo da Rue d'Enfer, nos braços uns dos outros, partindo como conquistadores. Por que mudar o que era bom? A felicidade não estava nessa alegria escolhida entre todas, depois eternamente provada? E, uma hora mais tarde, quando os camaradas decidiram partir, sonolentos sob o morno egoísmo de Dubuche, que falava sem parar sobre seus assuntos, quando arrancaram do piano o hipnotizado Gagnière, Sandoz, seguido por sua esposa, apesar da noite fria, quis absolutamente acompanhá-los até o final do jardim, até a grade. Distribuía apertos de mão, gritando: – Até quinta, Claude!... Até quinta, pessoal!... Hein? Venham todos!

– Até quinta-feira!, repetiu Henriette, que pegara a lanterna e a erguera para iluminar a escada.

E, no meio dos risos, Gagnière e Mahoudeau responderam, brincando:

– Até quinta-feira, jovem mestre!... Boa noite, jovem mestre!

Lá fora, na Rue Nollet, Dubuche imediatamente chamou um fiacre, que o levou embora. Os outros quatro subiram juntos até o boulevard exterior, quase sem trocar uma palavra, com o ar atordoado por estarem juntos há tanto tempo. No boulevard, tendo passado uma moça, Jory correu atrás de suas saias, depois de ter pretextado que provas tipográficas o aguardavam no jornal. E, como Gagnière parou mecanicamente Claude em frente ao Café Baudequin, cujo gás ainda estava aceso, Mahoudeau se recusou a entrar, foi embora sozinho, revirando ideias tristes, lá longe, até a Rue du Cherche-Midi.

Claude se encontrara, sem querer, sentado na antiga mesa deles, em frente ao silencioso Gagnière. O café não tinha mudado, encontravam-se ainda lá, aos domingos, um fervor havia até se declarado, depois que Sandoz morava no bairro; mas o bando se afogava numa enxurrada de recém-chegados, pouco a pouco dominados pela banalidade crescente dos alunos do ar livre. A essa hora, aliás, o café se esvaziava; três jovens pintores, que Claude não conhecia, vieram, ao se retirarem, apertar-lhe a mão; e havia apenas um homenzinho da vizinhança, que vivia de rendas, dormindo na frente de um pires.

Gagnière, muito à vontade, como em casa, indiferente aos bocejos do único garçom que se espreguiçava na sala, olhava para Claude sem vê-lo, com os olhos vagos.

– A propósito, perguntou este último, o que você estava então explicando a Mahoudeau esta noite? Sim, o vermelho da bandeira que vira amarelo, no azul do céu... Hein? Você cavouca a teoria das cores complementares.

Mas o outro não respondeu. Pegou sua caneca, pousou-a sem ter bebido, terminou murmurando, com um sorriso de êxtase:

– Haydn é a graça retórica, uma pequena música trêmula de velha avó empoada... Mozart é o gênio precursor, o primeiro que deu à orquestra uma voz individual... E eles existem acima de tudo, esses dois, porque produziram Beethoven... Ah! Beethoven, poder, força na dor serena, Michelangelo no túmulo dos Médici! Um lógico heroico, um moldador de cérebros, porque todos partiram da sinfonia com coros, os grandes de hoje!

O garçom, cansado de esperar, começou a apagar os bicos de gás, com mão preguiçosa, arrastando os pés. Uma melancolia invadia a sala deserta, suja pelos escarros e pelas pontas de charuto, exalando o odor de suas mesas pegajosas; enquanto, do boulevard adormecido, só chegavam os soluços perdidos de um bêbado.

Gagnière, ao longe, continuou a seguir a cavalgada dos seus sonhos.

– Weber passa por uma paisagem romântica, conduzindo a balada dos mortos, em meio aos salgueiros e carvalhos que torcem seus braços... Schubert o segue, sob a lua pálida, ao longo de lagos cor de prata... E lá está Rossini, o talento em pessoa, tão alegre, tão natural, sem cuidar da expressão, zombando do mundo, não é o meu homem, ah! Claro que não! Mas tão espantoso ainda assim pela abundância de sua invenção, pelos enormes efeitos que extrai do acúmulo de vozes e da repetição inchada do mesmo tema... Esses três, para chegar em Meyerbeer, um malandro que aproveitou tudo, colocando, depois de Weber, a sinfonia na ópera, dando expressão dramática à fórmula inconsciente de Rossini. Oh! Sopros soberbos, pompa feudal, misticismo militar, arrepios de lendas fantásticas, um grito de paixão atravessando a história! E achados, a personalidade dos instrumentos, o recitativo dramático acompanhado sinfonicamente pela orquestra, a frase típica sobre a qual se constrói toda a obra... Um grande sujeito! Um sujeito muito grande!

– Senhor, veio dizer o garçom, estou fechando.

E, como Gagnière nem virava a cabeça, foi acordar o homenzinho, ainda adormecido na frente de seu pires.

– Estou fechando, senhor.

Arrepiando-se, o consumidor atrasado se levantou, tateou no canto escuro onde se encontrava para pegar sua bengala; e, quando o garçom a apanhou para ele debaixo das cadeiras, saiu.

– Berlioz colocou a literatura em seu negócio. Ele é o ilustrador musical de Shakespeare, Virgílio e Goethe. Mas que pintor! O Delacroix da música, que fez incendiar os sons, em oposições fulgurantes de cores. E com isso, uma fratura romântica no crânio, uma religiosidade que o toma, êxtases acima dos cumes. Mau construtor de ópera, maravilhoso no trecho sinfônico, exigindo demasiado por vezes da orquestra, que ele tortura, tendo levado ao extremo a personalidade dos instrumentos, cada um dos quais para ele representa uma personagem. Ah! O que ele disse dos clarinetes: "Os clarinetes são as mulheres amadas", ah! Isso sempre me deu um arrepio na pele... E Chopin, tão dândi em seu byronismo, o poeta inspirado das neuroses! E Mendelssohn, esse cinzelador impecável, Shakespeare em sapatos de baile, cujas romanças sem palavras são joias para senhoras inteligentes!... E então, e então, é preciso se ajoelhar...

Havia apenas uma luz de gás acesa acima de sua cabeça, e o garçom, atrás de suas costas, esperava no vazio frio e escuro da sala. Sua voz tinha tomado um tremor religioso, ele chegava às suas devoções, ao tabernáculo remoto, ao santo dos santos.

– Oh! Schumann, o desespero, o gozo do desespero! Sim, o fim de tudo, o último canto de triste pureza, pairando sobre as ruínas do mundo!... Oh! Wagner, o deus, em quem se encarnam séculos de música! Sua obra é a arca imensa, todas as artes em uma só, a humanidade verdadeira dos personagens expressa enfim, a orquestra vivendo à parte a vida do drama; e que massacre das convenções, das fórmulas ineptas! Que emancipação revolucionária no infinito!... A abertura do *Tannhäuser*, ah! É o aleluia sublime do novo século: primeiro, o canto dos peregrinos, o motivo religioso, calmo, profundo, com palpitações lentas; depois, as vozes das sereias que o sufocam pouco a pouco, as volúpias de Vênus cheias de deleites deliquescentes, de langores embalantes, cada vez mais altos e imperiosos, desordenados; e, logo, o tema sagrado que aos poucos retorna como uma aspiração do espaço, que toma todos os cantos e os funde em uma harmonia suprema, para arrebatá-los nas asas de um hino triunfal!

– Estou fechando, senhor, repetiu o garçom.

Claude, que não estava mais ouvindo, afundado ele também em sua paixão, terminou sua caneca e disse bem alto:

– Ei! Meu velho, estão fechando!

Então Gagnière estremeceu. Seu rosto encantado teve uma contração dolorosa, e ele tiritou, como se estivesse caindo de um astro. Avidamente, bebeu sua cerveja; então, na calçada, depois de apertar silenciosamente a mão do companheiro, afastou-se, mergulhando no fundo das trevas.

Eram quase duas horas quando Claude voltou à Rue de Douai. Há uma semana que percorria Paris, levando para lá as febres do seu dia. Mas nunca voltara tão tarde, com a cabeça tão quente e tão fumegante. Christine, vencida pelo cansaço, dormia sob o abajur apagado, a testa caída na beirada da mesa.

VIII

ENFIM, CHRISTINE DEU UMA ÚLTIMA ESPANADA, e estavam instalados. Esse ateliê na Rue de Douai, pequeno e incômodo, era acompanhado apenas por um quarto estreito e uma cozinha do tamanho de um armário: era preciso comer no ateliê, o casal vivia ali, com a criança sempre nas pernas deles. E ela teve muita dificuldade em aproveitar a meia dúzia de móveis que possuíam, porque queria evitar a despesa. Entretanto, teve de comprar uma velha cama de segunda mão, cedeu até à necessidade luxuosa de ter cortinas de musselina branca, de sete centavos o metro. A partir de então, aquele buraco lhe pareceu encantador, começou a mantê-lo num princípio de limpeza burguesa, tendo resolvido fazer tudo pessoalmente e prescindir de uma criada, para não mudar muito a vida deles, que ia ser difícil.

Claude viveu esses primeiros meses em excitação crescente. Suas peregrinações em meio às ruas tumultuosas, suas visitas aos amigos, febris de discussões, todas as cóleras, todas as ideias quentes que trazia assim de fora, faziam-no falar apaixonadamente em voz alta, até mesmo em seu sono. Paris havia entrado novamente em seu âmago, de modo violento; e, em pleno incêndio daquela fornalha, era uma segunda juventude, um entusiasmo e uma ambição de querer tudo ver, tudo fazer, tudo conquistar. Ele nunca sentira tanta fúria em trabalhar; nem tal esperança, como se bastasse estender a mão para criar as obras-primas que o colocariam em primeiro lugar. Quando atravessava Paris, descobria pinturas por todos os lados; a cidade inteira, com suas ruas, suas encruzilhadas, suas pontes, seus horizontes vivos, desdobrava-se em afrescos imensos, que ele julgava sempre pequenos demais, tomado pela embriaguez das tarefas colossais. E voltava vibrando, com o crânio borbulhando de projetos, lançando esboços em pedaços de papel, à noite, sob o abajur, incapaz de decidir por onde começaria a série das grandes telas com as quais sonhava.

Um sério obstáculo se opôs a ele: a pequenez de seu ateliê. Se ao menos ele tivesse o velho sótão do Quai de Bourbon, ou mesmo a vasta sala de jantar de Bennecourt! Mas o que fazer, naquele cômodo comprido, um corredor, que o proprietário tivera o cinismo de alugar por quatrocentos francos a pintores, depois de cobri-lo com uma claraboia? E o pior era que essa claraboia voltada para o norte, apertada entre duas paredes altas, deixava entrar apenas uma luz esverdeada de porão. Então, teve que adiar suas grandes ambições, decidiu atacar primeiro as telas médias, dizendo a si mesmo que a dimensão das obras não cria o gênio.

O momento lhe parecia tão bom para o sucesso de um artista ousado que finalmente traria uma nota de originalidade e de franqueza, na derrocada das velhas escolas! As fórmulas da véspera já haviam sido abaladas, Delacroix morrera sem alunos, Courbet mal tinha alguns imitadores desajeitados atrás de si; aquelas obras-primas iam se tornar apenas peças de museu, enegrecidas pelo tempo, meros testemunhos da arte de uma época; e parecia fácil prever a nova fórmula que se soltaria das deles, aquele raiar do grande sol, aurora límpida que se erguia nos quadros recentes, sob a influência da escola ao ar livre que principiava. Era inegável, as obras luminosas, das quais se rira tanto no *Salon des Refusés*, se infiltravam silenciosamente no trabalho de muitos pintores, clareando pouco a pouco todas as paletas. Ninguém aceitava isso ainda, mas o movimento havia sido dado, uma evolução se declarava, que se tornava mais e mais sensível em cada Salão. E que choque se, no meio dessas cópias inconscientes dos impotentes, dessas tentativas medrosas e dissimuladas dos habilidosos, um mestre se revelasse, realizando a fórmula com a audácia da força, sem rodeios, tal como deveria ser plantada, sólida e inteira, para que fosse a verdade deste final de século!

Nessa primeira hora de paixão e esperança, Claude, habitualmente tão devastado pela dúvida, acreditou em seu gênio. Não tinha mais aquelas crises, cuja angústia o lançava na calçada durante dias, em busca de sua coragem perdida. Uma febre o enrijecia, trabalhava com a obstinação cega do artista que abre sua carne para tirar de dentro dela o fruto que o atormenta. Seu longo repouso no campo oferecera-lhe um singular frescor de visão, uma alegria maravilhada na execução; parecia renascer em seu ofício, com uma facilidade e equilíbrio que nunca tivera; e era também uma certeza de progresso, um profundo contentamento, diante de partes bem-sucedidas, onde convergiam enfim antigos esforços estéreis. Como dizia em Bennecourt, tinha agarrado seu ar livre, aquela pintura feita com uma alegria cantante de tons, que espantava os camaradas quando o vinham ver. Todos admiravam, convencidos de que bastaria que ele atuasse para ocupar seu lugar, muito alto, com obras de notação tão pessoal, nas quais pela primeira vez a natureza banhava na verdadeira luz, sob o jogo dos reflexos e a contínua decomposição das cores.

E, durante três anos, Claude lutou sem fraquejar, açoitado pelos fracassos, não abandonando nenhuma de suas ideias, caminhando firme para adiante, com a rudeza da fé.

A princípio, no primeiro ano, ele foi, durante as neves de dezembro, plantar-se quatro horas por dia atrás da colina de Montmartre, na esquina de um terreno baldio, onde pintou um cenário de miséria, casebres baixos, dominados pelas chaminés das fábricas; e, em primeiro plano, ele havia colocado uma garotinha e um vagabundo esfarrapado na neve, devorando maçãs roubadas. Sua obstinação em pintar ao ar livre complicava terrivelmente seu trabalho, embaraçando-o com dificuldades quase intransponíveis. No entanto, ele terminou essa tela ao ar livre, só se permitindo, em seu ateliê, limpá-la um pouco. A obra, quando foi posta sob a luz morta da claraboia, surpreendeu a ele próprio por sua brutalidade; era como uma porta aberta para a rua, a neve cegava, os dois personagens se destacavam, lamentáveis, de um cinza lamacento. Imediatamente ele sentiu que um quadro assim não seria aceito; mas ele não fez nenhuma tentativa de amenizá-lo, mesmo assim o enviou para o *Salon*. Depois de jurar que nunca mais tentaria expor, ele estabelecia agora o princípio de que sempre se deve apresentar algo ao júri, apenas para mostrar que esse júri estava errado; e, de resto, reconhecia a utilidade do *Salon*, o único campo de batalha no qual um artista podia se revelar de chofre. O júri recusou a pintura.

No segundo ano, ele buscou uma oposição. Escolheu um trecho do square des Batignolles, em maio: grandes castanheiros projetando suas sombras, um gramado em perspectiva, casas de seis andares ao fundo; enquanto, no primeiro plano, sobre um banco de um verde cru, alinhavam-se as criadas e pequenos burgueses da vizinhança, observando três menininhas brincando com montinhos de areia. Foi preciso heroísmo, a permissão obtida, para realizar seu trabalho, no meio da multidão zombeteira. Finalmente, decidiu vir, desde as cinco da manhã, para pintar os planos do fundo; e, reservando as figuras, teve de resolver fazer apenas esboços delas, para depois terminar no estúdio. Desta vez a pintura lhe pareceu menos rude, a feitura tinha um pouco da suavização morna que caía da claraboia. Ele pensou que seria recebido, todos os seus amigos gritavam que era uma obra-prima, espalhando o boato de que o *Salon* seria revolucionado por ela. E foi o estupor, a indignação, quando um boato anunciou uma nova recusa do júri. O preconceito não era mais negável, tratava-se do estrangulamento sistemático de um artista original. Ele, após a primeira explosão, voltou sua raiva contra seu quadro, que declarou mentiroso, desonesto, execrável. Era uma lição merecida, da qual se lembraria: ele deveria ter retornado para aquela luz de porão no ateliê? Ele voltaria para a imunda cozinha burguesa das figuras chiques? Quando a tela foi devolvida, tomou uma faca e rasgou-a.

Assim, no terceiro ano, trabalhou com fúria numa obra de revolta. Ele queria o sol pleno, aquele sol parisiense que, em certos dias, deixa o pavimento incandescente, na reverberação deslumbrante das fachadas: em nenhum outro lugar faz mais calor, até as pessoas dos países ardentes enxugam o suor, parece uma terra africana, sob a chuva forte de um céu de fogo. O tema que ele tratou foi um canto da Place du Carrousel, a uma hora, quando o astro ataca de prumo. Um fiacre capengava, com seu cocheiro sonolento, o cavalo banhado de suor, de cabeça baixa, vago na vibração do calor; os passantes parecendo bêbados, enquanto, sozinha, uma jovem, rosada e vivaz sob sua sombrinha, caminhava à vontade com um passo de rainha, como se estivesse no elemento de fogo em que deveria viver. Mas o que, sobretudo, tornava terrível esse quadro, era o novo estudo da luz, essa decomposição de uma observação muito exata, e que contrariava todos os hábitos do olho, acentuando azuis, amarelos, vermelhos, onde ninguém estava acostumado a ver. As Tulherias, ao fundo, se desfaziam em uma nuvem de ouro; o calçamento sangrava, os passantes eram apenas indicações, manchas sombrias devoradas pela claridade viva demais. Desta vez, os camaradas, ainda com exclamações, ficaram constrangidos, tomados pela mesma preocupação: uma pintura assim levava ao martírio final. Ele, sob os elogios, entendeu muito bem a ruptura que estava ocorrendo; e, quando o júri mais uma vez fechou o *Salon* para ele, exclamou dolorosamente em um momento de lucidez:

– Vamos! Está certo... Vou morrer por causa disso.

Pouco a pouco, embora a bravura de sua obstinação parecesse crescer, ele recaía em suas dúvidas anteriores, devastado pela luta que travava contra a natureza. Qualquer tela que voltasse parecia-lhe ruim, incompleta sobretudo, sem perceber o esforço que fizera. Era essa impotência que o exasperava, mais ainda do que a rejeição do júri. Sem dúvida, ele não perdoava a este último: suas obras, mesmo embrionárias, valiam cem vezes mediocridades recebidas no *Salon*; mas que sofrimento de nunca se realizar por inteiro, na obra-prima que seu gênio não podia dar à luz! Sempre havia partes soberbas, ele ficava feliz com esta, com aquela, com aquela outra. Então, por que lacunas abruptas? Por que pedaços indignos, despercebidos durante o trabalho, matando depois o quadro por causa de uma tara indelével? E ele se sentia incapaz de correção, um muro se erguendo num momento, um obstáculo intransponível, além do qual era-lhe proibido ultrapassar. Se ele retomasse aquela parte vinte vezes, vinte vezes agravava o mal, tudo se embaralhava e escorregava para a confusão. Ficava nervoso, não conseguia mais enxergar, não pintava mais, chegava a uma verdadeira paralisia da vontade. Eram então seus olhos, eram suas mãos que deixavam de lhe pertencer, com o progresso das antigas lesões, que já o haviam inquietado? As crises se multiplicavam, ele recomeçava a viver semanas abomináveis, devorando-se, jogado eternamente da incerteza à esperança; e o único apoio, durante essas horas ruins, gastas teimando no trabalho rebelde, era o sonho consolador da obra futura, aquela que o satisfaria enfim, onde suas mãos se desatariam para a criação. Por um fenômeno constante, sua necessidade de criar era assim mais rápida que seus dedos, nunca trabalhava em uma tela sem conceber a tela seguinte. Só ficava uma pressa, livrar-se do trabalho em andamento, no qual ele agonizava; sem dúvida, mais uma vez aquilo não valeria nada, tinha chegado às concessões fatais, às trapaças, tudo o que um artista deve enjeitar de sua consciência; mas o que ele faria em seguida, ah! O que ele faria, via como soberbo e heroico, inatacável, indestrutível. Miragem perpétua que atiça a coragem dos condenados da arte, mentira de ternura e de piedade, sem a qual a produção seria impossível para todos aqueles que morrem por não conseguirem criar vida!

E, além dessa luta sempre renascida consigo mesmo, as dificuldades materiais se acumulavam. Não bastava ser incapaz de tirar o que tinha dentro de si? Era necessário, além disso, lutar contra as coisas! Embora se recusasse a confessar, pintar diretamente a partir da natureza, ao ar livre, tornava-se impossível quando a tela ultrapassava certas dimensões. Como se instalar nas ruas, no meio das multidões? Como obter, para cada personagem, as horas de pose suficientes? Isso, evidentemente, só admitia certos temas determinados, paisagens, recantos restritos de cidade, onde as figuras são apenas silhuetas feitas depois. Em seguida, havia as mil contrariedades do tempo, o vento que levava embora o cavalete, a chuva que interrompia as sessões. Nesses dias, ele voltava para casa fora de si, ameaçando o céu com o punho, acusando a natureza de se defender, para não ser dominada e vencida. Queixava-se amargamente de não ser rico, pois sonhava em ter ateliês móveis, um carro em Paris, um barco no Sena, no qual teria vivido como um boêmio da arte. Mas nada o ajudava, tudo conspirava contra seu trabalho.

Christine, então, sofreu com Claude. Ela compartilhara suas esperanças, muito corajosa, animando o ateliê com sua atividade de governanta; e agora, ela se sentava, desanimada ao vê-lo sem forças. A cada pintura recusada, ela mostrava uma dor mais viva, ferida em seu amor-próprio de mulher, tendo esse orgulho causado pelo sucesso que todas têm. A amargura do pintor a afligia também, ela abraçava suas paixões, identificava-se com seus gostos, defendendo sua pintura que se tornara como que uma dependência dela própria, o grande caso da vida deles, o único importante doravante, aquele do qual ela esperava sua felicidade. Todos os dias ela bem adivinhava que aquela pintura lhe tomava seu amante cada vez mais; e ela ainda não lutava, ela cedia, deixava se levar junto com ele, para tornarem-se um só, no fundo do mesmo esforço. Mas uma tristeza se elevava desse início de abdicação, um receio do que a esperava no fim. Às vezes, um estremecimento de recuo a gelava até o coração: sentia-se envelhecer, enquanto uma imensa piedade a agitava, uma vontade de chorar sem causa, que ela satisfazia no ateliê lúgubre, por horas, quando estava ali sozinha.

Nessa época, seu coração se abriu, mais largo, e uma mãe emergiu da amante. Essa maternidade para com seu grande filho artista era feita a partir da piedade vaga e infinita que a enternecia, da fraqueza ilógica em que o via cair o tempo todo, dos perdões contínuos que ela era forçada a conceder-lhe. Ele começava a torná-la infeliz; não lhe restava nada dele além daquelas carícias rotineiras, dadas como esmolas a mulheres das quais se desapega; e, como amá-lo ainda, quando ele fugia de seus braços, quando mostrava um ar de tédio aos abraços ardentes com que ela sempre o sufocava? Como amá-lo, se não o amasse com aquela outra afeição de cada minuto, em adoração diante dele, imolando-se sem cessar? No fundo de si, o amor insaciável rugia, nela permanecia a carne da paixão, a sensual de lábios fortes na teimosa projeção das mandíbulas. Era uma suavidade triste, então, depois das mágoas secretas da noite, ser apenas uma mãe até o fim da tarde, saborear um último e pálido gozo na bondade, na felicidade que ela buscava lhe dar, no meio da vida estragada que levavam agora.

Só o pequeno Jacques sofreu com esse deslocamento de ternura. Ela o negligenciava ainda mais, seus instintos maternos permaneciam mudos para ele, tendo despertado para a maternidade apenas por causa do amor de Claude. Era o homem adorado, desejado que se tornava seu filho; e o outro, o pobre ser, permanecia como um simples testemunho de sua grande paixão de outrora. À medida que ela o vira crescer e não mais pedir tantos cuidados, começou a sacrificá-lo, sem nenhuma dureza, simplesmente porque sentia assim. À mesa, ela lhe dava só os bocados piores; o melhor lugar, perto do fogão, não era para sua cadeirinha; se o medo de um acidente a abalava, o primeiro grito, o primeiro gesto de proteção nunca ia para o filho indefeso. E, sem trégua, ela o relegava, o suprimia: "Jacques, fique quieto, você está cansando seu pai! Jacques, sossegue, está vendo que seu pai trabalha!".

A criança não se adaptava bem em Paris. Ele, que tivera o vasto campo para rolar em liberdade, sufocava no espaço estreito em que tinha de ficar quieto. Suas belas cores vermelhas empalideciam, agora crescia franzino, sério como um homenzinho, com os olhos arregalados para as coisas. Acabara de completar cinco anos, sua cabeça tinha crescido desproporcionalmente, por um fenômeno singular, que fazia seu pai dizer: "Esse garoto tem a cachola de um grande homem!". Mas, ao contrário, parecia que sua inteligência diminuía à medida que o crânio aumentava. Muito calma, medrosa, a criança ficava absorta por horas, sem saber responder, com a mente em fuga; e, se ela saía dessa imobilidade, era por crises loucas de saltos e gritos, como um animalzinho brincalhão dominado pelo instinto. Então, os "fique quieto!" choviam, pois a mãe não conseguia compreender essas algazarras repentinas, angustiada por ver o pai se irritar em seu cavalete; ela própria se zangando, correndo rápido para pôr o menino sentado no seu canto. Acalmado de repente, sentindo o arrepio medroso de um despertar brusco demais, ele adormecia de novo, com os olhos abertos, tanta preguiça de viver que brinquedos, rolhas, imagens, velhos tubos de tinta caíam de suas mãos. Ela já havia tentado ensinar-lhe as letras. Ele se debatera com lágrimas, e estavam esperando mais um ou dois anos ainda para pô-lo na escola, onde os professores saberiam como ensinar.

Christine, enfim, começava a se assustar com a miséria que ameaçava. Em Paris, com essa criança que crescia, a vida era mais cara, e os fins de mês tornavam-se terríveis, apesar das economias de todo tipo que ela fazia. De seguro, a família tinha apenas os mil francos de renda anual; e como viver com cinquenta francos por mês, depois que se descontavam os quatrocentos francos do aluguel? De início, eles haviam conseguido resolver graças a algumas telas vendidas, Claude tendo redescoberto o antigo amador de Gagnière, um desses burgueses detestáveis que têm almas ardentes de artistas dentro de hábitos maníacos nos quais se encerram; este, o Sr. Hue, um antigo chefe de repartição, infelizmente não era rico o suficiente para comprar sempre, e só podia lamentar a cegueira do público, que deixava mais uma vez o gênio morrer de fome; pois ele, convencido, impressionado pela graça desde a primeira vista, escolhera as obras mais rudes, que pendurava ao lado de seus Delacroix, profetizando-lhes igual fortuna. O pior era que o tio Malgras acabara de se aposentar, depois da fortuna feita: uma abastança muito modesta, aliás, uma renda de cerca de dez mil francos, que ele decidira usufruir numa casinha de Bois--Doves, como homem prudente que era. Valia a pena ouvi-lo falar do famoso Naudet, com desdém pelos milhões que esse agiota manipulava, os milhões que recairiam sobre seu próprio nariz, dizia ele. Claude, depois de um encontro, só conseguiu vender-lhe uma última tela, uma de suas academias do ateliê Boutin, o soberbo estudo de ventre que o antigo marchand não conseguira rever sem um retorno de paixão em seu peito. Era, então, a miséria próxima, as possibilidades se fechavam em vez de se abrirem, uma lenda inquietante se criava aos poucos em torno dessa pintura continuamente recusada pelo *Salon*; sem contar que teria bastado, para assustar o dinheiro, uma arte tão incompleta e tão revolucionária, na qual o olhar perplexo não encontrava nenhuma das convenções aceitas. Uma noite, sem saber como pagar uma conta de tintas, o pintor gritou que viveria do capital de sua renda em vez de descer à baixa produção de quadros comerciais. Mas Christine, violentamente, se opusera a esse meio extremo: cortaria mais nas despesas, enfim, preferia tudo a essa loucura que depois os jogaria na rua, sem pão.

Depois da recusa de sua terceira pintura, o verão foi tão miraculoso naquele ano que Claude pareceu encontrar nele uma nova força. Nem uma nuvem, dias límpidos sobre a atividade gigante de Paris. Ele recomeçara a percorrer a cidade, com a vontade de encontrar um golpe de mestre, como dizia: algo enorme, decisivo, não sabia bem o quê. E, até setembro, não encontrou nada, entusiasmando-se durante uma semana com um assunto, depois declarando que ainda não era aquilo. Vivia numa contínua vibração, à espreita, sempre prestes a pôr a mão nessa realização de seu sonho, que fugia sempre. No fundo, sua intransigência de realista escondia superstições de mulher nervosa, acreditava em influências complicadas e secretas: tudo dependeria do horizonte escolhido, nefasto ou feliz.

Uma tarde, em um dos últimos dias bonitos da estação, Claude levara Christine, deixando o pequeno Jacques aos cuidados da zeladora do prédio, uma velha corajosa, como costumavam fazer quando saíam juntos. Foi uma súbita vontade de dar um passeio, uma necessidade de rever com ela lugares outrora queridos, atrás do que se escondia a vaga esperança de que ela lhe trouxesse sorte. E assim desceram até a Pont Louis-Philippe, ficaram quinze minutos no Quai aux Ormes, calados, encostados ao parapeito, olhando para o outro lado do Sena, para a velha mansão du Martoy, onde se amaram. Então, sempre sem uma palavra, retomaram o antigo trajeto, feito tantas vezes; percorreram o cais, sob os plátanos, vendo a cada passo ressurgir o passado; e tudo se desenrolava, as pontes com os recortes de seus arcos no cetim da água, a cidade na sombra dominada pelas torres amareladas de Notre-Dame, a curva imensa da margem direita, afogada no sol, terminada pela silhueta perdida do Pavillon de Flore, e as largas avenidas, os monumentos de ambas as margens, e da vida do rio, os lavadouros, os banhos públicos, as barcaças. Como outrora, o astro em declínio os seguia, rolando sobre os telhados das casas distantes, recortando-se por trás da cúpula do *Institut*: um pôr-do--sol deslumbrante, como nunca tiveram mais bonito, uma lenta descida no meio de pequenas nuvens, que se transformavam em uma trama púrpura, da qual todas as malhas soltavam ondas de ouro. Mas, desse passado evocado, nada vinha senão uma invencível melancolia, a sensação de eterna fuga, a impossibilidade de voltar atrás e de reviver. Aquelas antigas pedras permaneciam frias, essa corrente contínua sob as pontes, essa água que havia passado parecia-lhes ter levado um pouco deles próprios, o encanto do primeiro desejo, a alegria da esperança. Agora que pertenciam um ao outro, não saboreavam mais a simples felicidade de sentir a cálida pressão de seus braços, enquanto caminhavam devagar, como se estivessem envolvidos na vida enorme de Paris.

Na Pont des Saints-Perès, Claude, desesperado, parou. Soltou do braço de Christine, virou-se para a ponta da Cité. Ela sentia o desapego que ocorria, ficava muito triste; e, vendo-o esquecer-se ali, quis retomá-lo para si.

– Meu caro, vamos voltar para casa, é hora... Jacques nos espera, você sabe.

Mas ele avançou até o meio da ponte. Ela teve que segui-lo. De novo, permanecia imóvel, os olhos sempre fixos lá, na ilha continuamente ancorada, naquele berço e coração de Paris, onde há séculos vinha pulsar todo o sangue de suas artérias, no perpétuo crescimento dos subúrbios que invadem a planície. Uma chama havia subido ao seu rosto, seus olhos se iluminaram, ele finalmente fez um gesto largo.

– Olhe! Olhe!

De início, no primeiro plano, abaixo deles, estava o porto Saint--Nicolas, as cabines baixas dos escritórios de navegação, a grande margem pavimentada que desce, entulhada de montes de areia, de barris e de sacos, ladeada por uma linha de barcaças ainda carregadas, onde fervilhava uma multidão de estivadores, dominada pelo gigantesco braço de uma grua de ferro fundido; enquanto, do outro lado da água, uma piscina, alegrada pela animação dos últimos banhistas da estação, deixava flutuar ao vento os toldos de tecido cinzento que lhe serviam de telhado. Então, no meio, o Sena vazio erguia-se, esverdeado, com pequenas ondas dançantes, açoitado de branco, azul e rosa. E a Pont des Arts determinava um segundo plano, muito alto sobre sua estrutura de ferro, com uma leveza de renda preta, animada pelo perpétuo ir e vir dos pedestres, uma cavalgada de formigas, na fina linha de seu tabuleiro. Abaixo, ao longe, o Sena continuava; viam-se os velhos arcos da Pont-Neuf, escurecidos pela ferrugem das pedras; uma brecha se abria à esquerda, até a Île Saint-Louis, um ponto de fuga no espelho de um escorço deslumbrante; e o outro braço se abreviava, a eclusa da Casa da Moeda parecia bloquear a visão de sua barra de espuma. Ao longo da Pont-Neuf, grandes ônibus amarelos, carros abertos e coloridos, desfilavam com a regularidade mecânica de brinquedos infantis. Todo o fundo se enquadrava ali, nas perspectivas das duas margens: na margem direita, as casas do cais, meio escondidas por um conjunto de árvores altas, de onde emergia, no horizonte, um canto da Prefeitura e o campanário quadrado de Saint-Gervais, perdidos numa confusão de subúrbio; na margem esquerda, uma ala do *Institut*, a fachada plana da Casa da Moeda e mais árvores, enfileiradas. Mas o que ocupava o centro do imenso quadro, o que se levantava do rio, erguia-se, ocupava o céu, era a Cité, aquela proa de antiga nave, eternamente dourada pelo sol poente. Abaixo, os choupos do aterro verdejavam em uma massa poderosa, escondendo a estátua. Mais acima, o sol opunha os dois lados, apagando nas sombras as casas cinzentas do Quai de l'Horloge, iluminando com uma labareda as casas vermelhas do Quai des Orfèvres, fileiras de casas irregulares, tão nítidas que o olho distinguia os menores detalhes, as lojas, os letreiros, até as cortinas das janelas. Mais acima, entre as ameias que formavam as chaminés, por trás do tabuleiro de xadrez oblíquo dos telhadinhos, dos paióis de pólvora do Palácio e dos altos da Prefeitura estendiam-se painéis de ardósias, entrecortados por um colossal letreiro azul, pintado sobre uma parede, cujas letras gigantes, vistas de toda Paris, eram como a eflorescência da febre moderna na testa da cidade. Mais alto, mais alto ainda, acima das torres gêmeas de Notre-Dame, em tom de ouro velho, duas flechas se lançavam, atrás, a flecha da catedral, à esquerda a flecha da Sainte-Chapelle, de elegância tão fina que pareciam estremecer à brisa, mastros altivos da embarcação secular, mergulhando na luz, a céu aberto.

– Você vem, meu caro?, repetiu Christine suavemente.

Claude continuava não ouvindo, aquele coração de Paris o havia tomado por inteiro. A bela noite alargava o horizonte. Eram luzes vivas, sombras francas, uma alegria na precisão dos detalhes, uma transparência no ar vibrando de alegria. E a vida do rio, a atividade do cais, essa humanidade cujo fluxo fluía das ruas, rolava sob as pontes, vinha de todos os lados daquela imensa cisterna, fumegava ali numa onda visível, num arrepio que tremia ao sol. Um vento leve soprava, um voo de pequenas nuvens rosadas atravessava muito alto sobre o azul pálido, enquanto se ouvia uma palpitação enorme e lenta, essa alma de Paris espalhada em torno de seu berço.

Então Christine tomou o braço de Claude, inquieta por vê-lo tão absorto, tomada por uma espécie de medo religioso; e ela o arrastou para longe, como se o tivesse sentido em grande perigo.

– Vamos voltar, você está se torturando... Eu quero voltar.

Ele, a seu contato, estremeceu como um homem sendo acordado. Então, virando a cabeça, com um último olhar:

– Ah! Meu Deus!, murmurou. Ah! Meu Deus! Como é bonito!

Ele se deixou levar. Mas durante toda a noite, à mesa, junto ao fogão depois, e até ir dormir, ficou atordoado, tão preocupado, que não pronunciava quatro frases, e sua mulher, incapaz de extrair dele uma resposta, terminou também por se calar. Ela olhava para ele, ansiosa: seria talvez a invasão de uma doença grave, algum miasma que o afetara no meio daquela ponte? Seus olhos vagos fixavam-se no vazio, seu rosto se avermelhava por causa de um esforço interior, dir-se-ia o trabalho silencioso de uma germinação, um ser que nascia nele, essa exaltação e essa náusea que as mulheres conhecem. A princípio pareceu difícil, confuso, obstruído por mil amarrios; então tudo se libertou, ele cessou de se revirar na cama, adormeceu com o sono pesado das grandes fadigas.

No dia seguinte, assim que tomou o café da manhã, ele escapuliu. E ela passou um dia doloroso, porque se ela se tranquilizara um pouco, ao ouvi-lo assobiando, ao despertar, melodias do Sul, tinha outra preocupação, que acabara de esconder dele, por medo de abatê-lo novamente. Naquele dia, pela primeira vez, ia faltar tudo; uma semana inteira os separava do dia em que recebiam a pequena renda; e ela havia gasto seu último centavo de manhã, não sobrara mais nada para a noite, nem mesmo o suficiente para colocar um pão na mesa. Em que porta bater? Como mentir mais para ele quando chegasse em casa com fome? Ela decidiu usar o vestido preto de seda que Madame Vanzade outrora lhe dera de presente; mas custou-lhe muito, tremia de medo e de vergonha à ideia da casa de penhor, aquela casa de tolerância dos pobres, onde nunca havia entrado. Um tal medo do futuro a atormentava agora que, dos dez francos que lhe emprestaram, ela se contentou em fazer sopa de azedas e um guisado de batatas. Saindo da casa de penhor, um encontro a havia demolido.

Claude, justamente, voltou muito tarde, com gestos alegres, olhos claros, toda uma excitação de alegria secreta; e ele estava com muita fome, gritou, porque a mesa não estava posta. Então, quando estava à mesa, entre Christine e o pequeno Jacques, engoliu a sopa, devorou um prato de batatas.

– O quê! Só isso?, perguntou em seguida. Você bem que poderia ter acrescentado um pouco de carne... Foi preciso comprar botinas de novo?

Ela balbuciou, não ousando dizer a verdade, magoada no fundo do coração por essa injustiça. Mas ele continuava, brincava sobre os tostões que ela fazia sumir para comprar coisas para ela; e, cada vez mais sobre-excitado, nesse egoísmo das vivas sensações que parecia querer guardar para si, de repente perdeu a paciência com Jacques.

– Cale a boca, maldito garoto! Fica enchendo a paciência!

Jacques, esquecendo-se de comer, batia a colher na borda do prato, com os olhos risonhos, o ar deliciado com aquela música que fazia.

– Jacques, fique quieto!, repreendeu a mãe por sua vez. Deixe seu pai comer tranquilo!

E o pequenino, assustado, imediatamente bem-comportado, voltou à sua imobilidade sombria, com os olhos embaçados olhando para as batatas, que ainda não havia comido.

Claude se empanturrava de queijo com afetação, enquanto Christine, desconsolada, falava em ir buscar um pedaço de assado frio no açougue; mas ele recusava, segurava-a, com palavras que a magoaram ainda mais. Então, quando a mesa foi arrumada e os três se reuniram em torno do abajur, ela costurando, o pequeno mudo na frente de um livro ilustrado, ele tamborilou por muito tempo com os dedos, tendo o espírito em devaneio, voltando para lá, de onde tinha vindo. Bruscamente, levantou-se, sentou-se novamente com uma folha de papel e um lápis, começou a traçar linhas rápidas, sob a claridade redonda e viva que caía do abajur. E esse esboço, feito de memória, na necessidade de pôr para fora o tumulto de ideias que batiam em sua cabeça, logo nem mesmo foi suficiente para aliviá-lo. Pelo contrário, o incitou, todo o rumor que transbordava nele saiu de seus lábios, acabou esvaziando o cérebro em uma enxurrada de palavras. Teria falado com as paredes, dirigia-se à sua mulher porque ela estava lá.

– Olhe! É o que vimos ontem... Oh! Soberbo! Passei três horas lá hoje, consegui o que queria, ah! Algo incrível, um golpe capaz de demolir tudo... Veja! Planto-me debaixo da ponte, meu primeiro plano é o porto de Saint-Nicolas, com seu guindaste, suas barcaças sendo descarregadas, sua população de estivadores. Hein? Você entende, é Paris que está trabalhando, isso! Caras sólidos, exibindo a nudez de seus peitos e de seus braços... Depois, do outro lado, tenho a piscina, Paris que se diverte, e um barco sem dúvida, ali, para ocupar o centro da composição; mas isso, ainda não sei direito, tenho de pensar... Naturalmente, o Sena no meio, largo, imenso...

Com o lápis, à medida que falava, marcava os contornos com força, recomeçando dez vezes os traços apressados, rasgando o papel, de tanta energia que punha nisso. Ela, para agradá-lo, se inclinava, fingia interessar-se vivamente pelas suas explicações. Mas o esboço estava tão emaranhado de linhas, carregava-se com um embaralhado tão grande de detalhes sumários, que ela não distinguia nada.

– Você está entendendo, não é?

– Sim, sim, muito bonito!...

– Enfim, obtenho o fundo, as duas aberturas do rio com o cais, a Cité triunfal no meio erguendo-se contra o céu... Ah! Esse fundo, que prodígio! Nós o vemos todos os dias, passamos por ele sem parar; mas ele penetra, a admiração acumula; e, numa bela tarde, ele aparece. Nada no mundo é maior, é a própria Paris, gloriosa sob o sol... Diga? Fui idiota por não ter pensado nisso! Quantas vezes olhei sem ver! Tive de topar com isso, depois daquele passeio ao longo do cais... E, você se lembra, há uma projeção de sombra desse lado, o sol aqui cai a prumo, as torres estão lá longe, a flecha da Sainte-Chapelle se esvai, com uma leveza de agulha contra o céu... Não, ela é um pouco mais à direita, espere que eu lhe mostro...

Recomeçou, não se cansava, retomando sem cessar o desenho, desdobrando-se em mil anotações características, que seu olho de pintor havia retido: neste lugar, o letreiro vermelho de uma loja distante que vibrava; mais perto, um canto esverdeado do Sena, onde manchas de óleo pareciam boiar; e o tom fino de uma árvore, e a gama de cinzas para as fachadas, e a qualidade luminosa do céu. Ela, complacente, aprovava sempre, buscando se maravilhar.

Mas Jacques, mais uma vez, esquecia o bom comportamento. Depois de ter ficado muito tempo calado diante de seu livro, absorto em uma imagem que representava um gato preto, começou a cantarolar baixinho palavras de sua composição: "Oh! Gato bonzinho! Oh! Gato malvado! Oh! Gato bonzinho e malvado!". E isso sem parar, no mesmo tom lamentável.

Claude, aborrecido com esse brumbrum, não tinha entendido, a princípio, o que estava lhe dando nos nervos enquanto falava. Então, a frase obsessiva da criança entrou claramente em seus ouvidos.

– Você vai parar de nos encher com esse gato!, gritou, furioso.

– Jacques, fique quieto quando seu pai estiver falando!, repetiu Christine.

– Não, eu juro! Ele está ficando idiota... Olhe para a cabeça dele, se ele não parece um idiota. Não tem jeito... Responda, o que você quer dizer com seu gato que é bonzinho e que é malvado?

O pequenino, pálido, balançando a cabeça grande demais, respondeu com ar apático:

– Não sei.

E, enquanto seu pai e sua mãe se entreolhavam, desanimados, ele apoiou uma das bochechas no livro aberto, não se mexeu mais, não falou mais, com os olhos arregalados.

A noite avançava, Christine quis pô-lo na cama; mas Claude já havia retomado suas explicações. Agora, ele anunciava que iria no dia seguinte fazer um esboço ao vivo, simplesmente para fixar suas ideias. Assim, disse que compraria um pequeno cavalete de campo, uma compra com a qual sonhava há meses. Insistiu, falou de dinheiro: ela estava preocupada, acabou confessando tudo, o último centavo que havia acabado de manhã, o vestido de seda empenhado para pagar o jantar daquela noite. E então ele teve um acesso de remorso e de ternura, beijou-a, pedindo-lhe perdão por ter se queixado à mesa. Ela devia desculpá-lo, pois teria matado pai e mãe, como ele repetia, quando aquela maldita pintura entrava em suas entranhas. Além disso, a casa de penhores o fez rir, ele desafiava a miséria.

– Estou dizendo a você que consegui!, gritava. Esse quadro, veja, vai ser um sucesso.

Ela se calava, pensava no encontro que tivera e que queria esconder dele; mas, invencivelmente, saiu-lhe dos lábios, sem causa aparente, sem transição, dentro daquela espécie de torpor que a tinha invadido.

– Madame Vanzade morreu.

Ele se espantou. Ah! Realmente! Como ela sabia?

– Encontrei o antigo camareiro... Oh! Um cavalheiro agora, muito vigoroso, apesar dos seus 70 anos. Não o reconheci, foi ele quem falou comigo... Sim, morreu há seis semanas. Seus milhões foram para os asilos, exceto por uma renda que os dois velhos recebem hoje como pequenos burgueses.

Ele olhava para ela, murmurou enfim com uma voz triste:

– Minha pobre Christine, você se arrepende, não é? Ela teria dotado você, teria lhe arranjado um casamento, eu bem que lhe dizia. Você seria talvez sua herdeira e não passaria fome com um maluco como eu.

Mas, então, ela pareceu acordar. Aproximou violentamente a cadeira, agarrou-o com um braço, abandonou-se contra ele, protestando com todo o seu ser.

– O que você está dizendo? Oh! Não, oh! Não... Seria uma vergonha se eu tivesse pensado no dinheiro dela. Eu confessaria, você sabe que não sou mentirosa; mas eu mesma não sei o que tive, um abalo, uma tristeza. Ah! Veja, uma tristeza de acreditar que tudo ia acabar para mim... É o remorso sem dúvida, sim, o remorso por tê-la deixado de repente, aquela pobre enferma, aquela mulher tão velha, que me chamava de sua filha. Agi mal, isso não vai me trazer sorte. Vá, não diga que não, eu sinto isso, tudo acabou para mim agora.

E ela chorou, sufocada por esses arrependimentos confusos, nos quais só conseguia ler, por baixo dessa sensação única de que sua existência estava estragada, de que só tinha infelicidade a esperar da vida.

– Vamos, limpe os olhos, ele retomou, tornando-se terno. Você, que não era nervosa, é possível que esteja fabricando quimeras e se atormentando assim?... Que diabo, vamos sair dessa! E, em primeiro lugar, sabe que foi você quem me fez encontrar minha pintura... Hein? Você não é tão maldita, pois dá sorte!

Ele riu, ela balançou a cabeça, vendo que ele queria fazê-la sorrir. Seu quadro, ela já estava sofrendo com ele; pois ali, na ponte, ele a havia esquecido, como se ela tivesse deixado de ser dele; e desde a véspera, ela o sentia cada vez mais longe dela, num outro lugar, num mundo que ela não conseguia alcançar. Mas ela se deixou consolar, trocaram um beijo como os de outrora, antes de sair da mesa para ir deitar.

O pequeno Jacques não tinha ouvido nada. Entorpecido pela imobilidade, ele acabara de adormecer, com o rosto enfiado no livro de gravuras; e sua cabeça, grande demais, como filho aberrante do gênio, cabeça tão pesada que às vezes pendia sobre o pescoço, empalidecia sob o abajur. Quando sua mãe o pôs na cama, ele nem mesmo abriu os olhos.

Foi só nessa época que Claude teve a ideia de se casar com Christine. Cedendo ao conselho de Sandoz, que se espantava por essa irregularidade desnecessária, ele obedeceu sobretudo a um sentimento de piedade, à necessidade de se mostrar bom para com ela e, assim, se fazer perdoar por seus erros. Há algum tempo ele a via tão triste, tão inquieta por causa do futuro, que não sabia com que alegria a animar. Ele próprio tornava-se amargo, recaindo em suas velhas cóleras, tratava-a às vezes como uma criada que recebeu o aviso prévio. Sem dúvida, sendo sua esposa legítima, ela se sentiria mais em casa e sofreria menos com suas brusquidões. De resto, ela não havia voltado a falar de casamento, como se estivesse fora do mundo, com uma discrição que deixava a iniciativa só para ele; mas ele compreendia que ela sofria por não ser recebida na casa de Sandoz; e, por outro lado, não era mais a liberdade ou a solidão do campo, era Paris, com as mil maldades da vizinhança, insinuações, tudo o que fere uma mulher vivendo com um homem. Ele, no fundo, só tinha contra o casamento seus velhos preconceitos de artista solto na vida. Já que nunca iria deixá-la, por que não lhe dar esse prazer? E, com efeito, quando lhe falou sobre isso, ela soltou um grito alto, atirou-se em seu pescoço, ela própria surpresa por sentir tão grande emoção. Por uma semana, ela foi profundamente feliz. Então isso se acalmou, muito tempo antes da cerimônia.

Aliás, Claude não apressou nenhuma das formalidades, e a espera pelos papéis necessários foi longa. Ele continuava a reunir estudos para seu quadro; como ele, ela parecia sem impaciência. De que adiantaria? Certamente não traria nada de novo para suas existências. Eles resolveram casar-se apenas no civil, não para exibir um desprezo pela religião, mas para fazer rápido e simples. A questão das testemunhas os embaraçou por um momento. Como ela não conhecia ninguém, ele lhe designou Sandoz e Mahoudeau; primeiro, em vez daquele último, ele havia pensado em Dubuche; só que não o via mais e temia comprometê-lo. Quanto a si, contentou-se com Jory e Gagnière. A coisa ficaria assim entre camaradas, ninguém falaria a respeito.

Semanas se passaram, estavam em dezembro, num frio terrível. Na véspera do casamento, embora mal tivessem sobrado trinta e cinco francos, pensavam que não podiam dar adeus a suas testemunhas com um simples aperto de mão; e, querendo evitar uma grande perturbação em casa, resolveram oferecer-lhes o almoço num pequeno restaurante do boulevard de Clichy. Depois, todos iriam para casa.

De manhã, enquanto Christine colocava a gola num vestido de lã cinza, que ela mesma tivera a faceirice de confeccionar para a ocasião, Claude, já de sobrecasaca, agitando-se de tédio, teve a ideia de ir buscar Mahoudeau, sob o pretexto de que aquele sujeito era perfeitamente capaz de esquecer o compromisso. Desde o outono, o escultor vivia em Montmartre, num pequeno ateliê, na Rue des Tilleuls, depois de uma série de dramas que tinham virado sua vida de cabeça para baixo: primeiro, por falta de pagamento, despejo da antiga quitanda que ocupava na Rue du Cherche-Midi; depois um rompimento definitivo com Chaîne, a quem o desespero de não viver de seus pincéis acabara por lançá-lo em uma aventura comercial, ir a feiras nos subúrbios de Paris, apresentando uma "roda da fortuna", por conta de uma viúva; e, finalmente, uma desaparição repentina de Mathilde, depois de vender a loja, a herborista desapareceu, sem dúvida raptada, escondida nos fundos de alguma discreta moradia por algum cavalheiro apaixonado. Agora, portanto, ele vivia sozinho, em um redobrar de miséria, comendo apenas quando tinha ornamentos de fachada para raspar ou alguma figura de um colega mais feliz para terminar.

– Você compreende, vou buscá-lo, é mais seguro, Claude repetiu para Christine. Ainda temos duas horas pela frente... E, se os outros chegarem, faça-os esperar. Iremos todos juntos à Prefeitura.

Do lado de fora, Claude acelerou o passo, no frio cortante, que enchia seus bigodes de gelo. O ateliê de Mahoudeau ficava no fundo de uma cidade; e teve de atravessar uma série de uma vila; e teve de atravessar uma série de jardins, brancos de geada, com a tristeza nua e rígida de um cemitério. De longe, reconheceu a porta, por causa do gesso da *Colhedora de Uvas*, o antigo sucesso do *Salon*, que não podia ser acomodado no térreo estreito: ela estava acabando de apodrecer ali, como um monte de entulho descarregado de um caminhão basculante, corroída, lamentável, o rosto escavado pelas grandes lágrimas negras da chuva. A chave estava na porta, ele entrou.

– Ora! Você veio me buscar?, disse Mahoudeau surpreso. Só falta pôr meu chapéu... Mas, espere, eu estava pensando se não deveria fazer um pouco de fogo. Temo pela minha *Banhista*.

A água de um balde estava congelando, gelava tão forte no ateliê quanto fora; pois, há oito dias, sem um tostão, ele economizava um resto de carvão, acendendo o fogão apenas por uma ou duas horas durante a manhã. Aquele ateliê era uma espécie de porão trágico, perto do qual a quitanda de outrora despertava lembranças de caloroso bem-estar, de tanto que as paredes nuas e o teto rachado criavam um gelo de mortalha sobre os ombros. Nos cantos, outras estátuas, menos volumosas, gessos feitos com paixão, expostos, depois devolvidos, por falta de compradores, tiritavam, com o nariz contra a parede, ordenados como numa fila lúgubre de aleijados, vários já quebrados, expondo tocos de membros, tudo grudado com pó, salpicado de argila; e esses nus miseráveis arrastavam suas agonias assim durante anos, sob os olhos do artista que lhes tinha dado seu sangue, conservados primeiro com uma paixão ciumenta, apesar do pouco espaço, caídos em seguida num horror grotesco de coisas mortas, até o dia em que, pegando um martelo, ele deu um fim, arrebentando-os em pedaços de gesso, para deixar sua existência livre.

– Hein? Você diz que temos duas horas, continuou Mahoudeau. Pois bem, eu vou fazer um fogo, é mais prudente.

Então, acendendo o fogão, ele reclamou, com voz de raiva. Ah! Que miserável ofício, a escultura! O último dos pedreiros era mais feliz. Uma figura que a administração comprava por três mil francos, custava quase dois mil, o modelo, o barro, o mármore ou o bronze, todo tipo de custos; e isso para ficar guardado em algum porão oficial, sob o pretexto de que não havia lugar: os nichos dos monumentos estavam vazios, os pedestais esperavam nos jardins públicos, pouco importava! Sempre estava faltando lugar. Nenhum trabalho possível para particulares, apenas alguns bustos, uma estátua feita de qualquer jeito, com desconto, de vez em quando, para uma subscrição. A mais nobre das artes, a mais viril, sim! Mas a arte com a qual se morria de fome com mais certeza.

– Seu projeto avança?, perguntou Claude.

– Sem esse maldito frio, estaria pronto, respondeu ele. Você vai ver.

Levantou-se, depois de ouvir o fogão roncar. No meio do ateliê, sobre um suporte feito com um caixote, reforçada com travessas, havia uma estátua envolta em panos velhos; e, fortemente congelados, com uma dureza quebradiça de dobras, eles a delineavam, como sob a brancura de uma mortalha. Era enfim o seu antigo sonho, irrealizado até então, por falta de dinheiro: uma figura em pé, a *Banhista*, da qual mais de dez maquetes se espalhavam por sua casa há anos. Em uma hora de revolta impaciente, ele mesmo havia fabricado uma armação com cabos de vassouras, dispensando o ferro necessário, esperando que a madeira fosse sólida o bastante. De vez em quando, ele a sacudia, para verificar; mas ela ainda não havia se mexido.

– Que diacho!, murmurou, um ar quente lhe fará bem... Está colado nela, uma verdadeira couraça.

Os panos estalavam sob seus dedos, quebrando em pedaços de gelo. Ele teve de esperar até que o calor os descongelasse um pouco; e, com mil precauções, ele a desembrulhava, primeiro a cabeça, depois os seios, depois os quadris, feliz por revê-la intacta, sorrindo como um amante para sua nudez de mulher adorada.

– Hein? O que você me diz?

Claude, que só a tinha visto no esboço, balançou a cabeça para não responder de imediato. Decididamente, esse bom Mahoudeau traía, chegava à graça, mesmo sem querer, por meio das coisas bonitas que floresciam sob seus grossos dedos grandes de antigo talhador de pedras. Desde sua colossal *Colhedora de Uvas*, ele vinha diminuindo suas obras, parecendo que ele próprio não percebia isso, sempre lançando a palavra feroz de temperamento, mas cedendo à suavidade que afogava seus olhos. Seios gigantes tornavam-se infantis, as coxas se alongavam em fusos elegantes, era enfim sua verdadeira natureza que despontava sob o esvaziamento da ambição. Ainda que exagerada, sua *Banhista* tinha já um grande encanto, com seu arrepio nas espáduas, seus dois braços apertados que levantavam seus seios, seios amorosos, modelados com seu desejo por mulher, que sua miséria exasperava; e, necessariamente casta, ele havia, assim, feito dela uma carne sensual, que o perturbava.

– Então, você não gosta?, retomou, com o ar zangado.

– Oh! Sim, sim... Acho que você tem razão em suavizar um pouco sua obra, já que a sente desse jeito. E vai ter sucesso com isso. Sim, é evidente, vai agradar muito.

Mahoudeau, que elogios assim teriam consternado em outros tempos, pareceu encantado. Explicou que queria conquistar o público, sem abrir mão de suas convicções.

– Oh! Caramba! Fico aliviado que você esteja contente com ela, porque eu a teria demolido, se você tivesse me dito de demoli-la, palavra de honra!... Mais quinze dias de trabalho, e venderei minha pele para quem a quiser, e pagar o moldador... Então? Vai ser um grande *Salon* para mim. Talvez uma medalha.

Ele ria, se agitava; e, interrompendo-se:

– Já que não estamos com pressa, sente-se... Estou esperando que os panos descongelem completamente.

O fogão estava começando a avermelhar, um grande calor emanava dele. Justamente, a *Banhista*, colocada muito perto, parecia reviver, sob o sopro quente que lhe subia ao longo da espinha, dos jarretes até a nuca. E os dois, agora sentados, continuavam a olhar de frente e a falar sobre ela, detalhando-a, comentando cada parte de seu corpo. O escultor, sobretudo, se excitava em sua alegria, acariciando-a de longe com um gesto arredondado. Hein? O ventre em forma de concha, e aquela linda dobra na cintura, que acentuava a eminência do quadril esquerdo!

Naquele momento, Claude, com os olhos no ventre, pensou que estava tendo uma alucinação. A *Banhista* se mexia, o ventre havia vibrado com uma leve onda, seu quadril esquerdo estava mais tenso, como se a perna direita fosse dar um passo.

– E os pequenos planos que fluem em direção às ancas, continuou Mahoudeau, sem ver nada. Ah! Foi nisso que eu caprichei! Ali, meu velho, a pele é como um cetim.

Pouco a pouco, toda a estátua ganhou vida. As ancas ondulavam, os seios se erguiam em um grande suspiro, entre os braços soltos. E, bruscamente, a cabeça se inclinou, as coxas cederam, e ela caía numa queda viva, com a angústia apavorada, com a explosão de dor de uma mulher que se atira.

Claude compreendia enfim, quando Mahoudeau soltou um grito terrível.

– Pelo amor de Deus! Está quebrando, ela se vai se arrebentar no chão!

Ao descongelar, a argila havia quebrado a madeira muito fraca da armação. Houve um estalo, ouviam-se ossos quebrando. E ele, com o mesmo gesto de amor que a acariciava febrilmente de longe, abriu os dois braços, correndo o risco de ser morto sob ela. Por um segundo ela oscilou, depois se abateu de uma só vez, de frente, seccionada nos tornozelos, deixando seus pés grudados na tábua.

Claude correu para segurá-lo.

– Que diabo! Você vai ser esmagado!

Mas, tremendo com medo de vê-la se destruir no chão, Mahoudeau permanecia com as mãos estendidas. E ela pareceu cair em seu pescoço, ele a recebeu em seu abraço, apertou os braços sobre aquela grande nudez virgem, que se animava como sob o primeiro despertar da carne. Ele deixou-se ficar, os seios amorosos se achataram contra seu ombro, suas coxas vieram bater contra as dele, enquanto a cabeça, separada, rolava no chão. O solavanco foi tão violento que ele se viu arrastado, derrubado contra a parede; e, sem largar esse pedaço de mulher, permaneceu atordoado, jazendo junto dela.

– Ah! Diabo!, repetia furiosamente Claude, que o acreditou morto.

Com dificuldade, Mahoudeau ajoelhou-se e explodiu em grandes soluços. Em sua queda, ele apenas machucara o rosto. O sangue escorreu por um lado de sua face, misturando-se com suas lágrimas.

– Vida de miséria, vá! Se não é para a gente se atirar no rio, não poder comprar dois pedaços de ferros!... E ela está aí, e ela está aí...

Seus soluços redobravam, um lamento de agonia, uma dor de amante uivando diante do cadáver mutilado de sua amada. Com suas mãos desorientadas, tocava os membros espalhados ao seu redor, a cabeça, o torso, os braços que se tinham quebrado; mas sobretudo o busto arrebentado, aquele seio achatado, como que operado por causa de uma terrível doença, sufocava-o, fazia-o tocar sempre ali, sondando a chaga, procurando a fenda por onde a vida passara; e suas lágrimas sangrentas escorriam, manchando de vermelho as feridas.

– Ajude-me, então, ele gaguejava. Não podemos deixá-la assim.

A emoção havia tomado Claude, cujos olhos também se molhavam em sua fraternidade de artista. Apressou-se, mas o escultor, depois de lhe ter pedido ajuda, queria ser o único a recolher os escombros, como se temesse a brutalidade que um outro poderia ter por eles. Lentamente, arrastava-se de joelhos, pegava os pedaços um por um, punha-os deitados, juntava-os sobre uma prancha. Logo a figura ficou inteira de novo, como uma daquelas suicidas por amor, que se atiram do alto de um monumento, se arrebentam, e os pedaços, cômicos e lamentáveis, são reunidos para serem transportados ao necrotério. Ele, na frente dela, caindo sobre o traseiro, não tirava os olhos, esquecia-se em uma contemplação desesperada. No entanto, seus soluços foram se acalmando, ele disse, enfim, com um grande suspiro:

– Vou fazê-la deitada, o que quer você!... Ah! Minha pobre mulherzinha, tive tanto trabalho para fazê-la ficar de pé, e eu achava que ela era tão grande!

Mas de repente Claude ficou preocupado. E seu casamento? Mahoudeau teve que trocar de roupa. Como não possuía outra sobrecasaca, teve de se contentar com um paletó. Então, quando a figura foi recoberta de panos, como um cadáver sobre o qual se estendeu o lençol, os dois foram embora correndo. O fogão roncava, um degelo enchia de água o ateliê, onde os velhos gessos sujos pingavam lama.

Na Rue de Douai, só estava o pequeno Jacques, que ficara com a zeladora. Christine, cansada de esperar, acabara de partir com as outras três testemunhas, acreditando que houvera um mal-entendido: talvez Claude lhe tivesse dito que iria direto para lá, em companhia de Mahoudeau. E estes se puseram rapidamente a caminho, só alcançaram a jovem e seus camaradas na Rue Drouot, em frente à Prefeitura. Subiram todos juntos, foram muito mal-recebidos pelo mestre do cerimonial, por causa do atraso. Aliás, o casamento foi resolvido em dois tapas, durou poucos minutos em uma sala absolutamente vazia. O prefeito engrolava, os dois esposos disseram o sacramental "sim" em uma voz breve, enquanto as testemunhas se espantavam com o mau gosto da sala. Fora, Claude pegou o braço de Christine de novo, e isso foi tudo.

Era agradável caminhar por aquela geada clara. O grupo voltou tranquilamente a pé, subiu a Rue des Martyrs, para ir ao restaurante do boulevard de Clichy. Um pequeno salão estava reservado, o almoço foi muito simpático; e não se disse uma palavra a respeito da simples formalidade que tinham acabado de cumprir, conversaram de outras coisas o tempo todo, como em uma de suas reuniões habituais, entre camaradas.

Foi assim que Christine, no fundo, muito comovida sob sua afetação de indiferença, ouviu por três horas seu marido e as testemunhas falarem febrilmente sobre a escultura de Mahoudeau. Depois que os outros souberam da história, retomavam os menores detalhes. Sandoz achava que aquela história tinha uma força espantosa. Jory e Gagnière discutiram sobre a resistência das armações, o primeiro sensível à perda de dinheiro, o segundo demonstrando com uma cadeira que a estátua poderia ter sido sustentada. Quanto a Mahoudeau, ainda abalado, invadido pelo torpor, queixava-se de uma dor muscular que não sentira de início: todos os membros estavam doloridos, tinha os músculos estirados, contusões sob a pele, como se saísse dos braços de uma amante de pedra. E Christine lavou o arranhão de sua face, que sangrava novamente, e parecia a ela que aquela estátua de mulher mutilada estava sentada com eles, à mesa, e que era só ela que importava naquele dia, a única que apaixonava Claude, cuja narrativa, repetida vinte vezes, não se cansava de mencionar sua emoção, diante daqueles seios e daqueles quadris de argila desfeitos a seus pés.

No entanto, na sobremesa houve uma diversão. Gagnière perguntou de repente a Jory:

– A propósito, eu vi você com Mathilde no domingo... Sim, sim, na Rue Dauphine.

Jory, que ficara muito vermelho, tentou mentir; mas seu nariz se mexia, sua boca se enrugava, e ele pôs-se a rir com um ar idiota.

– Oh! Um encontro... Palavra de honra! Não sei onde ela mora, eu teria dito a vocês.

– O quê! É você que a está escondendo?, exclamou Mahoudeau. Vá, você pode ficar com ela, ninguém lhe está reclamando de volta.

A verdade é que Jory, rompendo com todos os seus hábitos de prudência e avareza, enclausurava agora Mathilde num quartinho. Ela o agarrava por seu vício, ele estava escorregando em direção à vida de casal com aquela assombração, ele que, para não pagar, vivia outrora de pequenos golpes de rua.

– Bah! Pegamos o prazer onde o encontramos, disse Sandoz, cheio de indulgência filosófica.

– Isso é bem verdade, respondeu ele simplesmente, acendendo um charuto.

Demoraram-se, a noite caía, quando acompanharam Mahoudeau, que, decididamente, queria ir para a cama. E, ao voltarem, Claude e Christine, depois de terem pegado Jacques com a zeladora, acharam o ateliê muito frio, afogado em uma sombra tão espessa que tatearam por muito tempo antes de acender a lâmpada. Foi preciso também reacender o fogão; sete horas soavam quando finalmente respiraram, à vontade. Mas não tinham fome, terminaram um resto de caldo, mais para incentivar a criança a tomar sua sopa; e, depois de o porem para dormir, sentaram-se à luz do abajur, como faziam todas as noites.

No entanto, Christine não havia colocado nenhuma costura diante de si, comovida demais para trabalhar. Ela ficava lá, com as mãos ociosas sobre a mesa, olhando para Claude, que imediatamente mergulhou em um desenho, um canto de seu quadro, trabalhadores do porto Saint-Nicolas descarregando gesso. Um devaneio invencível, lembranças, arrependimentos passavam no fundo de seus olhos vagos; e, pouco a pouco, foi uma tristeza crescente, uma grande dor muda que pareceu invadi-la completamente, em meio a essa indiferença, essa solidão sem limites, na qual ela afundava, tão perto dele. Ele continuava com ela, do outro lado da mesa; mas quão longe ela o sentia, lá, em frente à ponta da Cité, mais longe ainda, na inacessível infinitude da arte, agora tão longe que nunca mais o alcançaria! Várias vezes tentou falar, sem induzi-lo a responder. As horas passavam, ela estava entorpecida por não fazer nada, acabou pegando seu porta-moedas para contar o dinheiro.

– Você sabe quanto temos para começar nossa vida de casados?

Claude nem mesmo levantou a cabeça.

– Temos nove tostões... Ah! Que miséria!

Ele deu de ombros, rosnou por fim:

– Vamos ser ricos, deixe disso!

E o silêncio recomeçou, ela nem tentou mais quebrá-lo, contemplando os nove tostões alinhados na mesa. Meia-noite soou, ela teve um arrepio, doente com a espera e com o frio.

– Vamos para a cama, sim?, ela murmurou. Não aguento mais.

Ele estava tomado com tal fúria por seu trabalho que não ouviu.

– Vamos? O fogão se apagou, vamos ficar doentes... Vamos para a cama.

Essa voz suplicante o penetrou, o fez estremecer com uma súbita exasperação.

– Eh! Vá para a cama, se quiser!... Você está bem vendo que eu quero terminar uma coisa.

Por um momento ela permaneceu ainda, invadida por essa cólera, com o rosto dolorido. Então, sentindo-se indesejada, percebendo que bastava sua presença de mulher desocupada para pô-lo fora de si, ela saiu da mesa e foi para a cama, deixando a porta escancarada. Meia hora, quarenta e cinco minutos se passaram; nenhum ruído, nem mesmo uma respiração vinha do quarto;

mas ela não dormia, deitada de costas, com os olhos abertos na sombra; e ela se arriscou timidamente a lançar um último apelo das profundezas da alcova tenebrosa.

– Meu mimi, estou esperando... Por favor, meu mimi, venha dormir.

Apenas um palavrão respondeu. Nada se moveu mais, talvez tivesse cochilado. No ateliê, o frio gelado aumentou, o lampião enfumaçado ardia com uma chama vermelha; enquanto ele, debruçado sobre seu desenho, parecia não ter consciência da marcha lenta dos minutos.

Às duas horas, porém, Claude se levantou, furioso porque o lampião se apagava por falta de óleo. Ele mal teve tempo de trazê-lo para o quarto, para não se despir tateando. Mas seu descontentamento ainda cresceu quando viu Christine, de costas, com os olhos abertos.

– Como? Você não está dormindo?

– Não, não estou com sono.

– Ah! Eu sei, é um reproche... Já lhe disse vinte vezes o quanto fico contrariado quando você me espera.

E, com o lampião apagado, ele se deitou ao lado dela, no escuro. Ela continuava não se mexendo, ele bocejou duas vezes, esmagado pelo cansaço. Ambos permaneciam acordados, mas não encontravam nada, não diziam nada um ao outro. Ele, com frio, suas pernas dormentes, congelava os lençóis. Enfim, ao termo de reflexões vagas, quando o sono o tomava, exclamou num sobressalto:

– O incrível é que ela não tenha danificado o ventre, oh! Um ventre tão bonito!

– Quem?, perguntou Christine, espantada.

– Mas a escultura de Mahoudeau.

Ela teve um abalo nervoso, virou-se, enterrou a cabeça no travesseiro; e ele ficou estupefato ao ouvi-la explodir em lágrimas.

– O quê? Você está chorando!

Ela engasgava, soluçava tão forte que o colchão se agitava.

– Vamos, o que você tem? Eu não disse nada... Minha querida, vamos!

Enquanto falava, adivinhava agora a causa dessa grande mágoa. Claro, num dia como aquele, deveria ter ido para a cama junto com ela; mas ele era muito inocente, nem tinha pensado nessas histórias. Ela sabia como ele era, virava um verdadeiro bruto quando estava no trabalho.

– Vamos, minha querida, nós não nos conhecemos de ontem... Sim, você tinha imaginado isso, na sua cabecinha. Queria ser a noiva, hein?... Vamos, não chore mais, você sabe que eu não sou malvado.

Ele a tinha tomado, ela se abandonou. No entanto, por mais que se abraçassem, a paixão estava morta. Eles compreenderam isso quando se soltaram e se viram deitados lado a lado, como estranhos agora, com essa sensação de um obstáculo entre eles, um outro corpo, cujo frio já os havia aflorado, em certos dias, desde o início ardente da ligação que tiveram. Nunca mais, agora, eles se interpenetrariam. Havia algo irreparável ali, uma quebra, um vazio que surgira. A esposa diminuía a amante, essa formalidade do casamento parecia ter matado o amor.

IX

CLAUDE, QUE NÃO PODIA PINTAR SEU GRANDE QUADRO no pequeno ateliê da Rue de Douai, resolveu alugar em outro local algum hangar, de espaço suficiente; e encontrou o que queria passeando pela colina de Montmartre, a meio caminho da Rue Tourlaque, a ladeira que desce por trás do cemitério, e de onde se pode dominar Clichy até os pântanos de Gennevilliers. Era um galpão para secagem de tintureiro, um barracão de quinze metros de comprimento por dez de largura, cujas tábuas e o reboco deixavam passar todos os ventos do céu. Foi alugado por trezentos francos. O verão estava chegando, ele faria rapidamente seu quadro e depois partiria.

A partir de então, decidiu investir em todos os custos necessários, em sua febre de trabalho e de esperança. Já que a fortuna era certa, por que entravá-la com prudências inúteis? Fazendo uso de seu direito, entrou no capital de sua renda de mil francos, acostumou-se a tirar sem contar. Primeiro, escondera de Christine, pois ela o havia impedido já duas vezes; e, quando ele teve de dizê-lo, ela também, depois de oito dias de censuras e alarmes, se acostumou, feliz com o bem-estar em que vivia, cedendo à doçura de sempre ter dinheiro no bolso. Foram alguns anos de morno abandono.

Logo, Claude só viveu para sua pintura. Ele havia mobiliado o grande ateliê sumariamente: cadeiras, seu velho divã do Quai de Bourbon, uma mesa de pinho, que custara cem tostões em um brechó. Não tinha a vaidade de uma instalação luxuosa, na prática de sua arte. Sua única despesa foi uma escada com rodas, plataforma e degraus móveis. Em seguida, consagrou-se à sua tela, que ele queria com oito metros de comprimento, cinco de altura; e ele mesmo teimou em prepará-la, encomendou o chassi, comprou a tela sem emenda, que ele e dois camaradas tiveram todo o trabalho do mundo para esticar com alicates; depois contentou-se em cobri-la, usando a espátula, com uma camada de alvaiade, recusando-se a colá-la, para que permanecesse absorvente, o que, dizia, deixava a tinta clara e sólida. Não era possível nem pensar em cavalete, não se poderia manobrar tal peça ali. Então, ele imaginou um sistema de vigas e cordas, que a prendia contra a parede, um pouco inclinada, sob uma luz rasante. E, ao longo desse vasto tecido branco, a escada rolava: era uma construção inteira, andaimes de uma catedral, em frente à obra a ser construída.

Mas, quando tudo estava pronto, ele foi tomado por escrúpulos. A ideia de que talvez não tivesse escolhido a melhor iluminação lá, quando estava diante do motivo, o atormentava. Talvez um efeito matinal tivesse sido melhor? Talvez ele devesse ter escolhido um tempo cinzento? Ele voltou para a Pont des Saints-Perès e lá passou mais três meses.

A todas as horas, em todos os climas, a Cité se erguia diante dele, entre as duas aberturas do rio. Sob uma nevasca tardia, ele a viu coberta de arminho, acima da água cor de lama, destacando-se contra um céu cor de ardósia clara. Ele a viu, aos primeiros sóis, limpar-se do inverno, reencontrar uma infância, com os brotos verdes das grandes árvores do talude. Ele a viu, um belo dia de neblina, recuar, se evaporar, leve e trêmula como um palácio de sonhos. Então, foram as chuvas torrenciais que a submergiam, escondiam-na atrás da imensa cortina puxada do céu à terra; tempestades, cujos clarões a mostravam fulva, com uma luz dúbia, beco mal afamado, meio destruída pela degringolada das grandes nuvens cor de cobre; ventos que a varriam com uma tempestade, aguçando os ângulos, recortando-a nitidamente, nua e açoitada, no azul empalidecido do ar. Outras vezes, ainda, quando o sol se desfazia em pó entre os vapores do Sena, ela se banhava no fundo dessa claridade difusa, sem uma única sombra, igualmente iluminada por toda parte, com uma delicadeza encantadora de joia esculpida em pleno ouro fino. Ele quis vê-la sob o sol nascente, emergindo das brumas da manhã, quando o Quai de l'Horloge avermelha e o Quai des Orfèvres permanece pesado de escuridão, já bem viva sob o céu rosa, com o deslumbrante despertar de suas torres e suas flechas, enquanto, lentamente, a noite desce dos edifícios, como um casaco que cai. Ele quis vê-la ao meio-dia, com o sol caindo a pino, devorada pela claridade crua, descolorida e muda como uma cidade morta, tendo apenas a vida do calor, a emoção com que os telhados longínquos se agitavam. Ele queria vê-la sob o sol poente, deixando-se retomar pela noite que subia pouco a pouco do rio, mantendo nas arestas dos monumentos as franjas de brasas de um carvão que se extingue, com os últimos incêndios que subitamente se acendiam nas janelas, bruscas labaredas lançando faíscas e perfurando as fachadas. Mas, diante dessas vinte Cités diferentes, quaisquer que fossem as horas, qualquer que fosse o tempo, ele sempre retornava à Cité que vira pela primeira vez, por volta das quatro horas, numa bela tarde de setembro, aquela Cité serena sob o vento leve, aquele coração de Paris pulsando na transparência do ar, como se alargado pelo céu imenso, atravessado por um voo de pequenas nuvens.

Claude passava ali seus dias, à sombra da Pont des Saints-Pères. Ele se abrigava lá, tinha feito dela sua casa, seu teto. O estrépito contínuo de carros, como um trovejar distante de relâmpagos, não o incomodava mais. Instalado contra o primeiro pilar, sob os enormes arcos de ferro fundido, fazia esboços, pintava estudos. Ele nunca se achava suficientemente informado, desenhava dez vezes o mesmo detalhe. Os funcionários da navegação, cujos escritórios ficavam ali, terminaram por conhecê-lo; e mesmo a mulher de um vigia, que morava numa espécie de cabine calafetada com o marido, dois filhos e um gato, guardava para ele suas telas frescas, para que não precisasse carregá-las todos os dias através das ruas. Era uma alegria para ele, aquele refúgio, sob essa Paris que rosnava no ar, da qual sentia a vida ardente escorrer sobre sua cabeça. O Port Saint-Nicolas o fascinou primeiro por sua atividade contínua de distante porto marítimo, em pleno bairro do *Institut*: a Sophie, guindaste a vapor, manobrava, içava blocos de pedra; carroças vinham se encher de areia; animais e homens puxavam, sem fôlego, sobre o grande pavimento inclinado que descia até à água, nessa borda de granito em que atracavam uma dupla fila de chatas e batelões; e durante semanas ele se dedicara a um estudo, trabalhadores descarregando gesso de um barco, portando nos ombros sacos brancos, deixando atrás de si um rastro branco, polvilhados de branco eles próprios, enquanto, perto dali, um outro barco, vazio de sua carga de carvão, tinha maculado a margem com uma larga mancha de tinta. Em seguida, ele tomou o perfil da piscina, na margem esquerda, assim como o de um lavadouro no outro plano, com as vidraças abertas, as lavadeiras alinhadas, ajoelhadas na beirada da corrente, batendo a roupa. No meio, estudou um barco sendo conduzido na ginga por um marinheiro, depois um rebocador mais abaixo, um condutor de comboio, a vapor, arrastando com sua corrente e fazendo subir o rio um comboio de barris e tábuas. Os fundos da paisagem, ele os tinha há muito tempo, entretanto recomeçou alguns trechos, as duas aberturas do Sena, um grande céu sozinho, onde apenas se elevavam as flechas e as torres douradas pelo sol. E, debaixo da ponte hospitaleira, naquele recanto tão perdido como uma distante caverna nas rochas, raramente um curioso o incomodava, os pescadores passavam o desprezo da indiferença, ele quase não tinha companheiro senão o gato do vigia, fazendo sua limpeza sob o sol, tranquilo no tumulto do mundo de cima.

Enfim, Claude reuniu todos os seus estudos. Em poucos dias ele fez um esboço do conjunto, e o grande trabalho foi iniciado. Mas, durante todo o verão, na Rue Tourlaque, travou uma primeira batalha entre ele e sua tela imensa; pois tinha se persuadido de pôr, ele próprio, sua composição no quadriculado, e não conseguia se safar disso, enredado em erros contínuos causados pelo menor desvio desse traçado matemático do qual não tinha nenhuma prática. Isso o indignava. Foi em frente, mesmo que isso significasse corrigir depois, recobriu a tela com

A OBRA

violência, tomado por tal febre que passou a viver em sua escada dias inteiros, manuseando enormes pincéis, gastando uma força muscular capaz de mover montanhas. À noite, cambaleava como um bêbado, adormecia depois da última garfada, fulminado; e era preciso que sua mulher o levasse para a cama, como uma criança. Desse trabalho heroico ele obteve um esboço magistral, um desses esboços em que o gênio se incendeia no caos ainda mal desbastado dos tons. Bongrand, que veio vê-lo, agarrou o pintor em seus grandes braços compridos e o beijou até sufocá-lo, com os olhos cegos pelas lágrimas. Sandoz, entusiasmado, deu um jantar; os outros, Jory, Mahoudeau, Gagnière, espalharam de novo o anúncio de uma obra-prima; quanto a Fagerolles, permaneceu imóvel por um momento, depois explodiu em felicitações, achando-o bonito demais.

E Claude, com efeito, como se a ironia desse homem inteligente lhe desse azar, depois disso só estragou seu esboço. Era sua história contínua, ele se esgotava de uma vez só, em um impulso magnífico; depois, não conseguia fazer o resto progredir, não sabia terminar. Sua impotência recomeçou, ele viveu dois anos só com aquela tela, fazendo das tripas coração por ela, ora enlevado em pleno céu por loucas alegrias, ora lançado por terra, tão miserável, tão dilacerado de dúvidas que os moribundos arquejando nas camas de hospital eram mais felizes do que ele. Por duas vezes ele não conseguiu terminar para o *Salon*; porque sempre, no último momento, quando esperava concluir em algumas sessões, surgiam lacunas, ele sentia a composição rachar e desmoronar sob seus dedos. Ao aproximar-se o terceiro *Salon*, teve uma crise terrível, ficou quinze dias sem ir ao seu ateliê na Rue Tourlaque; e, quando lá voltou, foi como quem volta para uma casa esvaziada pela morte: virou a grande tela contra a parede, rolou a escada para um canto; teria quebrado tudo, queimado tudo, se suas mãos que fraquejavam tivessem encontrado a força. Mas nada existia mais, um vento de cólera acabara de varrer o assoalho, ele falava em se ater às pequenas coisas, já que era incapaz de grandes trabalhos.

De modo involuntário, seu primeiro projeto para pequeno quadro o trouxe de volta para lá, em frente à Cité. Por que não pintaria apenas uma vista, numa tela média? Porém, uma espécie de pudor, misturado a um estranho ciúme, impedia-o de ir sentar-se sob a Pont des Saints-Pères: parecia-lhe que aquele lugar era agora sagrado, que não deveria deflorar a virgindade de sua grande obra, mesmo morta. E instalou-se na ponta da margem, a montante do Port Saint-Nicolas. Desta vez, pelo menos, trabalhava diretamente a partir do motivo, estava feliz por não ter de trapacear, como era fatal para telas de dimensões desmedidas. O pequeno quadro, muito cuidado, mais acabado do que de costume, teve, porém, o destino dos outros perante o júri, indignado por essa arte pintada com vassoura bêbada, conforme a frase que então corria pelos ateliês. Foi uma bofetada ainda mais sensível porque se falava em concessões, em concessões feitas à Escola para ser aceito; e o pintor, ulcerado, chorando de raiva, rasgou a tela em pequenos trapos e queimou-a em seu fogão, quando ela lhe foi devolvida. Esta, não lhe bastava matá-la com uma facada, tinha que aniquilá-la.

Outro ano se passou para Claude em vagas atividades. Trabalhava só por hábito, não terminava nada, ele próprio dizia, com um riso doloroso, que estava perdido e que se procurava. No fundo, a consciência tenaz de seu gênio lhe deixava uma esperança indestrutível, mesmo durante as mais longas crises de abatimento. Ele sofria como um condenado empurrando a pedra eterna que voltava e o esmagava; mas restava-lhe o futuro, a certeza de levantá-la com os dois punhos, um dia, e lançá-la até as estrelas. Enfim, viram seus olhos reacenderem com paixão, sabia-se que ele iria se enclausurar de novo na Rue Tourlaque. Ele que, no passado, sempre era conduzido, para além da obra presente, pelo sonho ampliado da obra futura, agora batia com a cabeça nesse tema da Cité. Era a ideia fixa, a barra que trancava sua vida. E logo voltou a falar disso livremente, num novo incêndio de entusiasmo, gritando com alegrias de criança que encontrara e que tinha a certeza do triunfo.

Certa manhã, Claude, que até então fechara sua porta aos amigos, permitiu que Sandoz entrasse. Este topou com um esboço, feito na inspiração, sem modelo, mais uma vez admirável pela cor. Além disso, o tema permanecia o mesmo: Port Saint-Nicolas à esquerda, a escola de natação à direita, o Sena e a Cité ao fundo. Só que ficou estupefato percebendo, no lugar do barco conduzido por um marinheiro, um outro barco muito grande, tomando todo o meio da composição, e que três mulheres ocupavam: uma, em roupa de banho, remando; outra, sentada na beirada, com as pernas na água, seu corpete meio arrancado, mostrando o ombro; a terceira, toda reta, toda nua, na proa, de uma nudez tão intensa, que brilhava como um sol.

– Olhe só! Que ideia!, murmurou Sandoz. O que elas estão fazendo lá, essas mulheres?

– Mas estão tomando banho, respondeu Claude tranquilamente. Você vê bem que elas saíram da piscina, isso me dá um motivo de nu, um achado, hein?... Isso o choca?

Seu velho amigo, que o conhecia, estremeceu com receio de voltar a lançá-lo em suas dúvidas.

– Eu? Oh! Não! Só temo que o público não entenda, mais uma vez. Não é verossímil, essa mulher nua, em plena Paris.

Ele se espantou ingenuamente.

– Ah! Você acha... Pois bem, tanto pior! Que importa, se ela está bem pintada, essa mulher? Eu preciso disso, veja você, para ganhar coragem.

Nos dias seguintes, Sandoz voltou com suavidade a respeito dessa estranha composição, pleiteando, por necessidade de sua própria natureza, a causa da lógica ultrajada. Como um pintor moderno, que se orgulhava de pintar apenas realidades, podia degradar uma obra introduzindo nela tais imaginações? Era tão fácil tomar outros temas, em que a necessidade do nu se impunha! Mas Claude teimava, dava explicações ruins e violentas, porque não queria admitir o verdadeiro motivo, uma ideia que tinha, tão obscura que não conseguiria enunciá-la com clareza, o tormento de um simbolismo secreto, esse velho retorno de um romantismo que o fazia encarnar nessa nudez a própria carne de Paris, a cidade nua e apaixonada, resplandecente de uma beleza feminina. E ele punha ainda ali sua própria paixão, seu amor por belos ventres, coxas e seios fecundos, como os que ardia por criar a mancheias para os partos contínuos de sua arte.

Diante da argumentação premente de seu amigo, ele, no entanto, fingiu estar abalado.

– Pois bem, eu vou ver, eu vou vesti-la mais tarde, essa mulher, já que ela o incomoda... Mas vou fazê-la desse jeito. Hein? Você entende, ela me diverte.

Nunca mais voltou a falar nisso, com uma obstinação surda, contentando-se em estufar as costas e sorrir com ar embaraçado, quando uma alusão expressava o espanto de todos ao ver essa Vênus nascida da espuma do Sena, triunfante, entre os ônibus do cai e os estivadores do Port de Saint-Nicolas.

Era primavera, Claude ia voltar ao seu grande quadro, quando uma decisão, tomada em um dia de prudência, mudou a vida do casal. Às vezes, Christine se preocupava com todo aquele dinheiro sendo gasto tão rapidamente, as quantias que eles estavam constantemente roendo do capital. Tinham perdido a conta, pois a fonte parecia inesgotável. Em seguida, depois de quatro anos, ficaram apavorados, certa manhã, quando, tendo pedido um balanço, descobriram que, dos vinte mil francos, restavam apenas três. Imediatamente, eles se lançaram em uma reação de economia excessiva, economizando no pão, planejando cortar até demandas necessárias; e foi assim que, nesse primeiro impulso de sacrifícios, deixaram os alojamentos da Rue de Douai. Por que manter dois aluguéis? Havia espaço suficiente na antiga secadora da Rue Tourlaque, ainda salpicada de água de tintura, para acomodar a existência de três pessoas. Mas a instalação não foi menos trabalhosa, pois esse salão de quinze metros por dez dava-lhes apenas um cômodo, um barracão de ciganos fazendo tudo em comum. Foi necessário que o próprio pintor, diante da má vontade do proprietário, isolasse, numa ponta, uma divisória de tábuas, atrás da qual arrumou uma cozinha e um quarto. Isso os encantou, apesar das rachaduras no telhado, onde o vento soprava: em dias de fortes tempestades, eram obrigados a colocar terrinas sob as fendas muito largas. Era um vazio lúgubre, a meia dúzia de móveis que possuíam ficava dançando ao longo das paredes nuas. E eles se mostravam orgulhosos de se acomodarem tão confortavelmente, dizendo aos amigos que o pequeno Jacques teria pelo menos espaço para correr um pouco. Aquele pobre Jacques, apesar de atingidos seus nove anos, não crescia muito rápido; só a cabeça continuava a aumentar, não podiam enviá-lo à escola por mais de uma semana seguida, pois voltava atordoado, doente por ter querido aprender; tanto que, na maioria das vezes, eles o deixavam viver de quatro patas ao redor deles, rastejando nos cantos.

Assim, Christine, que há muito tempo não participava mais do trabalho quotidiano de Claude, voltou a conviver com ele a cada hora das longas sessões. Ela o ajudou a raspar e lixar a antiga tela, deu-lhe conselhos sobre como fixá-la na parede com mais firmeza. Mas eles constataram um desastre: a escada rolante tinha se desconjuntado sob a umidade do telhado; e, com medo de cair, teve de consolidá-la com uma travessa de carvalho, enquanto ela lhe passava os pregos um a um. Tudo, uma segunda vez, estava pronto. Ela o olhou quadricular o novo esboço, de pé atrás dele, até desfalecer de cansaço, depois se deixando escorregar para o chão, permanecendo ali, agachada, observando ainda. Ah! Como ela gostaria de retomá-lo dessa pintura que o tirara dela! Era por isso que se fazia serva dele, feliz por se rebaixar ao trabalho manual. Desde que ela participava de seu trabalho, lado a lado os três assim, ele, ela e essa tela, uma esperança a reanimava. Se ele havia escapado dela, quando ela chorava sozinha na Rue de Douai, e ele permanecia na Rue Tourlaque, amasiado e esgotado como na casa de uma amante, talvez ela o reconquistasse, agora que estava ali, ela também, com sua paixão. Ah! Essa pintura, com que ódio ciumento ela a odiava! Já não era a sua antiga revolta de pequeno--burguesa que pintava com aquarela contra esta arte livre, soberba e brutal. Não, ela tinha compreendido pouco a pouco, aproximada primeiro pela ternura que tinha pelo pintor, tomada em seguida pelo deleite da luz, o encanto original dos tons claros. Hoje, ela tinha aceitado tudo, os jardins lilases, as árvores azuis. Até um respeito começava a fazê-la estremecer diante dessas obras que antes lhe pareciam tão abomináveis. Ela as via poderosas, ela as tratava como rivais das quais não se podia mais rir. E seu rancor crescia com sua admiração, indignava-se ao assistir a essa diminuição de si mesma diante desse outro amor que a esbofeteava em seu lar.

De início foi uma luta surda de cada minuto. Ela se impunha, inseria a cada instante o que podia de seu corpo, um ombro, uma mão, entre o pintor e seu quadro. Ela sempre permanecia ali, envolvendo-o com sua respiração, lembrando-o de que ele era dela. Então, sua velha ideia voltou, pintar ela também, ir buscá--lo no próprio fundo de sua febre artística: durante um mês, ela vestiu um avental, trabalhou como uma aluna perto do mestre, de quem copiou docilmente um estudo; e ela só abandonou quando viu sua tentativa se voltar contra seu objetivo, pois ele completava seu esquecimento da mulher que existia nela, como se enganado por essa tarefa comum, num pé de simples camaradagem, de homem a homem. Então ela voltou à sua única força.

Já muitas vezes, para captar os pequenos personagens de seus últimos quadros, Claude havia tomado indicações a partir de Christine, uma cabeça, um gesto dos braços, uma atitude do corpo. Ele atirava um casaco sobre os ombros dela, captava-a num movimento e lhe gritava para ela não se mexer mais. Eram serviços em que ela se mostrava feliz por prestar-lhe, apesar de repugnar se despir, magoada por essa profissão de modelo, agora que era sua esposa. Um dia, quando ele precisava da articulação de uma coxa, ela recusou, em seguida consentiu em levantar o vestido, envergonhada, depois de ter trancado a porta com duas voltas, por medo de que, se descobrissem o papel ao qual descia, procurassem-na nua em todos os quadros do marido. Ela ouvia ainda as risadas insultantes dos camaradas e do próprio Claude, as piadas pesadas, quando falavam das telas de um pintor que assim usava unicamente sua própria mulher, amáveis nus, devidamente bem acabadinhos para os burgueses, e nos quais ela era encontrada sob todos os rostos, com particularidades bem conhecidas, as ancas um pouco longas, o ventre muito alto; o que a fazia passear sem roupa pela zombeteira Paris, quando passava toda vestida, encouraçada, apertada até o queixo por vestidos escuros, que ela usava, justamente, bem fechados.

Mas desde que Claude havia traçado largamente, a carvão, a grande figura de uma mulher em pé, que ia ocupar o meio de seu quadro, Christine, pensativa, olhava para essa silhueta vaga, invadida por um pensamento obsessivo, diante do qual iam-se, um a um, todos os seus escrúpulos. E quando ele falou em tomar uma modelo, ela se ofereceu.

— Como, você! Mas você se zanga assim que eu lhe peço para mostrar a ponta do seu nariz!

Ela sorriu, cheia de embaraço.

— Oh! A ponta do meu nariz! Então eu não posei para a figura de seu *Ar livre* no passado, e quando ainda não havia nada entre nós!... Uma modelo vai lhe custar sete francos a sessão. Nós não somos tão ricos, então é melhor economizar esse dinheiro.

Essa ideia de economizar o decidiu imediatamente.

— Está bem, eu aceito, é mesmo gentil de sua parte ter essa coragem, porque você sabe que não é um divertimento para preguiçosa posar para mim... Não importa! Admita, bobona! Você está com medo de que outra mulher entre aqui, você está ciumenta!

Ciumenta! Sim, ela era, a ponto de agonizar de sofrimento. Mas ela zombava das outras mulheres, todas as modelos de Paris podiam tirar lá suas anáguas! Ela só tinha uma rival, aquela pintura preferida, que lhe roubava seu amante. Ah! Tirar a roupa, tirar até a última peça, e se entregar nua a ele por dias, semanas, viver nua sob seus olhares, e retomá-lo assim, e levá-lo consigo, quando ele voltasse a cair em seus braços! Tinha a oferecer outra coisa além de si própria? Não era legítimo, este último combate em que ela pagava com seu corpo, mesmo que significasse não ser mais nada, nada além do que uma mulher sem atrativos, se ela se deixasse vencer?

Claude, encantado, primeiro fez um estudo a partir dela, uma simples academia para seu quadro, na pose. Eles esperavam até que Jacques fosse para a escola, trancavam-se e a sessão durava horas. Durante os primeiros dias, Christine sofreu muito com a imobilidade; depois se acostumou, não se atrevendo a reclamar com medo de irritá-lo, segurando as lágrimas quando ele a atormentava. E, logo, tomaram o hábito, ele a tratou como uma simples modelo, mais exigente do que se a tivesse pagado, sem nunca temer de abusar de seu corpo, já que ela era sua mulher. Ele a empregava para tudo, ele a fazia se despir a cada minuto, por um braço, por um pé, pelo menor detalhe que precisasse. Era um trabalho em que ele a rebaixava, um serviço de manequim vivo, que ele plantava ali e que copiava, como teria copiado o jarro ou o caldeirão de uma natureza morta.

Desta vez, Claude procedeu sem pressa; e, antes de esboçar a grande figura, ele já havia cansado Christine por meses, ensaiando vinte poses diferentes, querendo conhecer bem a qualidade de sua pele, dizia. Enfim, um dia, ele atacou o esboço. Era uma manhã de outono, com um vento do norte já bem friozinho; não fazia calor no amplo estúdio, apesar do fogão que roncava. Como o pequeno Jacques, doente, sofrendo com uma de suas crises de entorpecimento, não pudera ir à escola, decidiram trancá-lo no fundo do quarto, dizendo-lhe para ficar bem-comportado. E, tiritando, a mãe se despiu, plantou-se perto do fogão, imóvel, mantendo a pose.

Durante a primeira hora, o pintor, do alto de sua escada, lançou-lhe olhares que a chicoteavamn dos ombros aos joelhos, sem lhe dirigir a palavra. Ela, invadida por uma tristeza lenta, com medo de desmaiar, não sabendo mais se sofria de frio ou de desespero, tristeza vinda de longe, cuja amargura sentia subir-lhe. Seu cansaço era tão grande que tropeçou e avançou com dificuldade, com as pernas dormentes.

– Como, já!, gritou Claude. Mas você está posando há quinze minutos no máximo! Não quer ganhar seus sete francos?

Brincava com um ar emburrado, encantado com seu trabalho. E ela mal tinha recuperado o uso de seus membros, sob o penhoar com que se cobria, quando ele disse violentamente:

– Vamos, vamos, nada de preguiça! É um grande dia hoje. É preciso ter gênio, ou arrebentar!

Então, quando ela retomou a pose, nua sob a luz descorada, e ele se pôs de novo a pintar, ele continuou a lançar frases, de vez em quando, com essa necessidade que tinha de fazer barulho, quando seu trabalho o satisfazia.

– Curioso como você tem uma pele engraçada! Ela, positivamente, absorve a luz. Assim, não é de se acreditar, você está toda cinza esta manhã. E no outro dia você estava cor de rosa, oh! De um rosa que não parecia verdadeiro... Isso me incomoda, nunca se tem certeza.

Ele parou, apertou os olhos.

– Fantástico, contudo, o nu... Põe um tom no fundo... E vibra, e toma uma vida danada, como se víssemos sangue fluir nos músculos... Ah! Um músculo bem desenhado, um membro solidamente pintado, em plena claridade, não há nada mais bonito, nem de melhor, é o próprio bom Deus!... Eu não tenho outra religião; eu me poria de joelhos ali por toda a existência.

E, como foi obrigado a descer para buscar um tubo de cor, aproximou-se dela, detalhou-a com uma paixão crescente, tocando com a ponta do dedo cada uma das partes que queria designar.

– Então! Ali, sob o seio esquerdo, pois bem, é lindo demais! Há pequenas veias que azulam, que dão à pele uma delicadeza requintada de tom... E ali, na eminência do quadril, aquela covinha onde a sombra é dourada, uma delícia!... E lá, sob o modelado tão generoso do ventre, aquela linha pura das virilhas, um leve toque de carmim no ouro pálido... Para mim o ventre sempre me exaltou. Não consigo ver um sem querer conquistar o mundo. É tão bonito pintá-lo, um verdadeiro sol de carne!

Depois, subindo de volta em sua escada, ele gritou em sua febre de criação:

– Pelo amor de Deus! Se eu não fizer uma obra-prima com você, é porque sou um animal!

Christine se calava, e sua angústia crescia, na certeza que se formava dentro dela. Imóvel, sob a brutalidade das coisas, sentia o mal-estar de sua nudez. Em cada lugar em que o dedo de Claude a havia tocado, permanecia uma impressão de gelo, como se o frio que a fazia tiritar entrasse por ali agora. A experiência tinha sido feita, de que adiantava esperar mais? Esse corpo, coberto em todos os lugares por seus beijos de amante, ele não o olhava mais, não o adorava mais, a não ser como artista. Um tom dos seios o entusiasmava, uma linha do ventre o fazia ajoelhar-se com devoção, quando, outrora, cego de desejo, ele a esmagava toda inteira contra seu peito, sem vê-la, em abraços onde um e o outro queriam se fundir. Ah! Era de fato o fim, ela não existia mais, nela, ele só amava sua arte, a natureza, a vida. E, com os olhos distantes, ela mantinha a rigidez de um mármore, continha as lágrimas que lhe estufavam o coração, reduzida a essa miséria de nem mesmo poder chorar.

Uma voz veio do quarto, enquanto pequenos punhos batiam contra a porta.

– Mamãe, mamãe, não consigo dormir, não tenho o que fazer... Abra para mim, por favor, mamãe?

Era Jacques que se impacientava. Claude se zangou, rosnando que não tinha um minuto de tranquilidade.

– Daqui a pouco!, Christine gritou. Durma, deixe seu pai trabalhar.

Mas uma nova inquietação pareceu apoderar-se dela, lançava olhares para a porta, acabou por deixar a pose por um momento para ir pendurar a saia na chave, de maneira a tapar o buraco da fechadura. Então, sem dizer uma palavra, voltou para perto do fogão, com a cabeça erguida, a cintura um pouco inclinada, inflando os seios.

E a sessão se eternizou, horas e horas se passaram. Ela estava sempre lá, oferecendo-se, com seu movimento de banhista que se lança n'água; enquanto ele, em sua escada, a léguas de distância, ardia por aquela outra mulher que estava pintando. Ele tinha até parado de falar-lhe, ela voltava ao seu papel de objeto, de cor bonita. Ele só a olhava desde a manhã, e ela não conseguia mais se ver em seus olhos, uma estranha agora, expulsada dele.

Enfim, ele parou por causa do cansaço, percebeu que ela tremia.

– Ora! Você está com frio?

– Sim, um pouco.

– É engraçado, estou pegando fogo... Não quero que você se resfrie. Até amanhã.

Enquanto ele descia, ela pensou que ele vinha beijá-la. Normalmente, com um último galanteio de marido, ele pagava com um beijo rápido o tédio da sessão. Mas, tomado por trabalho, esqueceu-se, lavou imediatamente seus pincéis, que mergulhava, ajoelhado, num pote de sabão preto. E ela, que esperava, permanecia nua, de pé, esperando ainda. Passou-se um minuto, ficou maravilhado com aquela sombra imóvel, olhou-a com ar de surpresa, depois recomeçou a esfregar energicamente. Então, com as mãos trêmulas de pressa, ela se vestiu novamente, na terrível confusão de mulher desdenhada. Enfiava a blusa, lutava com as saias, enganchava o corpete de atravessado, como se quisesse escapar à vergonha daquela nudez impotente, servindo agora só para envelhecer sob as roupas. E era um desprezo por si mesma, um nojo por ter descido a esse trabalho de mulher da vida, cuja baixeza carnal ela sentia, agora que estava vencida.

Mas, no dia seguinte, Christine teve de se pôr nua novamente, no ar gelado, sob a luz brutal. Não era esse o seu trabalho de agora em diante? Como recusar, agora que haviam tomado o hábito disso? Ela nunca teria causado alguma tristeza a Claude; e ela recomeçava todos os dias essa derrota de seu corpo. Ele nem falava mais sobre esse corpo ardente e humilhado. A sua paixão carnal havia sido transferida para sua obra, para as amantes pintadas que ele fabricava para si. Só elas faziam seu sangue bater, aquelas de quem cada membro nascia de um de seus esforços. Lá, no campo, na época do grande amor, se ele pensara ter agarrado a felicidade, possuindo uma, viva, tomando-a plenamente em seus braços, era apenas a eterna ilusão, pois tinham permanecido estranhos um para o outro; e ele preferia a ilusão de sua arte, essa busca da beleza nunca alcançada, esse desejo louco que nada contentava. Ah! Querer todas elas, criá-las segundo seu sonho, com seios de cetim, quadris cor de âmbar, ventres macios de virgens, e amá-las apenas pelos belos tons, e senti-las escapar, sem poder abraçá-las! Christine era a realidade, o objetivo que a mão alcançava, e Claude tivera o nojo disso em uma temporada, ele, o soldado do incriado, como Sandoz às vezes o chamava, rindo.

Durante meses, a pose foi assim uma tortura para ela. A boa vida a dois havia cessado, um *ménage à trois* parecia se formar, como se ele tivesse trazido para casa uma amante, essa mulher que ele pintava a partir dela. O quadro imenso se erguia entre eles, separando-os com uma muralha intransponível; e era do outro lado que ele vivia, com a outra. Ela estava enlouquecendo, com ciúmes desse desdobramento de sua pessoa, compreendendo a miséria de tal sofrimento, não ousando admitir sua aflição, a respeito da qual ele teria zombado. E, no entanto, ela não se enganava, sentia perfeitamente que ele preferia sua cópia a ela própria, que essa cópia era a adorada, a preocupação única, a ternura constante. Ele a matava fazendo-a posar para embelezar a outra, só tirava sua alegria ou sua tristeza da outra, dependendo se a via viver ou definhar sob seu pincel. Não era então o amor, isso? E que sofrimento emprestar sua carne para que a outra nascesse, para que o pesadelo dessa rival os assombrasse, estivesse sempre entre eles, mais poderoso do que o real, no ateliê, à mesa, na cama, em todo lugar! Um pó, um nada, tinta sobre tela, uma simples aparência que rompia toda a felicidade deles, ele, silencioso, indiferente, brutal às vezes, ela, torturada por seu abandono, desesperada por não poder expulsar essa concubina de seu lar, tão invasiva e tão terrível em sua imobilidade de imagem!

E foi a partir daí que Christine, decididamente vencida, sentiu pesar sobre ela toda a soberania da arte. Aquela pintura, que já havia aceitado sem restrições, ela a soergueu mais ainda, no fundo de um tabernáculo feroz, diante do qual ela permanecia esmagada, como diante desses poderosos deuses de cólera, que são honrados dentro do excesso de ódio e horror que inspiram. Era um medo sagrado, a certeza de que não adiantava mais lutar, que seria esmagada como uma palha, se continuasse teimando. As telas cresciam como blocos, as menores lhe pareciam triunfais, as piores a esmagavam com sua vitória; enquanto ela não as julgava mais, no chão, tremendo, achando todas formidáveis, respondendo sempre às questões de seu marido:

– Ah! Muito bem! Oh! Soberbo!... Ah! Extraordinária, extraordinária, aquela ali!

No entanto, não tinha raiva dele, adorava-o com uma ternura em prantos, tanto ela o via devorar-se a si próprio. Depois de algumas semanas de trabalho feliz, tudo deu errado, ele não conseguia finalizar sua grande figura de mulher. Era por isso que ele estava matando sua modelo de cansaço, teimosamente trabalhando com tenacidade por dias, depois largando tudo por um mês. Dez vezes a figura foi começada, abandonada, refeita completamente. Um ano, dois anos passaram, sem que o quadro se concluísse, por vezes quase terminado e, no dia seguinte, raspado, tendo que ser refeito inteiramente.

Ah! Esse esforço de criação na obra de arte, esse esforço de sangue e lágrimas que o faziam agonizar, para criar carne, insuflar a vida! Sempre em batalha com o real, e sempre derrotado, a luta contra o Anjo! Ele se destruía na tarefa impossível de fazer caber toda a natureza numa tela, esgotando-se nas perpétuas dores que lhe tensionavam os músculos, sem nunca poder dar à luz seu gênio. Aquilo que satisfazia os outros, a execução aproximativa, as trapaças necessárias o torturavam de remorsos, indignavam-no como uma fraqueza covarde; e ele recomeçava, e estragava o bom em nome do melhor, achando que aquilo não "falava", insatisfeito com suas mulheres, como diziam os camaradas em tom de brincadeira, enquanto elas não descessem para dormir com ele. O que então lhe faltava para fazer com que elas vivessem? Um nada, sem dúvida. Ele estava um pouco aquém, um pouco além, talvez. Um dia, a expressão de gênio incompleto, ouvida pelas costas, o havia lisonjeado e aterrorizado. Sim, devia ser isso, o salto muito curto ou muito longo, o desequilíbrio de nervos de que sofria, o distúrbio hereditário que, por alguns gramas de substância a mais ou a menos que, em vez de fazer um grande homem, ia fazer um louco. Quando um desespero o expulsava de seu ateliê, e ele fugia de sua obra, carregava consigo agora essa ideia de uma impotência fatal, ouvia-a bater contra seu crânio, como o toque fúnebre e obstinado de um sino.

Sua existência tornou-se miserável. Nunca a dúvida sobre si mesmo o perseguira assim. Ele desaparecia por dias inteiros; até mesmo passou uma noite fora, voltou atordoado no dia seguinte, incapaz de dizer de onde vinha: parecia que ele havia percorrido os subúrbios para não se encontrar diante de sua obra fracassada. Era seu único alívio fugir assim dessa obra que o enchia de vergonha e ódio, e de reaparecer apenas quando sentia a coragem de enfrentá-la de novo. E, ao voltar, sua própria esposa não ousava interrogá-lo, feliz demais por vê-lo novamente, depois da ansiedade da espera. Percorria furiosamente Paris, especialmente nos subúrbios, por necessidade de se depravar, convivendo com trabalhadores braçais, expressando em cada crise seu antigo desejo de ser o ajudante de um pedreiro. A felicidade não seria ter membros sólidos, realizando rapidamente e bem o trabalho para o qual eram talhados? Tinha fracassado sua vida, devia ter arranjado um emprego no passado, quando almoçava no Gomard, no *Chien de Montargis*, onde tinha um amigo da região de Limoges, um sujeito grande e muito alegre, cujos braços fortes invejava. Depois, quando voltava à Rue Tourlaque, com as pernas exaustas, o crânio vazio, lançava sobre sua pintura o olhar desolado e medroso que arriscamos sobre uma morta, num velório; até que uma nova esperança de a ressuscitar, de finalmente criá-la viva, fazia subir uma chama em seu rosto.

Um dia, Christine estava posando, e a figura da mulher, uma vez mais, ia ser finalizada. Mas, há uma hora que Claude se ensombrava, perdendo a alegria infantil que havia demonstrado no início da sessão. Então ela não ousava respirar, sentindo, pelo próprio mal-estar dele, que tudo ia se estragar de novo, temendo precipitar a catástrofe se mexesse um dedo. E, de fato, ele soltou bruscamente um grito de dor, xingando num estouro de trovão.

– Ah! Diabos do inferno! Diabos do inferno!

Ele havia jogado seu punhado de pincéis do alto da escada. Então, cego de raiva, com um soco terrível, arrebentou a tela.

Christine estendia as mãos trêmulas.

– Meu querido, meu querido...

Mas quando ela cobriu os ombros com um penhoar e se aproximou, sentiu no coração uma aguda alegria, uma forte pontada de rancor satisfeito. O soco havia acertado bem nos seios da outra, um buraco escancarado estava cavado ali. Enfim então, ela tinha sido morta!

Imóvel, tomado por seu assassinato, Claude olhou para aquele peito aberto ao vazio. Uma imensa tristeza lhe veio da ferida, por onde o sangue de seu trabalho lhe parecia escorrer. Seria possível? Era ele quem assim assassinara o que mais amava no mundo? Sua cólera se transformava em estupor, ele se pôs a percorrer os dedos

sobre a tela, puxando as beiras do rasgo, como se quisesse aproximar as bordas de uma chaga. Estrangulava, gaguejava, tomado por uma dor suave, infinita:
– Ela está arrebentada... Ela está arrebentada...
Então Christine ficou comovida até as entranhas, na maternidade que sentia por seu grande filho artista. Ela perdoava como sempre, via perfeitamente que ele só tinha uma ideia, consertar imediatamente a rasgadura, curar o mal; e ela o ajudou, foi ela quem segurava os rasgos, enquanto ele, por trás, colava um pedaço de tecido. Quando ela se vestiu novamente, a outra estava lá de novo, imortal, mantendo apenas uma fina cicatriz no lugar do coração, que aumentou a paixão do pintor.

Nesse desequilíbrio que se agravava, Claude chegava a uma espécie de superstição, uma crença devota em procedimentos. Baniu o óleo, falava dele como de um inimigo pessoal. Ao contrário, a essência de terebintina era mate e sólida; e ele tinha seus próprios segredos, que escondia, soluções de âmbar, copal líquido, outras resinas ainda, que secavam rapidamente e impediam a tinta de rachar. Só que então devia lutar contra terríveis perdas de brilho, porque com isso suas telas absorventes bebiam o pouco óleo das tintas. Sempre o preocupara a questão dos pincéis: queria-os com encaixe especial, desdenhando os pelos de marta, exigindo crina seca no forno. Depois, a grande questão foi a espátula, porque ele a usava para fundos, como Courbet; tinha uma coleção delas, compridas e flexíveis, outras largas e curtas, uma sobretudo triangular, como a dos vidraceiros, que mandara fazer especialmente, a verdadeira espátula de Delacroix. De resto, ele jamais usava nem o raspador, nem a navalha, que achava desonrosos. Mas se permitia todo tipo de práticas misteriosas na aplicação do tom, inventava receitas, mudando-as todos os meses, bruscamente acreditava ter descoberto a tinta certa, porque, repudiando o fluxo de óleo, o antigo escorrido, procedia por pinceladas sucessivas, uma para cima, outra para baixo, até chegar ao tom justo. Uma de suas manias havia sido durante muito tempo a de pintar da direita para a esquerda: sem dizê-lo, estava convencido de que isso lhe dava sorte. E o caso terrível, a aventura que o tinha perturbado mais uma vez, tinha sido apenas sua teoria invasiva de cores complementares. Gagnière tinha sido o primeiro a falar com ele sobre isso, ele também muito inclinado a especulações técnicas. Depois do que, ele próprio, pelo excesso contínuo de sua paixão, começou a exagerar esse princípio científico que faz derivar das três cores primárias, amarelo, vermelho, azul, as três cores secundárias, laranja, verde, violeta, depois toda uma série de cores complementares e similares, cujos compostos são obtidos matematicamente uns dos outros. Assim, a ciência entrava na pintura, criava-se um método para a observação lógica, bastava tomar a dominante de um quadro, estabelecer sua complementar ou similar, para chegar de modo experimental às variações que ocorrem, um vermelho se transformando em amarelo perto de um azul, por exemplo, toda uma paisagem mudando de tom, tanto pelos reflexos, quanto pela própria decomposição da luz, de acordo com as nuvens que passam. Ele tirava disso esta conclusão verdadeira, de que os objetos não têm cor fixa, que eles se colorem de acordo com as circunstâncias ambientes; e o grande mal foi que, quando ele voltava agora à observação direta, sua cabeça zumbindo com essa ciência, seu olho prevenido forçava as nuanças delicadas, afirmava em detalhes muito vivos a exatidão de sua teoria; de maneira que sua originalidade de tons, tão clara, tão vibrante de sol, tornava-se uma aposta, uma inversão de todos os hábitos do olho, peles violáceas sob céus tricolores. A loucura parecia estar de tocaia.

A miséria acabou com Claude. Ela havia crescido pouco a pouco, à medida que o casal desembolsava sem contar; e, quando não restava mais nem um tostão dos vinte mil francos, ela se abateu, assustadora, irreparável. Christine, que queria procurar trabalho, não sabia fazer nada, nem mesmo costurar: ela se desconsolava, com as mãos inertes, irritava-se contra sua educação imbecil de senhorita, que lhe deixava apenas o recurso de trabalhar um dia como doméstica, se a vida deles continuasse a se deteriorar. Ele, tendo caído na zombaria parisiense, não vendia absolutamente mais nada. Uma exposição independente, onde havia mostrado algumas telas, com camaradas, acabara com ele junto aos amadores, tanto o público se divertira com essas pinturas variegadas de todos os tons do arco-íris. Os marchands fugiam, o senhor Hue era o único que deslocava-se para a Rue Tourlaque, ficava lá, extasiado, diante das pinturas excessivas, aquelas que explodiam em foguetes imprevistos, desesperando-se por não cobri-los de ouro; e por mais que o pintor lhe dissesse que os oferecia a ele, suplicando para que os aceitasse, o pequeno-burguês punha nisso uma delicadeza extraordinária, roía no seu quotidiano para reunir uma quantia de vez em quando, e depois levava com devoção as telas delirantes, que pendurava ao lado de seus quadros de mestre. Essa chance era muito rara, Claude teve de se resignar a trabalhos comerciais, com tanta repugnância, tanto desespero de tombar naquela masmorra onde havia jurado nunca descer, que teria preferido morrer de fome, se não houvesse os dois pobres seres que agonizavam com ele. Ele conheceu as vias sacras pintadas de qualquer jeito e pagas com miséria, os santos e santas por atacado, os estores desenhados com decalque, todas as baixas tarefas degradando a pintura em imagens estúpidas e sem ingenuidade. Teve até a vergonha de ver recusados retratos a vinte e cinco francos, porque ele fracassava na semelhança: e chegou ao último grau da miséria, trabalhou "por número": pequenos negociantes ínfimos, que vendem nas pontes e que expediam aos países de selvagens, lhe compravam tanto por tela, dois francos, três francos, segundo as dimensões regulamentares. Era como uma decadência física para ele, estava definhando, saía doente disso tudo, incapaz de uma sessão séria, olhando para seu grande quadro em perigo, com olhos de louco, às vezes sem tocá-lo por uma semana, como se tivesse sentido as mãos imundas e decaídas. Mal tinham pão, o vasto barraco tornava-se inabitável no inverno, o mesmo galpão no qual Christine se sentira gloriosa ao se instalar ali. Hoje ela, tão ativa como dona de casa, arrastava-se por ali, não tinha mais coragem de varrer; e tudo afundava, em abandono, no desastre, e o pequeno Jacques, debilitado por causa da comida ruim, as refeições, feitas de pé, um pedaço de casca de pão, e toda a vida deles, malconduzida, malcuidada, caída na imundície dos pobres que perdem até o orgulho de si próprios.

Depois de um ano ainda, Claude, em um daqueles dias de derrota em que fugia de seu quadro fracassado, encontrou alguém. Desta vez, jurara a si mesmo de nunca mais voltar para casa, percorria Paris desde o meio-dia, como se tivesse ouvido galopar atrás de seus calcanhares o espectro pálido da grande figura nua, devastada por retoques contínuos, sempre abandonada sem forma, perseguindo-o com seu doloroso desejo de nascer. Uma névoa derretia-se em uma chuvinha amarela, sujando as ruas enlameadas. E, por volta das cinco horas, atravessava a Rue Royale com seu passo de sonâmbulo, arriscando ser atropelado, com as roupas em farrapos, imundo até o pescoço, quando um coupé parou de repente.

– Claude, ei! Claude!... Então não reconhece suas amigas?

Era Irma Bécot, deliciosamente vestida de seda cinza, coberta com renda chantilly. Ela tinha baixado o vidro com mão viva, sorria, radiante no enquadramento da porta.

– Aonde vai?

Ele, boquiaberto, respondeu que não ia a lugar nenhum. Ela riu mais alto, olhando-o com seus olhos de vício, com o perverso levantar de lábios de uma dama, atormentada pelo desejo repentino de algo cru, visto em numa frutaria duvidosa.

– Venha então, faz tanto tempo que não nos vemos!... Entre, vai ser atropelado!

De fato, os cocheiros ficavam impacientes, empurrando seus cavalos em meio a uma algazarra; e ele subiu, atordoado; e ela o levou, pingando, com seu modo arrepiado e selvagem de pobre, no pequeno coupé de cetim azul, sentado pela metade na renda da saia; enquanto os fiacres riam desse sequestro, retomando a fila para restabelecer a circulação.

Irma Bécot finalmente realizara seu sonho de um palacete próprio, na Avenue de Villiers. Mas levara anos, o terreno primeiro comprado por um amante, depois os quinhentos mil francos para a construção, os trezentos mil francos para os móveis, fornecidos por outros, ao acaso das explosões de paixão. Era uma residência principesca, de um luxo magnífico, sobretudo de extremo requinte no bem-estar voluptuoso, todo ele uma grande alcova de mulher sensual, um grande leito de amor que começava nos tapetes do vestíbulo, para subir e se estender até às paredes capitonês dos quartos. Hoje, depois de ter custado muito, aquela hospedaria rendia mais, porque os clientes pagavam a fama de seus colchões cor de púrpura, as noites lá custavam caro.

Ao voltar com Claude, Irma trancou sua porta. Ela teria incendiado toda essa fortuna para satisfazer um capricho. Ao passarem juntos pela sala de jantar, monsieur, o amante que então pagava, tentou entrar mesmo assim; mas ela ordenou que o dispensassem, bem alto, sem medo de ser ouvida. Depois, à mesa, tinha risos de criança, comia de tudo, ela que nunca tinha fome; e cobria o pintor com um olhar encantado, um ar divertido com sua barba espessa e maltratada, seu paletó de trabalho com os botões arrancados. Ele, num sonho, se deixava levar, comia também com o apetite guloso das grandes crises. O jantar foi silencioso, o maître servia com dignidade altiva.

– Louis, leve o café e os licores para o meu quarto!

Mal passava das oito horas, e Irma queria se trancar ali imediatamente com Claude. Ela empurrou o ferrolho, brincou: boa noite, a senhora foi deitar!...

– Fique à vontade, eu não deixo você ir embora... Hein? Já faz bastante tempo que falamos disso! É muito idiota, no fim das contas!

Ele, então, calmamente, tirou o paletó no quarto suntuoso, com as paredes cobertas de seda malva, guarnecidas de rendas de prata, com a cama colossal, envolta em bordados antigos, semelhante a um trono. Estava acostumado a ficar em mangas de camisa, sentia-se em casa. Melhor dormir lá do que debaixo de uma ponte, já que ele jurara não voltar para casa, nunca mais. Sua aventura nem o surpreendia, na desordem de sua vida. E ela, não podendo compreender esse abandono brutal, achava-o engraçado a morrer de rir, divertia-se como uma menina fugitiva, meio despida ela própria, beliscando-o, mordendo-o, brincando com as duas mãos, como um verdadeiro malandrinho de rua.

– Você sabe, minha cabeça preparada para os otários, meu Ticiano, como eles dizem, não é para você... Ah! Você me muda, juro! Você é diferente!

E ela o agarrava, dizia o quanto tivera de desejo por ele, porque ele estava mal penteado. Grandes risadas sufocavam as palavras em sua garganta. Ele lhe parecia tão feio, tão cômico, que ela o beijava em todos os lugares com fúria.

Por volta das três horas da madrugada, entre os lençóis amassados, arrancados, Irma deitou-se, nua, com a carne inchada de devassidão, gaguejando de cansaço.

– E seu caso, a propósito, você então se casou com ela?

Claude, que estava adormecendo, reabriu os olhos abrutecidos.

– Sim.

– E você ainda dorme com ela?

– Mas sim.

Ela recomeçou a rir, e simplesmente acrescentou:

– Ah! Meu pobre garotão, meu pobre garotão, você não deve se divertir muito!

No dia seguinte, quando Irma deixou Claude partir, toda rosada, como depois de uma noite de grande descanso, bem correta em seu penhoar, já penteada, e acalmada, ela segurou por um instante as mãos dele entre as suas; e, muito afetuosa, ela o contemplava com um ar ao mesmo tempo terno e zombeteiro.

– Meu pobre garotão, você não gostou. Não! Não jure, nós sentimos, nós, as mulheres... Mas, pra mim, foi muito bom, ah! Muito... Obrigada, muito obrigada!

E estava terminado, ele teria de pagá-la muito caro, para uma outra vez.

Claude voltou diretamente para a Rue Tourlaque, abalado por essa boa sorte. Sentia uma singular mistura de vaidade e de remorso, que durante dois dias o deixou indiferente à pintura, imaginando que talvez tivesse fracassado em sua vida. Além disso, ele estava tão estranho em seu retorno, tão transbordante de sua noite, que, depois de Christine tê-lo questionado, ele gaguejou primeiro, depois confessou tudo. Houve uma briga, ela chorou por muito tempo, perdoou mais uma vez, cheia de infinita indulgência por suas faltas, preocupando-se agora, como se temesse que uma noite assim o tivesse cansado demais. E das profundezas de sua mágoa brotou uma alegria inconsciente, o orgulho de que alguém o tivesse podido amar, a alegria apaixonada de vê-lo capaz de uma escapada, a esperança também de que ele voltasse para ela, já que ele tinha ido para uma outra. Estremecia com o cheiro de desejo que ele trouxera, ela continuava tendo no coração apenas um ciúme, o dessa pintura execrada, a tal ponto que teria preferido vê-lo atraído por uma mulher.

Mas, no meio do inverno, Claude teve uma nova irrupção de coragem. Um dia, arrumando velhos chassis encontrou, caído atrás, um velho pedaço de tela. Era a figura nua, a mulher reclinada do *Ar livre*, que ele guardara, apenas ela, recortando-a do quadro, quando lhe foi devolvido do *Salon des Refusés*. E, ao desenrolá-la, soltou um grito de admiração.

– Pelo amor de Deus! Como é bonito!

Ele imediatamente a fixou na parede com quatro pregos; e a partir de então passou horas contemplando-a. Suas mãos tremiam, um fluxo de sangue lhe subia ao rosto. Seria possível que ele tivesse pintado tal obra-prima? Então ele tinha gênio naquela época? Então, tinham-lhe mudado o crânio, os olhos e os dedos? Uma tal febre o exaltava, uma tal necessidade de desabafar, que acabou chamando sua mulher.

– Venha ver, então!... Hein? Atitude perfeita? Ela não tem músculos finamente ajustados?... Essa coxa aí, olhe! Banhada de sol. E o ombro, aqui, até o bojo do seio... Ah! Meu Deus! É a vida, sinto que ela vive, como se eu a tocasse, a pele macia e quente, com o seu cheiro.

Christine, de pé perto dele, olhava, respondia com palavras breves. Essa ressurreição dela própria, depois de anos, tal como ela era, aos dezoito anos, a princípio a havia lisonjeado e surpreendido. Mas, desde que o via se apaixonar assim, sentia um mal-estar crescente, uma vaga irritação sem causa confessada.

– O quê! Você não acha que tem uma beleza de se ajoelhar diante dela?

– Sim, sim... Só que ficou escura.

Claude protestava com violência. Escura, vamos! Ela nunca escureceria, tinha imortal juventude. Um verdadeiro amor se apoderara dele, falava dela como de uma pessoa, tinha bruscas necessidades de vê-la, que o faziam-no largar tudo, como para correr a um encontro.

Então, uma manhã, foi tomado por um apetite de trabalho.

– Mas, diabo! Já que fiz isso, posso muito bem refazer... Ah! Desta vez, se eu não for um estúpido, vamos ver!

E Christine, imediatamente, teve de lhe dar uma sessão de poses, porque ele já estava em sua escada, ardendo por voltar ao seu grande quadro. Durante um mês, ele a obrigou a oito horas por dia, nua, com os pés doloridos de imobilidade, sem piedade pelo cansaço que ele percebia, assim como se mostrava de uma dureza feroz contra seu próprio cansaço. Teimava por fazer uma obra-prima, exigia que sua figura de pé valesse aquela figura deitada, que via na parede irradiando vida. Continuamente, ele a consultava, comparava, desesperado e açoitado pelo medo de nunca mais igualá-la. Dava uma olhada nela, outra em Christine, outra para sua tela, exaltava-se em xingamentos quando não estava satisfeito. Enfim, culpava sua esposa.

– Também, minha querida, você não é mais como era lá, no Quai de Bourbon. Ah! Mas nem um pouco!... É muito engraçado, você teve seios maduros cedo. Lembro-me da minha surpresa, quando a vi com os seios de verdadeira mulher, enquanto o resto conservava a finura delgada da infância... E tão flexível e tão fresca, um brotar de botão, um encanto de primavera... É verdade, você pode se orgulhar, seu corpo já foi muito bonito!

Ele não dizia essas coisas para machucá-la, falava simplesmente como um observador, cerrando seus olhos pela metade, conversando a respeito de seu corpo como sobre um estudo que se estragava.

– O tom continua esplêndido, mas o desenho, não, não, não é mais isso!... As pernas, oh! As pernas, muito bem ainda; isso é o que envelhece por último, na mulher. Apenas, o ventre e seios, puxa! Não são a mesma coisa. Então, olhe-se no espelho: ali, perto das axilas, há ressaltos que incham, e isso não tem nada de bonito. Vá, pode procurar no corpo dela; essas saliências, no dela, não estão lá.

Com um olhar terno ele apontou para a figura reclinada; e concluiu:

– Não é sua culpa, mas evidentemente é isso que me atrapalha... Ah! Falta de sorte!

Ela escutava, cambaleava na sua mágoa. Essas horas de pose, que já a haviam feito sofrer tanto, agora se transformavam em um suplício intolerável. O que era essa nova invenção de oprimi-la com sua juventude, para assoprar em seu ciúme, dando-lhe o remorso envenenado por sua beleza desaparecida? Então, ela se tornava sua própria rival e não podia mais olhar para sua antiga imagem sem ser mordida no coração por uma inveja ruim! Ah! Como essa imagem, esse estudo feito a partir dela, tinha pesado em sua existência! Todo seu infortúnio estava lá: seus seios mostrados pela primeira vez em seu sono; depois, seu corpo virgem se despindo livremente, num momento de ternura caridosa; então, essa entrega de si mesma, depois os risos da multidão, vaiando sua nudez; depois, sua vida inteira, seu rebaixamento nessa profissão de modelo, na qual perdera até o amor de seu marido. E essa imagem renascia, ressuscitava, mais viva do que ela própria, para acabar de matá-la; pois daí em diante só havia uma obra, era a mulher deitada da antiga tela que agora se levantava novamente, na mulher de pé do novo quadro.

Assim, a cada sessão, Christine sentia-se envelhecer. Ela baixava sobre si olhares perturbados, pensava ver as rugas se aprofundando, as linhas puras se deformando. Nunca tinha se estudado assim, sentia vergonha e nojo de seu corpo, esse desespero infinito das mulheres ardentes quando o amor as abandona com o passar de sua beleza. Era então por isso que ele não a amava mais, que ia passar as noites com outras e que se refugiava na paixão antinatural por sua obra? Perdia a compreensão clara das coisas, caía numa decadência por causa disso, vivendo de camisola e saia suja, não tendo mais a vaidade de sua graça, desencorajada por essa ideia de que era inútil lutar, já que estava velha.

Um dia, Claude, enfurecido por causa de uma sessão ruim, deu um grito terrível do qual ela não conseguiria mais se recuperar. Quase rebentara a tela de novo, fora de si, sacudido por uma daquelas cóleras em que parecia irresponsável. E, descarregando nela, com o punho esticado:

– Não, sério, não posso fazer nada com isso... Ah! Você veja, quem quer posar não deve ter filhos!

Revoltada com o ultraje, chorando, ela correu para pôr suas roupas. Mas suas mãos se perdiam, ela não encontrava suas roupas para se vestir rápido o suficiente. Imediatamente, ele, cheio de remorso, desceu para consolá-la.

– Olhe, eu estava errado, sou um miserável... Por favor, pose, pose um pouco ainda, para provar que você não está com raiva de mim.

Ele a tomava, nua em seus braços, tirava sua camisa, que ela já vestira pela metade. E ela perdoou mais uma vez, retomou a pose, tremendo tanto que ondas dolorosas passavam ao longo de seus membros; enquanto, em sua imobilidade de estátua, grandes lágrimas silenciosas continuavam a cair de suas faces até os seios, onde escorriam. Seu filho, ah! Certamente, sim, teria sido melhor que não tivesse nascido! Talvez ele fosse a causa de tudo. Ela não chorou mais, já desculpava o pai, sentia uma raiva surda contra aquele pobre ser, para quem sua maternidade nunca havia despertado, e que agora odiava, com a ideia de que ele tivesse podido destruir a amante que havia nela.

No entanto, Claude se obstinava desta vez, e terminou o quadro, jurando que iria enviá-lo ao *Salon* de qualquer jeito. Não descia mais de sua escada, limpava os fundos até plena noite. Por fim, exausto, declarou que não tocaria mais nele; e nesse dia, quando Sandoz subia para vê-lo, por volta das quatro horas, não o encontrou. Christine respondeu que ele tinha acabado de sair para tomar ar por um momento na colina.

A lenta ruptura havia se agravado entre Claude e os amigos do velho bando. Cada um deles havia encurtado e espaçado as visitas, pouco à vontade diante dessa pintura perturbadora, cada vez mais destroçada pelo descontrole daquele que fora uma admiração de juventude; e agora todos estavam em fuga, nenhum voltava lá. Gagnière, ele até havia deixado Paris para morar em uma de suas casas em Melun, onde vivia com aperto do aluguel da outra, depois de ter se casado, para espanto de seus camaradas, com sua professora de piano, uma velha solteirona que tocava Wagner à noite para ele. Quanto a Mahoudeau, alegava seu trabalho, porque estava começando a ganhar algum dinheiro, graças a um fabricante de bronzes artísticos que lhe dava seus modelos para retocar. Jory, era outra história, ninguém o via, depois que Mathilde o mantinha enclausurado, despoticamente: ela o alimentava até estourar com pratinhos preparados, o entorpecia com práticas amorosas, o empanturrava com tudo o que ele gostava, a tal ponto que ele, o antigo caçador da calçada, o avarento que apanhava seus prazeres nas esquinas para não pagá-los, caíra na domesticidade de cão fiel, entregando as chaves do seu dinheiro, tendo no bolso o suficiente para comprar um charuto, apenas nos dias em que ela estava disposta a deixar-lhe vinte tostões; dizia-se mesmo que, como havia sido outrora moça devota, para consolidar a sua conquista, lançava-o à religião e lhe falava da morte, da qual ele tinha um medo atroz. Só Fagerolles demonstrava viva cordialidade para com o velho amigo, quando o encontrava, sempre prometendo ir vê-lo, o que nunca fazia, aliás: tinha tantas ocupações, depois de seu grande sucesso, proclamado, exibido, festejado, a caminho de todas as fortunas e todas as honras! E Claude só sentia falta de Dubuche, por uma terna covardia de velhas lembranças de infância, apesar da corrosão que a diferença de naturezas, entre eles, causara mais tarde. Mas Dubuche, ao que parecia, também não estava feliz do seu lado, inundado de milhões, sem dúvida, e ainda assim miserável, em contínua briga com seu sogro que se queixava de ter sido enganado a respeito de suas capacidades como arquiteto, forçado a viver em meio aos remédios de sua esposa doente e de seus dois filhos, fetos prematuros, criados em ninho de algodão.

De todas essas amizades mortas, havia, portanto, apenas Sandoz, que parecia ainda saber o caminho para a Rue Tourlaque. Voltava ali por causa de seu afilhado, o pequeno Jacques, por causa daquela mulher triste também, essa Christine cujo rosto apaixonado, em meio àquela miséria, o comovia profundamente, como uma daquelas visões de grandes enamoradas que ele gostaria de transpor em seus livros. E, sobretudo, sua fraternidade de artista crescia, pois via Claude perder o pé, naufragando no fundo da loucura heroica da arte. De início, ficou espantado, pois acreditara mais no amigo do que em si próprio, ele que se punha em segundo lugar no colégio, colocando o outro muito no alto, no nível dos mestres que revolucionam uma época. Então, uma dolorosa ternura lhe veio dessa falência do gênio, uma amarga e sangrenta piedade, diante desse terrível tormento da impotência. Em arte, quem sabe quem é o louco? Todos os fracassados o levavam às lágrimas, e quanto mais o quadro ou o livro caíam na aberração, no esforço grotesco e lamentável, mais ele estremecia de caridade, com a necessidade de embalá-los piedosamente na extravagância de seus sonhos, esses fulminados pela obra.

No dia em que Sandoz havia subido sem encontrar o pintor, não foi embora, insistiu, vendo os olhos de Christine vermelhos de lágrimas.

– Se acha que ele deve voltar para casa logo, eu vou esperar.
– Oh! Ele não pode demorar.
– Então eu fico, a menos que esteja incomodando.

Ela nunca o comovera tanto, com sua prostração de mulher preterida, seus gestos cansados, suas palavras lentas, sua indiferença a tudo que não fosse a paixão que a consumia. Depois de uma semana talvez, ela não arrumava mais uma cadeira, não limpava um móvel, permitindo que a derrocada da casa acontecesse, mal tendo forças para se mover. E era de partir o coração, sob a luz crua da grande claraboia, essa miséria revirando na sujeira, essa espécie de galpão mal rebocado, nu e entulhado pela desordem, onde se tiritava de tristeza, apesar da tarde clara de fevereiro.

Christine, pesadamente, tinha ido se sentar de novo perto de uma cama de ferro, que Sandoz não havia notado ao entrar.

– Olhe só!, ele perguntou, Jacques está doente?

Ela recobria a criança, cujas mãos estavam empurrando o lençol sem parar.

– Sim, ele não se levanta há três dias. Trouxemos a cama dele para cá, para que fique com a gente... Ah! Ele nunca foi forte. Mas está indo cada vez pior, é desesperador.

Seus olhares eram fixos, ela falava com voz monótona, e ele se assustou quando se aproximou. Pálida, a cabeça da criança parecia ter ficado ainda maior, tão pesada com seu crânio agora, que ele não conseguia mais carregá-la. Ela repousava, inerte, já parecia morta, não fosse pela respiração forte que saía de seus lábios descoloridos.

– Meu pequeno Jacques, sou eu, é seu padrinho... Você não quer dizer bom dia?

Dolorosamente, a cabeça fez um vão esforço para se erguer, as pálpebras se entreabriram, mostrando o branco dos olhos, depois se fecharam novamente.

– Mas procuraram um médico?

Ela deu de ombros.

– Oh! Os médicos! O que é que eles sabem?... Um veio, disse que não havia nada a fazer... Vamos esperar que seja um alerta de novo. Ele tem doze anos. É o crescimento.

Sandoz, gelado, calou-se para não aumentar sua inquietação, pois ela parecia não ver a gravidade da doença. Ele andou de um lado para o outro, em silêncio, parou em frente ao quadro.

– Ah! Ah! Está avançando, no caminho certo desta vez.

– Está terminado.

– Como, terminado!

E quando ela acrescentou que a tela devia partir na semana seguinte para o *Salon*, ele permaneceu constrangido, sentou-se no divã como um homem que queria julgá-la sem pressa. Os fundos, o cais, o Sena, de onde se erguia a ponta triunfal da Cité, continuavam no estado de esboço, mas de esboço magistral, como se o pintor tivesse medo de estragar a Paris de seu sonho, dando maior acabamento. À esquerda também estava um excelente grupo, os estivadores que descarregavam os sacos de gesso, esses trechos muito trabalhados, de uma bela força na feitura. Só que o barco das mulheres, no meio, perfurava o quadro com uma labareda de carnes que não estava em seu lugar; e a grande figura nua sobretudo, pintada febrilmente, tinha um brilho, uma ampliação alucinada de estranha e desconcertante falsidade, em meio às realidades vizinhas.

Sandoz, silencioso, desesperava-se diante desse soberbo aborto. Mas encontrou os olhos de Christine fixos nele e teve a força para murmurar:

– Espantosa, ah! A mulher, espantosa!

Aliás, Claude chegou nesse momento. Teve uma exclamação de alegria ao ver o velho amigo, apertou-lhe a mão vigorosamente. Em seguida, aproximou-se de Christine, beijou o pequeno Jacques, que mais uma vez rejeitara o cobertor.

– Como ele está?

– Sempre a mesma coisa.

– Bom! Bom! Ele cresce demais, o descanso vai curá-lo. Eu bem lhe disse para não se preocupar.

E Claude foi sentar-se no divã, perto de Sandoz. Os dois se soltavam, recostados, meio deitados, olhando para o alto, percorrendo o quadro, enquanto Christine, ao lado da cama, não olhava nada, parecia não pensar em nada, no desgosto contínuo de seu coração. Pouco a pouco, a noite chegava, a luz viva da claraboia já empalidecia, descolorindo em um crepúsculo uniforme e lento.

– Então, está decidido, sua esposa me disse que você o envia?

– Sim.

– Você tem razão, é preciso sair desta empreitada... Oh! Há detalhes aí dentro! Essa perspectiva do cais, à esquerda; e o homem levantando um saco, embaixo... Só que...

Ele hesitou, ousou enfim.

– Só que é engraçado que você tenha teimado em deixar essas banhistas nuas... Dificilmente pode ser explicado, eu lhe asseguro, e você prometeu vesti-las, você se lembra?... Então realmente quer essas mulheres?

– Sim.

Claude respondia secamente, com a obstinação da ideia fixa, que desdenha até mesmo argumentar. Tinha cruzado os braços sob a nuca, começou a falar de outra coisa, sem tirar os olhos de seu quadro, que o crepúsculo começava a escurecer com uma sombra fina.

– Você não sabe de onde eu venho? Eu venho da casa de Courajod... Hein? O grande paisagista, o pintor do *Charco de Gagny*, que está no Luxemburgo! Você se lembra, eu pensei que ele estivesse morto, e ficamos sabendo que ele morava em uma casa aqui perto, do outro lado da colina, Rue de l'Abreuvoir... Pois bem, meu velho, eu não tirava Courajod de minha cabeça! Indo tomar um ar fresco às vezes, tinha descoberto sua choça, não podia mais passar na frente sem ter vontade de entrar. Pense, então! Um mestre, um sujeito que inventou a nossa paisagem de hoje, e que mora lá, desconhecido, acabado, enfiado num buraco como uma marmota!... Além disso, você não tem ideia nem da rua ou do muquifo: uma rua de campo, cheia de aves, ladeada de barrancos gramados; uma cozinha que parece um brinquedo de criança, com janelinhas, uma portinha, um pequeno jardim. Oh! O jardim, uma faixinha de terra em declive íngreme, plantado com quatro pereiras, entulhado com um monte de coisas, tábuas cheias de musgo, gessos velhos, grades de ferro consertadas com barbante...

Sua voz desacelerava, ele piscava as pálpebras, como se a preocupação com sua pintura estivesse invencivelmente entrando nele, invadindo-o pouco a pouco, a ponto de perturbá-lo no que dizia.

– Hoje, por acaso vejo Courajod na sua porta... Um velho de oitenta anos passados, pequenininho, encolhido com o tamanho de um menino. Não! Você precisa vê-lo com seus tamancos, sua malha de camponês, sua pele de marmota de velhinha... E, corajosamente, eu me aproximo, e lhe digo: "Monsieur Courajod, eu o conheço bem, o senhor tem, no Luxemburgo, um quadro que é uma obra-prima, permita que um pintor aperte sua mão, como a de um mestre". Ah! Com isso, se você o tivesse visto se assustar, gaguejar, recuar, como se eu quisesse bater nele. Fugiu... Eu o segui, ele se acalmou, me mostrou suas galinhas, seus patos, seus coelhos, seus cachorros, um zoológico extraordinário, até um corvo! Ele vive no meio disso, só fala com os animais. Quanto à vista, soberba! Toda a planície Saint-Denis, léguas e léguas, com rios, cidades, fábricas que soltam fumaça, trens que se esfalfam. Enfim, um verdadeiro buraco de eremita na montanha, de costas para Paris, meus olhos ali, no campo sem limites... Naturalmente, voltei ao meu ponto. "Oh! Monsieur Courajod, que talento! Se soubesse a admiração que temos pelo senhor! É uma das nossas glórias, permanecerá como nosso pai de todos." Seus lábios se puseram a tremer de novo, ele olhava para mim com seu ar de pavor estúpido, ele não teria me afastado com um gesto mais suplicante se eu tivesse desenterrado diante dele algum cadáver de sua juventude; e mastigava palavras incoerentes entre as gengivas, o ceceio de um velho caduco, impossível de entender: "Não sei... Está longe... Velho demais... Pouco me importo...". Numa palavra, ele me pôs para fora, eu ouvi que girava a chave violentamente, se barricando com seus animais, contra as tentativas de admiração da rua... Ah! Esse grande homem que terminava como um merceeiro aposentado, esse retorno voluntário ao nada, antes da morte! Ah! A glória, a glória pela qual morremos!

Cada vez mais abafada, sua voz se extinguiu em um grande suspiro doloroso. A noite continuava a avançar, uma noite cujo fluxo, pouco a pouco acumulado nos cantos, subia numa maré lenta, inexorável, submergindo os pés da mesa e das cadeiras, toda a confusão das coisas jogadas no chão. A parte inferior da tela já se afogava; e ele, com os olhos desesperadamente fixos, parecia estudar o progresso das trevas, como se finalmente tivesse julgado seu trabalho, naquela agonia do dia; enquanto, em meio ao profundo silêncio, não se ouvia nada além da respiração rouca do doentinho, perto de quem aparecia ainda a silhueta negra da mãe, imóvel.

Sandoz, então, falou por sua vez, com os braços também unidos sob a nuca, com as costas deitadas em uma almofada do divã.

– O que é que a gente sabe? Não seria melhor viver e morrer desconhecido? Que engano, se essa glória do artista não tivesse mais existência do que o paraíso do catecismo, do qual as próprias crianças agora zombam! Nós que não acreditamos mais em Deus, acreditamos em nossa imortalidade... Ah! Miséria!

E, penetrado pela melancolia do crepúsculo, confessou, falou de seus próprios tormentos, que despertavam tudo o que sentia ali de sofrimento humano.

– Veja! Eu, a quem você talvez inveje, meu velho, sim! Eu que estou começando a fazer meus negócios, como dizem os burgueses, que publico livros e que ganho algum dinheiro, pois bem, eu estou morrendo disso!... Já lhe repeti muitas vezes, mas você não me acredita, porque a felicidade para você, que produz com tanta dificuldade, que não consegue chegar ao público, seria naturalmente produzir muito, ser visto, elogiado ou malhado... Ah! Seja recebido no próximo *Salon*, entre na algazarra, faça outros quadros, e aí você me dirá se isso lhe basta, se você é feliz enfim... Escute, o trabalho tomou conta da minha existência. Pouco a pouco, ele roubou minha mãe, minha esposa, tudo que eu amo. É o germe trazido no crânio, que come o cérebro, que invade o tronco, os membros, que rói o corpo todo inteiro. Assim que eu pulo da cama de manhã, o trabalho me agarra, me prega na mesa, sem me deixar respirar uma lufada de ar fresco; então, ele me segue no almoço, eu mastigo surdamente as minhas frases com meu pão; então, ele me acompanha quando saio, volta para jantar no meu prato, deita-se à noite no meu travesseiro, tão impiedoso que nunca tive o poder de parar a obra em andamento, cuja vegetação continua, até o fundo de meu sono... E já não existe nem um ser fora disso, subo para beijar minha mãe, tão distraído que dez minutos depois de deixá-la, fico me perguntando se de fato já lhe disse bom dia. Minha pobre mulher não tem marido, não estou mais com ela, mesmo quando nossas mãos se tocam. Às vezes me vem a sensação aguda de que entristeço seus dias, e sinto grande remorso, porque a felicidade só é feita de bondade, franqueza e alegria em uma casa; mas não consigo escapar das garras do monstro! Imediatamente, volto ao sonambulismo das horas de criação, às indiferenças e maus humores da minha ideia fixa. Tanto melhor se as páginas da manhã saíram bem, tanto pior se uma delas continua em apuros! A casa ri ou chora, ao bel-prazer do trabalho devorador... Não! Não! Mais nada me pertence, sonhei em descansar no campo, ou com viagens longínquas, nos meus dias de miséria;

e, hoje que eu poderia fazer isso, o trabalho iniciado está ali que me enclausura: nem um passeio ao sol da manhã, nem uma escapada para a casa de um amigo, nem um deslize de preguiça! Até minha vontade passa por isso, tomei o hábito, fechei a porta para o mundo atrás de mim, e joguei a chave pela janela... Mais nada, mais nada na minha toca a não ser meu trabalho e eu, e ele vai me devorar, não vai sobrar mais nada, mais nada!

Ele se calou, um novo silêncio reinou na escuridão crescente. Então recomeçou, dolorosamente.

– Se ao menos ficássemos satisfeitos, se tirássemos alguma alegria dessa vida de cachorro!... Ah! Eu não sei como eles fazem isso, aqueles que fumam cigarros e coçam, felizes, a barba enquanto trabalham. Sim, há alguns, ao que parece, para quem a produção é um prazer fácil, bom de ter, bom de largar, sem febre nenhuma. Ficam encantados consigo mesmos, admiram-se, não podem escrever duas linhas que não achem de uma qualidade rara, distinta, única... Pois bem, eu dou à luz com fórceps, e a criança, ainda assim, me parece um horror. É possível que alguém seja suficientemente desprovido de dúvidas para acreditar em si mesmo? Fico espantado em ver sujeitos que rejeitam furiosamente os outros perderem toda crítica, todo o bom senso, quando se trata de seus filhos bastardos. Eh! Um livro é sempre muito feio! É preciso não ter cozinhado esse horror para gostar dele... Não estou falando das enxurradas de insultos recebidos. Em vez de me incomodar, eles me excitam. Vejo autores que os ataques abalam, que têm a necessidade pouco orgulhosa de criar simpatias. Simples fatalidade da natureza, certas mulheres morreriam se não agradassem. Mas o insulto é saudável, a impopularidade é uma escola viril, nada é melhor, para mantê-lo em flexibilidade e força, as vaias dos imbecis. Basta nos dizermos que demos a vida a uma obra, que não esperamos justiça imediata, nem mesmo o exame sério, que, enfim, trabalhamos sem nenhuma espécie de esperança, unicamente porque o trabalho pulsa sob nossa pele como o coração, fora de nossa vontade; e chegamos facilmente a morrer disso, com a consoladora ilusão de que um dia seremos amados... Ah! Se os outros soubessem com que orgulhosa alegria recebo a raiva deles! Só que eu existo, e eu estou esmagado, eu me desconsolo por não ter mais um minuto feliz. Meu Deus! Que horas terríveis, desde o dia em que começo um romance! Os primeiros capítulos ainda deslancham, tenho a perspectiva de possuir a genialidade; depois, fico perdido, nunca satisfeito com a tarefa quotidiana, já condenando o livro em andamento, julgando-o inferior aos anteriores, forjando-me torturas de páginas, frases, palavras, tanto, que as próprias vírgulas assumem a feiura de que sofro. E quando está terminado, ah! Quando está terminado, que alívio! Não esse prazer do cavalheiro que se exalta na adoração de seu fruto, mas a obscenidade lançada pelo carregador que atira no chão o fardo que lhe arrebenta a espinha... Depois, isso recomeça; depois, recomeçará sempre; então, isso vai me arrebentar, furioso comigo mesmo, exasperado por não ter tido mais talento, enfurecido por não deixar uma obra mais completa, mais elevada, livros sobre livros, o empilhamento de uma montanha; e terei, ao morrer, a terrível dúvida do trabalho terminado, perguntando-me se era mesmo isso, se não deveria ter ido à esquerda, quando passei à direita; e minha última palavra, meu último estertor de querer refazer tudo...

Uma emoção o havia dominado, suas palavras se estrangulavam, ele teve que respirar por um momento, antes de soltar esse grito apaixonado, em que voou todo o seu lirismo impenitente:

– Ah! Uma vida, quem pode me dar uma segunda vida, para que o trabalho roube de novo e eu morra mais uma vez!

A noite caíra, não se percebia mais a silhueta rígida da mãe, parecia que a respiração rouca da criança vinha das trevas, uma angústia enorme e distante subia das ruas. De todo o ateliê, caído em uma escuridão lúgubre, só a grande tela conservava uma palidez, um último resquício do dia que se apagava. Via-se, como uma visão agonizante, a figura nua flutuando, mas sem forma precisa, as pernas já desaparecidas, um braço devorado, não tendo de claro nada além do bojo do ventre, cuja pele brilhava, cor de lua.

Após um longo silêncio, Sandoz perguntou:

– Quer que eu vá com você, quando você acompanhar seu quadro lá?

Claude não respondia, ele pensou ouvi-lo chorar. Seria a tristeza infinita, o desespero que acabara de abalar a ele próprio? Esperou, repetiu sua pergunta; e então o pintor, depois de engolir um soluço, gaguejou enfim:

– Obrigado, meu velho, o quadro fica, não o enviarei.

– Como, você estava decidido?

– Sim, sim, eu estava decidido... Mas eu não o tinha visto, e acabei de vê-lo, nesta luz que caía... Ah! Não deu certo, não deu certo de novo, ah! Isso me bateu nos olhos como um soco, senti um choque no coração!

Suas lágrimas, agora, escorriam lentas e mornas, na escuridão que o escondia. Ele havia se contido, e o drama cuja angústia silenciosa o devastara explodia contra sua vontade.

– Meu pobre amigo, murmurou Sandoz, abalado, é difícil de se dizer, mas talvez você tenha, de fato, razão de esperar, de melhorar alguns lugares... Só que fiquei furioso, porque vou pensar que fui eu que o desencorajei, com minha eterna e estúpida insatisfação com as coisas.

Claude, simplesmente, respondeu:

– Você! Que ideia! Eu nem o estava ouvindo... Não, eu olhava o conjunto que não para em pé nessa tela dos diabos. A luz estava indo embora, e houve um momento, sob um clarão cinzento muito tênue, em que bruscamente vi com clareza: sim, nada se sustenta, os fundos por si só são bonitos, a mulher nua choca como uma bomba, nem mesmo está equilibrada, as pernas são ruins. Ah! Isso, era coisa de me arrebentar, senti que a vida se desprendia de minha carcaça... Então, as trevas avançaram mais, e mais: uma vertigem, um desfalecimento, a terra que rolava no nada do vazio, o fim do mundo! Só via seu ventre, minguando como uma lua doente. E veja! Veja! A esta hora, não há mais nada dela, nem um clarão, está morta, no negror!

De fato, o quadro, por sua vez, havia completamente desaparecido. Mas o pintor se levantara, e praguejava na noite espessa.

– Diabos, não importa... Vou voltar a trabalhar nele...

Christine que, ela também, havia saído de sua cadeira, e contra a qual ele topava, o interrompeu.

– Tome cuidado, eu acendo o abajur.

Ela acendeu, reapareceu muito pálida, lançando para o quadro um olhar de receio e de ódio. Eh! O quê! O quadro não ia embora, a abominação recomeçava!

– Vou voltar a trabalhar nele, repetiu Claude, e ele vai me matar, e vai matar minha mulher, meu filho, toda minha barraca, mas vai ser uma obra-prima, pelo amor de Deus!

Christine foi sentar-se novamente, voltaram para perto de Jacques, que havia se descoberto, mais uma vez, com o desajeitamento perdido de suas mãozinhas. Ele continuava a resfolegar, inerte, a cabeça enterrada no travesseiro, como um peso que fazia a cama ranger. Ao sair, Sandoz expressou seus temores. A mãe parecia abobada, o pai já voltava para sua tela, a obra a criar, cuja ilusão apaixonada combatia dentro dele a realidade dolorosa de seu filho, essa carne viva de sua carne.

Na manhã seguinte, Claude estava terminando de se vestir quando ouviu a voz aflita de Christine. Ela também tinha acabado de acordar com um sobressalto do sono pesado que a entorpecera na cadeira enquanto zelava o doente.

– Claude! Claude! Veja, aqui... Ele está morto.

Ele acorreu, com os olhos arregalados, tropeçando, sem entender, repetindo com ar de profunda surpresa:

– Como, ele está morto?

Por um instante eles ficaram boquiabertos acima da cama. O pobre ser, de costas, com a cabeça grande demais de filho do gênio, exagerada a ponto de atingir o intumescimento dos cretinos, não parecia ter se mexido desde a véspera; apenas sua boca alargada, descolorida, não respirava mais, e seus olhos vazios tinham-se aberto. O pai o tocou, encontrou um frio de gelo.

– É verdade, ele está morto.

E o espanto foi tal que por um momento ainda ficaram com os olhos secos, atingidos unicamente pela brutalidade da aventura, que consideravam incrível.

Então, com os joelhos alquebrados, Christine se abateu diante da cama; e ela chorava com grandes soluços, que sacudiram seu corpo inteiro, com seus braços torcidos, sua testa na beira do colchão. Nesse primeiro momento terrível, seu desespero foi agravado especialmente por um remorso pungente, o de não ter amado suficientemente a pobre criança. Uma visão rápida desenrolava os dias, cada um deles trazendo um remorso, palavras duras, carícias adiadas, aspereza, mesmo, por vezes. E estava acabado, ela nunca mais o compensaria pelo sequestro que fizera de seu próprio coração. Ele, que ela achava tão desobediente, tinha obedecido demais. Ela lhe havia tantas vezes repetido quando brincava: "Fique quieto, deixe seu pai trabalhar!" que, no fim, ele terminara bem-comportado por muito tempo. Essa ideia a sufocou, cada soluço lhe arrancava um grito surdo.

Claude tinha começado a andar, com uma necessidade nervosa de trocar de lugar. Com o rosto convulso, ele chorava apenas grandes lágrimas raras, que enxugava regularmente com as costas da mão. E, quando passou diante do pequeno cadáver, teve de lançar um olhar para ele. Os olhos fixos, muito abertos, pareciam exercer um poder. No começo, resistiu, a ideia confusa tomava forma, terminava por se tornar uma obsessão. Cedeu enfim, foi pegar uma pequena tela, começou um estudo da criança morta. Durante os primeiros minutos, suas lágrimas o impediram de ver, afogando tudo em uma névoa: ele continuava a enxugá-las, persistindo com um pincel trêmulo. Então o trabalho secou suas pálpebras, deu segurança à sua mão; e logo não estava mais lá seu filho gelado, havia apenas um modelo, um tema cujo estranho interesse o apaixonou. Esse desenho exagerado da cabeça, esse tom de cera das carnes, esses olhos semelhantes a buracos no vazio, tudo o excitava, o aquecia com uma chama. Ele recuava, tinha prazer naquilo, sorria vagamente para sua obra.

Quando Christine se levantou, ela o encontrou assim em seu trabalho. Então, retomando um ataque de lágrimas, disse apenas:

– Ah! Você pode pintá-lo, ele não vai se mexer mais!

Durante cinco horas Claude trabalhou. E dois dias depois, quando Sandoz o trouxe do cemitério, após o enterro, estremeceu de piedade e admiração diante da pequena tela. Valia uma das boas realizações de outrora, uma obra-prima de clareza e de força, com uma imensa tristeza a mais, o fim de tudo, a vida morrendo com a morte dessa criança.

Mas Sandoz, que exclamava, cheio de elogios, ficou espantado ao ouvir Claude lhe dizer:

– Sério, você gosta disso?... Então, você me decide. Como a outra tela não está pronta, vou enviar isso para o *Salon*.

X

NA VÉSPERA, CLAUDE HAVIA LEVADO A *Criança morta* para o Palais de l'Industrie, quando encontrou Fagerolles na manhã em que vagava dos lados do Parc Monceau.

– Como? É você, meu velho!, exclamou este último cordialmente. Como você anda, o que está fazendo? A gente se vê tão pouco!

Depois, quando o outro lhe falou de seu envio ao *Salon*, daquela pequena tela que o tomava todo inteiro, acrescentou:

– Ah! Você enviou, mas então eu vou fazer com que ela seja aceita. Você sabe que este ano eu sou candidato para o júri.

De fato, no tumulto e na eterna insatisfação dos artistas, após tentativas de reforma vinte vezes retomadas, depois abandonadas, a administração acabava de confiar aos expositores o direito de elegerem eles próprios os membros do júri de admissão e isso perturbava o mundo da pintura e da escultura, uma verdadeira febre eleitoral irrompera, ambições, círculos, intrigas, a baixa cozinha que desonra a política.

– Você vem comigo, continuou Fagerolles. Você precisa visitar minha casa, meu pequeno palacete, onde você ainda não pôs os pés, apesar de suas promessas... É ali, bem perto, na esquina da Avenue de Villiers.

E Claude, cujo braço ele pegou alegremente, teve que segui-lo. Estava invadido por uma covardia, essa ideia de que seu antigo camarada poderia fazer que seu quadro fosse aceito o encheu de vergonha e desejo. Na avenida, diante do pequeno palacete, parou para olhar a fachada, um traçado bonitinho e precioso de arquiteto, reprodução exata de uma casa renascentista de Bourges, com montantes nas janelas, o torreão da escada, e um telhado enfeitado com ornamentos de chumbo. Era um verdadeiro mimo de moça; e ficou surpreso quando, virando-se, avistou, do outro lado da rua, o palacete suntuoso de Irma Bécot, onde passara uma noite cuja lembrança lhe ficara como um sonho. Vasto, sólido, quase severo, este último revelava a importância de um palácio, em frente ao de seu vizinho, o artista, reduzido a uma fantasia de bibelô.

– Hein? Essa Irma, disse Fagerolles, com uma nuance de respeito, ela tem ali uma verdadeira catedral! Ah! Diabo, o que eu vendo é só pintura!... Entre, então.

O interior era de um luxo magnífico e bizarro: velhas tapeçarias, velhas armas, um monte de móveis antigos, curiosidades da China e do Japão, desde o vestíbulo; uma sala de jantar, à esquerda, toda em painéis de laca, com um dossel no teto decorado com um dragão vermelho; uma escadaria de madeira entalhada, onde flutuavam estandartes, onde se erguiam penachos de plantas verdes. Mas, no alto, o ateliê acima era uma maravilha, bastante estreito, sem um único quadro, inteiramente coberto de portas orientais, ocupado numa extremidade por uma lareira enorme, cujas quimeras sustentavam a coifa; na outra, preenchido em sua extremidade por um vasto divã sob uma tenda, um verdadeiro monumento inteiro, lanças sustentavam no ar o dossel suntuoso das tapeçarias sobre um amontoado de tapetes, peles e almofadas, quase no nível do assoalho.

Claude examinava, e uma pergunta vinha aos seus lábios, que ele conteve. Aquilo fora pago? Condecorado no ano precedente, Fagerolles exigia, dizia-se, dez mil francos por um retrato. Naudet, que, depois de tê-lo lançado, explorava agora seu sucesso por categorias regradas, nunca largava um de seus quadros por menos de vinte, trinta, quarenta mil francos. As encomendas teriam chovido sobre ele como granizo, se o pintor não tivesse afetado o desdém, o desânimo do homem cujos menores esboços eram disputados. E, no entanto, esse luxo exibido tinha cheiro de dívida, havia apenas adiantamentos dados aos fornecedores, todo o dinheiro, esse dinheiro ganho como na bolsa, nas altas bruscas, escorregava pelos dedos, era gasto sem que se encontrasse vestígio dele. De resto, Fagerolles, em pleno fogo dessa brusca fortuna, não se inquietava, garantido pela esperança de vender sempre, cada vez mais caro, glorioso da grande situação que ele tomava na arte contemporânea.

No fim, Claude notou uma pequena tela em um cavalete de madeira negra, ornado com pelúcia vermelha. Era tudo o que havia dessa arte, além de uma estante de tintas de jacarandá da Bahia e uma caixa de pastel, esquecida sobre um móvel.

– Muito fino, disse Claude, diante da pequena tela, para ser amável. E o seu envio para o *Salon*, já foi?

– Ah! Sim, graças a Deus! Quantas pessoas eu recebi! Um verdadeiro desfile que me deixou de pé por oito dias, da manhã à noite... Eu não queria expor, isso nos deixa desconsiderados. Naudet também se opunha. Mas o que você quer? Fui tão solicitado, todos os jovens querem me pôr no júri, para que eu possa defendê-los... Ah! Meu quadro é muito simples, *Um almoço*, como eu chamo, dois senhores e três senhoras debaixo de árvores, convidados de um castelo que trouxeram a merenda e a comem em uma clareira... Você verá, é bastante original.

Sua voz hesitava, e quando encontrou os olhos de Claude, que o olhava fixamente, perturbou-se por completo, brincou a respeito da pequena tela, colocada sobre o cavalete.

– Isso é uma porcaria que Naudet me pediu. Vá, eu não ignoro aquilo que me falta, um pouco daquilo que você tem demais, meu velho... Eu, você sabe, continuo gostando de você, eu ainda o defendi ontem na casa de pintores.

Ele lhe dava tapinhas nas costas, tinha sentido o desprezo secreto de seu antigo mestre; e queria recuperá-lo, com seus afagos dos velhos tempos, a carícia da prostituta que diz: "Sou uma prostituta", para que a amem. Foi muito sinceramente, numa espécie de deferência inquieta, que ele novamente prometeu fazer tudo o que pudesse para que o quadro fosse aceito.

Mas gente chegava, mais de quinze pessoas entraram e saíram em menos de uma hora: pais que traziam jovens alunos, expositores que vinham recomendar-se, camaradas que precisavam trocar influências, até mulheres que punham seus talentos sob a proteção de seus encantos. Valia a pena ver o pintor fazendo seu ofício de candidato, prodigalizando os apertos de mão, dizendo para um: "Seu quadro deste ano é tão lindo, gosto tanto dele!", espantar-se diante de outro: "Como! Ainda não recebeu uma medalha!", repetir para todos: "Ah! Se eu fosse do júri, como eu os faria andar na linha!". Ele mandava embora as pessoas encantadas, fechava a porta a cada visita com um ar de extrema amabilidade, em que transparecia o desprezo secreto do antigo andarilho de calçadas.

– Hein? Você acredita!, disse a Claude, num momento em que se viram sozinhos: tenho que ter tempo a perder com esses cretinos!

Mas, ao se aproximar da porta-janela, abriu abruptamente um dos painéis, e distinguia-se, do outro lado da avenida, numa das sacadas do hotel em frente, uma forma branca, uma mulher vestindo um penhoar de renda, que levantava seu lenço. Ele próprio acenou por três vezes. Então as duas janelas se fecharam. Claude reconhecera Irma; e, no silêncio que se fizera, Fagerolles se explicou tranquilamente.

– Você vê, é cômodo, podemos nos corresponder. Temos uma telegrafia completa. Ela está me chamando, eu tenho de ir... Ah! Meu velho, aí está uma que nos daria lições!

– Lições de quê?

– Mas de tudo! De vício, de arte, de inteligência! Se eu lhe dissesse que é ela quem me faz pintar! Sim, palavra de honra, ela tem um faro extraordinário para o sucesso!... E, com isso, sempre malandra, no fundo, oh! Com um humor, uma fúria divertida, quando quer amar!

Duas pequenas chamas vermelhas subiram às suas faces, enquanto uma espécie de limo remexido turvou seus olhos por um instante. Eles tinham voltado a ter um caso desde que moravam na avenida; dizia-se mesmo que ele, tão habilidoso, experiente em todas as armadilhas das ruas parisienses, deixava-se devorar por ela, sangrando a cada instante alguma soma considerável, que ela mandava a camareira pedir, para um fornecedor, para um capricho, muitas vezes, por nada, pelo único prazer de esvaziar os bolsos dele; e isso explicava em parte a dificuldade em que se encontrava, sua dívida crescente, apesar do movimento contínuo que engrossava a cotação de suas telas. Além disso, não ignorava que ele era um luxo inútil para ela, uma distração de mulher que amava a pintura, e que ele pegava pelas costas de cavalheiros sérios, os que pagavam como maridos. Ela brincava sobre isso, havia entre eles como o cadáver da perversidade, um ensopado de baixeza, que o fazia rir e se excitar ele próprio nesse papel de amante do coração, esquecendo-se de todo o dinheiro que dava.

Claude tinha colocado o chapéu. Fagerolles se impacientava, lançando olhares inquietos para o palacete em frente.

– Não estou mandando você embora, mas sabe, ela está esperando por mim... Pois bem, está combinado, seu negócio está feito, a menos que eles não me nomeiem... Venha então ao Palais de l'Industrie na noite do escrutínio. Oh! Vai ser uma confusão, uma bagunça! E, de resto, você vai saber imediatamente se pode contar comigo.

De início, Claude jurou que não iria lá. Essa proteção de Fagerolles era pesada para ele; e, no entanto, ele tinha apenas um medo, no fundo, de que o terrível sujeito não cumprisse sua promessa, por covardia diante do insucesso. Depois, no dia da votação, não conseguiu ficar parado, foi rodar pelos Champs-Élysées, dando-se o pretexto de uma longa caminhada. Tanto fazia ali como em outro lugar; pois ele havia cessado todo o trabalho, na expectativa inconfessada do *Salon*, e recomeçou seus intermináveis passeios por Paris. Ele não podia votar, pois, para isso, teria de ter sido aceito pelo menos uma vez. Mas, em várias ocasiões, passou diante do Palais de l'Industrie, cuja calçada lhe interessava, com sua turbulência, seu desfile de artistas eleitores, arrebatados por homens com aventais sujos, gritando as listas, cerca de trinta, listas de todos os grupos, de todas as opiniões, a lista dos ateliês da Escola, a lista liberal, a intransigente, a de conciliação, a dos jovens, a das senhoras. Parecia, no dia que sucede a um levante, a loucura da eleição, na porta de uma seção.

À tarde, desde as quatro horas, quando a votação terminou, Claude não resistiu à curiosidade de subir e ver. Agora, a escadaria estava livre, entrava quem quisesse. No alto, ele topou com a imensa sala do júri, cujas janelas dão para a Champs-Élysées. Uma mesa de doze metros ocupava o centro; enquanto na lareira monumental, em uma das extremidades, queimavam árvores inteiras. E havia ali quatrocentos ou quinhentos eleitores, que ficaram para a contagem dos votos, misturados com amigos, com meros curiosos, falando alto, rindo, desencadeando sob o teto alto um rumor de tempestade.

Já à volta da mesa, mesários instalavam-se, funcionavam cerca de quinze grupos ao todo, cada um composto por um presidente e dois escrutinadores. Mas faltavam três ou quatro a serem organizados, e ninguém mais se apresentava, todos fugiam, com medo da tarefa esmagadora que segurava os zelosos durante parte da noite.

Justamente, Fagerolles, em atividade desde a manhã, se agitava, gritava, para dominar a barulheira.

– Por favor, meus senhores, falta um homem!... Por favor, um homem de boa vontade, aqui!

E, nesse momento, tendo percebido Claude, ele se precipitou e obrigou-o a avançar.

– Ah! Você, você vai me dar o prazer de se sentar neste lugar e nos ajudar! É pela boa causa, que diabos!

Com isso, Claude se viu presidente de um grupo, e cumpriu sua função com a gravidade de um tímido, emocionado no fundo, parecendo acreditar que a recepção de sua tela ia depender da consciência com que desempenharia aquela tarefa. Ele chamava em voz alta os nomes inscritos nas listas, que eram passados a ele em pacotinhos iguais, enquanto seus dois escrutinadores os inscreviam. E isso no mais espantoso dos charivaris, no barulho estridente de granizo desses vinte, trinta nomes gritados juntos por vozes diferentes, no meio do ruído contínuo da multidão.

Como não podia fazer nada sem paixão, animava-se, desesperado quando uma lista não continha o nome de Fagerolles, feliz quando tinha que anunciar esse nome uma vez mais. De resto, muitas vezes ele saboreava essa alegria, porque seu camarada tinha se tornado popular, mostrando-se por toda parte, frequentando os cafés onde se reuniam grupos influentes, arriscando até expor suas opiniões, empenhando-se em relação aos jovens, sem deixar de saudar muito humildemente os membros do *Institut*. Uma simpatia geral crescia, Fagerolles estava lá como o filho mimado de todos.

Por volta das seis horas, naquele chuvoso dia de março, a noite caiu. Os serviçais trouxeram os candeeiros; e artistas desconfiados, perfis mudos e sombrios que observavam o escrutínio com olhos oblíquos, aproximavam-se. Outros começaram brincadeiras, arriscavam gritos de animais, lançavam uma tentativa de tirolesa. Mas foi só às oito horas, quando serviram o lanche, com frios e vinho, que a alegria transbordou. Esvaziavam violentamente as garrafas, enchiam o bucho a esmo com o que conseguiam pegar, era uma quermesse meio bêbada, naquela sala gigante que os troncos da lareira iluminavam com um reflexo de forja. Depois, todos fumaram, a fumaça turvava a luz amarela dos candeeiros com uma névoa; enquanto, no assoalho, estavam as cédulas jogadas durante a votação, uma camada espessa de papel, à qual se ajuntavam rolhas, migalhas de pão, alguns pratos quebrados, todo um esterco no qual afundavam os saltos das botinas. Ninguém se continha, um esculturzinho pálido subiu numa cadeira para arengar ao povo; um pintor de bigode duro sob o nariz adunco, escarranchado numa cadeira e galopando em volta da mesa, saudava, imitando o imperador.

Pouco a pouco, entretanto, muitos se cansavam e iam embora. Às onze horas ficaram apenas duzentos. Mas, depois da meia-noite, muitos voltaram, a passeio, de casaca preta e gravata branca, saindo do teatro ou de recepções, espicaçados com o desejo de conhecer, antes de Paris, o resultado da votação. Repórteres também chegaram; e eram vistos correndo da sala, um a um, assim que um nome parcialmente aceito lhes era comunicado.

Claude, rouco, ainda continuava fazendo a chamada. A fumaça e o calor tornavam-se intoleráveis, um cheiro de estábulo subia do lixo enlameado do chão. Uma hora da manhã, depois duas horas soaram. Ele abria os papéis, sem cessar, e a consciência que punha nisso o atrasava tanto que os outros grupos há muito haviam terminado seu trabalho, enquanto o dele ainda estava emaranhado em colunas de números. Finalmente, todas as adições foram centralizadas, proclamaram-se os resultados definitivos. Fagerolles foi nomeado décimo quinto de quarenta, cinco pontos à frente de Bongrand, que estava na mesma lista, mas cujo nome tinha sido muitas vezes riscado. E amanhecia quando Claude voltou para a Rue Tourlaque, exausto e encantado.

Assim, durante duas semanas ele viveu em ansiedade. Dez vezes teve a ideia de ir ver Fagerolles para obter notícias; mas uma vergonha o retinha. Além disso, como o júri procedia por ordem alfabética, talvez nada tivesse sido decidido. E uma noite ele sentiu um golpe no coração, no boulevard de Clichy, quando viu dois ombros largos se aproximando, cujo bambolear era bem conhecido dele.

Era Bongrand, que parecia embaraçado. Logo disse-lhe:

– Sabe, ali, com aqueles safados, nada funciona direito... Mas nem tudo está perdido, estamos de olho, Fagerolles e eu. E conte com Fagerolles, porque eu, meu amigo, tenho um medo danado de lhe comprometer.

A verdade era que Bongrand estava em contínua hostilidade com Mazel, nomeado presidente do júri, um professor célebre da Escola, o último bastião da convenção elegante e amanteigada. Embora se tratassem por caros colegas, trocando grandes apertos de mão, essa hostilidade havia eclodido desde o primeiro dia, um não podia pedir a admissão de uma pintura sem que o outro votasse contra. Pelo contrário, Fagerolles, eleito secretário, divertia Mazel e, tornando-se seu vício, acabara fazendo com que lhe perdoasse sua deserção como antigo aluno, tanto esse renegado o adulava agora. De resto, o jovem mestre, muito grosso, como diziam os camaradas, mostrava-se mais duro que os membros do *Institut* para com os iniciantes, os ousados; e só humanizava quando queria aceitar um quadro, abundando então em invenções engraçadas, fazendo intrigas e ganhando o voto com habilidades de um ilusionista.

Esses trabalhos do júri eram uma rude tarefa, onde o próprio Bongrand gastava suas pernas fortes. Todos os dias, o trabalho se achava preparado pelos guardas, uma fila interminável de grandes quadros colocados no chão, encostados na parede, continuando pelas salas do primeiro andar, dando toda a volta pelo Palácio; e todas as tardes, a partir de uma hora, os quarenta, tendo o presidente à frente, armado com um sininho, recomeçavam a mesma caminhada, até esgotarem todas as letras do alfabeto. Os julgamentos eram feitos de pé, o trabalho era o mais despachado possível, rejeitando as piores telas sem votação; no entanto, as discussões às vezes paravam o grupo, que se querelava durante dez minutos e reservava a obra em questão para a revisão da noite; enquanto dois homens, segurando uma corda de dez metros, a esticavam a quatro passos da linha dos quadros, para manter a uma boa distância o fluxo de jurados, que avançava no calor da disputa e cujas barrigas, apesar de tudo, empurravam a corda. Atrás do júri, caminhavam os setenta guardas de jaleco branco, movendo-se sob as ordens de um brigadeiro, apartando o quadro a cada decisão comunicada pelos secretários, os recebidos separados dos recusados que eles levavam, como cadáveres após a batalha. E o passeio durava duas longas horas, sem um descanso, sem uma cadeira para se sentar, o tempo todo sobre as próprias pernas, num pisotear de cansaço, no meio de correntes geladas de vento, que forçavam os menos friorentos a se protegerem com casacos de pele.

Assim, o lanche das três horas era bem-vindo; um descanso de meia hora em um bufê, onde havia vinho de Bordeaux, chocolate, sanduíches. Era aí que se abria o mercado das concessões mútuas, trocas de influências e votos. A maioria tinha caderninhos, para não esquecer ninguém, na chuva de recomendações que caía sobre eles; e os consultavam, comprometiam-se a votar nos protegidos de um colega, se este votasse nos seus. Outros, ao contrário, desprendidos dessas intrigas, austeros ou despreocupados, terminavam um cigarro, com o olhar perdido.

Em seguida, o trabalho recomeçava, mas mais suave, em uma sala única, onde havia cadeiras, e até mesas, com penas, papel, tinta. Todos os quadros que não chegavam a um metro e meio eram julgados ali, "passavam para o cavalete", dispostos em grupos de dez ou doze ao longo de uma espécie de palco, coberto de sarja verde. Muitos jurados se abandonavam gostosamente nas cadeiras, vários escreviam sua correspondência, era preciso que o presidente se zangasse para ter maiorias apresentáveis. Às vezes soprava um vento de paixão, todos se empurravam, o voto de mãos levantadas era tão febril que chapéus e bengalas se agitavam no ar, acima do tumultuoso fluxo das cabeças.

E foi lá, no cavalete, que a *Criança morta* apareceu enfim. Há oito dias que Fagerolles, cujo caderno transbordava de notas, se entregava a barganhas complicadas para encontrar votos em favor de Claude; mas o caso era difícil, ele não se articulava com seus outros compromissos, só recebia recusas assim que pronunciava o nome do amigo; e se queixava de que não recebia nenhuma ajuda de Bongrand que, ele, não tinha caderninho, e que, aliás, era tão desajeitado que chegava a ponto de estragar as melhores causas por explosões inoportunas de franqueza. Vinte vezes Fagerolles teria largado Claude, sem a obstinação que ele pôs em testar seu poder, nesta admissão considerada impossível. Veriam se ele já tinha a força de violentar o júri. Talvez houvesse, além disso, nas profundezas de sua consciência, um grito de justiça, um surdo respeito pelo homem de quem ele roubava o talento.

Precisamente, naquele dia, Mazel estava com um humor detestável. Assim que a sessão começou, o brigadeiro acorrera.

– Monsieur Mazel, houve um erro, ontem. Recusamos um isento de julgamento... O senhor sabe, o número 2.530, uma mulher nua debaixo de uma árvore.

De fato, na véspera, tinham lançado esse quadro na vala comum, num unânime desprezo, sem notar que era de um velho pintor clássico, respeitado pelo *Institut*; e a atrapalhação do brigadeiro, essa boa piada de uma execução involuntária, divertia os jovens membros do júri, que se puseram a zombar, com ar provocador.

Mazel abominava essas histórias, que sentia como desastrosas para a autoridade da Escola. Ele fez um gesto de cólera, e disse secamente:

– Pois bem! Traga de volta, ponha entre os recebidos... Aliás, havia um barulho insuportável ontem. Como podemos julgar assim, a galope, se nem sequer consigo obter silêncio!

Ele deu um golpe terrível com a sineta.

– Vamos, cavalheiros, quase acabamos... Um pouco de boa vontade, por favor.

Infelizmente, assim que os primeiros quadros foram colocados no cavalete, ele teve mais um azar. Entre outras, uma tela chamou sua atenção, de tanto que ele achava ruim, num tom ácido capaz de irritar os dentes; e como sua vista diminuía, ele se inclinou para ver a assinatura, murmurando:

– Quem é então esse porco?...

Mas levantou-se vivamente, abalado por ler o nome de um de seus amigos, um artista que era, ele também, o baluarte das sãs doutrinas. Esperando não ter sido ouvido, gritou:

– Soberbo!... O número um, não é, senhores?

Concederam o número um, ou seja, a admissão que dava direito a um bom lugar. Só que riam e se davam cotoveladas. Ele ficou muito ferido com isso e tornou-se feroz.

E eles estavam todos lá, muitos se declaravam à primeira vista, e depois retificavam suas frases, assim que decifravam a assinatura; o que terminava por torná-los cautelosos, debruçando-se, certificando-se do nome, com o olhar furtivo, antes de se pronunciar. Além disso, quando passava a obra de um colega, alguma tela suspeita de um membro do júri, tinha-se o cuidado de avisar com um sinal, por trás das costas do pintor: "Tenha cuidado, não cometa gafe, é dele!".

Apesar da nervosidade da reunião, Fagerolles triunfou em um primeiro caso. Era um retrato horrível, pintado por um de seus alunos, de quem a família, muito rica, o recebia. Ele teve que puxar Mazel de lado, para amolecê-lo, contando-lhe uma história sentimental, um infeliz pai de três filhas, que morria de fome; e o presidente se fez de rogado por muito tempo: que diabo! Quando se tem fome, abandona-se a pintura! Não devia enganar suas três filhas a esse ponto! Ele levantou a mão, no entanto, sozinho com Fagerolles. Protestavam, zangavam-se, dois outros membros do *Institut* eles próprios estavam revoltados, quando Fagerolles sussurrou para eles, baixinho:

– É por Mazel, foi Mazel que me suplicou para votar... Um parente, eu acho. Enfim, ele faz questão.

E os dois acadêmicos prontamente levantaram as mãos, e uma grande maioria declarou-se.

Mas risos, piadas, gritos indignados explodiram: acabavam de colocar no cavalete a *Criança morta*. Agora estavam lhes enviando o necrotério? E os jovens brincavam com o cabeçudo, um macaco que tinha batido as botas por ter engolido uma abóbora, claro; e os velhos assustados recuavam. Fagerolles imediatamente sentiu que a partida estava perdida. Primeiro, ele tentou driblar o voto com uma brincadeira, de acordo com sua manobra hábil.

– Vamos, senhores, um velho lutador...

Palavras furiosas o interromperam. Ah! Não, esse não! Ele era conhecido, o velho lutador! Um louco que teimava há quinze anos, um orgulhoso que fazia pose de gênio, que havia falado em demolir o *Salon*, sem nunca mandar uma tela passável! Todo o ódio contra a originalidade desregrada, contra a concorrência vinda do lado oposto da qual se tem medo, contra a força invencível que triunfa, mesmo derrotada, ressoava no bramido das vozes. Não, não, para a rua!

Então Fagerolles cometeu o erro de se irritar, ele também, cedendo à cólera ao constatar o pouco que tinha como influência séria.

– Os senhores são injustos, pelo menos sejam justos!

Com isso, o tumulto atingiu o auge. Eles o cercaram, o empurraram, braços se agitavam, ameaçadores, frases disparavam como balas.

– O senhor desonra o júri.

– Se está defendendo essa coisa, é para que seu nome apareça nos jornais.

– O senhor não entende nada de pintura.

E Fagerolles, fora de si, perdendo até a agilidade de seu bom humor, respondeu pesadamente:

– Eu entendo tanto quanto vocês!

– Cale a boca então!, retomou um camarada, um pintorzinho loiro muito furioso, você não vai querer nos fazer engolir um abacaxi desses!

Sim, sim, um abacaxi! Todos repetiam a palavra com convicção, aquela palavra que costumavam lançar para as piores telas, para a pintura pálida, fria e lisa dos borra-tintas.

– Está bem, disse enfim Fagerolles, com os dentes cerrados, peço o voto.

Desde que a discussão se agravara, Mazel agitava sua sineta sem descanso, muito vermelho por ver sua autoridade desconsiderada.

– Senhores, vamos, senhores... É extraordinário que não possamos nos ouvir sem gritar... Senhores, por favor...

Finalmente, ele obteve um pouco de silêncio. No fundo, não era um homem mau. Por que não aceitavam esse pequeno quadro, embora ele o achasse execrável? Recebiam muito piores!...

– Vejam, senhores, estão pedindo o voto.

Ele próprio talvez fosse levantar a mão, quando Bongrand, até então calado, com sangue nas faces, numa raiva contida, soltou bruscamente, fora de propósito, este grito de sua consciência revoltada:

– Mas, pelo amor de Deus! Não há quatro de nós capazes de parir um negócio desses!

Rosnados correram, a pancada com a maça foi tão dura que ninguém respondeu.

– Senhores, estão pedindo o voto, repetiu Mazel, que empalideceu, com a voz seca.

E o tom bastou, era o ódio latente, as rivalidades ferozes sob a bonomia dos apertos de mão. Raramente chegavam a essas brigas. Quase sempre acabavam se acertando. Mas, no fundo das vaidades devastadas, havia feridas que sangravam para sempre, duelos de facas dos quais se agonizava com um sorriso.

Só Bongrand e Fagerolles levantaram a mão, e para a *Criança morta*, recusada, agora a única chance era ser reconsiderada durante a revisão geral.

Era trabalho terrível, essa revisão geral. O júri, após seus vinte dias de sessões diárias, embora se concedesse dois dias de repouso para permitir que os guardas preparassem o trabalho, sentiu um arrepio, à tarde, quando se viu no meio da exposição dos três mil quadros recusados, dentre os quais tinha que repescar um resto, para completar o número regulamentar de duas mil e quinhentas obras aceitas. Ah! Esses três mil quadros colocados lado a lado, contra as paredes de todas as salas, ao redor da galeria exterior, enfim por toda parte, até mesmo sobre os assoalhos de tacos, estendidos como poças estagnadas, entre as quais abriam-se pequenos caminhos que corriam ao longo das molduras, uma inundação, um transbordamento que subia, invadiu o Palais de l'Industrie, submergindo-o sob a torrente conturbada de tudo o que a arte pode rolar de mediocridade e loucura! E eles só tinham uma sessão, de uma hora às sete, seis horas de galope desesperado por esse labirinto! Primeiro, resistiram à fadiga, com os olhos límpidos; mas logo suas pernas se dobravam nessa marcha forçada, seus olhos se irritavam com essas cores dançantes; e era preciso andar sempre, ver e julgar sempre, até desmaiar de cansaço. Desde as quatro horas era uma derrota, um desastre de exército batido. Atrás, muito longe, os jurados se arrastavam, sem fôlego. Outros, um por um, perdidos entre as molduras, seguiam os caminhos estreitos, desistindo de tentar sair, revirando sem esperança de encontrar o fim. Como serem justos, grande Deus! Que escolher, naquele monte de horrores? Ao acaso, sem distinguir bem uma paisagem de um retrato, iam completando o número. Duzentos, duzentos e quarenta, mais oito, mais oito faltavam. Aquele? Não, aquele outro! Como quiserem. Sete, oito, estava feito! Finalmente, tinham chegado ao fim, iam manquitolando, salvos, livres!

Uma nova cena os havia segurado em uma sala, ao redor da *Criança morta*, estendida no chão, entre outros destroços. Mas, desta vez, zombavam, um brincalhão fingiu tropeçar e pôr o pé no meio da tela, outros corriam pelos pequenos caminhos, como se procurando a verdadeira posição do quadro, declarando que ficava muito melhor de cabeça para baixo.

Fagerolles pôs-se a brincar, ele também.

– Um pouco de coragem, abram o bolso, cavalheiros. Não requer prática nem tampouco habilidade; examinem, vale o que custa... Por favor, cavalheiros, sejam gentis, repesquem, façam essa boa ação.

Todos se divertiram ao ouvi-lo, mas recusaram mais rudemente, na crueldade de suas risadas. Não, não, nunca!

– Você a toma como sua caridade?, gritou a voz de um camarada.

Era costume, os jurados tinham direito a uma "caridade", cada um podia escolher um quadro na pilha, por mais execrável que fosse, e que, assim, era recebido sem exame. Normalmente, a esmola dessa admissão era dada aos pobres. Esses quarenta repescados na última hora eram os mendigos na porta, aqueles que se deixavam esconder bem embaixo da mesa, com a barriga vazia.

– Como minha caridade, repetiu Fagerolles muito embaraçado, é que tenho um outro, para minha caridade... Sim, flores, de uma senhora...

Escárnios o interromperam. Ela era bonita? Aqueles senhores, diante da pintura de mulheres, mostravam-se debochados, sem qualquer cortesia. E ele permanecia perplexo, porque a senhora em questão era uma protegida de Irma. Ele tremia com o pensamento da briga terrível, se não cumprisse sua promessa. Teve uma ideia.

– Então! E o senhor, Bongrand?... Pode muito bem repescar como sua caridade, essa criança morta divertida?

Bongrand, de coração partido, indignado com essa barganha, agitou seus grandes braços.

– Eu! Eu faria essa injúria a um verdadeiro pintor!... Que ele seja mais orgulhoso, em nome de Deus! Que ele nunca mais mande nada ao *Salon*.

Então, como todos ainda estavam sarcásticos, Fagerolles, querendo levar a vitória, decidiu-se, parecendo soberbo, como um fortão sem medo de ser comprometido.

– Pois bem, eu o tomo como minha caridade.

Gritaram bravo, aplaudiram-no zombeteiramente, grandes reverências, apertos de mão. Honra ao bravo que tinha a coragem de sua opinião! E um guarda levou em seus braços a pobre tela vaiada, maltratada, emporcalhada; e foi assim que um quadro do pintor do *Plein Air* foi enfim aceito pelo júri.

Na manhã seguinte, um bilhete de Fagerolles informava a Claude, em duas linhas, que ele conseguira fazer a *Criança morta* ser aceita, mas que não fora sem dificuldade. Claude, apesar da alegria da notícia, teve um aperto no coração: essa brevidade, algo de benevolente, de lastimável, toda a humilhação da aventura emanava de cada palavra. Por um momento, ficou infeliz com essa vitória, a tal ponto que teria querido retomar sua obra e escondê-la. Então, essa delicadeza diminuiu, ele recaiu nas fraquezas de seu orgulho de artista, tanto sua miséria humana sangrava com a longa espera pelo sucesso. Ah! Ser visto, chegar lá de qualquer jeito! Estava nas últimas capitulações, pôs-se a desejar novamente a abertura do *Salon*, com a impaciência febril de um principiante, vivendo numa ilusão que lhe mostrava uma multidão, uma enxurrada de cabeças ondulando e aclamando sua tela.

Pouco a pouco, Paris havia decretado que estava na moda o dia do vernissage, este dia concedido apenas aos pintores outrora, para virem fazer a suprema toalete de seus quadros. Agora, tornara-se uma estreia, uma dessas solenidades que põem a cidade em pé, fazendo-a precipitar-se num esmagamento de multidão. Durante uma semana, a imprensa, a rua, o público pertenciam aos artistas. Paris era deles, só se falava neles, de seus envios, de seus feitos, de suas proezas, de tudo que tocava suas pessoas: uma dessas paixões de amor à primeira vista, cuja energia levanta as pedras do calçamento, até bandos de gente do campo, caipiras e babás empurrados pelos corredores nos dias gratuitos, até esse número assustador de cinquenta mil visitantes, em certos belos domingos, um exército inteiro, toda a retaguarda do populacho ignorante, seguindo a multidão, desfilando com os olhos arregalados, nessa grande butique de imagens.

A princípio, Claude temeu aquele famoso dia do vernissage, intimidado pela agitação dos elegantes que eram comentados, resolveu esperar o dia mais democrático da verdadeira abertura. Ele até não quis que Sandoz o acompanhasse. Depois, uma febre o sacudiu tanto que ele saiu bruscamente, às oito horas, mal se dando tempo de engolir um pedaço de pão com queijo. Christine, que não teve coragem de ir com ele, chamou-o de volta, beijou-o mais uma vez, comovida, inquieta.

– E, sobretudo, meu amor, não se entristeça com nada, aconteça o que acontecer.

Claude sufocou um pouco ao entrar no salão de honra, com o coração acelerado por ter subido rápido a grande escadaria. Lá fora havia um céu límpido de maio, o toldo de lona, esticado sob a clarabóia do teto, filtrava o sol numa luz branca e brilhante; e, pelas portas vizinhas, que se abriam para a galeria do jardim, vinham baforadas úmidas, de um frescor que fazia arrepiar. Ele, por um momento, retomou o fôlego, naquele ar que já estava ficando pesado, conservando um vago cheiro de verniz, em meio ao discreto almíscar das mulheres. Examinou com um olhar as pinturas nas paredes, uma imensa cena de massacre em frente, esborrifando vermelho; uma colossal e pálida santidade à esquerda, uma encomenda do Estado; a ilustração banal de uma festa oficial à direita; depois retratos, paisagens, interiores, todos explodindo em tons ácidos, no ouro novo demais das molduras. Mas o medo, que ele escondia do público famoso daquela solenidade, fez com que voltasse o olhar para a multidão que crescia pouco a pouco. O pufe circular, colocado no centro, e de onde brotava um feixe de plantas verdes, era ocupado apenas por três senhoras, três monstros, abominavelmente vestidas, instaladas para um dia de maledicências. Atrás dele, ouviu uma voz rouca esmagar sílabas ásperas: era um inglês de casaco xadrez, explicando a cena do massacre para uma mulher amarela, enterrada no fundo de um guarda-pó de viagem. Espaços ficavam vazios, grupos se formavam, se desagregavam, iam se formar de novo mais adiante; todas as cabeças estavam erguidas, os homens tinham bengalas, casacos nos braços, as mulheres andavam devagar, paradas, mostrando perfil perdido; e seu olhar de pintor era sobretudo capturado pelas flores dos chapéus delas, muito estridentes no tom, entre as vagas sombras dos altos chapéus de seda preta. Viu três padres, dois simples soldados caídos ali não se sabia de onde, filas ininterruptas de cavalheiros condecorados, cortejos de mocinhas e de mães bloqueando a circulação. No entanto, muitos se conheciam, havia, à distância, sorrisos, cumprimentos, às vezes um rápido aperto de mão de passagem. As vozes permaneciam discretas; cobertas pelo rumor contínuo dos pés.

Então Claude começou a procurar sua pintura. Tentou orientar-se pelas letras, errou, seguiu através das salas da esquerda. Todas as portas, enfileiradas, se abriam, era uma perspectiva profunda de folhas de porta recobertas por velhos papéis de parede, revelando ângulos de quadros entrevistos. Ele foi até a grande sala do oeste, voltou pela outra enfiada de portas, sem encontrar sua letra. E quando reencontrou o salão de honra, a multidão havia crescido rapidamente ali, e as pessoas começavam a andar com dificuldade. Desta vez, não podendo avançar, reconheceu pintores, o povo dos pintores, em casa naquele dia, e que faziam as honras da recepção: um, em particular, um velho amigo do ateliê Boutin, jovem, devorado por uma necessidade de publicidade, trabalhando para obter a medalha, abordando todos os visitantes de alguma influência e levando-os à força para ver seus quadros; depois, o pintor, célebre, rico, que fazia recepção diante de sua obra, com um sorriso de triunfo nos lábios, com uma galanteria exibida com as mulheres, das quais tinha uma corte incessantemente renovada; depois, os outros, os rivais que se execram alçando a voz para louvores mútuos a plenos pulmões, os ariscos espiando de uma porta os sucessos dos camaradas, os tímidos que ninguém faria, por nada deste mundo, passar em suas salas, os piadistas escondendo sob uma palavra engraçada a ferida sangrenta de suas derrotas, os sinceros absortos, buscando compreender, já atribuindo medalhas; e havia também as famílias dos pintores, uma jovem encantadora, acompanhada por uma criança elegantemente embonecada, uma burguesa carrancuda, magra, ladeada por duas feiosas de preto, uma mãe gorda, encalhada em um banco, no meio de toda uma tribo de pirralhos malcriados, uma senhora madura, ainda bonita, que assistia, com sua grande filha, passar uma sem-vergonha, amante do pai, ambas sabendo do caso, muito calmas, trocando um sorriso; e ainda havia as modelos, mulheres que se puxavam pelos braços, que mostravam seus corpos umas para as outras, na nudez dos quadros, falando alto, vestidas sem gosto, estragando seus corpos soberbos sob tais vestidos, a tal ponto que pareciam corcundas ao lado de bonecas bem vestidas, parisienses das quais nada sobraria, se se despissem.

Quando conseguiu passar, Claude se enfiou pelas portas à direita. Sua letra estava daquele lado. Visitou as salas marcadas com um L, não achou nada. Talvez sua tela, extraviada, confundida, tivesse servido para preencher uma lacuna em outro lugar. Depois, como tinha chegado ao grande salão do leste, lançou-se através das outras pequenas salas, aquela enfiada recuada, menos frequentada, onde os quadros parecem escurecer de tédio, e que é o terror dos pintores. Ali, mais uma vez, não encontrou nada. Atordoado, desesperado, vagabundeou, saiu para a galeria do jardim, continuou a procurar entre o excesso de números que transbordavam para fora, pálidos e trêmulos sob a luz crua; em seguida, depois de outros longos passeios, voltou pela terceira vez ao salão de honra. Agora, havia um aperto que esmagava. A Paris célebre, rica, adorada, tudo o que explode em algazarra, o talento, o milhão, a elegância, os mestres do romance, do teatro e do jornal, os homens de altas rodas, do jóquei clube ou da bolsa de valores, as mulheres de todos os níveis, prostitutas, atrizes, da alta sociedade, exibidas juntas, subiam em vagalhões cada vez maiores; e, na cólera de sua busca vã, espantava-se com a vulgaridade dos rostos, vistos desse jeito em massa, das roupas díspares, com apenas algumas elegantes para muitas que eram comuns, com a falta de majestade desse mundo, a tal ponto que o medo que o fizera estremecer transformava-se em desprezo. Será que aquelas pessoas iriam vaiar seu quadro, se o encontrassem? Dois pequenos repórteres louros completavam uma lista de pessoas a citar. Um crítico tomava notas nas margens de seu catálogo com ostentação; outro pontificava no meio de um grupo de neófitos; outro, com as mãos atrás das costas, solitário, permanecia parado, desprezando cada obra com uma impassibilidade augusta. E o que o impressionava acima de tudo era esse empurrar de rebanho, essa curiosidade em bando sem juventude nem paixão, o azedo das vozes, o cansaço dos rostos, um ar de sofrimento ruim. A inveja já estava agindo: o cavalheiro que é espirituoso com as damas: aquele que, sem dizer uma palavra, observa, dá de ombros terrivelmente e depois vai embora; os dois que permanecem quinze minutos, cotovelo contra cotovelo, debruçados no parapeito, com o nariz enfiado numa telinha, sussurrando baixinho, com olhares turvos de conspiradores.

Mas Fagerolles tinha acabado de aparecer; e, em meio ao fluxo contínuo de grupos, só ele passou a existir, com a mão estendida, mostrando-se em todos os lugares ao mesmo tempo, esbanjando-se em seu duplo papel de jovem mestre e de membro influente do júri. Cheio de elogios, de agradecimentos, de reclamações, ele tinha uma resposta para cada um, sem nada perder de sua amabilidade. Desde a manhã, suportava a investida dos pequenos pintores de sua clientela que tinham seus quadros mal colocados. Era o galope habitual da primeira hora, todos procurando uns aos outros, correndo para se ver, explodindo em recriminações, em furores ruidosos, intermináveis: um estava muito alto, outro, a luz caía mal, ou os outros, que estavam ao lado, acabavam com o efeito do seu, falavam de tirar o quadro da parede e levar embora. Um, em particular, teimava, alto e magro, perseguindo Fagerolles de sala em sala, que tentava em vão explicar-lhe a sua inocência: nada podia fazer, seguiam a ordem dos números de classificação, os painéis de cada parede eram dispostos no chão, depois pendurados, sem favorecer ninguém. E levou sua cortesia a prometer que iria intervir quando as salas fossem arrumadas novamente, depois das medalhas, sem conseguir acalmar o magricela, que continuava a persegui-lo.

Por um momento, Claude atravessou a multidão para lhe perguntar onde haviam colocado sua tela. Mas um orgulho o deteve, vendo-o tão cercado. Não era estúpida e dolorosa essa necessidade contínua de um outro? Além disso, refletiu subitamente que devia ter pulado toda uma enfiada de salões à direita; e, de fato, havia léguas de pinturas ali. Acabou de desembocar numa sala onde a multidão sufocava, amontoada diante de um grande quadro que ocupava o painel de honra, no meio. A princípio, ele não podia vê-lo, de tanto que os ombros ondulavam, uma parede espessa de cabeças, uma muralha de chapéus. Corriam, em uma admiração boquiaberta. Finalmente, de tanto se erguer na ponta dos pés, viu a maravilha, reconheceu o tema, segundo o que lhe haviam dito.

Era a pintura de Fagerolles. E ele reencontrou seu *Ar livre*, naquele almoço, a mesma tonalidade alourada, a mesma fórmula artística, mas quão suavizada, falsificada, estragada, com uma elegância de epiderme, arranjada com habilidade infinita para as baixas satisfações do público. Fagerolles não cometera o erro de colocar suas três mulheres nuas; apenas, em suas roupas ousadas de elegantes, ele as havia despido, uma mostrando o seio sob a renda transparente do corpete, a outra expondo a perna direita até o joelho ao debruçar-se para pegar um prato, a terceira que não revelava um só pedaço de sua pele, usando um vestido tão apertado que era perturbadora de indecência, com sua garupa empinada de potranca. Quanto aos dois cavalheiros, galantes, de paletó campestre, realizavam o ideal do janota; enquanto um criado, ao longe, tirava ainda uma cesta do landau, estacionado atrás das árvores. Tudo isso, as figuras, os tecidos, a natureza morta do almoço, destacavam-se alegremente em pleno sol, contra os verdes escurecidos do fundo; e a habilidade suprema estava naquela audácia arrogante, naquela força mentirosa que interpelava a multidão apenas o suficiente para fazê-la se extasiar. Uma tempestade num pote de creme.

Claude, não podendo se aproximar, escutava as palavras ao seu redor. Enfim, ali estava um que fazia a verdade verdadeira! Ele não acentuava como esses grosseirões da escola nova, ele sabia colocar tudo ali sem pôr nada. Ah! As nuances, a arte dos subentendidos, o respeito do público, os sufrágios da boa sociedade! E com isso uma finesse, um encanto, um espírito! Não seria ele que se entregava, de modo incongruente, em momentos apaixonados, com uma criação transbordante; não, quando ele tomava três tons da natureza, ele punha os três, nem um a mais. Um colunista que chegava extasiou-se, encontrou a palavra: uma pintura bem parisiense. Repetiram, ninguém passava mais ali sem declarar aquilo, muito parisiense.

Essas costas curvadas, essas admirações crescendo em uma maré de colunas vertebrais terminaram por exasperar Claude; e, tomado pela necessidade de ver as cabeças que compunham um sucesso, deu a volta no agrupamento, manobrou de modo a encostar-se à parede. Ali, ele tinha o público diante de si, na luz cinzenta filtrada pelo tecido do teto, extinguindo o meio da sala; enquanto a luz forte, deslizando pelas bordas do toldo, iluminava os quadros nas paredes com um lençol branco, onde o dourado das molduras tomava o tom quente do sol. Imediatamente, reconheceu as pessoas que o vaiaram no passado: se não eram aqueles, eram seus irmãos; mas agora sérios, extasiados, embelezados por uma atenção respeitosa. O olhar maldoso dos rostos, aquele cansaço da luta, aquela bile de inveja repuxando e amarelando a pele, que ele notara a princípio, suavizavam-se aqui, no deleite unânime de uma mentira agradável. Duas senhoras gordas, de boca aberta, bocejavam de satisfação. Velhos cavalheiros reviravam os olhos, com ar de conhecedores. Um marido explicava baixinho o assunto para sua jovem esposa, que assentia com o queixo, com um lindo movimento do pescoço. Havia maravilhamentos embevecidos, espantados, profundos, alegres, austeros, sorrisos inconscientes, fazendo ares lânguidos com a cabeça. Os chapéus pretos estavam meio caídos, as flores das mulheres deslizavam até as nucas. E todos esses rostos se imobilizavam por um minuto, eram empurrados, substituídos por outros que se pareciam com eles, continuamente.

Então Claude se esqueceu de si mesmo, perplexo diante desse triunfo. A sala estava ficando pequena demais, sempre grupos novos iam se acumulando ali. Não eram mais os vazios da primeira hora, o ar frio subindo do jardim, o cheiro de verniz flutuando ainda; agora o ar esquentava, azedava com o perfume das toaletes. Logo, o que dominou foi cheiro de cachorro molhado. Devia estar chovendo, uma daquelas pancadas repentinas de primavera, pois os últimos a chegar traziam umidade, roupas pesadas que pareciam soltar fumaça, assim que entravam no calor da sala. Com efeito, momentos de trevas passavam sobre o toldo do teto. Claude, que ergueu os olhos, adivinhou um galope de grandes nuvens açoitadas pelo vento, trombas d'água batendo nas claraboias. Uma ondulação de sombras corria ao longo das paredes, todos os quadros escureciam, o público imergia no escuro; até que a nuvem fosse embora, o pintor viu as cabeças emergindo desse crepúsculo, com as mesmas bocas redondas, os mesmos olhos redondos de encantamento imbecil.

Mas um outro amargor estava reservado para Claude. Ele percebeu, no painel esquerdo, o quadro de Bongrand, simetricamente disposto com o de Fagerolles. E, diante deste, ninguém se acotovelava, os visitantes desfilavam com indiferença. Era, porém, o esforço supremo, o golpe que o grande pintor vinha tentando desferir há anos, uma última obra nascida da necessidade de provar a si mesmo a virilidade de seu declínio. O ódio que ele nutria contra a *Boda na aldeia*, essa primeira obra-prima que havia esmagado sua vida de trabalhador, acabava de levá-lo a escolher o tema oposto e simétrico: *O enterro na aldeia*, cortejo fúnebre de uma jovem, espalhado entre campos de centeio e aveia. Lutava contra si próprio, eles iam ver se já estava acabado, se a experiência de seus sessenta anos não era tão boa quanto o feliz ardor de sua juventude; e se a experiência fosse derrotada, a obra iria ser um fracasso morno, uma daquelas quedas silenciosas de velho que nem mesmo fazem parar quem passa. Trechos feitos com mão de mestre ainda se revelavam, o coroinha segurando a cruz, o grupo das filhas de Maria carregando o caixão, e cujos vestidos brancos, colando na pele corada, provocavam um belo contraste com a roupa preta, endomingada, da procissão, através dos verdes; apenas o padre de sobrepeliz, a moça com o estandarte, a família atrás do corpo, toda a tela, aliás, tinha uma feitura seca, desagradavelmente intelectual, endurecida pela obstinação. Havia um retorno inconsciente, fatal, ao romantismo atormentado de onde o artista começara outrora. E isso era o pior da aventura, a indiferença do público vencia essa arte de outra época, essa pintura feita com uma cozinha um tanto insípida, que não mais chamava atenção de quem passava, desde a voga dos grandes deslumbramentos luminosos.

Justamente, Bongrand, com a hesitação de um principiante tímido, entrou na sala, e Claude ficou de coração apertado quando o viu lançar um olhar para seu quadro solitário, depois outro para o de Fagerolles, que estava causando tumulto. Naquele minuto, o pintor deve ter tido plena consciência de seu fim.

Se, até então, o medo de sua lenta decadência o havia devorado, era apenas uma dúvida; e agora ele tinha uma brusca certeza, ele sobrevivia a si mesmo, seu talento estava morto, nunca mais engendraria obras vivas. Ficou muito pálido, teve um movimento para fugir, quando o escultor Chambouvard, que entrava pela outra porta, com sua fila habitual de discípulos, chamou-o, com sua voz gorda, sem se importar com os presentes.

– Ah! Danado, eu o peguei aí, se admirando!

Ele, naquele ano, tinha uma *Ceifadora* execrável, uma dessas figuras estupidamente fracassadas, que pareciam bobagens teimosas, saídas de suas mãos poderosas; e não estava menos radiante, certo de que fizera uma obra-prima a mais, passeando sua infalibilidade de deus, no meio da multidão, que ele não ouvia rir.

Sem responder, Bongrand olhou para ele com os olhos ardendo de febre.

– E meu trabalho, lá, continuou o outro, chegou a ver? Que venham, então, os pequeninos de agora. Só nós é que somos a velha França!

Ele já estava saindo, seguido por sua corte, saudando o público atônito.

– Estúpido!, murmurou Bongrand, asfixiado pela mágoa, revoltado como pela barulheira de um tosco no quarto de um morto.

Ele tinha percebido Claude, aproximou-se. Não era covardia fugir daquela sala? E ele queria mostrar sua coragem, sua alma altiva, onde a inveja nunca havia entrado.

– Veja você, nosso amigo Fagerolles teve um sucesso, dos grandes!... Estaria mentindo se me extasiasse diante de seu quadro, do qual não gosto nada; mas Fagerolles é muito gentil, realmente... E, além disso, foi excelente, sabe, atuando em seu favor.

Claude se esforçava por encontrar uma palavra de admiração sobre o *Enterro*.

– O pequeno cemitério, nos fundos, é tão lindo!... É possível que o público...

Com uma voz rude, Bongrand o interrompeu.

– Hein! Meu amigo, nada de pêsames... Vejo muito claro.

Nesse momento, alguém os cumprimentou com um gesto familiar, e Claude reconheceu Naudet, um Naudet maior e mais cheio, dourado pelo sucesso dos negócios colossais que agora fermentava. Sua ambição lhe subiu à cabeça, falava em afundar todos os outros marchands, tinha mandado construir um palácio, onde ele posava como rei do mercado, centralizando as obras-primas, abrindo as grandes galerias modernas de arte. Ruídos de milhões ressoavam desde seu vestíbulo, instalava exposições em sua casa, criava galerias no estrangeiro, esperava em maio a chegada de amadores americanos, a quem vendia por cinquenta mil francos o que havia comprado por dez mil; e levava uma vida de príncipe, com esposa, filhos, amante, cavalos, propriedade na Picardia, grandes caçadas. Seus primeiros ganhos vinham da alta dos mortos ilustres, que haviam sido negados em vida, Courbet, Millet, Rousseau; o que acabara por lhe fazer desprezar qualquer obra assinada pelo nome de um pintor ainda na luta. Entretanto, já circulavam muitos rumores ruins. O número de telas conhecidas sendo limitado, e o de amadores dificilmente podendo se expandir, estava chegando o momento em que os negócios se tornariam difíceis. Falava-se de um sindicato, de um acordo com os banqueiros para sustentar os preços altos; na Salle Drouot chegava-se ao expediente de vendas fictícias, de quadros comprados de volta por um preço muito alto pelo próprio negociante; e a falência parecia estar inevitavelmente ao final dessas operações de bolsa, um tombo pelos excessos e mentiras da agiotagem.

– Bom dia, caro mestre, disse Naudet, que tinha avançado. Hein? O senhor vem, como todo mundo, admirar meus Fagerolles.

Sua atitude não tinha mais para com Bongrand a humildade afável e respeitosa de antigamente. E falava de Fagerolles como de um pintor seu, de um operário contratado, a quem muitas vezes repreendia. Tinha sido ele quem o instalara na Avenue de Villiers, obrigando-o a ter um palacete, mobiliando-o como para uma amante, endividando-o com fornecedores de tapetes e bibelôs, para depois mantê-lo à sua mercê; e, agora, começava a acusá-lo de não ter ordem, de se comprometer como um rapaz frívolo. Por exemplo, aquele quadro, um pintor sério jamais o teria enviado ao *Salon*; sem dúvida fazia muito barulho, falava-se até em medalha de honra; mas era pior para os preços altos. Quando se queria ter os americanos como clientes, era necessário saber ficar em casa, como um ídolo em seu tabernáculo.

– Meu caro, acredite se quiser, eu teria dado vinte mil francos do meu próprio bolso para que esses imbecis dos jornais não fizessem tanto barulho em volta dos meus Fagerolles este ano.

Bongrand, que ouvia com coragem, apesar de seu sofrimento, sorriu.

– Com efeito, eles talvez tenham levado as indiscrições um pouco longe demais... Ontem, eu li um artigo, onde descobri que Fagerolles comia dois ovos quentes todas as manhãs.

Ele ria dessa brutal façanha publicitária que fazia Paris se interessar, há uma semana, pelo jovem mestre, após um primeiro artigo sobre seu quadro, que ninguém ainda tinha visto. Todo o bando de repórteres havia entrado em campo, e despiam-no: sua infância, seu pai, o fabricante de zinco artístico, seus estudos, onde morava, como vivia, até a cor de suas meias, até a mania que tinha de beliscar a ponta do nariz. E ele era a paixão do momento, o jovem mestre de acordo com o gosto do dia, tendo tido a chance de perder o *Prix de Rome* e romper com a Escola, da qual guardava os modos de fazer: fortuna de uma temporada, que o vento traz e leva, capricho nervoso da grande cidade desequilibrada, sucesso do aproximativo, da audácia cor de cinza pérola, do acidente que abala a multidão pela manhã para se perder, à noite, na indiferença de todos.

Mas Naudet notou o *Enterro na aldeia*.

– Ah, veja só! É este seu quadro?... Pois então o senhor queria fazer uma contrapartida à *Boda*? Eu o teria afastado disso... Ah! A *Boda*, a *Boda*!

Bongrand continuava ouvindo, sem parar de sorrir; e apenas uma ruga dolorosa cortava seus lábios trêmulos. Esquecia de suas obras-primas, a imortalidade assegurada ao seu nome, só via a voga imediata, sem esforço, chegando àquele gaiato, indigno de limpar sua paleta, empurrando-o ao esquecimento, ele, que lutara dez anos antes de ser conhecido. Essas novas gerações, quando o enterram, se soubessem quantas lágrimas de sangue fazem chorar nessa morte!

Depois, como se calava, foi tomado de medo por ter permitido adivinhar seu sofrimento. Ele cairia nessa baixeza da inveja? Uma raiva contra si mesmo o endireitou, era preciso morrer de pé. E, em vez da resposta violenta que lhe subia aos lábios, disse familiarmente:

– Tem razão, Naudet, teria sido melhor ir para a cama no dia em que tive a ideia dessa tela.

– Ah! É ele, desculpe!, gritou o marchand, que fugiu.

Era Fagerolles, que se mostrava na entrada da sala. Ele não avançou, discreto, sorridente, expondo sua fortuna com a facilidade de um rapaz que tem traquejo. Aliás, procurava alguém, chamou um jovem com um sinal e lhe deu uma resposta, feliz sem dúvida, porque este último transbordou de gratidão. Dois outros se precipitaram para felicitá-lo; uma mulher o deteve, mostrando-lhe com gestos de martírio uma natureza morta colocada à sombra de um canto. Então, ele desapareceu, depois de lançar um único olhar sobre as pessoas em êxtase diante de seu quadro.

Claude, que olhava e escutava, sentiu então sua tristeza afogar seu coração. Os empurrões continuavam a aumentar; tudo o que tinha à sua frente eram rostos escancarados e suados no calor que se tornara intolerável. Sobre os ombros, outros ombros subiam, até a porta, de onde aqueles que não conseguiam ver nada apontavam o quadro com a ponta de seus guarda-chuvas, pingando com a chuva de fora. E Bongrand ficava ali por orgulho, reto em sua derrota, sólido em suas velhas pernas de lutador, seus olhos claros sobre Paris ingrata. Ele queria acabar como um homem generoso, cuja bondade é grande. Claude, que lhe falou sem receber resposta, viu claramente que, por trás desse rosto calmo e alegre, a alma estava ausente, raptada pelo luto, sangrando com um horrível tormento, e, tomado por um respeito assustado, não insistiu, partiu, sem que Bongrand sequer o percebesse com os olhos vazios.

De novo, atravessando a multidão, uma ideia chegou a Claude. Ele se surpreendia por não ter sido capaz de descobrir seu quadro. Nada era mais simples. Não havia uma sala onde as pessoas riam, um canto de piadas e de tumulto, um ajuntamento de gaiatos insultando uma obra? Essa obra seria a sua, com certeza. Ele ainda tinha em seus ouvidos a risada do *Salon des Refusés*, outrora. E, de todas as portas, escutava agora, para ouvir se não era lá que estava sendo vaiado.

Mas ao se encontrar na sala leste, aquele galpão em que a grande arte agoniza, o monturo onde se empilham vastas composições históricas e religiosas, de um frio sombrio, sentiu um choque, ficou imóvel, com os olhos para o alto. No entanto, ele já havia passado duas vezes por ali. Lá no alto, estava sua tela, tão no alto, tão no alto, que ele hesitava em reconhecê-la, muito pequenina, pousada como uma andorinha, no canto de uma moldura, a moldura monumental de um imenso quadro de dez metros, representando o Dilúvio, a agitação de uma população amarela, capotando em uma água cor de borra de vinho. À esquerda, ainda havia o lamentável retrato de corpo inteiro de um general cor de cinza; à direita, uma ninfa colossal, numa paisagem lunar, cadáver exangue de uma mulher assassinada, que se decompunha na relva; e ao redor, por toda parte, coisas rosadas, violáceas, imagens tristes, até uma cena cômica de monges se embriagando, até uma abertura da Câmara, com uma página inteira escrita em uma etiqueta dourada, onde as cabeças de deputados conhecidos eram reproduzidas num esquema, acompanhadas pelos nomes. E, lá no alto, lá no alto, no meio dessas vizinhanças baças, a telazinha, rude demais, explodia ferozmente, numa careta dolorosa de monstro.

Ah! A *Criança Morta*, o cadaverzinho miserável que, àquela distância, nada mais era do que uma confusão de carnes, a carcaça encalhada de algum animal informe! Era uma caveira, era um ventre, aquela cabeça fenomenal, inchada e embranquecida? E aquelas pobres mãos retorcidas sobre os lençóis, como as pernas contraídas de um pássaro morto pelo frio! E a própria cama, aquela palidez dos lençóis sob a palidez dos membros, toda aquela brancura tão triste, um esmaecimento do tom, o último! Então, distinguiam-se os olhos claros e fixos, reconhecia-se uma cabeça de criança, o caso de alguma doença do cérebro, de uma terrível e profunda piedade.

Claude se aproximou, recuou para ver melhor. A luz era tão ruim que os reflexos dançavam na tela, por toda parte. Seu pequeno Jacques, onde o haviam colocado! Sem dúvida por desdém, ou melhor, por vergonha, para se livrarem de sua feiura lúgubre. Ele, no entanto, evocava-o, revia-o, lá, no campo, fresco e rosado, quando rolava na grama, depois na Rue de Douai, pouco a pouco mais pálido e mais estúpido, depois na Rue Tourlaque, não conseguindo mais carregar sua testa, morrendo durante uma noite, sozinho, enquanto sua mãe dormia; e ele a revia também, a mãe, a triste mulher, que ficara em casa, sem dúvida para chorar lá, como chorava agora por dias inteiros. Não importa, ela tinha feito bem em não vir: era muito triste, o pequeno Jacques deles, já frio na cama, atirado à distância como um pária, tão brutalizado pela luz que seu rosto parecia rir com uma risada abominável.

E Claude sofria ainda mais com o abandono de sua obra. O espanto, a decepção o fizeram buscar com os olhos a multidão, no ímpeto que ele estava esperando. Por que não o vaiavam? Ah! Os insultos de outrora, as zombarias, as indignações, que o haviam atormentado e que o faziam viver! Não, mais nada, nem uma cuspida ao passar: era a morte. Na sala imensa, o público desfilava rapidamente, tomado por um arrepio de tédio. Havia gente apenas diante da imagem da abertura da Câmara, onde um grupo se renovava sem parar, lendo a legenda, mostrando uns aos outros as cabeças dos deputados. Como risos estouravam atrás dele, ele se virou: mas ninguém zombava; simplesmente se divertiam com os monges embriagados, o sucesso cômico do *Salon*, que cavalheiros explicavam às damas, declarando que era de um espírito espantoso. E todas essas pessoas passavam sob o pequeno Jacques, e ninguém levantava a cabeça, ninguém sabia que ele estava lá em cima!

O pintor, no entanto, teve uma esperança. No pufe central, dois tipos, um gordo e outro esbelto, ambos condecorados, conversavam, encostados no espaldar de veludo, olhando os quadros diante deles. Ele se aproximou e escutou.

– E eu os segui, disse o gordo. Eles pegaram a Rue Saint-Honoré, a Rue Saint-Roch, a Rue de la Chaussée d'Antin, a Rue La Fayette...

– Enfim, falou com eles? perguntou o esbelto, com ar de profundo interesse.

– Não, eu estava com medo de ficar com raiva.

Claude foi embora, voltou por três vezes, com o coração acelerado, cada vez que um raro visitante parava e lançava um olhar lento para o teto. Uma necessidade doentia o deixava desesperado por ouvir uma única palavra. Por que expor? Como saber? Qualquer coisa, menos aquela tortura do silêncio! E ficou sufocado quando viu um jovem casal se aproximando, o homem amável, com bigodinhos loiros, a mulher encantadora, com o porte delicado e esguio de uma pastora de Saxe. Ela tinha percebido a pintura, perguntava do que se tratava, perplexa por não entender nada; e quando o marido, folheando o catálogo, encontrou o título: *Criança morta*, ela puxou para longe, arrepiada, com este grito de terror:

– Oh! Que horror! Como a polícia pode permitir um horror desses!

Então, Claude ficou ali, de pé, inconsciente e assombrado, com os olhos fixos no ar, no meio da manada contínua da multidão que galopava, indiferente, sem olhar para aquela coisa única e sagrada, visível apenas para ele; e foi aí, nesses acotovelamentos, que Sandoz finalmente o reconheceu.

Passeando sozinho, ele também, sua esposa tendo permanecido junto de sua mãe doente, Sandoz havia acabado de parar, com o coração partido, abaixo da pequena tela que encontrara por acaso. Ah! Que nojo desta miserável vida! Ele reviveu bruscamente a juventude deles, o colégio de Plassans, as longas escapadelas nas margens do Viorne, as corridas livres sob o sol escaldante, todo o incêndio de suas ambições nascentes; e, mais tarde, nas suas existências comuns, lembrava-se dos seus esforços, das suas certezas de glória, da bela ânsia, do apetite excessivo que queria engolir Paris imediatamente. Naquela época, quantas vezes ele tinha visto em Claude o grande homem, aquele cujo gênio desenfreado devia ter deixado para trás, bem longe, o talento dos outros! Havia sido primeiro o ateliê do Impasse des Bourdonnais, depois o ateliê do Quai de Bourbon, telas imensas sonhadas, projetos capazes de arrebentar com o Louvre; era uma luta incessante, um trabalho de dez horas por dia, um dom inteiro de seu ser. E depois, o quê? Depois de vinte anos dessa paixão, acabar nisso, com essa pobre coisa sinistra, pequenina, despercebida, dolorosamente melancólica em seu isolamento pestilento! Tantas esperanças, tantas torturas, uma vida gasta no duro trabalho do parto, e isso, e isso, meu Deus!

Sandoz reconheceu Claude perto dele. Uma emoção fraterna fez sua voz tremer.

– Como? Você veio?... Por que não quis passar para me pegar?

O pintor nem se desculpou. Parecia muito cansado, sem revolta, acometido por um suave estupor sonolento.

– Vamos, não fique aqui. É meio-dia passado, você vai almoçar comigo... Pessoas estavam me esperando no Ledoyen. Mas eu os deixo para lá, vamos descer para o bufê, isso vai nos rejuvenescer, não é, meu velho!

E Sandoz o levou embora, com um braço sob o dele, abraçando-o, aquecendo-o, tentando tirá-lo de seu silêncio sombrio.

– Vamos, que diabo! Você não precisa se perturbar assim. Por mais que eles tenham colocado mal, seu quadro é soberbo, um fantástico exemplo de pintura!... Sim, eu sei, você sonhava com outra coisa. Que diabos! Você não está morto, vai ficar para mais tarde... E, olhe! Você deve se orgulhar, porque é você o verdadeiro vencedor do *Salon* este ano. Não são só os Fagerolles que saqueiam o que você faz, todos agora imitam você, você os revolucionou, desde o seu *Ar livre*, do qual eles riram tanto... Olhe, olhe! Aqui está um outro *Ar livre*, e outro, e aqui, e ali, todos, todos!

Com a mão, através das salas, apontava para telas. De fato, a pintura clara, gradualmente introduzida na arte contemporânea, irrompia enfim. O velho *Salon* negro, cozinhado com betume, dera lugar a um *Salon* ensolarado, cheio de alegria primaveril. Era a aurora, o novo dia que outrora despontara no *Salon des Refusés*, e que, àquela hora, crescia, rejuvenescendo as obras com uma luz fina, difusa, desfeita em nuanças infinitas. Esse azulado encontrava-se em toda parte, mesmo nos retratos e nas cenas de gênero, elevadas à dimensão e à seriedade das pinturas de história. Eles também, os velhos temas acadêmicos, tinham ido embora, com os caldos escuros da tradição, como se a doutrina condenada levasse sua população de sombras; as imaginações se tornavam raras, as cadavéricas nudezas da mitologia e do catolicismo, lendas sem fé, episódios sem vida, o bricabraque da Escola, desgastado por gerações de espertinhos ou de imbecis; e entre os atrasados, com suas receitas tardias, mesmo entre os mestres envelhecidos, a influência era evidente, o raio de sol havia passado por lá. De longe, a cada passo, via-se um quadro perfurando a parede, abrindo uma janela para o exterior. Logo as paredes cairiam, a grande natureza entraria, porque a brecha era larga, o ataque havia vencido a rotina, nessa alegre batalha de temeridade e de justiça.

– Ah! Sua parte nisso continua linda, meu velho!, prosseguiu Sandoz. A arte de amanhã será a sua, você fez todos eles.

Claude, então, abriu os dentes, disse muito baixo, com uma brutalidade sombria:

– O que me importa tê-los feito, se eu mesmo não me fiz?... Veja você, era mais do que eu podia, e é isso que me sufoca.

Com um gesto completou seu pensamento, sua impotência em ser o gênio da fórmula que criara, seu tormento de precursor que semeia ideias sem colher a glória, sua desolação ao se ver pilhado, devorado por gente que fazia um trabalho apressado, todo um enxame de companheiros maleáveis, que desperdiçavam esforços, degradando a nova arte, antes que ele ou outro tivesse forças para produzir a obra-prima que marcaria aquele fim do século.

Sandoz protestou, o futuro continuava livre. Então, para distraí-lo, ele o parou ao atravessar o salão de honra.

– Oh! Essa senhora de azul, em frente daquele retrato! Que bofetada a natureza dá na pintura!... Você se lembra, quando, antes, a gente olhava o público, as roupas, a vida nas salas. Nem uma pintura resistia. E, hoje, há algumas que não bambeiam demais. Até notei, ali, uma paisagem cuja tonalidade amarela fazia desaparecer por completo as mulheres que dela se aproximavam.

Mas Claude teve um sobressalto de indizível sofrimento.

– Por favor, vamos, leve-me embora... Eu não aguento mais.

No bufê, eles tiveram toda a dificuldade do mundo para encontrar uma mesa livre. Era um abafamento, um amontoado, na vasta região de sombra, que cortinas de sarja marrom produziam, sob a sustentação em ferro do piso superior. No fundo, meio afogados na escuridão, três aparadores empilhavam simetricamente suas compoteiras de frutos; enquanto, mais à frente, ocupando os balcões da direita e da esquerda, duas senhoras, uma loira, outra morena, observavam a multidão com olhar militar; e, das profundezas escuras desse antro, uma enxurrada de pequenas mesas de mármore, uma maré de cadeiras, apertadas, emaranhadas, ondulava, crescia, ia transbordar e se espalhar até o jardim, sob a grande claridade pálida que caía dos vidros.

Finalmente, Sandoz viu pessoas se levantarem. Ele se lançou, conquistou a mesa com muita luta, no meio da multidão.

– Ah! Diacho! Conseguimos... O que você quer comer?

Claude fez um gesto descuidado. O almoço, aliás, foi execrável, trutas amolecidas no molho, filés ressecados no forno, aspargos que cheiravam roupa úmida; e ainda assim foi preciso lutar para ser servido, porque os garçons, assediados, perdendo a cabeça, permaneciam atrapalhados nas passagens estreitas demais, que o fluxo de cadeiras continuava apertando, até bloqueá-las completamente. Atrás da cortina da esquerda ouvia-se um barulho de panelas e louças, a cozinha instalada ali, sobre a areia, como esses fogões de feira acampados no ar livre das estradas.

Sandoz e Claude tiveram de comer sentados obliquamente e meio estrangulados entre dois grupos de pessoas cujos cotovelos pouco a pouco invadiam seus pratos; e, cada vez que passava um garçom, sacudia as cadeiras com um violento golpe de quadril. Mas esse aperto, assim como a comida abominável, animava. Faziam piadas sobre os pratos, uma familiaridade se criava de mesa em mesa, no infortúnio comum que se transformava em festa de prazer. Desconhecidos acabavam por se simpatizar, amigos conversavam a três fileiras de distância, com a cabeça virada, gesticulando sobre os ombros dos vizinhos. As mulheres, sobretudo, se animavam, primeiro inquietas com essa multidão, depois tirando as luvas, levantando os véus, rindo ao primeiro dedo de vinho puro. E o ensopado deste dia de vernissagem era justamente essa promiscuidade em que se acotovelavam todos os mundos, mulheres da vida, burguesas, grandes artistas, simples imbecis, um encontro ao acaso, uma mistura cujo imprevisto duvidoso fazia brilhar os olhos mais honestos. Entretanto, Sandoz, que havia desistido de tentar terminar sua carne, levantava a voz, em meio à terrível barulheira das conversas e do serviço:

– Um pedaço de queijo, hein?... E vamos tentar tomar um café.

Com olhos vagos, Claude não ouvia. Olhava para o jardim. De seu lugar, ele podia ver o conjunto central de grandes palmeiras que se destacavam contra as cortinas marrons que ornavam toda a volta. Espaçava-se ali um círculo de estátuas: as costas de uma faunesa com a anca cheia; o bonito perfil do estudo de uma jovem, a face arredondada, a ponta de um pequeno seio rígido; o rosto de um gaulês em bronze, de um romantismo colossal irritante pela presunção idiota de patriotismo; o ventre leitoso de uma mulher dependurada pelos punhos, alguma Andrômeda do bairro de Pigalle; e outras, outras ainda, filas de ombros e quadris que seguiam as curvas das alamedas, brancura fugindo pela verdura, cabeças, gargantas, pernas, braços, confundidos e esvoaçantes na distância da perspectiva. À esquerda, se perdia uma fila de bustos, a alegria dos bustos, o extraordinário cômico de uma fileira de narizes, um padre de nariz enorme e pontudo, uma criadinha de narizinho arrebitado, uma italiana do século XV com um belo nariz clássico; um marujo com um simples nariz de fantasia, todos os narizes, o nariz magistrado, o nariz industrial, o nariz condecorado, imóveis e sem fim.

Mas Claude não via nada, apenas manchas cinzentas no dia nublado e esverdeado. Seu estupor continuava, teve uma única sensação, a do grande luxo dos vestidos, que ele havia julgado mal no meio da confusão das salas, e que ali se desenvolviam livremente, como sobre o cascalho de alguma estufa de castelo. Toda a elegância de Paris desfilava, as mulheres que tinham vindo para se mostrar, com vestidos meditados, destinados a sair nos jornais do dia seguinte. Olhavam muito uma atriz caminhando com passos de rainha, de braço dado com um cavalheiro que assumia ares complacentes de príncipe consorte. As da alta sociedade tinham jeito de mulheres da vida, todas se examinavam com aquele olhar lento com que despem as outras, avaliando a seda, medindo a renda, esmiuçando da ponta das botinas até a pluma do chapéu. Era como um salão neutro, damas sentadas haviam aproximado suas cadeiras, como nas Tulherias, ocupadas apenas com quem passava. Duas amigas apressavam o passo, rindo. Outra, solitária, ia e voltava, muda, com um olhar sombrio. Outras ainda, que haviam se perdido, se encontravam, exclamando a respeito da aventura. E a massa movente e ensombrecida de homens estacionava, voltava a andar, parava de frente a um mármore, refluía diante de um bronze; enquanto entre os raros burgueses perdidos circulavam nomes famosos, tudo o que Paris possuía de ilustres, o nome de uma glória retumbante à passagem de um cavalheiro gordo e mal vestido; o nome alado de um poeta ao aproximar-se de um homem pálido, que tinha o rosto insípido de um porteiro. Uma onda viva erguia-se daquela multidão na luz uniforme e descolorida, quando, bruscamente, por trás das nuvens de um último aguaceiro, um raio de sol incendiou as janelas altas, fez resplandecer o vitral do poente, chovendo em gotas de ouro através do ar imóvel; e tudo esquentou, a neve das estátuas na verdura reluzente, os gramados tenros que cortavam a areia amarela dos caminhos, os ricos vestidos com vívidos efeitos de cetim e pérola, as próprias vozes, cujo grande murmúrio nervoso e ridente parecia cintilar como uma clara labareda de brotos de videira. Jardineiros, no processo de terminar o plantio das cestas, acionavam as torneiras dos aspersores, passeavam os regadores cuja chuva exalava dos gramados encharcados uma fumaça morna. Um pardal muito ousado, descido das estruturas em ferro, apesar das pessoas, bicava a areia diante do bufê, comendo as migalhas de pão que uma jovem se divertia jogando para ele.

Então Claude, de todo esse tumulto, só ouviu ao longe o som de mar, o rugido do público caminhando lá em cima, nas salas. E uma lembrança lhe veio, lembrou-se daquele barulho que soprara como um furacão diante de seu quadro. Mas, a essa hora, não riam mais: era Fagerolles, lá em cima, que o respirar gigante de Paris aclamava.

Justamente Sandoz, que se voltava, disse a Claude:

– Veja, Fagerolles!

Com efeito, Fagerolles e Jory, sem vê-los, tinham acabado de pegar uma mesa vizinha. O último continuava uma conversa com sua voz grossa.

– Sim, eu vi seu filho morto. Ah! Pobre diabo, que fim!

Fagerolles deu-lhe uma cotovelada; e imediatamente o outro, tendo visto os dois camaradas, acrescentou:

– Ah! Esse velho Claude!... Como está, hein?... Você sabe que ainda não vi seu quadro. Mas me disseram que é soberbo.

– Soberbo!, apoiou Fagerolles.

Então, espantou-se.

– Vocês comeram aqui, que ideia! É tão ruim!... Nós acabamos de chegar do Ledoyen. Oh! Uma multidão, uma confusão, uma alegria!... Aproxime então sua mesa para conversarmos um pouco.

Reuniram então as duas mesas. Mas já bajuladores, solicitantes, assediavam o jovem mestre triunfante. Três amigos se levantaram, saudaram-no em voz alta, de longe. Uma senhora caiu em uma contemplação sorridente, quando seu marido disse o nome dele em seu ouvido. E o magrelo alto, o artista que tinha o quadro mal colocado e que não o perseguia desde a manhã, abandonou uma mesa do fundo onde estava, correu de novo para reclamar, exigindo que o quadro fosse instalado sob as cornijas, imediatamente.

– Eh! Me deixe em paz!, terminou por gritar Fagerolles, esgotando o que tinha de amabilidade e paciência.

Depois, quando o outro foi embora, murmurando surdas ameaças:

– É verdade, por mais que se queira fazer obséquio, eles nos enlouquecem!... Todo mundo sob a cornija! Léguas de cornijas! Que profissão estar no júri! Ficamos com as pernas arrebentadas e só colhemos ódio!

Com seu ar acabrunhado, Claude olhava para ele. Pareceu acordar por um momento, murmurando com uma língua pastosa:

– Eu escrevi para você, queria ir vê-lo para agradecer... Bongrand me contou sobre o esforço que você teve... Obrigado de novo, não é?

Mas Fagerolles rapidamente o interrompeu.

– Que diabo! Eu bem devia isso à nossa velha amizade... Sou eu quem está feliz por ter lhe dado esse prazer.

E tinha aquele embaraço que sempre o dominava diante do mestre inconfessado de sua juventude, aquela espécie de humildade invencível, diante do homem cujo desdém mudo bastava naquele momento para estragar seu triunfo.

– Seu quadro é muito bom, acrescentou Claude lentamente, para ser bom e corajoso.

Esse simples elogio encheu o coração de Fagerolles com uma emoção exagerada e irresistível, vinda não se sabe de onde; e o sujeito, sem fé, treinado contra todas as malícias, respondeu com voz trêmula:

– Ah! Meu caro, ah! Que bom ouvir isso!

Sandoz finalmente conseguiu duas xícaras de café e, como o garçom havia esquecido o açúcar, teve de se contentar com os pedaços deixados por uma família vizinha. Algumas mesas se esvaziavam, mas a liberdade havia crescido, um riso de mulher soou tão alto que todas as cabeças se viraram. Fumavam, um lento vapor azul exalava acima da desordem das toalhas de mesa, manchadas de vinho, entulhadas de louça engordurada. Quando Fagerolles também conseguiu que lhe trouxessem duas chartreuses, começou a conversar com Sandoz, que tratava com deferência, adivinhando nele uma força. E então Jory voltou-se para Claude, que havia se tornado soturno e silencioso novamente.

– Veja, meu caro, eu não lhe mandei um convite para o meu casamento... Você sabe, por causa de nossa posição, tivemos de fazer isso entre nós, sem ninguém... Mas, ainda assim, eu queria tê-lo avisado. Você me desculpa, não é?

Mostrou-se expansivo, deu detalhes, feliz de viver, na alegria egoísta de se sentir gordo e vitorioso, diante desse pobre diabo derrotado. Tudo estava dando certo para ele. Havia largado as crônicas, sentindo a necessidade de se instalar seriamente na vida; em seguida, chegara à direção de uma grande revista de arte; e diziam que recebia ali trinta mil francos por ano, sem contar todo o obscuro tráfico das vendas de coleções. A rapacidade burguesa que herdara de seu pai, essa herança de ganho que o havia atirado em ínfimas especulações desde que ganhara os primeiros tostões, agora se exibia abertamente, terminando por fazer dele um terrível personagem, que sangrava até à morte todos os artistas e os amadores que lhe caíam nas garras.

E era no meio dessa fortuna que Mathilde, todo-poderosa, acabava de levá-lo a implorar-lhe, chorando, que ela fosse sua esposa, o que ela orgulhosamente recusara durante seis meses.

– Quando se vive juntos, continuava ele, o melhor ainda é regularizar a situação. Hein? Você que já passou por isso, meu caro, você sabe do que estou falando... Se eu lhe disser que ela não queria, sim! Por medo de ser mal julgada e me prejudicar. Oh! Uma alma de uma grandeza, de uma delicadeza!... Não, veja, não se tem ideia das qualidades daquela mulher. Dedicada, sempre tomando cuidado comigo, econômica, e atenta, e de bom conselho... Ah! Foi uma sorte grande que eu a tenha encontrado! Não faço mais nada sem ela, eu deixo que ela faça, ela comanda tudo, estou dizendo!

A verdade é que Mathilde havia acabado de reduzi-lo à obediência temerosa de um menino, a quem a simples ameaça de ser privado de geleia faz ficar quieto. Uma esposa autoritária, faminta de respeito, devorada pela ambição e pelo lucro, tinha saído da antiga sem-vergonha impudica. Ela nem sequer o traía, com uma virtude azeda, uma mulher honesta, fora as práticas do passado, que ela conservava só para ele, para fazer dele o instrumento conjugal de seu poder. Diziam tê-los visto comungando em Notre--Dame-de-Lorette. Eles se beijavam na frente de todo mundo, chamavam-se com nomezinhos carinhosos. Só que, à noite, ele era obrigado a contar o que fizera em seu dia, e se uma hora ficasse suspeita, se ele não trouxesse até os centavos das quantias que recebia, ela o obrigava a passar uma noite horrível, ameaçando-o com doenças graves, esfriando a cama com suas recusas devotas, que ele acabava comprando seu perdão cada vez mais caro.

— Então, repetiu Jory, deliciando-se com sua história, esperamos que meu pai morresse e eu me casei com ela.

Claude, até então perdido em sua mente, balançando a cabeça sem ouvir, só ficou impressionado com a última frase.

— O quê, você se casou com ela?... Mathilde!

Ele colocou nessa exclamação seu espanto com a aventura, todas as lembranças que lhe voltavam da quitanda de Mahoudeau. Esse Jory, ele ainda parecia ouvi-lo falar dela em termos abomináveis, lembrava-se de suas confidências, uma manhã, na calçada, orgias românticas, horrores, nas profundezas da loja empesteada pelo cheiro forte das ervas. Todo bando tinha ido com ela, ele havia sido mais insultante do que os outros, e estava se casando com ela! De fato, um homem era estúpido de falar mal de uma amante, mesmo a mais baixa, pois ele nunca sabia se não iria desposá-la, um dia.

— Eh! Sim, Mathilde, respondeu o outro, sorrindo. Vá, ainda são essas velhas amantes que dão as melhores esposas.

Ele estava cheio de serenidade, com a memória morta, sem uma alusão, sem um embaraço sob o olhar de seus camaradas. Ela parecia vir de outro lugar, ele a apresentava, como se eles não a conhecessem tão bem quanto ele.

Sandoz, que dava um ouvido à conversa, muito interessado neste belo caso, exclamou quando se calaram:

– Hein? Vamos embora... Minhas pernas estão dormentes.

Mas, nesse momento, Irma Bécot apareceu e parou em frente ao bufê. Ela estava muito linda, seus cabelos que acabara de dourar, em seu brilho falsificado de cortesã ruiva, descendo de uma velha moldura do renascimento; e ela vestia uma túnica de brocado azul pálido, sobre uma saia de cetim coberta de rendas de Alençon, em uma tal riqueza que uma escolta de cavalheiros a acompanhava. Por um instante, ao ver Claude entre os outros, hesitou, tomada por uma vergonha covarde, diante daquele miserável, malvestido, feio e desprezado. Depois, voltou-lhe a coragem de seu antigo capricho, foi a ele que ela apertou a mão primeiro, no meio de todos esses homens corretos, arregalando os olhos surpresos. Ela ria com um ar de ternura, com uma zombaria amiga que franzia um pouco os cantos de sua boca.

– Sem rancor, ela lhe disse alegremente.

E aquela palavra, que eles eram os únicos a entender, redobrou seu riso. Continha toda a história deles. O pobre rapaz que ela fora obrigada a violentar, e que não tivera nenhum prazer!

Fagerolles já pagava as duas chartreuses e saía com Irma, quando Jory também decidiu seguir. Claude os viu se afastarem, todos os três, ela entre os dois homens, caminhando majestosamente entre a multidão, muito admirados, muito saudados.

– Percebe-se claramente que Mathilde não está aqui, disse simplesmente Sandoz. Ah! Meus amigos, que par de bofetões ele vai receber quando voltar!

Pediu a conta. Todas as mesas se esvaziavam, havia apenas uma confusão de ossos e de cascas. Dois garçons lavavam o mármore com uma esponja, enquanto outro, armado com um ancinho, raspava a areia, encharcada de cuspe, suja de migalhas. E, por trás da cortina de sarja marrom, eram agora os empregados que almoçavam, fazendo o barulho de mastigação forte, com risos de boca cheia, como se fosse um acampamento de ciganos raspando as panelas.

Claude e Sandoz deram uma volta pelo jardim, e descobriram uma figura de Mahoudeau, muito mal colocada, num canto, perto do vestíbulo do leste. Finalmente, lá estava a *Banhista* de pé, mas ainda menor, mal chegando à altura de uma menina de dez anos, e de uma elegância encantadora, suas coxas esguias, seus seios bem pequenos, com uma hesitação requintada de um botão desabrochando. Dela emanava um perfume, a graça que ninguém é capaz de dar e que floresce onde quer, teimosa e vivaz, crescendo ainda assim daqueles grossos dedos de operário, que se ignoravam a ponto de tê-la desconhecida por tanto tempo.

Sandoz não pôde deixar de sorrir.

– E pensar que esse sujeito fez de tudo para estragar seu talento!... Se estivesse melhor colocada, faria um grande sucesso.

– Sim, um grande sucesso, repetiu Claude. É muito linda.

Por acaso, viram Mahoudeau, já no vestíbulo, dirigindo-se para as escadas. Chamaram, correram e os três ficaram conversando por alguns minutos. A galeria do térreo se estendia, vazia, arenosa, iluminada com uma luz pálida por suas grandes janelas redondas; e poderia imaginar-se debaixo de uma ponte ferroviária: fortes pilares sustentavam as armações metálicas, um frio gelado soprava de cima, molhando o chão, onde os pés afundavam. Ao longe, atrás de uma cortina rasgada, se alinhavam as estátuas, os envios recusados de escultura, os gessos que os pobres escultores nem sequer retiravam, um necrotério esbranquiçado, lamentavelmente abandonado. Mas o que surpreendia, o que fazia levantar a cabeça, era o estrondo contínuo, o enorme pisotear do público no assoalho das salas. Ali era de ficar surdo, aquilo rolava de maneira desmedida, como se trens intermináveis, lançados a todo vapor, sacudissem sem parar as vigas de ferro.

Quando o cumprimentaram, Mahoudeau disse a Claude que procurara em vão por sua tela: no fundo de que buraco ela estava enfiada? Depois, preocupou-se com Gagnière e Dubuche, numa ternura do passado. Onde estavam aqueles *Salons* de outrora, quando as pessoas desembarcavam ali em bandos, as corridas furiosas pelas salas, como em país inimigo, os violentos desdéns na saída, então, as discussões que inchavam as línguas e esvaziavam os crânios! Ninguém mais via Dubuche. Duas ou três vezes por mês, Gagnière vinha de Melun, assustado, para um concerto; e se desinteressava tanto da pintura que nem viera ao *Salon*, onde, no entanto, tinha exposto sua paisagem habitual, a margem do Sena, que vinha enviando há quinze anos, em um bonito tom de cinza, consciencioso e tão discreto que o público nunca havia notado.

– Eu ia subir, retomou Mahoudeau. Sobem comigo?

Claude, empalidecido por um mal-estar, olhava para cima a todo segundo. Ah! Aquele rugido terrível, aquele galope devorador do monstro, cujo choque ele sentia até em seus membros!

Ele estendeu a mão sem falar.

– Você nos abandona?, gritou Sandoz. Dê outra volta conosco e depois vamos embora juntos.

Então, uma piedade apertou seu coração ao vê-lo tão cansado. Ele o sentia no fim de sua coragem, ansiando pela solidão, tomado pela necessidade de fugir sozinho; para esconder sua ferida.

– Então, adeus, meu velho... Amanhã, passo em sua casa.

Claude, cambaleante, perseguido pela tempestade de cima, desapareceu atrás dos arbustos do jardim.

E, duas horas depois, na sala do leste, Sandoz, que, depois de ter perdido Mahoudeau, acabava de reencontrá-lo com Jory e Fagerolles, percebeu Claude de pé diante de sua tela, exatamente no lugar onde o havia encontrado pela primeira vez. O infeliz, no momento de partir, voltara lá para cima, a contragosto, atraído, obcecado.

Era o abafamento ardente das cinco horas, quando a multidão, exausta de circular ao longo das salas, tomada pela vertigem dos rebanhos soltos em um parque, se assusta e se empurra, sem encontrar a saída. Desde o friozinho da manhã, o calor dos corpos, o cheiro dos hálitos, haviam tornado o ar pesado com um vapor ruivo; e a poeira dos assoalhos, voando, subia numa bruma fina, nessa exalação de lixo humano. Pessoas ainda perambulavam diante dos quadros, interessadas e atentas apenas pelos temas. Iam embora, voltavam, repisavam sem parar. As mulheres sobretudo, teimavam em fincar pé, até que os guardas as empurrassem para fora, ao primeiro toque das seis horas. Senhoras gordas tinham se escarrapachado. Outras, não tendo descoberto o menor canto para se sentar, apoiavam-se fortemente em suas sombrinhas, desfalecendo, mas obstinadas ainda assim. Todos os olhos inquietos e suplicantes observavam os bancos cheios de gente. E restava apenas, flagelando aqueles milhares de cabeças, o último sentimento de fadiga, que dobrava as pernas, estirava o rosto, devastava a testa com enxaqueca, aquela enxaqueca especial dos *Salons*, provocada pelo movimento contínuo do pescoço e pela dança ofuscante das cores.

Sozinhos, sobre o pufe em que contavam suas histórias desde o meio-dia, os dois senhores condecorados ainda conversavam tranquilamente, a cem léguas de distância. Talvez eles tivessem voltado ali, talvez nem mesmo tivessem se mexido.

– E assim, dizia o gordo, o senhor entrou fingindo que não compreendia?

– Perfeitamente, respondeu o magro, olhei para eles e tirei o chapéu. Hein? Era claro.

– Espantoso! O senhor é espantoso, meu caro amigo!

Mas Claude só ouvia as batidas abafadas de seu coração, só via a *Criança morta*, no alto, perto do teto. Não tirava os olhos dela, sentia o fascínio que o prendia ali, além de sua vontade. A multidão, em sua náusea de esgotamento, rodava em torno dele; pés esmagavam os seus, era empurrado, levado; e, como uma coisa inerte, abandonava-se, flutuava, voltava para o mesmo lugar, sem baixar a cabeça, ignorando o que acontecia embaixo, vivendo apenas para o que havia lá em cima, com seu trabalho, seu pequeno Jacques, inchado pela morte. Duas grossas lágrimas, imóveis entre suas pálpebras, o impediam de ver claramente. Parecia a ele que nunca teria tempo de ver o suficiente.

Então Sandoz, com sua profunda piedade, fingiu não ter visto seu velho amigo, como se quisesse deixá-lo sozinho, sobre o túmulo de sua vida fracassada. Novamente os camaradas passavam em grupo, Fagerolles e Jory aceleravam na frente; e, justamente, Mahoudeau tendo lhe perguntado onde estava o quadro de Claude, Sandoz mentiu, afastou-o, levou-o. Todos foram embora.

Naquela noite, Christine obteve apenas palavras curtas de Claude: tudo ia bem, o público não estava zangado, o quadro fazia um bom efeito, talvez um pouco alto. E, apesar dessa fria tranquilidade, ele estava tão estranho que ela foi tomada pelo medo.

Depois do jantar, quando ela voltava, levando pratos para a cozinha, não o encontrou mais à mesa. Ele havia aberto uma janela que dava para um terreno baldio, estava lá, tão debruçado que ela não o via. Então, aterrorizada, ela se precipitou, puxando-o violentamente pelo paletó.

– Claude! Claude! o que está fazendo?

Ele se voltou, pálido como um lençol, com os olhos enlouquecidos.

– Eu olho.

Mas ela fechou a janela com as mãos trêmulas e conservou disso uma tal angústia que não dormiu mais à noite.

XI

DESDE O DIA SEGUINTE QUE CLAUDE VOLTARA AO TRABALHO, e os dias correram, o verão passou, numa tranquilidade pesada. Tinha encontrado um serviço, pequenos quadros de flores para a Inglaterra, cujo dinheiro bastava para o pão quotidiano. Todas as suas horas disponíveis eram de novo consagradas à sua grande tela: já não mostrava mais as mesmas explosões de cólera, parecia resignar-se a esse labor eterno, com o ar calmo, de uma aplicação teimosa e sem esperança. Mas seus olhos permaneciam loucos, via-se neles uma espécie de morte da luz, quando se fixavam na obra fracassada de sua vida.

Por volta dessa época, Sandoz também teve uma grande tristeza. Sua mãe morreu, toda a sua existência foi abalada, aquela existência íntima a três, na qual poucos amigos penetravam. Passou a odiar o pavilhão da Rue Nollet. Aliás, um sucesso repentino havia se declarado na venda até então difícil de seus livros; e o casal, favorecido por essa riqueza, acabara de alugar um grande apartamento na Rue de Londres, cuja instalação o ocupou durante meses. Seu luto aproximou Sandoz ainda mais de Claude, em um nojo comum pelas coisas. Depois do terrível golpe do *Salon*, ele se inquietava por seu velho camarada, adivinhando nele uma fratura irreparável, alguma ferida por onde a vida escorria, invisível.

Depois, vendo-o tão frio, tão acomodado, ele terminou por se tranquilizar um pouco.

Frequentemente, Sandoz subia pela Rue Tourlaque, e quando acontecia de encontrar apenas Christine ali, ele a questionava, compreendendo que ela também estava vivendo o pavor de uma desgraça, da qual nunca falava. Tinha a face atormentada, os sobressaltos nervosos de uma mãe que cuida de seu filho e que treme ao ver a morte entrar ao menor ruído.

Certa manhã de julho, ele lhe perguntou:

– E então? Está contente? Claude está tranquilo, trabalhando bem.

Ela lançou seu olhar costumeiro para o quadro, um olhar oblíquo de terror e de ódio.

– Sim, sim, ele está trabalhando... Ele quer terminar tudo, antes de retomar a mulher...

E, sem admitir o medo que a obcecava, acrescentou mais baixo:

– Mas os olhos dele, notou os olhos dele?... Continua com seus olhos ruins. Eu, eu sei muito bem que ele está mentindo, com seu ar de não se zangar... Por favor, venha e leve-o, leve-o para distraí-lo. Ele não tem mais ninguém, a não ser o senhor, me ajude, me ajude!

A partir daí, Sandoz inventava motivos de passeio, chegava à casa de Claude pela manhã e o tirava do trabalho à força. Quase sempre, era preciso arrancá-lo de sua escada, onde permanecia sentado, mesmo quando não estava pintando. Prostrações interrompiam-no, um torpor que o embotava por longos minutos, sem que ele desse uma pincelada. Nesses momentos de contemplação muda, seu olhar voltava com fervor religioso para o rosto da mulher, que não tocava mais; era como o desejo hesitante de uma volúpia mortal, a infinita ternura e o pavor sagrado de um amor que ele não se permitia, na certeza de perder a vida ali. Então, ele voltava para as outras figuras, para o fundo da pintura, sabendo que ela sempre estava lá, tendo o olho vacilante quando a encontrava, dominando sua vertigem apenas enquanto não voltasse para sua carne e ela não o abraçasse.

Uma noite, Christine, que agora era recebida na casa de Sandoz, e que não perdia mais uma quinta-feira, na esperança de ver divertir-se ali sua grande criança, doente por ser artista, chamou o dono da casa de lado, implorando-lhe que viesse visitá-los no dia seguinte. E, no dia seguinte, Sandoz, tendo justamente que tomar algumas notas para um romance do outro lado da colina de Montmartre, foi forçar Claude, levando-o embora, desviando-o do trabalho até o anoitecer.

Naquele dia, como haviam descido até a Porte de Clignancourt, onde se realizava uma feira perpétua, com carrosséis, tiro ao alvo, bailinhos, surpreenderam-se ao se encontrarem subitamente diante de Chaîne, entronizado no meio de uma barraca vasta e rica. Era uma espécie de capela muito ornamentada: quatro conjuntos de rodas da fortuna ali se alinhavam, círculos carregados de porcelanas, vidrarias, bibelôs cujo verniz e dourado brilhavam como num relâmpago, com um tilintar de gaita quando a mão de um jogador lançava a roda, que rangia contra a palheta; até um coelho vivo, o maior prêmio, amarrado com fitas cor-de-rosa, valsava sem parar, bêbado de terror. E essas riquezas eram emolduradas por tecidos vermelhos, lambrequins, cortinas, entre as quais, nos fundos da loja, como no mais santo tabernáculo, viam-se pendurados três quadros, as três obras-primas de Chaîne, que o seguiam de feira em feira, de uma ponta a outra de Paris; a Adúltera no centro, a cópia de Mantegna à esquerda, o fogão de Mahoudeau à direita. À noite, quando os lampiões de querosene ardiam, as rodas zumbiam e brilhavam como estrelas, nada era mais bonito do que essas pinturas, com o roxo sangrento dos tecidos; e o povo boquiaberto se aglomerava.

Tal visão arrancou uma exclamação de Claude.

– Ah! Meu Deus!... Mas essas telas são muito boas! Foram feitas para isso.

O Mantegna, sobretudo, de uma secura ingênua, tinha o ar de uma imagem de Epinal desbotada, pregado ali para o prazer de gente simples; enquanto o fogão diminuto e torto, em simetria com o Cristo que parecia de massa, ganhava uma alegria inesperada. Mas Chaîne, que acabara de ver os dois amigos, estendeu a mão para eles, como se os tivesse deixado na véspera. Estava calmo, sem orgulho ou vergonha de sua barraca, e ele não tinha envelhecido, ainda com seu aspecto coriáceo, o nariz que desaparecia completamente entre as duas bochechas, a boca saburrenta de silêncio, enfiada na barba.

– Hein? Acabamos nos encontrando!, disse Sandoz alegremente. Sabe que seus quadros fazem um efeito danado.

– Esse malandro!, acrescentou Claude, ele tem seu pequeno *Salon* só para ele. Muito esperto!

O rosto de Chaîne brilhou, e ele soltou a palavra:

– Claro!

Então, no despertar de seu orgulho de artista, ele, de quem só se tiravam grunhidos, pronunciou uma frase inteira:

– Ah! Claro, se eu tivesse dinheiro como vocês, teria feito meu caminho, como vocês fizeram, apesar de tudo.

Era sua convicção. Ele nunca havia questionado seu talento, simplesmente abandonava a pintura, porque ela não o alimentava. No Louvre, diante das obras-primas, ele estava convencido de que só era preciso tempo.

– Vá, retomou Claude, tornando-se sombrio novamente, não se arrependa, só você é que teve sucesso... Está indo bem, não é? O comércio?

Mas Chaîne mastigou palavras amargas. Não, não, nada ia bem, nem mesmo as rodas da fortuna. O povo não jogava mais, todo o dinheiro ia para os comerciantes de vinho. Por mais que se comprassem refugos e se batesse na mesa com a palma da mão, para que a palheta não parasse nos melhores lotes: mal se tinha água para beber agora. Então, como gente havia se aproximado, ele se interrompeu, gritando com uma voz grossa que os outros dois não conheciam, e que os espantou:

– Olha, olha o jogo!... Todo mundo ganha!

Um operário, que trazia nos braços uma menininha doentia, com grandes olhos ávidos, jogou duas vezes. As rodas da fortuna rangiam, os bibelôs dançavam em um deslumbramento, o coelho vivo girava, girava, com suas orelhas dobradas, tão rápido que se apagava para se tornar apenas um círculo esbranquiçado. Houve uma forte emoção, a garotinha quase o ganhara.

Então, depois de apertar a mão ainda trêmula de Chaîne, os dois amigos se afastaram.

– Ele está feliz, disse Claude depois de uns cinquenta passos, dados em silêncio.

– Ele!, exclamou Sandoz, acha que perdeu o *Institut* e sofre por isso!

Algum tempo depois, em meados de agosto, Sandoz imaginou a distração de uma verdadeira viagem, um grande passeio que tomaria um dia inteiro. Ele havia encontrado Dubuche, um Dubuche devastado, inerte, que se mostrara queixoso e afetuoso, revirando o passado, convidando seus dois velhos camaradas para almoçar em La Richaudière, onde se encontrava sozinho por quinze dias ainda, com seus dois filhos. Por que não iriam surpreendê-lo, já que ele parecia tão ansioso para reatar? Mas Sandoz repetia em vão que Dubuche o fizera jurar que levaria Claude, este recusava obstinadamente, como se tomado de medo com a ideia de rever Bennecourt, o Sena, as ilhas, todo aquele campo em que anos felizes estavam mortos e enterrados. Christine teve de se envolver, e ele terminou por ceder, cheio de repugnância. Justamente, na véspera do dia combinado, ele trabalhara até muito tarde em seu quadro, retomado pela febre. Assim, de manhã, num domingo, devorado pela vontade de pintar, foi com dificuldade, numa espécie de arranque doloroso. De que servia voltar lá? Estava morto, não existia mais. Nada existia além de Paris, e mesmo assim, em Paris, havia apenas um horizonte, a ponta da Cité, essa visão que o assombrava sempre e em todos os lugares, esse canto único onde deixava seu coração.

No vagão, Sandoz, vendo-o nervoso, com os olhos fixos na porta, como se estivesse saindo por anos da cidade que decrescia aos poucos afogando-se em vapores, tentou ocupá-lo e contou-lhe o que sabia da verdadeira situação de Dubuche. Primeiro, o velho Margaillan, orgulhoso de seu genro premiado, mostrara-o e apresentara-o em todos os lugares, como sócio e sucessor. Ali estava alguém que iria conduzir os negócios habilmente, construir mais barato e mais bonito, porque o sujeito queimara as pestanas nos livros! Mas a primeira ideia de Dubuche foi deplorável: inventou um forno de tijolos e o instalou na Borgonha, em terrenos de seu sogro, em condições tão desastrosas, a partir de uma planta tão defeituosa, que a tentativa terminou com um prejuízo sem retorno de duzentos mil francos. Ele voltou-se então para as construções, em que pretendia aplicar visões pessoais, um conjunto muito amadurecido, que renovaria a arte de construir. Eram as velhas teorias que herdara dos camaradas revolucionários de sua juventude, tudo o que prometera realizar quando estivesse livre, mas mal digerido, aplicado fora de propósito, com o peso do bom aluno sem chama criativa: as decorações de terracota e de faiança, os grandes espaços envidraçados, sobretudo o emprego do ferro, as vigas de ferro, as escadas de ferro, os telhados de ferro; e, como esses materiais aumentam os custos, terminara novamente em uma catástrofe, ainda mais porque era um administrador lamentável, e perdera a cabeça desde que ficara rico, tornado ainda mais obtuso pelo dinheiro, avariado, desnorteado, perdendo até sua dedicação ao trabalho. Dessa vez o velho Margaillan se zangou, ele que há trinta anos comprava terrenos, construía, revendia, fazendo num relance os orçamentos para casas de aluguel; tantos metros de construção, a tanto por metro, devendo resultar em tantos apartamentos, a tanto o aluguel. O que lhe aprontara um sujeito que se equivocava sobre cal, tijolo, arenito, que punha carvalho onde o pinho devia bastar, que não se decidia a cortar um andar, em tantos quadradinhos quantos fossem necessários, como se fosse um pão santo! Não, não, isso não! Ele se revoltava contra a arte, depois de ter tido a ambição de introduzir um pouco dela em sua rotina, para satisfazer um velho tormento de ignorante. E, a partir daí, as coisas foram de mal a pior, brigas terríveis explodiram entre o genro e o sogro, um desdenhoso, refugiando-se atrás de seu conhecimento, o outro gritando que o último dos pedreiros, decididamente, sabia mais que um arquiteto. Os milhões periclitavam. Margaillan, um belo dia, atirou Dubuche porta afora de seus escritórios, proibindo-o de pôr os pés ali de novo, pois não servia nem mesmo para conduzir uma obra de quatro homens. Um desastre, uma falência lamentável, a bancarrota da Escola diante de um pedreiro!

Claude, que tinha se posto a ouvir, perguntou:

– Então, o que ele faz, agora?

– Não sei, provavelmente nada, respondeu Sandoz. Ele me disse que estava preocupado com a saúde de seus filhos e que cuidava deles.

Madame Margaillan, aquela mulher pálida, magra como a lâmina de uma faca, morrera de tuberculose; e era o mal hereditário, a degeneração, porque sua filha, Régine, tossia desde o casamento. Nesse momento, fazia um tratamento nas águas de Mont-Dore, onde não ousara levar seus filhos, que haviam passado mal no ano anterior por causa de uma temporada no ar muito vivo para a debilidade deles. Isso explicava a dispersão da família: a mãe, ali, com apenas uma camareira; o avô em Paris, onde retomara suas grandes obras, batendo-se no meio de seus quatrocentos operários, esmagando com seu desprezo os preguiçosos e os incapazes; e o pai, refugiado em La Richaudière, encarregado de zelar pela filha e pelo filho, internado ali, desde o primeiro confronto, como um inválido pelo resto da vida. Em um momento de expansão, Dubuche deu mesmo a entender que, como sua esposa tinha quase morrido em seu segundo parto e desmaiava ao menor contato mais vivo, ele tinha o dever de cessar todas as relações conjugais com ela. Nem mesmo tinha essa recreação.

– Um belo casamento, disse simplesmente Sandoz, para concluir.

Eram dez horas quando os dois amigos tocaram a campainha no portão da Richaudière. A propriedade, que eles não conheciam, os maravilhou: um bosque soberbo, um jardim francês com rampas e patamares que se desdobravam majestosamente, três estufas imensas, acima de tudo uma cascata colossal, uma loucura de rochedos trazidos ali, de cimento e canos de água, onde o proprietário havia despendido uma fortuna, pela vaidade de antigo gesseiro. E o que os impressionou ainda mais foi o deserto melancólico daquela propriedade, as avenidas tortuosas sem vestígios de passos, os vazios longínquos atravessados pelas raras silhuetas dos jardineiros, a casa morta na qual todas as janelas estavam fechadas, exceto duas, pouco entreabertas.

No entanto, um criado, que decidira aparecer, interrogou-os; e, quando soube que vinham visitar o senhor, mostrou-se insolente, e respondeu que o senhor estava atrás da casa, no ginásio. Depois entrou novamente.

Sandoz e Claude seguiram por uma alameda, saíram em frente a um gramado, e o que viram os deteve por um momento. Dubuche, de pé diante de um trapézio, erguia os braços para manter ali o filho Gastão, um pobre ser doentio que, aos dez anos, tinha os pequenos membros moles da infância; enquanto, sentada em um carrinho, a garotinha, Alice, esperava sua vez, nascida antes do tempo, tão mal-acabada, que ainda não conseguia andar aos 6 anos. O pai, absorto, continuou a exercitar os membros frágeis do menino, balançou-o, tentou em vão fazê-lo erguer-se com seus punhos; depois, como este pequeno esforço bastara para fazê-lo suar, carregou-o e enrolou-o num cobertor: tudo isso em silêncio, isolado sob o céu largo; de uma piedade dolorosa no meio daquele belo parque. Mas, ao se levantar, viu os dois amigos.

– Como? São vocês!... Num domingo, e sem avisar!

Fez um gesto de pena, explicou logo que aos domingos a camareira, a única mulher a quem ousava confiar as crianças, ia a Paris, e que, com isso, era-lhe impossível deixar Alice e Gaston por um minuto.

– Eu aposto que vocês vieram almoçar?

A um olhar suplicante de Claude, Sandoz apressou-se a responder:

– Não, não justamente, só viemos para apertar sua mão... Claude teve de vir na região por causa de negócios. Sabe, ele morou em Bennecourt. E, como eu o acompanhei, tivemos a ideia de chegar até aqui. Mas estão nos esperando, não se incomode.

Então Dubuche, aliviado, fingiu retê-los. Eles deviam ter pelo menos uma hora, que diabo! E os três papearam. Claude olhava para ele, surpreso por encontrá-lo tão velho: o rosto inchado e enrugado, de um amarelo com veias vermelhas, como se a bile tivesse respingado em sua pele; enquanto os cabelos e bigodes já estavam ficando grisalhos. Além disso, o corpo parecia ter se derreado, um cansaço amargo pesava em cada gesto. Então, as derrotas do dinheiro eram tão pesadas quanto as da arte? A voz, o olhar, tudo nesse vencido revelava a vergonhosa dependência em que devia estar vivendo, a falência de seu futuro que lhe jogavam na cara, a contínua acusação de ter posto no contrato um talento que não possuía, o dinheiro da família que ele roubava hoje, o que ele comia, as roupas que vestia, o dinheiro miúdo de que precisava, enfim, as contínuas esmolas que lhe davam, como a um trapaceiro vulgar, do qual não podiam se livrar.

– Esperem por mim, retomou Dubuche, tenho de ficar ainda cinco minutos com um dos meus pobres bebês, e vamos para casa.

Suavemente, com infinitas precauções de mãe, ele tirou a pequena Alice do carrinho, ergueu-a até o trapézio; e ali, gaguejando coisas carinhosas, fazendo-a rir, ele a encorajou, deixou-a pendurada por dois minutos, para desenvolver seus músculos; mas permanecia com seus braços abertos, acompanhando cada movimento, com o temor de vê-la se quebrar se ela, por causa do cansaço, soltasse suas frágeis mãos cor de cera. Ela não dizia nada, tinha grandes olhos pálidos, obediente, apesar do terror desse exercício, e uma leveza tão lamentável que sequer tendia as cordas, como um desses passarinhos esquálidos que caem dos galhos sem vergá-los.

Nesse momento, Dubuche, ao dar uma olhada para Gaston, entrou em pânico, percebendo que o cobertor havia escorregado e que as pernas da criança estavam descobertas.

– Meu Deus! Meu Deus! Assim ele vai pegar um resfriado, nessa grama! E eu que não posso me mexer!... Gastão, meu fofinho! É a mesma coisa todos os dias: você espera que eu esteja ocupado com sua irmã... Sandoz, cubra-o, por favor!... Ah! Obrigado, assente de novo a coberta, não tenha medo!

Era isso que seu belo casamento tinha feito da carne de sua carne, aqueles dois seres inacabados e vacilantes, que o menor sopro do céu ameaçava matar como moscas. Da fortuna que desposara, só lhe restava isso, a contínua tristeza de ver seu sangue se estragar, doloroso, naquele filho, naquela filha, lamentáveis, que iriam apodrecer sua raça, caída até a decadência última da escrófula e da tísica. E, nesse rapaz gordo e egoísta, um pai admirável havia se revelado, um coração inflamado por uma única paixão. Não tinha mais nada, a não ser a vontade de fazer seus filhos viverem, lutava hora por hora, salvava-os a cada manhã, com medo de perdê-los a cada noite. Agora só eles existiam, no meio de sua existência finita, na amargura das recriminações insultantes de seu sogro, dos dias tediosos e das noites geladas que sua triste esposa lhe trazia; e ele persistia, queria mantê-los no mundo por um milagre contínuo de ternura.

– Pronto, minha bebezinha, já chega, não é? Você vai ver como ficará grande e bonita!

Voltou a pôr Alice no carrinho, pegou Gaston, sempre coberto, em um de seus braços; e, como seus amigos queriam ajudá-lo, recusou, pôs-se a empurrar a menininha com sua mão livre.

– Obrigado, estou acostumado com isso. Ah! Os coitadinhos, não são pesados... E depois, com os criados, nunca se tem certeza.

Ao entrar na casa, Sandoz e Claude viram o camareiro que se mostrara insolente; e perceberam que Dubuche tremia diante dele. A copa e cozinha, desposando o desprezo do sogro que pagava, tratavam o marido de Madame como um mendigo tolerado por caridade. A cada camisa que lhe preparavam, a cada pedaço de pão que ousava pedir novamente, sentia a esmola no gesto indelicado dos criados.

– Então, adeus, nós o deixamos, disse Sandoz, que sofria por ele.

– Não, não, esperem um momento. As crianças vão almoçar, e os acompanharei com elas. Eles precisam dar um passeio.

Cada dia era assim regulado hora por hora. De manhã, a ducha, o banho, a sessão de ginástica, depois o almoço, que era uma complicação, porque eles precisavam de comida especial, discutida, pesada, e chegavam até a amornar a água que tomavam com um pouquinho de vinho, com medo de que uma gota mais fria lhes desse um resfriado. Naquele dia, tiveram uma gema de ovo diluída em caldo, e um miolo de costeleta, que o pai cortou para eles em pedaços bem pequenos. Depois, vinha a caminhada, antes da sesta.

Sandoz e Claude se acharam fora mais uma vez, ao longo das largas avenidas, com Dubuche, que novamente empurrava o carrinho de Alice; enquanto Gaston agora caminhava ao lado dele. Conversaram sobre a propriedade, indo em direção ao portão. O dono da casa lançava um olhar tímido e preocupado para o vasto parque, como se não se sentisse em casa. De resto, não sabia de nada, não cuidava de nada. Parecia ter esquecido até mesmo sua profissão de arquiteto, que o acusavam de não conhecer, desorientado, aniquilado pela ociosidade.

– E seus pais, como estão?, perguntou Sandoz.

Uma chama reacendeu os olhos apagados de Dubuche.

– Oh! Meus pais, eles estão felizes. Comprei uma casinha para eles, onde vivem com a renda que especifiquei no contrato de casamento... Não é mesmo? Mamãe tinha avançado muito dinheiro para minha educação, eu precisava devolver, como havia prometido... Quanto a isso, posso dizer: meus pais não têm nada a me censurar.

Chegaram ao portão, pararam por alguns minutos. Enfim, ele sacudiu com seu ar alquebrado as mãos de seus velhos camaradas; depois, conservando a de Claude por um momento entre as suas, concluiu, por simples observação, na qual nem sequer havia raiva:

– Adeus, tente sair dessa... Eu fracassei minha vida.

E viram-no voltar, empurrando Alice, amparando os passos já trôpegos de Gastão, ele próprio com as costas encurvadas e o andar pesado de um velho.

Era uma hora, e ambos se apressaram em correr para Bennecourt, entristecidos, famintos. Mas outras melancolias os esperavam ali, um vento mortífero tinha passado por lá: os Faucheurs, o marido, a mulher, o velho Poirette estavam mortos; e o albergue, que havia caído nas mãos dessa idiota de Mélie, tornara-se repugnante de sujeira e grosseria. Serviram-lhes um almoço abominável, com fios de cabelo na omelete, costeletas cheirando a banha, no meio da sala grande, aberta para a pestilência da fossa de estrume, tão cheia de moscas, que as mesas ficavam pretas. O calor da tarde escaldante de agosto entrava junto com o fedor, não tiveram nem coragem de pedir o café, foram embora rapidamente.

– E você que celebrava as omeletes da velha Faucheu!, disse Sandoz. Uma casa acabada... Vamos dar uma volta, não vamos?

Claude ia recusar. Desde a manhã só tinha uma pressa, andar mais rápido, como se cada passo abreviasse aquela maçada e o levasse de volta a Paris. Seu coração, sua cabeça, todo o seu ser tinha ficado lá. Não olhava nem à direita nem à esquerda, apressado, sem distinguir nada dos campos ou das árvores, tendo no crânio apenas a sua ideia fixa, numa tal alucinação que, por vezes, a ponta da Cité lhe parecia erguer-se e chamá-lo em meio dos campos ceifados. No entanto, a proposta de Sandoz despertava nele lembranças; e, com uma moleza que o invadia, respondeu:

– Sim, é isso, vamos ver.

Mas, à medida que avançava pela margem, revoltou-se dolorosamente. Ele mal reconhecia o lugar. Uma ponte havia sido construída para ligar Bonnières a Bennecourt: uma ponte, meu Deus! Em vez daquela velha barcaça que rangia em sua corrente, e cuja nota escura, cortando a água, era tão interessante! Além disso, a barragem construída a jusante, em Port-Villez, tendo elevado o nível do rio, a maioria das ilhas se achavam submersas, as pequenas ramificações, alargadas. Acabaram os cantos bonitos, não havia mais fios de água em movimento, onde era possível se perder, um desastre que fazia todos os engenheiros da Marinha merecerem o estrangulamento!

– Olhe! Aquele conjunto de salgueiros que emergem ainda à esquerda era Le Barreux, a ilha onde íamos bater um papo na grama, lembra-se? Ah, que miseráveis!

Sandoz, que não podia ver uma árvore sendo cortada sem mostrar o punho para o lenhador, empalidecia com a mesma raiva, exasperado que tivessem se permitido estragar a natureza.

Então, Claude, quando se aproximou de sua antiga moradia, ficou mudo, com os dentes cerrados. A casa tinha sido vendida a burgueses, havia agora lá uma grade, contra a qual ele pressionou o rosto. As roseiras estavam mortas, os abricoteiros estavam mortos; o jardim, muito limpo, com seus caminhinhos, seus canteiros de flores e legumes rodeados de buxinho, se refletia numa grande bola de vidro estanhado, colocada sobre um pé, bem no meio; e a casa, pintada recentemente, imitando, nos cantos e nos enquadramentos, falsa pedra de cantaria, tinha um jeito endomingado e desajeitado de um camponês novo rico, o que enfureceu o pintor. Não, não, não restava nada dele, nada de Christine, nada daquele grande amor de juventude! Ele quis ver de novo, subiu atrás da casa, procurou o pequeno bosque de carvalho, aquele canto de verdura onde haviam deixado a viva emoção do primeiro abraço; mas o bosquezinho estava morto, morto com o resto, derrubado, vendido, queimado. Ele teve um gesto de maldição, jogou sua dor em todo esse campo tão alterado, onde não encontrava nenhum vestígio de sua existência. Então alguns anos bastavam para apagar o lugar onde se trabalhou, gozou e sofreu? De que serve esta vã agitação se o vento, atrás do homem que caminha, varre e leva embora o rastro de seus passos? Bem que ele havia sentido que não devia ter vindo, pois o passado era apenas o cemitério de nossas ilusões, os pés topavam em túmulos.

– Vamos sair daqui!, gritou, vamos rápido! É estúpido partir o coração assim!

Na nova ponte, Sandoz tentou acalmá-lo, mostrando-lhe um motivo que não existia antes, o fluxo do Sena alargado, rolando até a borda, soberbamente lento. Mas essa água não interessava mais a Claude. Ele fez uma única reflexão: era a mesma água que, atravessando Paris, havia descido contra os velhos cais da Cité; e ela então o comoveu, inclinou-se por um momento para a frente, acreditando ver ali reflexos gloriosos, as torres de Notre-Dame e a agulha da Sainte-Chapelle que a corrente levava ao mar.

Os dois amigos perderam o trem das três horas. Foi um suplício passar mais duas longas horas naquele lugar tão pesado para os ombros deles. Felizmente, tinham avisado em casa que voltariam em um trem noturno se fossem retidos. Resolveram então jantar como solteiros, num restaurante da Place du Havre, para tentar se recuperar, conversavam durante a sobremesa, como outrora. Oito horas estavam prestes a bater quando eles se sentaram à mesa.

Claude, saindo da estação, com os pés na calçada de Paris, havia parado de se agitar nervosamente, como um homem que enfim chegava em casa. E ele ouvia, com o ar frio e absorto que agora mantinha, as palavras tagarelas com as quais Sandoz tentava animá-lo. Este o tratava como a uma amante que queria deixar atordoada: pratos finos e apimentados, vinhos que embriagam. Mas a alegria permanecia rebelde, o próprio Sandoz foi ficando sombrio. Aquela paisagem ingrata, aquela Bennecourt tão querida e que se esquecia, na qual não haviam encontrado uma pedra sequer que lhes preservasse a memória, abalava nele todas as esperanças de imortalidade. Se as coisas, que possuem a eternidade, se esqueciam tão rapidamente, seria possível esperar que a memória dos homens conservasse uma hora que fosse?

– Você vê, meu velho, é o que me dá suores frios, às vezes... Você já pensou nisso, você, que a posteridade talvez não seja a impecável justiceira com a qual sonhamos? Encontramos consolo quando somos insultados, negados, contamos com a imparcialidade dos séculos vindouros, somos como o fiel que suporta a abominação desta terra na firme crença em outra vida, onde cada um será tratado segundo seus méritos. E se não existisse paraíso nem para o artista, nem para o católico, se as gerações futuras se enganassem, como seus contemporâneos se enganaram, continuando o mal-entendido, preferindo pequenas bobagens amáveis às obras fortes!... Ah! Que embuste, hein? Que existência de galera, pregado no trabalho, por causa de uma quimera!... Note que é bem possível, afinal. Há admirações consagradas pelas quais eu não daria nem dois tostões. Por exemplo, o ensino clássico deformou tudo, impondo a nós sujeitos corretos e fáceis como se fossem gênios a quem podemos preferir os temperamentos livres, de produção desigual, conhecidos apenas pelos eruditos.

A imortalidade, portanto, pertenceria apenas à média burguesia, àqueles que nos enfiam violentamente em nossos crânios, quando ainda não temos forças para nos defender... Não, não, não devemos dizer essas coisas, elas me fazem estremecer! Eu conservaria a coragem para o meu trabalho, ficaria de pé sob as vaias, se não tivesse mais a consoladora ilusão de que um dia serei amado!

Claude o ouvira com seu ar acabrunhado. Então ele fez um gesto de amarga indiferença.

– Bah! O que importa? Não há nada... Somos ainda mais loucos do que os imbecis que se matam por uma mulher. Quando a terra arrebentará no espaço como uma noz seca, nossas obras não acrescentarão nem um átomo ao seu pó.

– Isso é bem verdade!, concluiu Sandoz, muito pálido. De que adianta querer preencher o nada?... E dizer que sabemos disso, e que nosso orgulho persiste!

Deixaram o restaurante, vagaram pelas ruas, acabaram de novo nos fundos de um café. Filosofavam, tinham chegado às lembranças da infância, que afogavam ainda mais seus corações de tristeza. Uma hora da manhã soava, quando decidiram ir para casa.

Mas Sandoz falou em acompanhar Claude até a Rue Tourlaque. A noite de agosto estava soberba, quente, crivada de estrelas. E, ao fazerem um desvio, subindo pelo Quartier de l'Europe, passaram em frente ao antigo Café Baudequin, no boulevard des Batignolles. O proprietário havia mudado três vezes; a sala não era mais a mesma, repintada, disposta de forma diferente, com as duas mesas de bilhar à direita; e as camadas de consumidores que se sucederam ali, uma recobrindo as outras, de modo que as mais velhas desapareciam como povos soterrados. No entanto, a curiosidade, a emoção provocada por todas as coisas mortas que acabavam de remexer juntos, os fez atravessar o boulevard, para dar uma olhada no café, pela porta escancarada. Queriam rever a velha mesa de outrora, no fundo, à esquerda.

– Oh! Olhe!, disse Sandoz, espantado.

– Gagnière!, murmurou Claude.

Era Gagnière, com efeito, sozinho naquela mesa, no fundo da sala vazia. Devia ter vindo de Melun para um daqueles concertos de domingo dos quais se entregava como a uma devassidão; depois, à noite, perdido em Paris, subiu ao Café Baudequin, por causa de um velho hábito das pernas. Nenhum dos camaradas voltava a pôr os pés ali, e ele, testemunha de uma outra época, teimava, solitário. Ele ainda não havia tocado em seu chopp, olhava para ele, tão pensativo, que os garçons começaram a colocar as cadeiras nas mesas para a varrida do dia seguinte, sem que ele se mexesse.

Os dois amigos apressaram o passo, preocupados com aquela figura vaga, tomados pelo terror infantil das almas do outro mundo. E se separaram na Rue Tourlaque.

– Ah! Esse triste Dubuche!, disse Sandoz, apertando a mão de Claude, foi ele quem estragou nosso dia.

Desde novembro, quando todos os velhos amigos haviam retornado, Sandoz pensou em reuni-los para um de seus jantares de quinta-feira, como tinha conservado o costume. Era sempre a melhor de suas alegrias: a venda de seus livros aumentava, tornando-o rico; o apartamento da Rue de Londres tomava ares de grande luxo, ao lado da casinha burguesa de Batignolles; e ele permanecia imutável. Além disso, desta vez ele estava tramando, com sua bonomia, de dar a Claude uma verdadeira distração, organizando uma de suas queridas noitadas de juventude. Por isso, tomou cuidado com os convites: Claude e Christine, naturalmente; Jory e sua esposa, esta que eram obrigados a receber desde o casamento; depois Dubuche, que sempre vinha só; Fagerolles, Mahoudeau, Gagnière enfim. Seriam dez, e apenas camaradas do velho bando, nem um intruso sequer, para que a boa harmonia e a alegria fossem completas.

Henriette, mais desconfiada, hesitou quando decidiram a lista de convidados.

– Oh! Fagerolles? Você acha, Fagerolles com os outros? Eles não gostam muito dele... E Claude também não, aliás, pensei ter notado um frio entre eles...

Mas ele a interrompeu, não querendo admitir.

– Como? Um frio?... Engraçado, as mulheres não entendem quando estamos brincando. No fundo, isso não impede de ter o coração no lugar certo.

Naquela quinta-feira, Henriette quis cuidar bem do cardápio. Ela agora tinha toda uma pequena equipe para dirigir, uma cozinheira, um camareiro; e, se não fazia mais pratos ela própria, continuava a manter a cozinha fazendo comida muito delicada, por ternura pelo marido, cujo único vício era a gula. Ela acompanhou a cozinheira ao mercado, passou pessoalmente nos fornecedores. O casal tinha o gosto pelas curiosidades gastronômicas de todo o mundo. Desta vez, optou por uma sopa de rabada, salmonete grelhado, um filé com cogumelos porcinos, raviólis à italiana, perdizes da Rússia e uma salada de trufas, sem contar caviar e anchovas da Noruega nas entradas, sorvete de praliné, pequeno queijo húngaro cor de esmeralda, frutas, doces. Como vinho, simplesmente velho bordeaux nas jarras, chambertin com o assado, e um espumante da Moselle na sobremesa, substituindo o champagne, considerado banal.

A partir das sete horas, Sandoz e Henriette esperaram seus convidados, ele com uma jaqueta simples, ela muito elegante com um vestido liso de cetim preto. As pessoas vinham à sua casa de sobrecasaca, livremente. A sala de estar, que acabavam de arrumar, estava repleta de velhos móveis, velhas tapeçarias antigas, bibelôs de todos os povos e de todos os séculos, uma inundação crescente, transbordando agora, mas que começara em Batignolles pelo velho pote de Rouen, que ela lhe dera num dia de festa. Eles corriam juntos pelos brechós, tinham uma vibração alegre em comprar; e assim ele satisfazia velhos desejos juvenis, ambições românticas, nascidas há muito tempo de suas primeiras leituras; tanto que esse escritor, tão ferozmente moderno, se alojava em móveis carcomidos da Idade Média, na qual sonhara viver aos quinze anos. Como desculpas, dizia, rindo, que os móveis finos de hoje custavam muito caro, ao passo que rapidamente se conseguia um belo aspecto e um belo colorido com coisas velhas, mesmo comuns. Não tinha nada de um colecionador, gostava da decoração, dos grandes efeitos de conjunto; e a sala, de fato, iluminada por dois velhos abajures em velha porcelana de Delft, ganhava tons desbotados muito suaves e muito calorosos, os ouros apagados desbotados das dalmáticas que estofavam as poltronas, as incrustações amarelecidas dos armários italianos e das vitrinas holandesas, os matizes que se fundiam nas portas orientais, as centenas de pequenas notas de marfim, faiança, esmalte, empalidecidos pelo tempo e destacando-se contra as cortinas neutras do cômodo, de um vermelho sombrio.

Claude e Christine foram os primeiros a chegar. Ela tinha posto seu único vestido de seda preta, um vestido gasto, acabado, que mantinha com extremo cuidado, para ocasiões semelhantes. Imediatamente, Henriette pegou suas duas mãos, puxando-a para um sofá. Ela a amava muito, questionava-a, vendo-a estranha, com seus olhos inquietos em sua palidez tocante. O que tinha? Estava doente? Não, não, respondeu que estava muito alegre, muito feliz por vir; e seus olhos, a cada minuto, se voltavam para Claude, como se para estudá-lo, e depois se desviavam. Ele parecia animado, com uma febre de palavras e gestos que não mostrava há vários meses. Só que, às vezes, essa agitação diminuía, e ficava silencioso, com os olhos arregalados e perdidos, fixos em algum lugar, ao longe, no vazio, em alguma coisa que parecia chamá-lo.

– Ah! Meu velho, disse ele a Sandoz, terminei seu livro esta noite. É muito forte, você acabou com eles desta vez.

Ambos conversaram em frente à lareira, onde a lenha queimava. O escritor, de fato, acabara de publicar um novo romance; e, embora a crítica não desarmasse, havia finalmente, em torno deste último, aquele rumor de sucesso que consagra um homem, sob os ataques persistentes de seus adversários. Aliás, não tinha ilusões, sabia muito bem que a batalha, mesmo vitoriosa, recomeçaria com cada um de seus livros. O grande trabalho de sua vida avançava, essa série de romances, esses volumes que ele lançava um após o outro, com mão obstinada e constante, avançando para a meta que se propusera, sem se deixar vencer por nada, obstáculos, insultos, fadigas.

– É verdade, respondeu alegremente, estariam enfraquecendo desta vez? Há até um que fez a infeliz concessão de reconhecer que sou um homem honesto. É assim que tudo degenera!... Mas, vá! Eles se recuperam. Conheço alguns cuja cabeça é muito diferente da minha para que algum dia aceitem minha fórmula literária, minhas audácias de linguagem, meus personagens fisiológicos, evoluindo sob a influência do ambiente; e estou falando de colegas respeitáveis, deixo de lado os imbecis e os canalhas... A melhor maneira, você vê, de trabalhar com galhardia, é não esperar nem boa-fé nem justiça. É preciso morrer para ter razão.

Os olhos de Claude haviam sido bruscamente dirigidos para um canto da sala, perfurando a parede, indo bem longe, onde algo o havia chamado. Então, eles se perturbaram e retornaram, enquanto dizia:

– Bah! Fale por você. Se eu morresse, estaria no erro... Não importa, seu livro me deu uma febre danada. Quis pintar hoje, impossível! Ah! Ainda bem que eu não consigo ter ciúmes de você, caso contrário, você me deixaria muito infeliz.

Mas a porta se abriu e Mathilde entrou, seguida por Jory. Ela estava vestida com uma rica toalete, uma túnica de veludo cor de fogo, sobre uma saia de cetim cor de palha, com brilhantes nas orelhas e um grande buquê de rosas no corpete. E o que surpreendeu Claude foi que ele não a reconhecia; havia se tornado muito gorda, roliça e loira, da magra e morena que havia sido. Sua inquietante feiura de rameira fundia-se num rosto cheio de burguesa, sua boca com seus buracos negros mostrava agora dentes brancos demais, quando condescendia em sorrir, com um levantar desdenhoso dos lábios. Sentia-se que era respeitável com exagero, seus 45 anos lhe deram peso, ao lado de seu marido mais jovem, que parecia ser seu sobrinho. A única coisa que ela conservava era uma violência de perfumes, afogava-se nas essências mais fortes, como se tentasse arrancar de sua pele os aromas de ervas com que a velha loja a impregnara; mas a amargura do ruibarbo, a acidez do sabugueiro, o picante da hortelã persistiam; e a sala de estar, assim que ela a atravessou, encheu-se de um cheiro indefinível de farmácia, corrigido por um toque de almíscar.

Henriette, que havia se levantado, fez com que ela se sentasse em frente a Christine.

– Conhecem-se, não é? Já se encontraram aqui.

Mathilde olhou friamente para a roupa modesta daquela mulher que, dizia-se, vivera muito tempo com um homem antes de se casar. Ela era de um rigor excessivo nesse ponto, desde que a tolerância do mundo literário e artístico tinha permitido que ela própria fosse admitida em alguns salões. Aliás, Henriette, que a execrava, retomou a conversa com Christine, depois das estritas cortesias de convenção.

Jory havia apertado a mão de Claude e de Sandoz. E, de pé com eles, diante da lareira, desculpava-se com este último por um artigo que havia aparecido naquela mesma manhã em sua revista, que maltratava o romance do escritor.

– Meu caro, você sabe, nunca se é patrão em casa... Eu deveria fazer tudo, mas tenho tão pouco tempo! Imagine que eu nem havia lido esse artigo, confiando no que me disseram. Assim, você adivinha minha cólera, quando eu o percorri agora há pouco... Sinto muito, sinto muito...

– Deixe disso, está na ordem das coisas, respondeu Sandoz tranquilamente. Agora, que meus inimigos estão começando a me elogiar, é preciso que sejam os meus amigos que me ataquem.

De novo, a porta se entreabriu e Gagnière se esgueirou suavemente, com seu ar vago de sombra insignificante. Ele viera direto de Melun, e sozinho, pois não mostrava sua esposa a ninguém. Quando vinha jantar assim, trazia nos sapatos a poeira provinciana, que levava de volta na mesma noite, retomando o trem noturno. De resto, não mudava, a idade parecia torná-lo mais jovem, ele alourava à medida que envelhecia.

– Vejam só! Mas Gagnière está aí!, gritou Sandoz.

Então, quando Gagnière se decidia cumprimentar as senhoras, Mahoudeau fez sua entrada. Ele já branqueara, com o rosto cavado e selvagem, onde tremeluziam olhos de infância. Ele ainda usava calças muito curtas, uma sobrecasaca que enrugava nas costas, apesar do dinheiro que agora ganhava; pois o negociante de bronze, para quem trabalhava, havia lançado estatuetas encantadoras feitas por ele, que começavam a ser vistas em lareiras e consoles burgueses.

Sandoz e Claude se viraram, curiosos para presenciar esse encontro de Mahoudeau com Mathilde e Jory. Mas a coisa aconteceu de forma muito simples. O escultor curvava-se respeitosamente diante dela quando o marido, com seu ar de serena inconsciência, achou que deveria apresentá-la a ele, pela vigésima vez talvez.

– Eh! É minha mulher, camarada! Portanto, apertem as mãos!

Então, muito graves, como as pessoas cerimoniosas que são forçadas a uma familiaridade um tanto precipitada, Mathilde e Mahoudeau apertaram as mãos. Só que, assim que este se livrou dessa obrigação e encontrou Gagnière em um canto da sala, ambos se puseram a rir sarcasticamente e a relembrar com palavras terríveis as abominações do passado. Hein? Hoje tinha dentes, ela que antes não podia morder, felizmente!

Esperavam Dubuche, pois ele havia prometido formalmente vir.

– Sim, explicou Henriette em voz alta, seremos apenas nove. Fagerolles nos escreveu esta manhã, pedindo desculpas: um jantar oficial, de repente, onde ele é forçado a aparecer... Vai dar uma fugida e escapará para se juntar a nós por volta das onze horas.

Mas, neste momento, trouxeram uma mensagem. Era Dubuche que telegrafara: "Impossível sair daqui. Preocupante tosse de Alice".

– Pois bem, seremos apenas oito!, retomou Henriette, com a resignação desgostosa de uma dona da casa que vê seus convidados diminuírem.

E, como o camareiro abrira a porta da sala de jantar, anunciando que o jantar estava posto, ela acrescentou:

– Estamos ao completo... Ofereça-me seu braço, Claude.

Sandoz tomou o de Mathilde, Jory se encarregou de Christine, enquanto Mahoudeau e Gagnière o seguiam, continuando a brincar grosseiramente sobre o que chamavam de o estofamento da bela herborista.

A sala de jantar em que entraram, muito grande, tinha uma viva luz alegre, ao saírem da claridade discreta da sala de estar. As paredes, cobertas de velhas faianças, tinham tons divertidos de imagens de Épinal. Dois aparadores, um de cristais, e outro de prataria, brilhavam como vitrines de joias. E sobretudo a mesa resplandecia no meio, como uma capela ardente, sob o lustre suspenso e guarnecido de velas, com a brancura de sua toalha, que destacava a bela ordem dos pratos, dispostos em torno do buquê central, uma cesta de rosas púrpuras.

Sentaram-se, Henriette entre Claude e Mahoudeau, Sandoz com Mathilde e Christine de cada lado, Jory e Gagnière em cada extremidade, e o criado mal tinha acabado de servir a sopa quando Madame Jory soltou uma frase infeliz. Querendo ser amável, não tendo ouvido as desculpas de seu marido, ela disse ao dono da casa:

– E então, gostou do artigo desta manhã, o próprio Edouard revisou as provas com tanto cuidado!

Com isso, Jory se perturbou, gaguejou:

– Mas não! Mas não! É muito ruim, esse artigo, você sabe muito bem que foi para a impressão durante minha ausência, na outra noite.

Com o silêncio constrangedor que se fez, ela compreendeu sua gafe. Mas agravou a situação, lançando-lhe um olhar agudo, respondendo bem alto, para o envergonhar e se negar qualquer responsabilidade:

– Outra de suas mentiras! Repito o que você me disse... Não quero que você me faça parecer ridícula, está me ouvindo?

Isso gelou o início do jantar. Em vão, Henriette recomendou as anchovas, só Christine as achou muito boas. Sandoz, a quem o embaraço de Jory divertia, lembrou-lhe alegremente, quando o salmonete grelhado chegou, de um almoço que haviam feito juntos em Marselha, outrora. Ah! Marselha, a única cidade onde se pode comer!

Claude, absorto por um momento, parecia sair de um sonho, para perguntar, sem transição:

– Já foi decidido? Escolheram os artistas para as novas decorações da Prefeitura?...

– Não, disse Mahoudeau, ainda vai acontecer... Eu não vou ter nada, não conheço ninguém... O próprio Fagerolles está muito inquieto. Se não está aqui esta noite, é porque as coisas não avançam por si só... Ah! Ele já teve suas vacas gordas, tudo agora está se estragando, arrebentando, aquela pintura valendo milhões!

Ele riu com um riso de rancor enfim satisfeito, e Gagnière na outra ponta da mesa soltou o mesmo riso de escárnio. Depois, aliviavam-se com palavras maldosas, regozijavam-se com o desastre que consternava o mundo dos jovens mestres. Era fatal, os tempos anunciados haviam chegado, a alta exagerada dos quadros terminava em catástrofe. Desde que o pânico se instalara entre os amadores, tomados pelo descontrole de quem joga na bolsa, quando sopra o vento da queda, os preços desabavam dia a dia, mais nada se vendia. E deviam ver o famoso Naudet no meio da derrocada! A princípio resistira, inventara o truque do americano, o quadro único escondido no fundo de uma galeria, solitário como um deus, o quadro cujo preço nem queria dizer, com a certeza desdenhosa de não poder encontrar um homem rico o bastante e que, finalmente, vendeu por duzentos ou trezentos mil francos a um negociante de porcos de Nova York, glorioso por obter a tela mais cara do ano. Mas esses casos nunca recomeçaram, e Naudet, cujas despesas haviam crescido com os ganhos, arrastado e engolido pelo movimento louco que ele próprio havia causado, ouvia agora sua mansão real desmoronando sob os pés, que ele tinha que defender contra o assalto dos cobradores.

– Mahoudeau, não quer mais cogumelos?, interrompeu Henriette amavelmente.

O criado apresentou o filé, comiam, esvaziavam as garrafas de vinho; mas o clima azedo era tal que as coisas boas passavam sem serem provadas, o que desconsolava a dona e o dono da casa.

– Hein? Cogumelos?, terminou por repetir o escultor. Não, obrigado.

E ele continuou.

– O engraçado é que Naudet está processando Fagerolles. Exatamente! Ele está mandando apreender seus bens... Ah! Como me divirto com isso! Nós vamos ver uma limpeza na Avenue de Villiers, nas mansões de todos esses pintorezinhos. O custo do imobiliário vai baixar na primavera... Então, Naudet, que tinha forçado Fagerolles a construir, e que o tinha mobiliado como a uma meretriz, quis recuperar seus bibelôs e suas tapeçarias. Mas o outro havia hipotecado, ao que parece... Estão vendo a história: o marchand o acusa de ter arruinado seu negócio ao expor seu quadro, por uma vaidade leviana; o pintor responde que não pretende mais ser roubado; e eles vão se devorar um ao outro, assim espero!

A voz de Gagnière se elevou, uma voz inexorável e suave de sonhador acordado.

– Arrasado, Fagerolles!... Aliás, ele nunca teve sucesso.

Protestaram. E sua venda anual de cem mil francos, e suas medalhas e sua condecoração? Mas ele, obstinado, sorria com um ar misterioso, como se os fatos nada provassem contra sua convicção de além-túmulo. Ele acenava com a cabeça, cheio de desdém.

– Ora, me deixem tranquilo! Ele nunca soube nada sobre intensidade luminosa.

Jory ia defender o talento de Fagerolles, que considerava sua obra, quando Henriette lhes pediu um pouco de atenção aos raviólis. Houve uma breve descontração, em meio ao som cristalino de copos e o leve tilintar de garfos. A mesa, cuja bela simetria já se desfazia, parecia ter se iluminado ainda mais, no fogo áspero da querela. E Sandoz, dominado pela inquietação, se espantava: por que o estavam atacando tão duramente? Não tinham começado juntos, não deveriam chegar à mesma vitória? Um mal-estar, pela primeira vez, perturbava seu sonho de eternidade, essa alegria de suas quintas-feiras que ele via se suceder, sempre iguais, sempre felizes, até os últimos dias longínquos da velhice. Mas era ainda apenas um arrepio à flor da pele. Ele, disse rindo:

– Claude, reserve espaço para as perdizes... Eh! Claude, onde você está?

Desde que se calaram, Claude tinha retornado ao seu sonho, com o olhar perdido, servindo-se de raviólis, mecanicamente; e Christine, que não dizia nada, triste e encantadora, não tirava os olhos dele. Teve um sobressalto, escolheu uma coxa entre os pedaços de perdiz servidos, cujo aroma violento enchia a sala com um odor de resina.

– Hein! Está sentindo o cheiro?, gritou Sandoz, divertido. Parece que a gente está engolindo todas as florestas da Rússia.

Mas Claude voltou à sua preocupação.

– Então, vocês estão dizendo que Fagerolles terá a sala do Conselho Municipal?

E bastou essa frase para que Mahoudeau e Gagnière, colocados de novo na pista, recomeçassem. Ah! Uma linda caiação com água clara, se lhe dessem aquela sala; e ele fazia muitas baixezas para obtê-la. Ele, que antes fingia cuspir nas encomendas, como um grande artista sobrecarregado pelos colecionadores, assediava a administração com seu servilismo, já que sua pintura não se vendia mais. O que é tão desprezível quanto um pintor diante de um funcionário público, fazendo reverências, concessões e covardias? Uma vergonha, uma escola de servilidade, essa dependência da arte à boa vontade imbecil de um ministro! Assim, Fagerolles, com certeza, nesse jantar oficial, estava decerto conscienciosamente lambendo as botas de algum chefe de repartição, algum cretino de marca maior.

– Meu Deus!, disse Jory, ele faz seus negócios, e tem razão... Não são vocês que vão pagar as dívidas dele.

– Por acaso eu tenho alguma dívida, eu, que morria de fome?, respondeu Mahoudeau em tom altivo. Era necessário construir um palácio e ter amantes como aquela Irma que o arruína?

Gagnière novamente o interrompeu, com sua estranha voz de oráculo, distante e esganiçada.

Zangavam-se, brincavam, o nome de Irma voava por cima da mesa, quando Mathilde, até então reservada e muda, para afetar decência, ficou indignada, com gestos assustados, boca pudica de uma devota sendo estuprada.

– Oh! Cavalheiros! Oh! Cavalheiros!... Na nossa frente, essa moça... Não essa moça, por favor!

A partir de então, Henriette e Sandoz, consternados, testemunharam a derrocada do jantar. A salada de trufas, o sorvete, a sobremesa, tudo foi engolido sem alegria, na raiva crescente da briga; e o *chambertin* e o vinho de Moselle foram tomados como se fossem água pura. Ela sorria em vão, enquanto ele, bom homem, se esforçava para acalmá-los, levando em conta as enfermidades humanas. Nenhum largava a presa, uma palavra bastava para lançá-los um contra o outro, ferozmente. Não era mais o tédio vago, a saciedade sonolenta que às vezes entristecia as antigas reuniões; agora era ferocidade na luta, uma necessidade de se destruírem. As velas do lustre queimavam muito alto, a faiança das paredes florescia com as suas flores pintadas, a mesa parecia ter se incendiado, com a ruína do jantar, a violência das conversas, a agitação febril que reinavam ali por duas horas.

E Claude, no meio do barulho, disse, enfim, quando Henriette decidiu se levantar, para silenciá-los:

– Ah! A Prefeitura, se eu a tivesse, e se pudesse! Era meu sonho ter as paredes de Paris para cobrir!

Voltaram para a sala de estar, onde o pequeno lustre e as arandelas tinham acabado de serem acesos. Estava quase frio ali, comparado ao forno do qual acabavam de sair; e o café acalmou os convidados por um momento. Além disso, ninguém era esperado, além de Fagerolles. Era um salão muito fechado, o casal não corria atrás de clientes literários, não calava a imprensa à custa de convites. A mulher execrava a alta sociedade, o marido dizia rindo que precisava de dez anos para gostar de alguém, e gostar para sempre. Não era isso a felicidade irrealizável? Algumas amizades sólidas, um cantinho de afeição familiar. Nunca se fazia música lá, e nunca se lera uma página de literatura.

Naquela quinta-feira, a noite pareceu longa, com a surda irritação que persistia. As senhoras, diante do fogo que morria, puseram-se a conversar; e, como o criado, depois de tirar a mesa, reabriu a sala vizinha, ficaram ali sozinhas porque os homens foram lá para fumar, bebendo cerveja.

Sandoz e Claude, que não fumavam, voltaram logo a se sentar lado a lado em um sofá perto da porta. O primeiro, feliz por ver seu velho amigo excitado e falante, lembrava-lhe recordações de Plassans, a respeito de uma notícia que recebera na véspera: sim, Pouillaud, o antigo palhaço do dormitório, que se tornara um advogado tão sério, estava em apuros, por ter se deixado apanhar com pequenas sem-vergonhas de doze anos. Ah! O idiota de Pouillaud! Mas Claude não respondia mais, com os ouvidos atentos, tendo escutado seu nome ser pronunciado na sala de jantar e tentando compreender.

Eram Jory, Mahoudeau e Gagnière, que tinham recomeçado o massacre, insaciados, com dentes arreganhados. Suas vozes, a princípio sussurrantes, erguiam-se pouco a pouco. Chegaram a gritar.

– Oh! Enquanto homem, eu deixo por conta, dizia Jory falando de Fagerolles. Não vale muita coisa... E ele enganou vocês, é verdade, ah! Como enganou, rompendo com vocês e obtendo sucesso em suas costas! Mas, também, vocês não foram muito inteligentes.

Mahoudeau, furioso, respondeu:

– Claro! Bastava estar com Claude para ser expulso de todos os lugares.

– Foi Claude quem acabou conosco, afirmou Gagnière sem rodeios.

E continuaram abandonando Fagerolles, a quem recriminavam sua subserviência diante dos jornais, sua aliança com seus inimigos, seus namoricos com baronesas de sessenta anos, caindo agora nas costas de Claude, que se tornara o principal culpado. Meu Deus! O outro, afinal, era apenas uma simples prostituta, como há tantos entre os artistas, que atraem o público nas esquinas, que abandonam e acabam com seus camaradas, apenas para levar os burgueses a suas casas. Mas Claude, aquele grande pintor fracassado, aquele impotente incapaz de pôr uma figura direito em um quadro, apesar de seu orgulho, tinha-os comprometido muito, havia acabado com eles! Ah! Pois sim, que o sucesso estava na ruptura! Se pudessem recomeçar, não seriam eles que insistiriam na estupidez de teimar com histórias impossíveis! E eles o acusaram de tê-los paralisado, tê-los explorado, sim senhor! Explorado, e com mão tão desajeitada e pesada que nem mesmo tirara vantagem disso.

– Enfim, eu, não é que ele me deixou idiota por um momento, continuou Mahoudeau? Quando penso nisso, me pergunto, não entendo por que entrei para o bando dele. Por acaso eu pareço com ele? Havia por acaso alguma coisa em comum entre nós?... Hein? É exasperante perceber isso tão tarde!...

– E comigo, então, continuou Gagnière, ele de fato roubou minha originalidade! Acham que me diverte, a cada pintura que faço, ouvir atrás de mim, durante quinze anos: É um Claude! Ah! não, já estou farto, prefiro não fazer mais nada... No entanto, se tivesse visto claramente no passado, não o teria frequentado.

Era o salve-se quem puder, os últimos laços que se rompiam, no espanto de se verem de repente estranhos e inimigos, depois de uma longa juventude de fraternidade. A vida os havia desagregado durante o caminho, e as profundas dessemelhanças apareciam, restava em suas gargantas apenas a amargura do antigo sonho entusiasmado, aquela esperança de batalha e vitória lado a lado, que agora o rancor agravava.

– O fato é, zombou Jory, que Fagerolles não se deixou saquear como um tolo.

Mas, irritado, Mahoudeau se zangou.

– Você está errado em rir, você, porque você também deixa as pessoas na mão... Sim, você sempre nos dizia que nos apoiaria quando tivesse um jornal próprio...

– Ah! Com licença, com licença...

Gagnière juntou-se a Mahoudeau.

– É verdade, isso! Você não vai ficar mais contando que cortam o que você escreve sobre nós, porque é o patrão... E nunca uma única palavra, nem sequer nos nomeou, em sua resenha do último *Salon*.

Envergonhado e gaguejando, Jory também se alterou.

– Eh! A culpa é daquele maldito Claude!... Não tenho vontade de perder meus assinantes, só para agradar vocês. Vocês são impossíveis, entendem! Você, Mahoudeau, pode trabalhar duro para fazer coisinhas agradáveis; você, Gagnière, mesmo que não faça mais nada; ambos têm uma etiqueta pregada nas costas, vai ser preciso dez anos de esforço para arrancá-la; e ainda assim, já vimos algumas que nunca se descolam... O público se diverte, sabem! Só vocês acreditavam na genialidade desse grande maluco ridículo, que um desses dias será internado.

Depois, foi terrível, os três falaram ao mesmo tempo, chegaram às recriminações abomináveis, com tantos estrondos, tão duros golpes de palavras, que pareciam morderem-se.

No sofá, Sandoz, perturbado pelas lembranças felizes que estava evocando, teve, até ele, que prestar atenção nesse alvoroço, que lhe chegava pela porta aberta.

– Está ouvindo, disse Claude muito baixo, com um sorriso de sofrimento, eles estão caindo em cima de mim!... Não, não, fique aí, não quero que os silencie. Eu mereço isso, já que não consegui ter sucesso.

E Sandoz, empalidecendo, continuou a escutar esse ódio na luta pela vida, esse rancor de personalidades em conflito, que destruíam sua quimera de amizade eterna.

Henriette, felizmente, inquietava-se com a violência das vozes. Levantou-se e foi envergonhar os fumantes por abandonar assim as senhoras para ficarem brigando. Todos voltaram para a sala de estar, suando, ofegantes, conservando o abalo da raiva. E, como ela dizia, com os olhos no relógio de parede, que definitivamente não teriam Fagerolles naquela noite, eles começaram a zombar de novo, trocando olhares. Ah! Tinha faro bom, aquele lá! Não seria ele que iria se encontrar com velhos amigos que se tornaram incômodos e a quem ele execrava!

Com efeito, Fagerolles não veio. A noite terminou penosamente. Voltaram para a sala de jantar, onde o chá foi servido sobre uma toalha de mesa russa, bordada em vermelho com motivo de caça ao cervo; e havia, sob as velas reacendidas, um brioche, pratos de doces e bolos, todo um luxo bárbaro de licores, uísque, gim, kümmel, raki de Chios. O criado ainda trouxe ponche, e desdobrava-se ao redor da mesa, enquanto a dona da casa enchia o bule com o samovar fervendo na frente dela. Mas esse bem-estar, essa alegria para os olhos, esse fino cheiro de chá não aliviava os corações. A conversa recaíra sobre o sucesso de alguns e a má sorte de outros. Por exemplo, não era uma vergonha essas medalhas, essas cruzes, todas essas recompensas que desonravam a arte, de tanto que eram mal distribuídas? Deviam permanecer como eternos garotinhos em sala de aula? Todos os chavões vinham dali, dessa docilidade e essa covardia diante dos professores, para obter bons pontos!

Então, de novo na sala, quando Sandoz, desconsolado, chegava desejar ardentemente vê-los partir, notou Mathilde e Gagnière, sentados lado a lado em um sofá, falando de música com langor, no meio dos outros extenuados, sem saliva, com as mandíbulas mortas. Gagnière, em êxtase, filosofava e poetizava. Mathilde, aquela velha encardida e gorda, exalando seu cheiro duvidoso de farmácia, revirava os olhos, se extasiava com as cócegas de uma asa invisível. Tinham se entrevisto nos concertos do Cirque no domingo passado e comunicavam o prazer, em frases alternadas, fugazes, distantes.

– Ah! Meu senhor, esse Meyerbeer, essa abertura *Struensee*, essa frase fúnebre, e depois aquela dança de camponeses, tão viva, tão colorida, e depois a frase de morte que recomeça, o dueto dos violoncelos!... Ah! Meu senhor, os violoncelos, os violoncelos!...

– E, minha senhora, Berlioz, a ária de festa de *Roméo*?... Ah! O solo dos clarinetes, as mulheres amadas, com o acompanhamento das harpas! Um arrebatamento, uma brancura crescente... A festa irrompe, um Veronese, a magnificência tumultuada das Bodas de Caná; e a canção de amor recomeça, oh! Quão doce, ah! Sempre mais alto, sempre mais alto!...

– Meu senhor, ouviu, na sinfonia em lá de Beethoven, aquele dobre que sempre volta, que bate no coração?... Sim, eu vejo bem, o senhor sente como eu, é uma comunhão a música... Beethoven, meu Deus! Como é triste e como é bom sermos dois a entender isso, e desmaiar!...

– E Schumann, minha senhora, e Wagner, minha senhora!... O devaneio de Schumann, apenas os instrumentos de cordas, uma chuvinha morna nas folhas das acácias, um raio de sol que as enxuga, não mais do que uma lágrima no espaço!... Wagner, ah! Wagner, a abertura do *Navio fantasma*, a senhora gosta dela, diga que gosta! Para mim, ela me esmaga. Não há mais nada, mais nada, parece que se está morrendo...

Suas vozes se extinguiam, nem sequer se olhavam, aniquilados, cotovelo contra cotovelo, com o rosto para o alto, submersos.

Surpreso, Sandoz se perguntava onde Mathilde podia ter arranjado esse jargão. De um artigo de Jory, talvez. Além disso, ele havia notado que as mulheres falavam muito bem de música, sem conhecer sequer uma nota. E ele, a quem a amargura dos outros tinha entristecido muito, exasperou-se com essa postura langorosa. Não, não, chega! Que se estripassem, ainda se aguentava! Mas que fim de noite, com essa pilantra de meia-idade, arrulhando e tendo comichões com Beethoven e Schumann!

Gagnière, felizmente, levantou-se de repente. Ele sabia da hora no fundo de seu êxtase, tinha o tempo exato para pegar seu trem noturno. E, depois de apertos de mão moles e silenciosos, foi dormir em Melun.

– Que fracassado!, murmurou Mahoudeau. A música matou a pintura nele, nunca fará nada que preste.

Ele próprio teve de ir embora, e assim que a porta se fechou atrás dele, Jory declarou:

– Viram seu último peso para papéis? Vai acabar esculpindo abotoaduras... Aí está um que perdeu sua força!

Mas Mathilde já estava de pé, cumprimentando Christine com um pequeno gesto seco, fingindo uma familiaridade mundana com Henriette, conduzindo o marido, que a ajudou com o casaco no vestíbulo, humilhado e aterrorizado por causa dos olhos severos com que ela o observava, tendo de ajustar as contas mais tarde.

Então, atrás deles, Sandoz gritou, fora de si:

– É o fim, é inevitavelmente o jornalista que trata os outros de fracassados, o fabricante de artigos caídos na exploração da estupidez pública!... Ah! Mathilde, a Vingança!

Restavam apenas Christine e Claude. Este, desde que a sala se esvaziava, desmoronado no fundo de uma poltrona, não falava mais, retomado por essa espécie de sono magnético que o enrijecia, com o olhar fixo, muito longe, para além das paredes. Seu rosto estava tenso, uma atenção convulsa o fazia se avançar: ele certamente enxergava o invisível, ouvia um chamado do silêncio.

Christine, quando se levantara por sua vez, desculpando-se por saírem assim, por último, Henriette tomara suas mãos, e lhe repetia o quanto gostava dela, suplicava para que viesse muitas vezes, que fizesse com ela como com uma irmã; enquanto a triste mulher, de um encanto tão doloroso em seu vestido preto, balançava a cabeça com um leve sorriso.

– Vamos, disse-lhe Sandoz ao ouvido, depois de ter dado uma olhada para Claude, não se aflija assim. Ele conversou muito, estava mais alegre esta noite. Vai muito bem.

Mas ela, com voz de terror:

– Não, não, olhe os olhos dele... Enquanto ele tiver esses olhos, eu vou tremer... Fizeram o que foi possível, obrigada. O que não fizeram, ninguém fará. Ah! Como sofro por não contar mais para ele! De não poder nada!

E em voz alta:

– Claude, você vem?

Por duas vezes teve de repetir a frase. Ele não a ouvia, acabou por sobressaltar-se e levantar-se, dizendo, como se tivesse respondido ao chamado distante, longe, no horizonte:

– Sim, eu vou, eu vou.

Quando Sandoz e sua esposa finalmente se viram sozinhos, na sala onde o ar era sufocante, aquecido pelas luminárias, como carregado por um silêncio melancólico após a explosão maldosa das querelas, os dois se entreolharam, e deixaram cair os braços, desconsolados com aquela noite infeliz. Ela, no entanto, tentou rir, murmurando:

– Eu tinha avisado, bem que eu tinha entendido...

Mas ele a interrompeu novamente com um gesto desesperado. Pois seria isso! Era então o fim de sua longa ilusão, desse sonho de eternidade, que o fizera pôr a felicidade em algumas amizades bem escolhidas desde a infância, depois desfrutadas até a extrema velhice. Ah! O lamentável bando, que ruptura final, que balanço de chorar, após essa bancarrota do coração! E se espantava com os amigos que deixara ao longo do caminho, grandes afetos perdidos na estrada, a perpétua mudança dos outros, em volta de seu ser que ele não via mudar. Suas pobres quintas-feiras o enchiam de pena, eram tantas as lembranças de luto, aquela morte lenta daquilo que se ama! Sua mulher e ele iriam se resignar a viver no deserto, enclausurados no ódio do mundo? Deixariam a porta escancarada para a enxurrada de estranhos e indiferentes? Pouco a pouco, uma certeza foi se formando nas profundezas de sua tristeza: tudo estava acabado e nada recomeçava na vida. Ele parecia ceder à evidência, e disse com um suspiro pesado:

– Você tinha razão... Não vamos mais convidá-los para jantar juntos, eles se devorariam.

Lá fora, assim que saíram na Place de la Trinité, Claude soltou o braço de Christine e gaguejou que tinha algo a fazer; pediu que ela fosse para casa sem ele. Ela o sentira estremecer com um grande calafrio, ficou assustada com a surpresa e o receio: algo a fazer, naquela hora, depois da meia-noite! Para ir aonde, fazer o quê? Ele dava as costas, fugia, quando ela o alcançou, implorando, com o pretexto de que estava com medo, que não a deixasse assim, tão tarde, subir desse jeito a Montmartre. Essa consideração por si só pareceu trazê-lo de volta. Tornou a tomar-lhe o braço, subiram a Rue Blanche e a Rue Lepic, e finalmente chegaram à Rue Tourlaque. E, na frente da porta, depois de tocar a campainha, ele a deixou novamente.

– Aqui está você, em casa... Vou fazer minhas coisas.

Ele já escapava a passos largos, gesticulando como um louco. A porta tinha se aberto, e ela nem mesmo a fechou, correu para segui-lo. À Rue Lepic, ela o alcançou; mas, com medo de exaltá-lo ainda mais, contentou-se em não o perder de vista, caminhando cerca de trinta metros atrás, sem que ele percebesse. Depois da Rue Lepic, desceu a Rue Blanche, depois enfiou-se pela Rue de la Chaussée-d'Antin e pela Rue du Quatre-Septembre, até a Rue Richelieu. Quando ela o viu entrar nesta última, um frio mortal a invadiu: ele estava indo para o Sena, era o medo terrível que, à noite, a mantinha acordada com angústia. E o que fazer, meu Deus! Ir com ele, pendurar-se em seu pescoço, lá? Ela avançava cambaleante, e a cada passo que os aproximava do rio, sentia a vida fugindo de seus membros. Sim, ele ia direto para lá: Place du Théâtre-Français, o Carrousel, finalmente a Pont des Saints-Pères. Ele caminhou ali por um momento, aproximou-se da rampa acima da água, e ela pensou que ele se atirava; teve um grande grito sufocado no estrangulamento de sua garganta.

Mas não, ele permanecia imóvel. Era então apenas a Cité, em frente, que o assombrava, esse coração de Paris cuja obsessão carregava por toda parte, que evocava com os olhos fixos através das paredes, que lhe gritava esse contínuo chamado, a léguas de distância, ouvido apenas por ele? Ela ainda não ousava ter esperanças, tinha parado atrás, observando-o numa vertigem de ansiedade, sempre vendo-o dar o salto terrível, e resistindo à necessidade de se aproximar, e temendo precipitar a catástrofe, se ela aparecesse. Meu Deus! Estar ali, com sua paixão devastada, sua maternidade que sangrava, estar ali, assistir a tudo, sem sequer poder arriscar um movimento para detê-lo!

Ele, de pé, muito grande, não se mexia, fitando a noite.

Era uma noite de inverno, com um céu nublado, negro de fuligem, que um vento, vindo do oeste, esfriava muito. Paris iluminada havia adormecido, não restava nada além da vida dos lampiões a gás, manchas redondas que cintilavam, que diminuíam, para se tornar, ao longe, apenas uma poeira de estrelas fixas. Primeiro, os cais se desenrolavam, com a sua dupla fiada de pérolas luminosas, cuja reverberação iluminava com um clarão as fachadas dos primeiros planos, à esquerda as casas do Quai du Louvre, à direita as duas alas do *Institut*, massas confusas de monumentos e construções que então se perdiam numa sombra redobrada, cravejados de fagulhas distantes. Então, por entre esses cordões que fugiam a perder de vista, as pontes lançavam barras de luz, mais e mais finas, cada uma feita de um rastro de lantejoulas, em grupos e como que suspensas. E ali, no Sena, irrompia o esplendor noturno da água viva das cidades, cada bico de gás refletia sua chama, um núcleo que se alongava na cauda de um cometa. Os mais próximos, fundindo-se, incendiavam a corrente com largos leques de brasas, regulares e simétricos; os mais recuados, sob as pontes, eram apenas pequenas pinceladas imóveis de fogo. Mas as grandes caudas abrasadas viviam, movendo-se enquanto se espalhavam, negras e douradas, com um farfalhar contínuo de escamas, onde se sentia o fluxo interminável de água. Todo o Sena se iluminava como uma festa interior, misteriosa e profunda fantasmagoria, fazendo valsas passarem por trás das vidraças brilhantes do rio. No alto, acima daquele incêndio, acima do cais estrelado, havia no céu sem estrelas uma nuvem vermelha, a exalação quente e fosforescente que, a cada noite põe, no sono da cidade, uma crista de vulcão.

O vento soprava e Christine tiritante, com os olhos cheios de lágrimas, sentia a ponte girar sob ela, como se a tivesse arrastado para a derrocada de todo horizonte. Claude não tinha se mexido? Ele não passava a perna por cima do parapeito? Não, tudo se imobilizava novamente, ela o encontrava no mesmo lugar, em sua rigidez teimosa, com os olhos na ponta da Cité, que ele não via.

Ele tinha vindo chamado por ela, e não a via, no fundo das trevas. Ele distinguia apenas as pontes, carcaças finas de estruturas destacando-se em preto contra a água cintilante. Depois, além, tudo se afogava, a ilha caía no nada, ele nem mesmo teria encontrado o lugar, se os fiacres atrasados não tivessem passeado, por momentos, ao longo da Pont-Neuf, essas faíscas filantes que disparam ainda nos carvões apagados. Uma lanterna vermelha, no nível da barragem de La Monnaie, lançava um fio de sangue na água. Algo enorme e lúgubre, um corpo à deriva, uma barcaça desamarrada sem dúvida, descia lentamente entre os reflexos, às vezes entrevista, e logo retomada pela sombra. Onde a ilha triunfal afundara? Era no fundo dessas ondas incendiadas? Ele continuava olhando, invadido aos poucos pela grande enxurrada do rio durante a noite. Debruçava-se sobre aquele fosso tão largo, frio como um abismo, onde dançava o mistério daquelas chamas. E o grande barulho triste da corrente o atraía, ele escutava seu chamado, desesperado até a morte.

Christine, desta vez, sentiu, com uma pontada no coração, que ele acabara de ter o terrível pensamento. Ela estendeu as mãos vacilantes, açoitadas pelo vento. Mas Claude permanecia reto, lutando contra essa doçura da morte; e ele não se moveu por mais uma hora, não tendo a consciência do tempo, seu olhar ainda ali, na Cité, como se, por um milagre de poder, seus olhos fossem iluminar e invocar a ilha para revê-la.

Quando enfim Claude deixou a ponte tropeçando, Christine teve de ultrapassá-lo e correr, para estar de volta à Rue Tourlaque antes dele.

XII

NAQUELA NOITE, COM A FORTE BRISA DE NOVEMBRO soprando pelo quarto e pelo amplo ateliê, eles foram para a cama quase às três horas. Christine, ofegante por causa de sua corrida, rapidamente se enfiou sob a coberta para esconder que acabara de segui-lo; e Claude, deprimido, havia tirado suas roupas uma a uma, sem dizer uma palavra. A cama deles, há muitos meses, gelava; jaziam lado a lado, como estranhos, depois de uma lenta ruptura dos laços de suas carnes: voluntária abstinência, castidade teórica, onde ele tinha mesmo que chegar, para dar à pintura toda a sua virilidade, e que Christine aceitara, numa dor orgulhosa e muda, apesar do tormento de sua paixão. E nunca, antes daquela noite, ela havia sentido um obstáculo tão grande entre eles, uma frieza assim, como se de agora em diante nada pudesse aquecê-los e trazê-los para os braços um do outro.

Durante quase quinze minutos, ela lutou contra o sono invasor. Estava muito cansada, um torpor a insensibilizava; e ela não cedia, inquieta em deixá-lo acordado. Para dormir em paz, esperava todas as noites que ele adormecesse antes dela. Mas ele não havia apagado a vela, permanecia com os olhos abertos, fixos nessa chama que o cegava. No que então estaria pensando? Teria ficado lá, na noite escura, naquele hálito úmido dos cais, diante de Paris crivada de estrelas, como um céu de inverno? E que debate interior, que resolução tomar, convulsionava assim seu rosto? Então, invencivelmente, ela sucumbiu, caiu no nada das grandes fadigas.

Uma hora mais tarde; a sensação de um vazio, a angústia de um mal-estar despertou-a num sobressalto brusco. Imediatamente, tateara com a mão o lugar já frio ao seu lado: ele não estava mais lá, ela bem que sentira isso enquanto dormia. E ela se assustava, mal acordada, a cabeça pesada e zumbindo, quando percebeu, pela porta do quarto entreaberta, um raio de luz vindo do ateliê. Ela se tranquilizou, pensou que ele tinha ido lá buscar algum livro, tomado de insônia. Então, como ele não reaparecia, ela acabou por se levantar, suavemente, para ver. Mas o que viu a perturbou, plantou-a nas lajotas do chão, descalça, com tanta surpresa que não ousou se mostrar a princípio.

Claude, em mangas de camisa apesar da rude temperatura, tendo vestido apenas calças e chinelos na pressa, estava de pé em sua grande escada, diante de seu quadro. Sua paleta se achava a seus pés, e em uma mão ele segurava a vela, enquanto com a outra ele pintava. Tinha os olhos arregalados de um sonâmbulo, gestos precisos e rígidos, abaixando-se a todo instante para pegar tinta, reerguendo-se, projetando contra a parede uma grande sombra fantástica, com os movimentos quebrados de um autômato. E nem um sopro, no imenso cômodo escuro, nada mais além de um silêncio assustador.

Tremendo, Christine adivinhava. Era a obsessão, a hora passada lá, na Pont des Saints-Pères, que tornava seu sono impossível e que o trouxera novamente diante de sua tela, devorado pela necessidade de revê-la, apesar da noite. Sem dúvida; ele havia subido a escada apenas para encher os olhos mais de perto. Então, atormentado por algum tom falso, torturado por essa tara a ponto de não poder esperar pela luz do dia, ele havia tomado um pincel, primeiro no desejo de um simples retoque, depois pouco a pouco levado de correção em correção, chegando enfim a pintar como um alucinado, com a vela na mão, naquela luz pálida que seus gestos assustavam. Sua raiva impotente de criação o retomara, ele se esgotava fora de horas, fora do mundo, queria soprar vida à sua obra, imediatamente.

Ah! Que piedade, e com que olhos cheios de lágrimas Christine olhava para ele! Por um momento ela pensou em deixá-lo nessa tarefa louca, como se deixa um maníaco ao prazer de sua demência. Aquela pintura, nunca que ele a terminaria, isso era muito certo agora. Quanto mais persistia naquilo, mais a incoerência aumentava o empaste de tons pesados, o esforço espesso e fugidio do desenho. Os próprios fundos, o grupo de estivadores sobretudo, outrora sólidos, estavam se arruinando; e ele tropeçava, obstinava-se em querer terminar tudo, antes de repintar a figura central, a mulher nua, que permanecia como seu medo e o desejo de suas horas de trabalho, a carne de vertigem que o destruiria, no dia em que se esforçasse mais uma vez para torná-la viva. Há meses que não havia dado uma pincelada nela; e era o que tranquilizava Christine, o que a tornava tolerante e lamentável, em seu rancor ciumento: enquanto ele não voltasse para aquela amante desejada e temida, ela se acreditava menos traída.

Com os pés gelados pelas lajotas, ela fazia um movimento para voltar para a cama, quando um sobressalto a trouxe de volta. Ela não tinha compreendido de início, ela via, enfim. O pincel empapado de tinta arredondava formas gordas com grandes pinceladas, o gesto desvairado de carícia; e ele tinha um riso imóvel nos lábios e não sentia a cera ardente da vela escorrendo pelos dedos; enquanto, silencioso, o vaivém apaixonado de seu braço movia-se sozinho contra a parede: uma confusão enorme e negra, um emaranhado de membros em um acoplamento brutal. Era na mulher nua que ele trabalhava.

Então, Christine abriu a porta e avançou. Uma revolta invencível, a cólera de uma esposa esbofeteada em casa, enganada durante o sono, no quarto ao lado, a impelia. Sim, ele estava com a outra, pintava o ventre e as coxas como um visionário enlouquecido, que o tormento da verdade atirava na exaltação do irreal; e suas coxas se douravam em colunas de tabernáculo, aquele ventre se tornava um astro, deslumbrante de amarelo e vermelho puros, esplêndidos e fora da vida. Uma nudez tão estranha de ostensório, onde pedras preciosas pareciam brilhar, para alguma adoração religiosa, terminava por zangá-la. Ela havia sofrido demais, não queria mais tolerar essa traição.

No entanto, a princípio ela se mostrou simplesmente desesperada e suplicante. Era apenas a mãe que fazia um sermão para seu grande louco artista.

– Claude, o que você está fazendo aí?... Claude, é razoável ter ideias assim? Por favor, volte para a cama, não fique nessa escada, ou vai ficar doente.

Ele não respondeu, inclinou-se novamente para molhar o pincel e fez flamejar as virilhas, que marcou com duas pinceladas de um vermelhão vivo.

– Claude, me escute, volte comigo, por favor... Você sabe que eu o amo, veja a preocupação que você me dá... Venha, ah! Venha, se não quer que eu morra também, de tanto frio e de esperar por você.

Desvairado, ele não olhou para ela, apenas disse com uma voz estrangulada, florindo o umbigo de carmim:

– Deixe-me em paz, porra! Estou trabalhando.

Por um momento, Christine permaneceu muda. Ela se endireitava, seus olhos se iluminavam com um fogo sombrio, toda uma rebelião enchia seu ser doce e encantador. Então ela explodiu, com o grunhido de uma escrava levada ao limite.

– Pois bem, não, não vou deixar você em paz, porra!... Basta, vou dizer o que me sufoca, o que me mata, desde que conheci você. Ah! Essa pintura, sim! Sua pintura, é ela, a assassina que envenenou minha vida. Pressenti desde o primeiro dia, tive medo dela como de um monstro, achei abominável, execrável; e aí, a gente é covarde, eu o amava demais para não a amar, acabei me acostumando com essa criminosa... Mas, depois, como sofri com isso, como ela me torturou! Em dez anos, não me lembro de ter vivido um dia sem lágrimas... Não, me deixe, estou me aliviando, preciso falar, já que encontrei a força. Dez anos de abandono, de esmagamento quotidiano; não ser mais nada para você, sentir-me cada vez mais deixada de lado, chegar a um papel de criada; e a outra, a ladra, vê-la se instalar entre você e eu, e tomar você, e triunfar, e me insultar... Pois ouse dizer que ela não invadiu você, membro por membro, o cérebro, o coração, a carne, tudo! Ela o agarra como um vício, ela o devora. Enfim, é ela sua mulher, não é? Não sou mais eu, é ela que dorme com você... Ah! Maldita! Ah! Cadela!

Agora Claude a ouvia, espantado com esse grande grito de sofrimento, mal acordado de seu sonho exasperado de criador, ainda sem entender bem por que ela falava assim. E, diante dessa estupefação, desse estremecimento de homem surpreso e perturbado em sua orgia, ela perdeu ainda mais a calma, subiu a escada, arrancou a vela de seu punho, passou-a por sua vez diante do quadro.

– Mas olhe então! Mas diga a si mesmo aonde você chegou! É horrível, é lamentável e grotesco, você precisa perceber isso finalmente! Hein? Não é feio, não é imbecil?... Você bem vê que foi vencido, por que continuar insistindo? Não faz sentido, é isso que me revolta... Se você não pode ser um grande pintor, resta a vida para nós, ah! A vida, a vida...

Ela tinha posto a vela na plataforma da escada, e como ele descera, tropeçando, ela pulou para alcançá-lo, os dois se acharam embaixo, ele caído no último degrau, ela agachada, apertando com força as mãos inertes que ele deixara caídas.

– Veja, há vida... Expulse seu pesadelo, e vamos viver, viver juntos... Não é estúpido demais sermos apenas dois, já envelhecendo, e nos torturarmos, não saber como ser felizes? A terra nos levará logo, vá! Vamos tentar ter um pouco de calor, viver, nos amar. Lembre-se, em Bennecourt!... Escute meu sonho. Eu gostaria de levar você amanhã. Iríamos longe desta maldita Paris, encontraríamos um canto de tranquilidade em algum lugar, e você veria como eu tornaria sua existência doce, como seria bom esquecer tudo nos braços um do outro... De manhã, dormir em nossa cama grande; depois, os passeios ao sol, o almoço que cheira bem, a tarde preguiçosa, a noite passada à luz do abajur. E chega de tormentos por quimeras, e nada mais do que a alegria de viver!... Então não lhe basta que eu o ame, que eu o adore, que eu aceite ser sua criada, existir apenas para o seu prazer... Está ouvindo, eu o amo, eu o amo, e não há mais nada, basta, eu o amo!

Ele havia soltado as mãos, dizendo em voz morna, com um gesto de recusa:

– Não, não basta... Não quero ir embora com você, não quero ser feliz, quero pintar.

– E que eu morra disso, não é? E que você morra disso, que nós dois acabemos deixando nela nosso sangue e nossas lágrimas!... Só há arte, é a Todo-Poderosa, a Deusa feroz que nos fulmina e que você honra. Ela pode nos aniquilar, é a senhora, você dirá obrigado.

– Sim, eu pertenço a ela, que ela faça comigo o que quiser... Eu morreria se não pintasse mais, prefiro pintar e morrer disso... E além de tudo, minha vontade não tem nada a ver com isso. É assim, nada existe fora dela, que o mundo arrebente!

Ela se ergueu, em novo impulso de raiva. Sua voz voltava a ficar dura e irritada.

– Mas eu, eu, estou viva! E elas estão mortas, as mulheres que você ama... Oh! Não diga não, sei muito bem que são suas amantes, todas essas mulheres pintadas. Antes de ser sua, eu já tinha percebido, bastava ver de que jeito você acariciava a nudez delas, com que olhos depois as fitava, por horas. Hein? Era doentio e estúpido um desejo assim em um rapaz? Arder por imagens, abraçar o vazio de uma ilusão! E você tinha a consciência disso, você o escondia de si mesmo como algo inconfessável. Depois, você pareceu me amar por um momento. Foi nessa época que você me contou essas bobagens, seus casos de amor com aquelas donas, como você costumava dizer brincando consigo mesmo. Lembra-se? Você tinha pena daquelas sombras quando me tomava em seus braços... E não durou, você voltou para elas, oh! Tão rápido! Como um maníaco retorna à sua mania. Eu, que existia, não era mais nada, e eram elas, as visões, que mais uma vez voltaram a ser as únicas realidades de sua existência... O que eu passei então, você nunca soube, porque ignora a todas nós; vivi perto de você, sem que você me compreendesse. Sim, eu estava com ciúmes delas. Quando eu posava, ali, completamente nua, só uma ideia me dava coragem: queria lutar, esperava ter você de volta; e nada, nem mesmo um beijo no meu ombro, antes de deixar que eu me vestisse! Meu Deus! Quantas vezes me envergonhei! Quanta tristeza tive de engolir, por me sentir desprezada e traída!... Desde esse momento, seu desprezo só aumentou, e você vê a que ponto chegamos, deitando lado a lado todas as noites, sem nos tocarmos nem com o dedo. Faz oito meses e sete dias, eu contei! Faz oito meses e sete dias que não tivemos mais nada juntos.

Ela continuou com ousadia, falou em frases livres, ela, a sensual pudica, tão ardente no amor, com os lábios inchados de gritos, e tão discreta depois, tão muda sobre essas coisas, não querendo falar delas, virando a cabeça com sorrisos confusos. Mas o desejo a exaltava, essa abstinência era um ultraje. E seu ciúme não se enganava, acusando ainda a pintura, pois essa virilidade que ele lhe recusava, ele reservava e dava para a rival favorita. Ela sabia bem por que ele a abandonava assim. Muitas vezes, no início, quando ele tinha um grande trabalho no dia seguinte, e que ela se apertava contra ele ao ir para a cama, ele dizia que não, que isso o cansaria demais; depois, dizia que, ao sair de seus braços, levava três dias para se recuperar, com o cérebro abalado, incapaz de fazer qualquer coisa que prestasse; e a ruptura foi assim acontecendo pouco a pouco, uma semana esperando a conclusão de um quadro, depois um mês para não atrapalhar o início de outro, depois datas adiadas ainda, ocasiões negligenciadas, a lenta desabituação, o esquecimento final. No fundo, ela encontrava a teoria repetida cem vezes diante dela: o gênio tinha de ser casto, era preciso dormir apenas com seu trabalho.

– Você me repele, ela terminou violentamente, você recua diante de mim à noite, como se eu o repugnasse, você vai para outro lugar, e para amar o quê? Um nada, uma aparência, um pouco de poeira, tinta na tela!... Mas, mais uma vez, olhe para ela, sua mulher, lá em cima! Veja que monstro você acabou de fazer dela, na sua loucura! Alguém é feito assim? Com coxas de ouro e flores sobre o ventre?... Acorde, abra os olhos, volte para a existência.

Claude, obedecendo ao gesto dominador com o qual ela lhe mostrou o quadro, levantou-se e olhou. A vela, que ficara na plataforma da escada, no ar, iluminava a Mulher com a luz de um círio, enquanto todo o imenso aposento permanecia mergulhado na escuridão. Ele despertava enfim de seu sonho, e a Mulher, vista assim de baixo, com alguns passos de recuo, o enchia de espanto. Quem acabara de pintar esse ídolo de uma religião desconhecida? Quem a fizera de metais, mármores e gemas preciosas, desabrochando a rosa mística de seu sexo, entre as preciosas colunas das coxas, sob a sagrada abóbada do ventre? Era ele que, sem saber, fizera-se o trabalhador desse símbolo do desejo insaciável, dessa imagem extra-humana da carne, que se tornara ouro e diamante entre seus dedos, em seu vão esforço de criar vida? E, boquiaberto, tinha medo de sua obra, estremecendo com esse salto repentino para o além, compreendendo bem que a própria realidade não lhe era mais possível, ao final de sua longa luta para derrotá-la e refazê-la mais real, com suas mãos humanas.

– Está vendo! Está vendo!, repetia vitoriosamente Christine.

E ele, baixinho, balbuciava:

– Oh! O que fiz?... É então impossível criar? Nossas mãos então não têm o poder de criar seres?

Ela o sentiu enfraquecer, ela o tomou entre seus dois braços.

– Mas por que essas bobagens, por que outra coisa além de mim, que o ama?... Você me tomou como modelo, queria cópias do meu corpo. Para que, diga? Essas cópias são melhores do que eu? São horríveis, rígidas e frias como cadáveres... E eu o amo, e quero ter você. É preciso dizer tudo porque você não entende, quando estou rondando ao seu redor, quando estou me oferecendo para posar, que estou aqui, roçando em você, no seu hálito. É que eu o amo, está ouvindo? É que estou viva! E quero você...

Perdidamente, ela o enlaçava com seus membros, seus braços nus, suas pernas nuas. Sua camisa, meio arrancada, tinha deixado seu seio jorrar, que ela esmagava contra ele, querendo entrar nele, nesta última batalha de sua paixão. E ela era a própria paixão, finalmente desenfreada, com sua desordem e sua chama, sem as castas reservas de outrora, levada a dizer tudo, a fazer tudo, para vencer. Seu rosto estava inchado, os olhos suaves e a testa límpida desapareciam sob as mechas retorcidas dos cabelos, restava apenas o queixo saliente, violento, os lábios vermelhos.

– Oh! Não, deixe!, murmurou Cláudio. Oh! Sou infeliz demais!

Em sua voz ardente, ela continuou:

– Você pode achar que estou velha. Sim, você dizia que eu me acabava, e eu mesma acreditei e me examinava durante a pose, para procurar rugas... Mas isso não era verdade! Eu sinto perfeitamente que não envelheci, que continuo jovem, sempre forte...

Em seguida, como ele ainda se debatia:

– Olhe então!

Ela havia recuado três passos; e, com um grande gesto, tirou a camisa, pôs-se toda nua, imóvel, naquela pose que mantinha durante tão longas sessões. Com um simples movimento do queixo, indicou a figura do quadro.

– Vá, você pode comparar, sou mais nova do que ela... Por mais que você coloque joias sobre sua pele, ela murchou como uma folha seca... Eu continuo com dezoito anos, porque eu o amo.

E, com efeito, ela irradiava juventude sob a claridade pálida. Nesse grande impulso de amor, as pernas se alongavam, encantadoras e finas, os quadris alargavam suas curvas sedosa, o busto firme se erguia, inchado com o sangue de seu desejo.

Ela já o havia retomado, agora colada nele, sem aquela camisa que atrapalhava; e suas mãos erravam, percorrendo-o por inteiro, nos flancos, nos ombros, como se procurasse seu coração, nessa carícia tateante, nessa tomada de posse, em que parecia querer fazê-lo dela; enquanto o beijava rudemente, com uma boca insaciável, na pele, na barba, nas mangas, no vazio. Sua voz expirava, ela falava apenas com uma respiração ofegante, entrecortada por suspiros.

– Oh! Volte, oh! Vamos nos amar... Então você não tem sangue, para que sombras sejam suficientes para você? Volte, e verá como é bom viver... Ouça! Viver abraçados no pescoço um do outro, passar noites assim, apertados, unidos, e recomeçar no dia seguinte, e de novo, e de novo...

Ele estremecia, pouco a pouco retribuindo o abraço, no medo que ela lhe dera da outra, o ídolo; e ela redobrava sua sedução, ela o abrandava e o conquistava.

– Escute, sei que você tem um pensamento horrível, sim! Nunca ousei falar com você sobre isso, porque não se deve atrair a desgraça; mas não durmo mais à noite, você me apavora... Esta noite eu o segui, até lá, naquela ponte que eu odeio, e tremi, oh! Achei que estava acabado, que não tinha mais você... Meu Deus! O que seria de mim? Eu preciso de você, você não vai me matar, não é!... Vamos nos amar, vamos nos amar...

Então, ele se abandonou, na ternura desta paixão infinita. Era uma imensa tristeza, um desaparecimento do mundo inteiro em que seu ser se fundava. Ele a abraçou desesperadamente também, soluçando, gaguejando:

– É verdade, eu tive o pensamento horrível... Eu teria feito aquilo, e resisti pensando nesse quadro inacabado... Mas posso continuar vivendo se a obra não me quer mais? Como viver, depois disso, depois do que está lá, o que eu acabei de estragar?

– Eu vou amar você, e você vai viver.

– Ah! Você nunca vai me amar o bastante... Eu me conheço bem. Seria preciso uma alegria que não existe, algo que me fizesse esquecer tudo... Você já estava sem forças. Não pode fazer nada.

– Sim, sim, você vai ver... Olhe! Eu o tomarei assim, beijarei seus olhos, sua boca, em todos os lugares do seu corpo. Vou aquecê-lo contra meus seios, vou enlaçar minhas pernas nas suas, vou segurar sua cintura com meus braços, serei sua respiração, seu sangue, sua carne...

Desta vez, ele foi vencido, ardeu com ela, refugiou-se nela, enfiando a cabeça entre seus seios, cobrindo-a por sua vez com seus beijos.

– Pois bem, salve-me, sim! Tome-me, se não quer que eu me mate!... E invente a felicidade, faça-me conhecer uma que me segure... Adormeça-me, aniquile-me, deixe-me tornar-me sua coisa, bem escravo, bem pequeno para me alojar debaixo de seus pés, em seus chinelos... Ah! Descer lá, viver só de seu cheiro, obedecer como um cachorro, comer, ter você e dormir, se eu pudesse, se eu pudesse!

Ela teve um grito de vitória.

– Enfim! Você é meu, só eu existo, a outra está bem morta!

E ela o arrancou da obra execrada, levou-o para o quarto dela, para a cama dela, rosnando, triunfante. Na escada, a vela que se acabava tremeluziu atrás deles por um momento, depois se extinguiu. Cinco horas soaram no cuco, nenhum brilho iluminava ainda o céu enevoado de novembro. E tudo recaiu nas frias trevas.

Christine e Claude, tateando, rolaram de atravessado na cama. Foi uma fúria, eles nunca haviam conhecido um arrebatamento assim, mesmo nos primeiros dias de sua união. Todo esse passado lhes voltava aos corações, mas em uma renovação aguda que os inebriava com uma embriaguez delirante. A escuridão ardia em volta deles, eles voavam com asas de chama, muito alto, fora do mundo, com grandes golpes regulares, contínuos, sempre mais alto. Ele próprio lançava gritos, longe de sua miséria, esquecendo, renascendo para uma vida de felicidade. Ela o fez blasfemar em seguida, provocante, dominadora, com uma risada de orgulho sensual. "Diga que a pintura é imbecil. – A pintura é imbecil. – Diga que você não vai trabalhar mais, que você não se importa, que você vai queimar seus quadros, para me agradar. – Eu vou queimar meus quadros, não vou trabalhar mais... – E diga que só eu existo, que me segurar assim, como você me segura, é a única felicidade, que você cuspe na outra, nessa cadela que você pintou. Cuspa, cuspa, quero ouvir! – Veja! Eu cuspo, só existe você." E ela o apertava quase asfixiando, era ela quem o possuía. Começaram novamente, na vertigem de uma cavalgada através das estrelas. Os arrebatamentos recomeçaram, três vezes lhes pareceu que voavam da terra até o fim do céu. Que grande felicidade! Como não pensara em curar-se nessa felicidade certa? E ela ainda se entregava, e ele viveria feliz, salvo, não é? Agora que tinha essa embriaguez.

O dia ia nascer, quando Christine, encantada, fulminada pelo sono, adormeceu nos braços de Claude. Ela o enlaçava com uma coxa, com a perna atirada sobre as dele, como se quisesse ter certeza de que ele não escaparia mais; e, com a cabeça enrolada no peito daquele homem que lhe servia de morno travesseiro, respirava suavemente, com um sorriso nos lábios. Ele havia fechado os olhos; mas de novo, apesar do cansaço esmagador, voltou a abri-los, olhando a sombra. O sono fugia, uma surda onda de ideias confusas emergiam em seu embrutecimento, à medida que esfriava e se libertava da embriaguez voluptuosa com que todos os seus músculos permaneciam abalados. Quando a madrugada surgiu, uma sujeira amarela, uma mancha de lama líquida nos vidros da janela, ele estremeceu, pensou ter ouvido uma voz alta chamando-o do fundo do ateliê. Seus pensamentos todos haviam voltado, transbordando, torturando, cavando seu rosto, contraindo suas mandíbulas em um nojo humano, duas rugas amargas que faziam de sua máscara a face devastada de um velho. Agora, essa coxa de mulher, deitada sobre ele, adquiria um peso de chumbo; ele sofria com isso como com um suplício, com uma mó que lhe esmagava os joelhos, por faltas inexpiáveis; e a cabeça também, apoiada sobre as costelas, sufocava-o e, com um peso enorme, interrompia as batidas de seu coração. Mas durante muito tempo ele não quis perturbá-la, apesar da lenta exasperação de todo o seu corpo, uma espécie de repugnância e ódio irresistíveis que o animavam com a revolta. O cheiro do coque desamarrado, esse cheiro forte de cabeleira, acima de tudo, o irritava. Bruscamente, a voz alta no fundo do ateliê o chamou pela segunda vez, imperiosa. E ele decidiu, havia acabado, estava sofrendo demais, não podia mais viver, pois tudo mentia e nada era bom. Primeiro, deixou a cabeça de Christine escorregar, com seu vago sorriso; depois teve que se mover com precauções infinitas para extrair as pernas do enlace da coxa, que ele empurrou pouco a pouco, num movimento natural, como se cedesse por si mesma. Ele finalmente havia rompido a corrente, estava livre. Um terceiro apelo o fez se apressar, ele passou para a sala ao lado, dizendo:

– Sim, sim, estou indo!

O dia não se iluminava, sujo e triste, um desses pequenos dias lúgubres de inverno; e, depois de uma hora, Christine acordou com um grande arrepio gelado. Ela não entendeu. Por que estava sozinha? Então, lembrou-se: havia adormecido, sua face contra o coração dele, seus membros entrelaçados com os dele. Então, como poderia ter saído? Onde poderia estar? De repente, em seu entorpecimento, ela pulou da cama com violência, correu para o ateliê. Meu Deus! Teria ele voltado para a outra? A outra o tinha levado de volta mais uma vez, quando ela pensava que o havia conquistado para sempre?

Com a primeira olhada, ela não viu nada, o ateliê lhe pareceu deserto, na madrugada enlameada e fria. Mas, como ela se tranquilizava por não ver ninguém, ergueu os olhos para a tela, e um grito terrível jorrou de sua garganta aberta.

– Claude, oh! Claude...

Claude havia se enforcado na grande escada, diante de seu trabalho fracassado. Ele havia simplesmente tomado uma das cordas que prendiam o chassi na parede e tinha subido na plataforma para amarrar a ponta na travessa de carvalho, que um dia pregara, para consolidar os montantes. Depois, lá de cima, saltara no vazio. De camisa, descalço, atroz com a língua preta e os olhos injetados fora das órbitas, ele estava ali pendurado, tendo crescido horrivelmente em sua rigidez imóvel, com o rosto voltado para a pintura, muito próximo da Mulher com o sexo florido de uma rosa mística, como se tivesse soprado nela sua alma com o último arquejar e estivesse olhando ainda para ela, com as pupilas fixas.

Christine, no entanto, permanecia ereta, dominada pela dor, terror e raiva. Seu corpo estava inchado, sua garganta apenas soltava um uivo contínuo. Ela abriu os braços, estendeu-os em direção ao quadro, fechou os dois punhos.

– Oh! Claude, oh! Claude... Ela pegou você de volta, ela matou você, matou, matou, a cadela!

E suas pernas cederam, ela se virou e desmoronou no chão. O excesso de sofrimento havia drenado todo o sangue de seu coração, ela permaneceu desmaiada no chão, como morta, como um trapo branco, miserável e acabada, esmagada sob a soberania feroz da arte. Acima dela, a Mulher irradiava com seu brilho simbólico de ídolo, a pintura triunfava, só, imortal e de pé, até em sua demência.

Só na segunda-feira, depois das formalidades e os atrasos provocados pelo suicídio, quando Sandoz chegou pela manhã, às nove horas, para o enterro, encontrou apenas cerca de vinte pessoas na calçada da Rue Tourlaque. Em sua grande tristeza, ele corria há três dias, obrigado a cuidar de tudo; primeiro, ele teve de fazer com que transportassem Christine para o hospital Lariboisière, levada agonizante; depois foi da Prefeitura aos agentes funerários e à igreja, pagando por toda parte, cedendo aos costumes, cheio de indiferença, já que os padres aceitavam aquele cadáver com o pescoço marcado de preto. E, entre as pessoas que o esperavam, ainda via apenas vizinhos, acrescidos de alguns curiosos; enquanto cabeças se espichavam nas janelas, sussurrando, excitadas pelo drama. Sem dúvida, os amigos viriam. Ele não tinha podido escrever para a família, ignorando os endereços; e afastou-se assim que viu chegar dois parentes, que as três linhas secas dos jornais sem dúvida haviam tirado do esquecimento em que o próprio Claude os havia deixado: uma prima idosa com aparência suspeita de dona de brechó, um priminho, muito rico, condecorado, proprietário de uma das grandes lojas de Paris, condescendente em sua elegância, desejoso de provar seu gosto esclarecido pelas artes. Imediatamente, a prima subiu, deu uma volta pelo ateliê, farejou aquela miséria nua, desceu de novo, com a boca dura, irritada pelo trabalho perdido. Ao contrário, o priminho endireitou-se e foi o primeiro atrás do carro fúnebre, conduzindo o luto com uma correção encantadora e orgulhosa.

Quando o cortejo estava saindo, Bongrand correu e ficou perto de Sandoz, depois de apertar sua mão. Estava sombrio; murmurou, dando uma olhada para as quinze ou vinte pessoas que seguiam:

–Oh! Pobre coitado!... Como! Somos só nós dois?

Dubuche estava em Cannes com seus filhos. Jory e Fagerolles se abstinham, um execrando a morte, o outro muito ocupado. Apenas Mahoudeau alcançou a procissão que subia a Rue Lepic e explicou que Gagnière devia ter perdido o trem.

Lentamente, o carro fúnebre subia a ladeira íngreme, cuja curva vira na encosta da colina de Montmartre. Às vezes, ruas transversais que desciam, aberturas repentinas mostravam a imensidão de Paris, profunda e larga como um mar. Quando desembocaram na frente da igreja Saint-Pierre e que transportaram o caixão para ali, ele dominou por um momento a cidade grande. Havia um céu cinzento de inverno, grandes vapores voavam, levados pelo sopro de um vento glacial; e ela parecia ampliada, sem fim nessa bruma, enchendo o horizonte com suas vagas ameaçadoras. O pobre morto que quisera conquistá-la e que por isso quebrara o pescoço, passou diante dela, pregado sob a tampa de carvalho, voltando à terra, como um daqueles rios de lama que ela rolava.

Na saída da igreja, a prima desapareceu, Mahoudeau também. O priminho havia retomado seu lugar atrás do corpo. Sete outras pessoas desconhecidas decidiram-se e partiram para o novo cemitério de Saint-Ouen, ao qual o povo deu o nome inquietante e lúgubre de Caiena. Eram dez.

– Vamos lá, com certeza ficaremos só nós dois, repetiu Bongrand, pondo-se a caminhar de novo perto de Sandoz.

Agora o cortejo, precedido pelo carro de luto em que o padre e o coroinha tinham se sentado, descia do outro lado da colina, por ruas sinuosas e íngremes como caminhos de montanha. Os cavalos do carro fúnebre deslizavam no pavimento escorregadio, ouviam-se os surdos trancos das rodas. Atrás dele, os dez se esforçavam, seguravam-se entre as poças, tão ocupados com essa descida penosa que ainda não conversavam. Mas, no fundo da Rue du Ruisseau, quando se depararam com a Porte de Clignancourt, no meio desses vastos espaços, onde se desdobram o boulevard que circunda a cidade, a via férrea circular, os taludes e os fossos das fortificações, houve suspiros de alívio, trocaram algumas palavras, começaram a se separar.

Sandoz e Bongrand pouco a pouco ficaram para trás, como se quisessem se isolar daquelas pessoas que nunca tinham visto. Quando o carro fúnebre passou pela barreira, o segundo se inclinou.

– E a mulher, pobrezinha, o que vai se fazer dela?

– Ah! Que piedade!, respondeu Sandoz. Fui vê-la ontem no hospital. Tem uma febre cerebral. O interno acha que vão salvá-la, mas que ela sairá dez anos mais velha e sem forças... Você sabe que ela chegou a esquecer até a ortografia. Uma decadência, um esmagamento, uma senhorita reduzida à baixeza de uma criada! Sim, se não cuidarmos dela como de uma enferma, vai acabar lavando pratos em algum lugar.

– E nem um tostão, naturalmente?

– Nem um tostão. Acreditei que encontraria os estudos que ele fizera ao ar livre para o seu grande quadro, aqueles estudos soberbos, dos quais ele tirava em seguida um partido tão ruim. Mas procurei em vão, ele dava tudo, as pessoas o roubavam. Não, nada para vender, nenhuma tela possível, apenas aquela tela enorme que eu mesmo demoli e queimei, ah! De bom grado, eu lhe asseguro, como quem se vinga!

Eles se calaram por um instante. A larga estrada para Saint-Ouen seguia bem reta, ao infinito; e, no meio do campo raso, o pequeno cortejo avançava, lamentável, perdido, ao longo daquele calçamento por onde corria um rio de lama. Uma cerca dupla de paliçadas a ladeava, terrenos baldios se estendiam à direita e à esquerda, ao longe só havia chaminés de fábricas e algumas altas casas brancas, isoladas, plantadas de viés. Atravessaram a festa de Clignancourt: barracas, circos, carrosséis dos dois lados da estrada, tiritando sob o abandono do inverno, bailinhos vazios, balanços esverdeados, uma fazenda de ópera cômica: *À la ferme de Picardie*, de uma tristeza escura, entre suas treliças arrebentadas.

– Ah! Suas telas antigas, retomou Bongrand, as coisas que estavam no Quai de Bourbon, lembra-se? Peças extraordinárias! Hein? As paisagens trazidas do Sul, e as academias feitas no ateliê de Boutin, pernas de menina, um ventre de mulher, oh! Aquele ventre... O velho Malgras deve tê-la, um estudo magistral, que nenhum de nossos jovens mestres seria capaz de pintar... Sim, sim, o sujeito não era nenhum idiota. Um grande pintor, simplesmente!

– Quando penso, disse Sandoz, que aqueles pequenos meticulosos da escola e do jornalismo o acusavam de preguiça e de ignorância, repetindo um depois do outro que ele sempre se recusara a aprender seu ofício!... Preguiçoso, meu Deus! Ele, que eu vi desmaiar de cansaço depois de sessões de dez horas de pintura, ele, que deu a vida inteira, que se matou em sua loucura de trabalho!... E chamá-lo de ignorante, que estúpido! Eles nunca vão entender que a contribuição que alguém faz, quando se tem a glória de contribuir com alguma coisa, deforma o que se aprende. Delacroix também ignorava seu ofício, porque não podia se fechar dentro de uma linha exata. Ah! Os simplórios, os bons alunos de sangue pobre, incapazes de uma incorreção!

Ele deu alguns passos em silêncio, depois acrescentou:

– Um trabalhador heroico, um observador apaixonado cujo cérebro estava saturado de conhecimento, o temperamento de um grande pintor admiravelmente dotado... E não deixa nada.

– Absolutamente nada, nem uma tela, declarou Bongrand. Conheço dele apenas esboços, croquis, anotações que jogava fora, toda essa bagagem do artista, que não pode ir a público... Sim, é mesmo um morto, um morto por inteiro que vamos enterrar!

Mas tiveram que acelerar o passo, atrasavam-se a conversar; e, diante deles, depois de ter rodado por entre negócios de vinho misturados com empresas de monumentos fúnebres, o carro funerário virou à direita, no final da avenida que levava ao cemitério. Juntaram-se a ele, atravessaram a porta com o pequeno cortejo. O padre de sobrepeliz, o coroinha armado com a água benta, ambos descidos do carro, iam à frente.

Era um grande cemitério plano, ainda jovem, bem retilíneo naquele terreno vazio de subúrbio, cortado em xadrez por caminhos largos e simétricos. Raros túmulos ladeavam as vias principais, todas as sepulturas, já numerosas, estendiam-se ao nível do solo, na instalação descuidada e provisória das concessões quinquenais, as únicas que eram concedidas; e a hesitação das famílias em incorrer em grandes despesas, as pedras que afundavam por falta de fundações, as árvores verdes que não tiveram tempo de crescer, todo esse luto passageiro e trivial que se sentia, davam ao vasto campo uma pobreza, uma nudez fria e limpa, com uma melancolia de quartel e de hospital. Nem um canto de balada romântica, nem um desvio frondoso, trêmulo de mistério, nem um grande túmulo falando de orgulho e eternidade. Era o cemitério novo, alinhado, numerado, o cemitério das capitais democráticas, onde os mortos parecem dormir no fundo de um processo administrativo, o fluxo de cada manhã desalojando e substituindo o fluxo da véspera, todos desfilando em ordem como numa festa, sob os olhos da polícia, para evitar congestionamentos.

– Diacho!, murmurou Bongrand, não é alegre, aqui.

- Por quê?, disse Sandoz, é cômodo, é arejado... E, mesmo sem sol, veja como tem cores bonitas.

De fato, sob o céu cinzento daquela manhã de novembro, no penetrante arrepio do vento, os túmulos baixos, carregados de guirlandas e coroas de contas de vidro, ganhavam tons muito finos, de uma delicadeza encantadora. Algumas eram brancas, outras eram pretas, dependendo das contas; e essa oposição luzia suavemente em meio à folhagem pálida das árvores anãs. Nessas concessões de cinco anos, as famílias investiam seu culto: era um novo amontoado, uma nova floração que o recente Dia dos Mortos acabava de expor. Apenas as flores naturais, entre seus embrulhos de papel, já haviam murchado. Algumas coroas de sempre-vivas amarelas brilhavam como ouro recém-cinzelado. Mas havia só contas, um fluxo de contas escondendo as inscrições, recobrindo as pedras e os arredores, contas em forma de corações, em guirlandas, em medalhões, contas que emolduravam motivos sob vidro; amores-perfeitos, mãos enlaçadas, nós de cetim, até fotografias de mulher, fotografias amarelas do subúrbio, pobres rostos feios e comoventes, com seus sorrisos desajeitados.

E, enquanto o carro fúnebre seguia pela Avenue du Rond--Point, Sandoz, voltando a Claude graças à sua observação sobre a pintura, voltou a falar.

- Um cemitério que ele teria entendido, com sua fúria de modernidade... Sem dúvida, ele sofreu em sua carne, devastado por essa lesão forte demais do gênio, três gramas a menos ou três gramas a mais, como ele dizia, quando acusava seus pais de tê-lo fabricado assim tão estranho! Mas sua doença não estava só nele, foi a vítima de uma época... Sim, nossa geração encharcou-se até a barriga de romantismo, e permanecemos impregnados com ele de algum modo, e por mais que nos lavássemos, por mais que tomássemos banho de realidade violenta, a mancha teimou, todos os detergentes do mundo não tiraram o cheiro.

Bongrand␣sorria.

- Oh! Estou cheio disso. Minha arte foi nutrida por isso, sou até impenitente. Se é verdade que minha última paralisia criadora veio daí, que importa! Não posso renegar a religião de toda a minha vida de artista... Mas sua observação é muito correta: vocês são os filhos revoltados. Assim, ele, com sua grande mulher nua no meio do cais, esse símbolo extravagante...

– Ah! Essa Mulher, interrompeu Sandoz, foi ela quem o estrangulou. Se você soubesse o quanto a queria! Nunca me foi possível expulsá-la dele... Então, como você quer ter uma visão clara, o cérebro equilibrado e sólido, quando tais fantasmagorias crescem no crânio?... Mesmo depois da sua, nossa geração está muito mergulhada no lirismo para deixar obras sadias. Será preciso uma geração, duas gerações talvez, antes de pintarmos e escrevermos logicamente; na alta e pura simplicidade do verdadeiro... Só a verdade, a natureza, é a base possível, a polícia necessária, fora da qual começa a loucura; e que não haja medo de diminuir a obra, o temperamento está lá, que sempre transportará o criador. Ninguém está querendo negar a personalidade, o empurrão involuntário que deforma e produz nossa pobre criação!

Mas ele voltou a cabeça e acrescentou bruscamente:

– Olhe só! O que está queimando?... Então estão acendendo fogueiras aqui?

O cortejo dava a volta, chegando à rotatória, onde ficava o ossuário, a vala comum, gradualmente preenchida com todos os detritos retirados das covas, e cuja pedra, no centro de um gramado redondo, desaparecia sob um monte de coroas de flores, ali depositadas ao acaso pela piedade dos parentes que não tinham mais seus próprios mortos. E, quando o carro fúnebre avançou suavemente para a esquerda, no cruzamento da avenida número 2, ouviu-se um estalo, uma fumaça espessa havia subido acima dos pequenos plátanos que ladeavam a calçada. Aproximavam-se lentamente, era possível perceber de longe um grande monte de coisas terrosas que estavam se iluminando. Então, finalmente compreenderam. Estavam à beira de um vasto quadrado, profundamente cavado em largos sulcos paralelos, para arrancar os caixões, a fim de entregar o solo a outros corpos, assim como o camponês revira as raízes antes de semear novamente. As longas covas vazias se escancaravam, os montes de terra gorda expurgavam sob o céu; e, neste canto do campo, o que se queimavam eram as tábuas podres dos caixões, uma enorme fogueira de tábuas partidas, quebradas, comidas pela terra, transformadas num adubo avermelhado. Recusavam-se a incendiar, úmidas de lama humana, explodindo em detonações abafadas, fumegando apenas com intensidade crescente, grandes fumaças que subiam ao céu pálido, e que o vento de novembro levava, rasgava em tiras ruivas, voadoras, através das sepulturas baixas de uma metade inteira do cemitério.

Sandoz e Bongrand haviam olhado sem uma palavra. Depois, quando ultrapassaram o fogo, o primeiro retomou:

– Não, ele não conseguiu ser o homem da fórmula que trouxera consigo. Quero dizer que ele não teve o gênio claro o suficiente para assentá-la em pé e impô-la em uma obra definitiva... E veja, em volta dele, depois dele, como os esforços se dispersam! Todos ficam nos esboços, nas impressões apressadas, nenhum deles parece ter força para ser o mestre esperado. Não é irritante, esta nova notação de luz, esta paixão pela verdade levada até a análise científica, esta evolução iniciada tão originalmente, e que não se desenvolve, e que cai nas mãos dos habilidosos, e que não chega ao termo porque o homem necessário não nasceu?... Bah! Esse homem nascerá, nada se perde, é preciso que a luz seja feita.

– Quem sabe? Nem sempre!, disse Bongrand. A vida aborta, ela também... Sabe, ouço, mas estou desesperado. Estou morrendo de tristeza, e sinto que tudo morre... Ah! Sim, o ar de nossa época é ruim, este final de século cheio de demolições, de monumentos desventrados, de terrenos revirados cem vezes, todos exalando um fedor de morte! Podemos ter saúde nisso? Os nervos se descontrolam, a grande neurose se mistura, a arte se perturba: há confusões, anarquia, a loucura da personalidade encurralada... Nunca se discutiu tanto e nunca se viu menos claro do que a partir do dia em que todos acham que sabem tudo.

Sandoz, que empalidecera, olhava ao longe as grandes fumaças vermelhas rolando ao vento.

Era fatal, ele pensou a meia-voz, este excesso de atividade e orgulho no saber deviam nos levar à dúvida; este século, que já fez tanta luz, devia terminar sob a ameaça de um novo dilúvio de trevas... Sim, nosso mal-estar vem daí. Prometeram demais, esperaram demais, esperaram a conquista e a explicação de tudo; e a impaciência ronda. Como! Não se vai mais rápido? A ciência ainda não nos deu, em cem anos, a certeza absoluta, a felicidade perfeita? Então, qual é o sentido de continuar, já que nunca saberemos tudo e nosso pão continuará tão amargo quanto era? É um fracasso do século, o pessimismo torce as entranhas, o misticismo nubla os cérebros; pois em vão expulsamos os fantasmas sob os grandes focos de luz da análise, o sobrenatural retomou as hostilidades, o espírito das lendas se revolta e quer nos reconquistar, nesta pausa de cansaço e de angústia... Ah! Decerto! Não afirmo nada, eu mesmo estou dilacerado. Apenas, parece-me que esta convulsão final do velho assombro religioso era de se esperar. Não somos um fim, mas uma transição, um começo de outra coisa... Isso me acalma, me faz bem, acreditar que estamos caminhando com a razão e com a solidez da ciência...

Sua voz se tinha alterado com profunda emoção, e acrescentou:

– A menos que a loucura nos faça capotar no escuro, e que nós partamos, todos, estrangulados pelo ideal, como o velho camarada que dorme ali, entre suas quatro tábuas.

O carro fúnebre deixava a avenida transversal número 2, para virar à direita na avenida lateral número 3; e, sem falar, o pintor mostrou ao escritor, com um olhar, um quadrado de sepulturas que a procissão contornava.

Havia ali um cemitério de crianças, apenas sepulturas de crianças, ao infinito, dispostas em ordem, regularmente separadas por caminhos estreitos, como uma cidade infantil da morte. Eram cruzes brancas muito pequenas, grades brancas muito pequenas, que quase desapareciam sob uma floração de coroas brancas e azuis, ao nível do solo; e o campo pacífico, tão suave no tom, com um azulado de leite, parecia ter florescido com esta infância deitada na terra. As cruzes diziam as idades: dois anos, dezessete meses, cinco meses. Uma pobre cruz, sem nada em volta, meio fora e enterrada de viés numa alameda, trazia simplesmente: Eugénie, três dias. Ainda não ser e já dormir ali, separada, como as crianças que as famílias, nas noites de festa, põem para jantar na mesinha!

Mas, enfim, o carro funerário parou, no meio da avenida. Quando Sandoz viu a cova pronta, no ângulo do quadrado vizinho, em frente ao cemitério dos pequeninos, murmurou com ternura:

– Ah! Meu velho Claude, grande coração de criança, você ficará bem ao lado deles.

Os agentes funerários baixavam o caixão. Aborrecido sob o vento gelado, o padre esperava; e coveiros estavam lá, com pás. Três vizinhos haviam abandonado no caminho, os dez tornaram-se apenas sete. O priminho, que segurava o chapéu na mão desde a igreja, apesar do tempo terrível, aproximou-se. Todos os outros tiraram o chapéu, e as orações iam começar, quando um apito lancinante fez com que as cabeças se erguessem.

Era, naquela ponta ainda vazia, na extremidade da avenida lateral número 3, um trem passando sobre o alto talude do anel viário, cujo trilho dominava o cemitério. A encosta gramada subia, e linhas geométricas se destacavam em negro contra o cinza do céu, os postes telegráficos ligados por fios finos, uma guarita de vigia, a placa de um sinal, único ponto vermelho e vibrante. Quando o trem passou, com seu estrondo de trovão, distinguiu-se claramente, como numa transparência de sombras chinesas, os recortes dos vagões, até as pessoas sentadas, nos buracos claros das janelas. E a linha voltou à sua nitidez, um único traço de tinta cortando o horizonte; enquanto, implacavelmente, ao longe, outros apitos chamavam, lamentavam, estridentes de raiva, roucos de sofrimento, estrangulados de angústia. Então, uma buzina ressoou, lúgubre.

– *Revertitur in terram suam unde erat...*, recitou o padre, que havia aberto um livro e se apressava.

Mas não podia mais ser ouvido, uma grande locomotiva havia chegado, bufando, e manobrava bem acima da cerimônia. Essa tinha uma voz enorme e gorda, um assobio gutural, de gigante melancolia. Ela ia, vinha, ofegava, com seu perfil de monstro pesado. De repente, liberou seu vapor, em um furioso sopro de tempestade.

– *Requiescat in pace,* dizia o padre.

– *Amen*, respondia o coroinha.

E tudo foi varrido, no meio dessa detonação pungente e ensurdecedora, que se prolongou com a violência contínua de uma fuzilaria.

Bongrand, exasperado, virou-se para a locomotiva. Ela se calou, foi um alívio. Lágrimas brotavam dos olhos de Sandoz, já comovido pelas coisas que saíram involuntariamente de seus lábios, atrás do corpo de seu velho camarada, como se tivessem tido uma de suas exaltantes conversas de outros tempos; e agora parecia-lhe que iam enterrar sua juventude; era uma parte dele mesmo, a melhor, a das ilusões e dos entusiasmos, que os coveiros levavam para fazê-la baixar no fundo do buraco. Mas, naquele minuto terrível, um acidente aumentou ainda mais sua tristeza. Chovera tanto nos dias precedentes, e a terra estava tão mole que um brusco desmoronamento ocorreu. Um dos coveiros teve que pular na cova, para esvaziá-la com a pá, em gestos lentos e rítmicos. Aquilo não terminava, eternizando-se entre a impaciência do padre e o interesse dos quatro vizinhos, que haviam seguido até o fim, sem que ninguém soubesse por quê. E, lá em cima, no talude, a locomotiva havia retomado suas manobras, recuava uivando a cada volta de roda, com a fornalha aberta, incendiando o dia morno com uma chuva de brasa.

Finalmente, o túmulo foi esvaziado, o caixão foi abaixado, o aspersório foi passado de mão em mão. Acabou. De pé, com seu ar correto e encantador, o priminho fez as honras, apertou a mão de todas essas pessoas que nunca tinha visto, em memória desse parente de cujo nome não lembrava na véspera.

– Mas ele é uma pessoa muito decente, esse vendedor de roupas, disse Bongrand, que engolia as lágrimas.

Sandoz, soluçando, respondeu:

– Muito decente.

Todos iam embora, as sobrepelizes do padre e do coroinha desapareciam entre as árvores verdes, os vizinhos dispersados passeavam, lendo as inscrições.

E Sandoz, decidindo-se a abandonar a cova meio cheia, retomou:

– Só nós o conhecemos... Mais nada, nem mesmo um nome!

– Ele está muito feliz, disse Bongrand, não tem um quadro no cavalete, na terra onde dorme... Melhor partir do que persistir como nós em fazer filhos aleijados, dos quais sempre há pedaços que faltam, as pernas ou a cabeça, e que não vivem.

– Sim, é preciso mesmo não ter orgulho, resignar-se às aproximações e trapacear com a vida... Eu, que levo os meus livros até o fim, desprezo-me por senti-los incompletos e inverídicos, apesar do meu esforço.

Com o rosto pálido, eles se foram devagar, lado a lado, à beira dos túmulos brancos das crianças, o romancista então em plena força de seu trabalho e sua fama, o pintor declinando e coberto de glória.

– Pelo menos, aí está um que foi lógico e corajoso, continuou Sandoz. Ele confessou sua impotência e se matou.

– É verdade, disse Bongrand. Se não fôssemos tão apegados à nossa pele, todos faríamos como ele... Não é?...

– Decerto. Como não podemos criar nada, pois somos apenas reprodutores débeis, seria melhor quebrar as cabeças já.

Encontraram-se diante do monte aceso de velhos caixões podres. Agora eles estavam ardendo em fogo, suados e estalando; mas ainda não se viam as chamas, só a fumaça havia aumentado, uma fumaça acre, espessa, que o vento soprava em grandes turbilhões, e que cobria todo o cemitério com uma nuvem de luto.

– Diacho! São onze horas!, disse Bongrand, tirando o relógio. Preciso voltar.

Sandoz teve uma exclamação de surpresa.

– O quê! Já são onze horas!

Passeou sobre os túmulos baixos, sobre o vasto campo florido de contas, tão regular e tão frio, um longo olhar de desespero, ainda cego pelas lágrimas. Então acrescentou:

– Vamos trabalhar.

SOBRE O LIVRO

FORMATO
13,5 x 20 cm

MANCHA
23,8 x 39,8 paicas

TIPOLOGIA
Arnhem 10/13,5

PAPEL
Off-white Bold 70 g/m² (miolo)
Cartão Supremo 250 g/m² (capa)

1ª EDIÇÃO EDITORA UNESP: 2022

EQUIPE DE REALIZAÇÃO

EDIÇÃO DE TEXTO
Edilson Dias de Moura (Copidesque)
Marina Silva Ruivo (Revisão)

PROJETO GRÁFICO E CAPA
Marcos Keith Takahashi (Quadratim)

IMAGEM DE CAPA
"König Ludwigs Besuch im Atelier Stielers, des Malers der Schönheitsgalerie", ilustração de Joseph Flüggen, publicada em Hans Reidelbach, *König Ludwig I. von Bayern und seine Kunstschöpfungen*, Munique, Jos. Roth, Königl. u. Herzogl. Bayr. Hofbuchhändler, 1888.

EDITORAÇÃO ELETRÔNICA
Arte Final

ASSISTÊNCIA EDITORIAL
Alberto Bononi
Gabriel Joppert

Coleção Clássicos da Literatura Unesp

Quincas Borba | Machado de Assis

Histórias extraordinárias | Edgar Allan Poe

A relíquia | Eça de Queirós

Contos | Guy de Maupassant

Triste fim de Policarpo Quaresma | Lima Barreto

Eugénie Grandet | Honoré de Balzac

Urupês | Monteiro Lobato

O falecido Mattia Pascal | Luigi Pirandello

Macunaíma | Mário de Andrade

Oliver Twist | Charles Dickens

Memórias de um sargento de milícias | Manuel Antônio de Almeida

Amor de perdição | Camilo Castelo Branco

Iracema | José de Alencar

O Ateneu | Raul Pompeia

O cortiço | Aluísio Azevedo

A velha Nova York | Edith Wharton

*O Tartufo * Dom Juan * O doente imaginário* | Molière

Contos da era do jazz | F. Scott Fitzgerald

O agente secreto | Joseph Conrad

Os deuses têm sede | Anatole France

Os trabalhadores do mar | Victor Hugo

*O vaso de ouro * Princesa Brambilla* | E. T. A. Hoffmann

A obra | Émile Zola

Rettec
artes
gráficas
e editora

Rua Xavier Curado, 388 • Ipiranga - SP • 04210 100
Tel.: (11) 2063 7000 • Fax: (11) 2061 8709
rettec@rettec.com.br • www.rettec.com.br